U0926304

宝安区教职工主题征文大赛

获奖作品集

陈国新　赖香恒◎主编

SPM
南方出版传媒
广东经济出版社
·广州·

图书在版编目（CIP）数据

逐浪：宝安区教职工主题征文大赛获奖作品集 / 陈国新，赖香恒主编. —广州：广东经济出版社，2021. 2
ISBN 978-7-5454-7687-3

Ⅰ. ①逐… Ⅱ. ①陈… ②赖… Ⅲ. ①中国文学—当代文学—作品综合集 Ⅳ. ①I217. 2

中国版本图书馆CIP数据核字（2020）第267448号

责任编辑：徐依然
责任技编：陆俊帆
装帧设计：唐智华
项目策划：盛上文化教育

逐浪：宝安区教职工主题征文大赛获奖作品集
ZHULANG BAOAN QU JIAOZHIGONG ZHUTI ZHENGWEN DASAI HUOJIANG ZUOPINJI

出版人	李　鹏
出　版 发　行	广东经济出版社（广州市环市东路水荫路11号11～12楼）
经　销	全国新华书店
印　刷	佛山市迎高彩印有限公司 （佛山市顺德区陈村镇广隆工业区兴业七路9号）
开　本	787毫米×1092毫米 1/16
印　张	22.25
字　数	330千字
版　次	2021年2月第1版
印　次	2021年2月第1次
书　号	ISBN 978-7-5454-7687-3
定　价	58. 00元

图书营销中心地址：广州市环市东路水荫路11号11楼
电话：（020）87393830　邮政编码：510075
如发现印装质量问题，影响阅读，请与本社联系
广东经济出版社常年法律顾问：胡志海律师

前 言

2020 年是深圳经济特区建立 40 周年，是全面推进粤港澳大湾区和中国特色社会主义先行示范区建设的关键之年。为进一步激励和鼓舞全区教职工，以习近平新时代中国特色社会主义思想为指导，紧扣宝安区“湾区核心、智创高地、共享家园”的目标定位，不忘初心、不负韶华、当好主人翁、逐浪大湾区，在宝安区教育高质量发展的浪潮中作出新的贡献，2020 年 3 月始，由区教育工会主办、安乐小学承办，在全区教育系统工会组织中广泛开展了“逐浪大湾区 共筑教育梦”宝安区教职工主题征文大赛。

本次征文大赛得到了全区广大教职工的积极响应和热情参与，共收集参赛作品 2531 篇。作品大多主题鲜明、选材独到、内容丰富、语言生动，或憧憬宝安区发展的美好未来，或畅想宝安区教育的蓬勃生机，或讴歌宝安区教育人追梦圆梦的心路历程，或赞颂抗击新冠肺炎疫情中宝安区教育人的众志成城……充分展现了全区教职工不忘初心、不负韶华的奋进姿态和积极进取的精神风貌。为保证评审结果的客观、公平、公正，组委会邀请省、市知名学者、作家组成评审委员会，从思想性、艺术性、文学性等方面进行了初评、复评、综评三轮评审，最终评选出特等奖 5 名、一等奖 10 名、二等奖 20 名、三等奖 32 名。67 篇获奖作品编辑成《逐浪：宝安区教职工主题征文大赛获奖作品集》。

四十载风雨兼程，九万里风鹏正举。宝安区教育工会正呈现百舸争流、千帆并进的良好发展态势，宝安区人常委会大副主任、区总工会主席欧瑞志高度赞扬宝安区教育工会是“宝安工会系统中最靓丽的名片”，市教育工委工会评价宝安区教育工会“在全市教育系统工会组织中走在最前列、干得最漂亮、作用最明显、影响最深远，确实起到了标杆作用”。浩荡东风今又起，筑梦伟业正当时。通过本次比赛，面对 2020 新冠肺炎疫情带来的挑战和困难，区教育工会将继续坚定信心，牢记职责，主动作为，坚定不移以习近平新时代中国特色社会主义思想为指导，深入学习宣传贯彻习近平总书记在深圳经济特区建立四十周年庆祝大会上的重要讲话精神，围绕宝安区教育高质量发展的目标要求，在疫情防控常态化新形势下，勇于创新，积极探索教育工会工作新思路、新方法、新途径，服务好宝安教职工，服务好宝安教育，不忘初心，不负韶华，为把宝安区教育工会建设成为先行示范工会的排头兵而努力奋斗。

编委会

2020 年 10 月

最亮丽的色彩

——为宝安区教育工会2019年工作而歌

◎ **陈国新**（深圳市宝安区教育局二级调研员、区教育工会主席）

主编简介

毕业于中国青年政治学院政治教育专业，现任深圳市宝安区教育局二级调研员、区教育工会主席，曾被评为“宝安区十佳工会主席”“深圳市优秀工会工作者”等。作品《工会情怀 筑梦教育》《奋进新时代的脚步》《最亮丽的色彩——为宝安区教育工会2019年工作而歌》等诗歌和论文《不忘初心担使命 不负韶华更向前——浅谈宝安区教育工会建设先行示范工会排头兵的思考与实践》发表于《多彩校园》和《中国教工》等刊物。负责主编《奋进新时代 共筑教育梦——宝安区教职工学习贯彻党的十九大精神主题征文大赛获奖作品集》《庆祝中华人民共和国成立70周年——宝安区教职工书法美术摄影大赛获奖作品集》《庆祝深圳经济特区建立40周年——宝安区教职工书法美术摄影大赛获奖作品集》《宝安区幼儿园教职工科创教育学习指南》《学习贯彻习近平总书记重要讲话和中国工会十七大精神学习纪事手册》《工会情怀 筑梦教育——宝安区教育工会纪实画册》等书籍、刊物。

序曲

南海之滨，珠江东岸

大湾区建设如火如荼

新时代，新实践，全新启航

征程万里风正劲，重任千钧再扬帆

梧桐山下，深圳河畔
先行示范区正在发轫
改革者，建设者，万众聚力
借风扬帆劲头足，勇立潮头踏歌行

凤凰山下，宝安湾畔
湾区核心引擎蓄势待发
原居民，新客家，齐齐向海
百舸争流千帆竞，飞桨逐浪气自豪

冬去春来
宝安区教育又谱新篇章
学前教育，义务教育，高中教育，职业教育
域域高奏凯歌，优质均衡
岁月更新
宝安教育工会坚守初心
把牢方向，服务教育，融合教工，激发活力
人人争相奉献，倾情筑梦

第一章 最清新的绿

绿，榕树的新绿
是生机，是梦想
那么清澈透亮，妩媚耀眼
春天里，校园间
教育工会缤纷播种——

两次教育工会全委扩大会
高举起党建引领、听党话、跟党走的旌旗
吹响了强化工会、服务教育、服务教工的号角
强基固本，抓工会组建，提会员素养
工会组织全覆盖，教职工全入会
教工会员红心向党，争先创优，践行新思想

庆祝新中国七十华诞
“载歌载舞颂祖国，匠心筑梦大湾区”
教工歌舞大赛，高歌敞亮，精彩纷呈
“翰墨飘香，礼赞祖国”
教工书画创作大赛，大咖小辈，作品云集
“湾区核心，大美宝安”
教工摄影创作大赛，丹青光影，快门如画
“建功新时代，共筑教育梦”
教工征文演讲比赛，筑梦言志，谱写华章

一场场，一幕幕
兴奋地诉说着2019年那个春天万象更新的故事
兴奋地描画出教育工会“一年之计”的新开局
兴奋地展现了宝安教育工会人春耕春种的新气象
流光溢彩，无比生动

第二章 最热情的红

红，木棉的灼红
是火焰，是激情

那么炽热奔放，暖心可人
夏天里，山海间
教育工会赤诚服务——

教工五大服务中心的服务“大菜单”
28项文体活动琳琅满目，应接不暇
教工心理咨询服务
让你情绪释放，与压力共舞
教工法律咨询援助服务
让你权益维护，与正义共鸣
教工书法绘画摄影培训
让你抒发情怀，与高雅相伴
教工阅读推广活动
让你改变人生，与幸福相连
幼儿教工的科创教育进修
让你智慧灵动，与科学齐鸣

“向上、向善、向美”的幸福家园里
爱，无处不在，无时不有
幸福教工之家，快乐教工人生
赠送工会学习读本，印发教工服务指南
新春、金秋送温暖，“三八”“五一”送关爱
工会主席接待日、工会会员服务卡
让你零距离、共享心贴心的温馨服务
教育工会，与你同行，与你同心
教育工会，创造幸福，共享幸福

一件件，一组组
欢快地演奏着2019年那个夏天热情奔涌的乐章
欢快地回放出教育工会服务教工的感动背影
欢快地展示了教育工会人教书育人的坚守执着
初心依旧，使命依然

第三章　最温馨的黄

黄，芒果的金黄
是汗水，是成熟
那么丰盈馨香，优雅恬淡
秋天里，暖阳间
教育工会喜获丰收——

“弘扬时代新风，展示职工风采”
市第四届职工器乐、舞蹈大赛，双双斩获第一
舞台魅力绽放，光芒四射
“礼赞新中国，奋进新时代”
区总工会朗诵赛，包揽冠亚军
朗诵台上传颂声，竞芳华
“当好主人翁，建功新时代”
区总工会演讲赛，勇夺唯一特等奖
歌我工会，舍我其谁

区教工羽毛球队
勇夺市赛工会组冠军和区赛第一名
区教工男女篮球队

双双再次捧起区“工会杯”的冠军奖杯
情景剧《映山红》、歌舞剧《向往》
分获区庆“五一”文艺汇演一等奖、二等奖
“中国梦 劳动美”深圳市第三届微电影大赛
区教育工会荣获三个铜奖
“巾帼心向党，共筑教育梦”
教工大讲堂，闪耀文化，和你“与美相约”

一个个，一队队
欣喜地收获着2019年那个秋天坚实饱满的硕果
欣喜地呈现了教育工会辛勤汗水的结晶
欣喜地呐喊出教育工会人热情奔放的活力
丰硕厚实，欢喜满心

第四章 最坦荡的白

白，霜雪的莹白
是纯洁，是坚贞
那么晶莹无瑕，执着如初
冬天里，天地间
教育工会英姿勃发 ——

西湾红树林
绵延的前海岸线
曲折蜿蜒，不失格调
每一处辗转的地方
都有教育工会一个个闪耀的人物

区教育工会主席被授予“深圳市优秀工会工作者”

卓良福喜获 “广东省劳模和工匠人才创新工作室”

王金杰胸前挂起亮闪闪的省“五一劳动奖章”，耀眼教坛

郑良凯手捧“深圳市五一劳动奖章”

李唯荣登区“劳模创新工作室主持人”光荣榜

赖香恒站立在市“优秀职工之友”之列，星光灿烂

关洪泉荣获区“十佳工会主席”

刘汝琳荣获区“优秀工会干部”

王凤玲荣获区“优秀工会积极分子”，闪耀工会

工会创新项目姹紫嫣红，一席锦绣

区教科院工会的“主动健康干预”

石岩公学工会的“主推社团建设”

西乡中学工会的“提升幸福指数”

宝安小学工会的“绳彩乐在其中”

宝民小学工会的“优雅教师理想”

更有

“悦读悦美，做爱阅读的坪洲人”

“六六法则，彰显生态特色”的西湾人

“特色男教工CLUB，魅力男神节”的潭头人

一枚枚，一页页

昂扬地收藏着2019年那个冬天坦荡担当的气息

昂扬地集合起教育工会来年发力的坚定的步伐

昂扬地凝聚起教育工会人时代奋进的正能量

砥砺前行，不负韶华

尾声

因为付出
我们一起用最亮丽的色彩描绘最心动的图画
因为奋进
我们共同用最坚实的脚步诠释最美好的岁月

市委教育工委工会评价 ——
宝安教育工会
走在最前列，干得最漂亮，作用最明显，影响最深远，
在全市教育系统工会组织中起到标杆作用
区总工会高度称赞 ——
宝安教育工会
是宝安区工会系统中一张最靓丽的名片

没有一个春天不繁花似锦
没有一个夏天不欣欣向荣
没有一个秋天不硕果飘香
没有一个冬天不纯净洁白
在新时代最亮丽的色彩里
我们深情表白 ——
工会情怀，我们无愧为四万名教职工的“娘家人”
勇立潮头，我们耕创出宝安教育工会高质量发展的新天际

此文于2020年6月在《中国教工》杂志发表

不忘初心担使命　不负韶华更向前

—— 浅谈宝安区教育工会建设先行示范工会排头兵的思考与实践

◎ 陈国新

【摘要】本文通过对建设先行示范工会排头兵的背景分析，结合宝安教育工会的实际情况，认为要建设先行示范工会的排头兵，就必须坚持“五个一”，即高举一面旗帜（习近平新时代中国特色社会主义思想伟大旗帜）、强化一条主线（工会组织的政治性、先进性、群众性）、围绕一个中心（以维护教职工的合法权益、竭诚服务好全体教职工为中心）、打造一个品牌（“工会情怀，筑梦教育”服务品牌）、实现一个目标（把宝安区教育工会建设成为全市工会系统中最具有凝聚力、战斗力和影响力的先行示范工会排头兵）；努力做到“五个全”，即工会组织全覆盖、教职工全入会办卡、工会主席全培训、工会职能全履行、工会作用全发挥；当好五个方面的排头兵，即政治引领的排头兵、优质服务的排头兵、依法维权的排头兵、主力军作用的排头兵、规范型工会组织的排头兵。

【关键词】宝安教育工会　　先行示范工会排头兵　　坚持“五个一”　　做到“五个全”　　当好五个方面的排头兵

一、建设先行示范工会排头兵的背景

（一）时代背景

1. 习近平总书记关于工人阶级和工会工作的重要论述，特别是同中华全国总工会新一届领导班子成员集体谈话精神，是做好先行示范工会排头兵的行动指南

习近平总书记关于工人阶级和工会工作的重要论述，是在我国波澜壮阔的工人运动伟大实践中产生的科学理论，具有强大的思想力量、深刻的指导作用、磅礴的实践伟力。要把学习宣传贯彻习近平新时代中国特色社会主义思想，特别是学习贯彻习近平总书记关于工人阶级和工会工作的重要论述，作为宝安区教育工会组织的首要政治任务来抓，推动习近平新时代中国特色社会主义思想在宝安区教育工会落地生根，形成生动的实践。

2. 深圳特殊的时代使命

2019 年 8 月，党中央、国务院印发了《关于支持深圳建设中国特色社会主义先行示范区的意见》，这是以习近平同志为核心的党中央在新时代赋予深圳的崇高使命。围绕深圳建设先行示范区这一市委中心工作，市总工会提出了“对标最高最好最优，争做全国工会尖兵，建设中国特色社会主义先行示范工会”的奋斗目标，这是深圳工会人顺应时代、勇立潮头、敢于创新肩负的使命。为此，宝安区教育工会提出了“不忘初心担使命，不负韶华更向前——努力把宝安教育工会建设成为先行示范工会的排头兵”的工作新目标，这是宝安区教育工会人立足新起点、展现新作为，不忘初心所担负的新使命。建设中国特色社会主义先行示范工会是时代所需，是深圳所需，更是千百万一线工会会员所需。

3. 当前复杂多变的环境给工会工作带来了新挑战和机遇

当前复杂多变的环境尤其是新冠肺炎疫情给教职工工作和生活带来了影响，需要工会做好教职工队伍稳定与发展的工作。从国家大局来看，“推进国家治理体系和治理能力现代化”全新政治理念的提出，要求工会服务职工工作必须适应新变化，建构新模式。从工会基本职责来看，工会十七大对工会的基本职责予以拓展，增加了“竭诚服务职工群众”，意味着工会工作要紧紧围绕教职工对美好生活的向往做好服务。从工作环境来看，原有的一些工作管理办法、工作方法已不适应发展需要，需要创新，需要去打造一支“有坚定信念、有工会情怀、有奉献精神、有履职能力”，深受教职工信赖的宝安区教育工会干部队伍。

（二）宝安区教育工会基本情况

据统计，全区现有办学单位 543 个，其中中小学 151 所（含职校及教育基地），幼儿园391所，特殊教育学校1所，在职教职工4.3万余人。2019年6月，宝安区实现了全系统工会组织全覆盖，教职工全入会的目标。近年来，在区委教育工委和区总工会的正确领导和大力支持下，各级教育工会组织坚定不移以习近平新时代中国特色社会主义思想为指导，深入学习宣传贯彻习近平总书记重要讲话精神和中华全国总工会十七大以及省总工会十四大精神，紧扣宝安"湾区核心、智创高地、共享家园"的发展定位，围绕宝安教育高质量发展的目标要求，倾心履职，勇于担当，迎难而上，真抓实干，团结引领教职工当好主人翁、建功新时代，各项工作取得了令人瞩目的成绩，奋力开创了新时代宝安教育工会高质量发展的新局面，得到上级工会的充分肯定和全区广大教职工一致认可。市委教育工委工会评价宝安区教育工会"在全市教育系统工会组织中走在最前列、干得最漂亮、作用最明显、影响最深远，确实起到了标杆作用"；区人大常委会副主任、区总工会主席欧瑞志同志高度赞扬区教育工会是"宝安工会系统中最靓丽的名片"。新时代必须要有新使命担当，要在新的起点上乘风破浪，先行示范再出发。

二、建设先行示范工会排头兵的总体思路

为深入贯彻落实习近平总书记的重要讲话精神和中华全国总工会十七大精神，对标市、区总工会的总体部署要求。宝安区教育工会提出了坚持"五个一"、做到"五个全"和当好五个方面的排头兵的总体思路。坚持 "五个一"，即高举一面旗帜（习近平新时代中国特色社会主义思想伟大旗帜）、强化一条主线（工会组织的政治性、先进性、群众性）、围绕一个中心（以维护教职工的合法权益、竭诚服务好全体教职工为中心）、打造一个品牌（"工会情怀，筑梦教育"服务品牌）、实现一个目标（把宝安区教育工会建设成为全市工会系统中最具有凝聚力、战斗力和影响力的先行示范工会的排头兵）；努力做到"五个全"，即工会组织全覆盖、教职工全入会办卡、工会主席全培训、工会职能全履行、工会作用全发挥；当好五个方面的排头兵，即政治引领的排头兵、优质服务的排头兵、依法维权的排头兵、主力军作用的排头兵、规范型工会组织的排头兵。

三、建设先行示范工会排头兵的主要举措

2020 年是深圳经济特区建立 40 周年，是全面推进粤港澳大湾区和中国特色社会主义先行示范区建设的关键之年。面对今年新冠肺炎疫情带来的挑战和困难，区教育工会需要创新发展，敢于跳出旧有思维、工作模式，创新理念与方式方法，勇当先行示范工会排头兵。区教育工会将继续坚定信心、牢记职责、主动作为，坚定不移以习近平新时代中国特色社会主义思想为指导，深入学习宣传贯彻习近平总书记给郑州圆方集团全体职工的重要回信精神，深入学习中华全国总工会十七大、省总工会十四届二次全委会、深圳市总工会六届九次全委会和区总工会五届十次全委会精神，紧扣宝安“湾区核心、智创高地、共享家园”的目标定位，围绕宝安教育高质量发展的目标要求，在疫情防控常态化新形势下，勇于创新，积极探索教育工会工作新思路、新方法、新途径，服务好宝安教职工，服务好宝安教育，不忘初心，不负韶华，努力把宝安区教育工会建设成为先行示范工会的排头兵。

（一）扛起工会组织的政治责任，做政治思想引领的排头兵

习总书记指出：引导职工群众听党话、跟党走，巩固党执政的阶级基础和群众基础，是工会组织的政治责任。一是把团结引领教职工听党话、跟党走，作为教育工会首要政治责任，提高政治站位。自觉把教育工会工作融入政治安全和维稳工作大局，时刻不忘政治责任，坚决守护好政治安全。尤其在疫情防控以及“后疫情”时期，要全面细致排查民办学校和幼儿园存在的劳资矛盾隐患，加强风险研判，做好协商化解工作，严防敌对势力乘虚而入，严防劳资纠纷演变成为政治事件，严防出现“独立工会”“第二工会”等非法组织。二是充分发挥工会“大学校”作用，深化学习教育，加强理论武装。习总书记指出：时代变化了，但从群众中来、到群众中去的工作方法不能变。工会要适应新形势新任务，加强和改进职工思想政治工作，多做组织群众、宣传群众、教育群众、引导群众的工作，多做统一思想、凝聚人心、化解矛盾、增进感情、激发动力的工作，更好强信心、聚民心、暖人心，使广大职工在理想信念、价值理念、道德观念上紧紧团结在一起。我们要充分利用区教职工阅读推广指导中心，通

过举办线上与线下相结合的知识竞赛、专题讲座辅导、读书会，运营教育工会微信公众号等形式，深入学习习总书记关于工人阶级和工会工作的重要论述，在今后一段时期，要重点学习习近平总书记给郑州圆方集团全体职工的重要回信精神，切实把思想和行动统一到回信精神上来，增强“四个意识”、坚定“四个自信”、做到“两个维护”，团结引领广大教职工在政治上、思想上、行动上与以习近平总书记为核心的党中央保持高度一致，自觉接受党的领导，拥护党的领导，增强政治责任感。三是创新教职工思想政治引领的方式，创造性开展各种教职工喜闻乐见的活动。根据教职工的实际需求和特点，我们要让思想政治引领体现在工会的各项工作和活动中，寓引领于维权中，寓引领于服务中，寓引领于帮扶中，寓引领于教职工的发展中，春风化雨、润物无声，增强教职工对党的创新理论的政治认同、思想认同和情感认同，始终牢牢掌握教职工的思想政治阵地，引导教职工坚定不移听党话、跟党走。

（二）擦亮“工会情怀，筑梦教育”品牌，做优质服务的排头兵

习近平总书记指出，工会要建起来，转起来，活起来。在疫情防控常态化新形势下，各基层教育工会要勇担当、优服务，认真抓好贯彻落实市总工会“暖工行动”和区总工会“健康工程”，以最温暖的力量、最有力的举措，向广大教职工传递工会组织最真切的关怀，进一步团结动员广大教职工为夺取疫情防控和复工复学双胜利作出更大贡献。

工会要坚持以职工为中心的工作导向，抓住职工群众最关心最直接最现实的利益问题，认真履行维护职工合法权益、竭诚服务职工群众的基本职责，把群众观念牢牢根植于心中，要做好城市困难职工解困脱困工作，及时做好因各种原因返贫致困职工的帮扶救助，为广大职工提供具有工会特点的普惠性、常态性、精准性服务。一是要加大力度，加大投入，做好关爱慰问和帮扶脱困工作，给教职工更多的人文关怀。广泛开展端午节、教师节、中秋节节日福利慰问工作和“真情关爱，筑梦教育”金秋慰问高龄、特困、重病教职工等活动，为广大教职工送上工会组织的关怀与温暖。二是要充分发挥好区教职工文体活动中心作用，根据疫情防控的要求，在条件允许的情况下，统筹组织好教职工趣

味运动会、篮球、羽毛球、气排球、定向越野、登山、跳绳、棋类、瑜伽健美操、游泳、戏曲、民乐比赛等教育工会各项文体活动，组织参加市、区总工会各项比赛。三是要充分发挥好区教职工书画摄影培训中心作用，举办好各类教职工书画摄影、科创教育等培训班，认真组织书画摄影作品大赛，办好书画摄影优秀作品展。四是要充分发挥好区教职工法律咨询援助服务中心和心理咨询服务中心作用，举办女工主任培训班，继续做好教职工法律咨询援助服务和教职工心理咨询服务，关爱教职工心理健康，为全区教职工提供暖心细致的服务。五是要充分利用好区教职工阅读推广指导中心作用，开展“悦读越美，筑梦教育”阅读推广系列活动，评选表彰教职工阅读推广的先进集体和个人，建好教职工书屋。六是要深入创建以“向上、向善、向美、和谐、健康、快乐”为核心理念的“幸福教工之家”，完善量化式的、科学的、可操作的评选指标体系，继续做好第二批“幸福教工之家示范校”评选表彰活动，进一步提升“幸福教工之家”品质，努力把“教工之家”建设成为听党话、跟党走的坚强阵地，建设成为教职工人人向往的“共享家园”“民生幸福的标杆”。

（三）切实维护好广大教职工的合法权益，做依法维权的排头兵

习总书记指出，哪里的职工合法权益受到侵害，哪里的工会就要站出来说话。我们要继续抓好教代会、校务公开和工会主席述职、民主评议、提案报告等工作，发挥好工会组织的民主监督作用，落实好教职工知情权、参与权和监督权的行使问题，提高民主管理和民主评议活动覆盖面；进一步完善工会主席接访制度，正确引导教职工依法维权、有序维权，做到维权与维稳的有机统一，保障好广大教职工的正当合法权益，做教职工的知心人、贴心人和“娘家人”。

（四）助力宝安教育高质量发展，做主力军作用的排头兵

为深入贯彻落实中华全国总工会《关于以习近平新时代中国特色社会主义思想为指导团结亿万职工为实现党的十九大目标任务建功立业的决议》的意见，激励和鼓舞全区教职工“当好主力军，建功新时代”，按照宝安区教育工会 2017 年下发的《关于广泛开展“立足本职 聚力四化 争先创优 筑梦教育”劳动竞赛的通知》的相关要求，继续深入开展各种适合教师、适合宝安教育高质量发展要求的劳动竞赛，开展第二批教育教学能手评选活动，引领广大教职工立足本职、聚力复工复学、争先创优、筑梦教育，人人争当教育教学能手，人人都为抗疫做贡献，为推动宝安教育高质量发展再立新功。大力弘扬劳模精神、劳动精神、工匠精神，充分发挥全区教育系统劳动模范和优秀教育教学能手的示范引领和辐射作用。组织劳模、优秀教育教学能手以及优秀工会干部疗休养活动，努力营造学习劳模、尊重劳模、关爱劳模、争当劳模的氛围，逐浪大湾区，建功新时代，共筑教育梦。

（五）全面提升工会组织的自身建设水平，做规范型工会组织的排头兵

一是要着力抓好《工会法》《工会章程》和《基层工会会员代表大会条例》的学习贯彻落实工作，重点要抓好《基层工会会员代表大会条例》的落实工作，做到依法建会、依法管会、依法履职、依法维权，用法治思维和法治方式推进工会的各项工作向前发展，推进教育工会民主化、规范化、法制化的建设。按照宝安区教育工会提出的工会主席全培训的要求，在疫情防控许可的前提下，适时开展公、民办中小学及幼儿园工会主席业务培训研修工作，尽快提高工会主席的业务水平和履职能力，打造与“先行示范工会排头兵”相匹配的教育工会干部队伍。

二是要继续抓好教育工会及基层教育工会财务管理工作，严格按照《广东省基层工会经费收支管理实施细则（试行）》（粤工总〔2018〕5号）和2018年出台的《宝安区基层教育工会经费支出标准明细表（试行）》、2019年出台的《宝安区教育工会财务管理办法》的相关规定要求，做到工会经费“依法收、合规支、规范管、有效用”。

三是要继续做好教职工实名制工会会员卡的办卡工作，提高办卡率，尽快实现全办卡，更好地服务好教职工。

四是要继续做好新办校（园）工会组织建会和到期换届工作，巩固建会成果，确保教育工会建会率常态化保持100%。

五是要继续运营好宝安教育工会微信公众号平台，高品质做好教育工会微信公众平台宣传推介工作，把镜头重点对准一线教职工、基层教育工会组织，全方位、多渠道向社会宣传教职工辛勤工作的风采和爱岗敬业的精神，发出教育工会声音，展示教职工的良好形象，推动宝安教育高质量发展。

此文于2020年8月在《中国教工》杂志发表

目 录

特等奖作品

一等奖作品

二等奖作品

三等奖作品

宝安区教职工主题征文大赛

获奖作品集

特等奖作品

吾师

◎ 董敏

作者简介

董敏
任教于宝安中学（集团）塘头学校。2019 年毕业于陕西师范大学文学院，硕士研究生学历。任教期间追求与学生教学相长，曾获宝安区小学“好作业”评选活动二等奖，宝安区师德主题征文活动三等奖。

往事故人，有历经愈久，记之弥深者，吾师即是一例。

吾师董姓，与我同姓。求学三年始，即授我文、乐、书。提及吾师，乃一抹黑色，其喜穿乌黑平整之中山装，不生褶皱；又有油亮伏帖之乌发，齐齐后梳，一丝不苟。

净、静皆吾师所喜。其办公之所置于学校最幽深处，门前为花园一角，前拥冬青，旁掩松柏。每日清晨，我等诵读于吾师室旁，有坐于园前者，有倚靠松柏者，亦有藏于园后私说闲话者。余独爱立于吾师室门之右，亲近之余，亦无搅扰。师室门常开，风雨之下，门上朱漆已然斑驳，板上渐生缝隙，日光下射，影洒于地。吾师虽好整洁，竟未修缮此旧门，我常惑之。

近水楼台先得月，背书之时，吾常能争得头名。入吾师门，必掸衣去尘，整理容貌，庄严若临圣地。室内方砖铺地，偶有黄土泛出，吾师每晨以清水敷地，因而室内无扬尘之味，而有淡淡土腥，人为之沉醉。吾师又好抽烟，办公授课之间，手中必有袅袅烟气浮生，冉冉飞舞，引我目不转睛，不知所诵。后于书中见鲁迅画像，莫名亲切，即忆吾师紫褐之面庞、微笑之神情，及炯炯之目光。

吾师巧手一双，写字弹琴皆不在话下。板面坑洼，亦无碍其字迹之工整。讲课到自得处，手下生风，板上楷书便成行书。楷行相间，其字灵动如活，使我等目瞪口呆。吾师教我等毛笔字，笔分大小，大本用大笔，小本用小笔。写毕，师便以朱笔批阅“好”字，以示嘉许。我等颇肯用心，虽非实在之奖励，然皆乐此不疲。幸有吾师教我，我才能练笔不辍，以至于今。

吾师钢琴技艺亦颇精妙，黑白琴键方触其手，便生清脆典雅之音符。立于师之身侧，见师脚随拍动，始知钢琴乃手脚协作之乐器。授课之时，师令我等绕琴而听，坐立不禁。同学有顽皮者欲触琴键，师亦任之，并解键位。奈何我不通乐理，师所讲已尽数抛诸脑后，然其情其景，今仍闭目可见：吾师一袭黑衣正襟危坐，我等则分布四方探头探脑……惜时无器具以记之。

我等考试所用试卷，亦吾师亲手印制。吾师以滚筒油印机印之，一卷一滚，一印一翻，并需时时添墨，重复数次方能印成。师伏地印卷，数时不休，亦我所亲见。天色黯淡，余晖消散，师乃续印于灯下。卷成，则墨色匀称，清晰不污，不输今机器之效。

吾师善吹哨，且抑扬顿挫。清晨吹哨领我等晨跑，师倒跑在前，我等依哨声而跑。若闻哨声于来校小路，则知必迟到矣，于是疾走狂奔，弃书包而入行列，实为狼狈。师知我等数人路远，亦不甚究。

犹记初次为师所惩戒，乃因一字之错。师言：“汝等错一字，便得一板。”吾辈不以为意，师所言皆抛诸脑后。未料我首当其冲，领得沉厚一板，余人大笑，不能少止。而后唏嘘，龇牙咧嘴，形似顽猴。次日，吾师赠书与我，阅而知思，思而知述，我终知文字之妙，而一发不可收拾，皆须感恩于吾师。此后于学，战战兢兢，如临深渊，如履薄冰。

又是今年忆去年。师溘然长逝。而今，余亦为师，深感教之重，育之艰。然每忆吾师，则心有戚戚焉；则感激之情尤甚；则“高山仰止，景行行止，虽不能至，然心向往之”。“太上有立德，其次有立功，其次有立言。”吾师之德，高台矗立，弟子昂首东望；吾师之功，育天下之英才，泽被后世；吾师之言，弟子铭刻于心，“既滋兰之九畹兮，又树蕙之百亩”。

掌心化雪　静待花开

◎ 毛霞飞

作者简介

毛霞飞

任教于深圳市宝安职业技术学校。2017 年毕业于华中师范大学，硕士研究生学历。喜欢读书，写字；喜欢在平凡的教学生活中，捕捉学生的美好与瞬间，记录学生的成长和蜕变。认为爱是一切的教育，是学生赋予了创作的灵感。作品《遇见你的纯真岁月》曾获 2019 年宝安区教职工“建功新时代，共筑教育梦”主题征文比赛一等奖，作品《静待花开 无问西东》曾获宝安区教育系统 2019 年师德主题征文比赛一等奖。

想把你轻轻地捧在手心里，小心翼翼地，在这寒冷的冬天里。哈一口略带甜味儿的热气，驱散你内心稚嫩的哀愁。就像冰凉的雪花在掌心的温暖下悄悄地融化，你们——我亲爱的孩子们，也终将在爱的温度里，带着对成长的渴望，对未来的期盼，慢慢地、慢慢地吐蕊盛放。你们，就是我手心里的那捧雪，晶莹剔透，闪烁着青春的光泽和迷人的纯洁。我愿用全身心的热情去温暖你们，陪伴你们，一起等候那繁花盛开的春天——掌心化雪，静待花开——是我对你们郑重的承诺，更是对你们殷切的企盼。你们，是人间的四月天，笑响点亮了我的眼。

一

孩子，“假如生活欺骗了你，不要悲伤，不要心急！忧郁的日子里需要镇静；相信吧，快乐的日子将会来临”，心儿要永远向往着未来，脸上要永远充满着笑意！

他不是一个爱学习的学生，整日无所事事，目光游离。从我开始给他们班上语文课时，我就发现，这个孩子是不学习的。后来，当了他们的班主任，更加印证了这个事实。

他不迟到、不早退，上课也不交头接耳、扰乱课堂秩序。他不是一个坏学生，他只是不学习，或者不知道该如何去学习。常常不知道我讲到哪一篇课文，常常早读时看着英语书上的单词发呆，常常在我走到他面前，俯身告诉他讲到哪里时，他才神情恍惚地慢慢将书翻到那一页。

而有时候，他是直接伏在课桌上睡觉的。我总会悄悄走到他面前，轻轻拍拍他的肩膀，轻声对他说："孩子，别睡啦，起来学习吧！"他这才从课桌上慢慢地抬起头来，通红的脸颊上满是被衣服褶皱压出的印子。他睡得很香很甜，被我叫醒后睡眼惺忪、懵懂无辜的样子，像针一样，轻轻扎了一下我的心，有点疼，有点酸——十五六岁的生命，本该像朝阳那般朝气蓬勃，光彩夺目；本该像春天那般生机勃勃，灵气逼人。可是啊，我的孩子，你却在潋滟的春色中睡着了。那般没有生气，没有方向，没有希望！窗外叽叽喳喳的鸟儿想要给你唱一首甜美的青春之歌，你却听不见。

有科任老师对我说："算了，这个学生是不会学习的，只要他不影响其他学生，就让他自生自灭吧！"不！我相信，每个学生都是夜空中的一颗星星，或许有的没有那么耀眼，但当我们用心去看时，就能看到。微弱却明亮，足以照亮整个夜空。

他坐在教室的最后一排，靠近书架，书架上摆放有几盆绿萝。郁郁葱葱的绿萝经过一个暑假的灼热和缺水，枯萎了。有一天，我照例到教室看早读，看见他依然是盯着英语书发呆。我蹲下来，小声对他说："孩子，这些绿萝放在你身后的书架上，以后就交给你管理，可以吗？"

他有些意外，一时竟愣住了。转头望去，花盆里的绿萝都蔫头蔫脑，怕是活不了了。我看出了他的疑惑，笑吟吟地对他说："绿萝的生命力顽强着呢，只要根没烂掉，即使叶子枯萎了，只要你每天给她们浇水，并摘掉枯叶，她们就会挺起腰身，长出叶子来。"

他非常干脆地答应了，并说早读一结束就去给她们浇水。我走开后，看到他再次扭转头去看那些绿萝，脸上掠过一丝笑意，那是我从来没有在他脸上看到过的，可能是一种被信任的幸福感？我想，可能是的。

他开始很早就来到教室，也很少再伏在桌上睡觉。他给绿萝浇水，剪枯叶。他的目光，常不由自主地望向那些绿萝，眼神里充满柔情和期待。

一个月过去了，那些枯萎了的绿萝，竟奇迹般地挺起了身子，还冒出了嫩绿的新叶。最初只是稀稀疏疏的藤蔓和叶子，像羞怯的小姑娘，探头探脑地钻出泥土来。

早读时，我来到教室，他兴奋地叫住我："老师，快看，活了！"心里的欣喜和满足，溢于言表。我笑着对他说："太棒啦！你看，枯萎的绿萝经过你的细心呵护，起死回生了！你做了一件很了不起的事情哦！"他非常自豪地说："那可不，我可是每天都用我自己喝的水去浇灌她们哦！""是吧，只要用心做一件事，总能做好的！同理，只要你用心去学习，老师相信你也可以学得好的！"他没有吱声，若有所思地打量着书架上的绿萝。翠绿欲滴的叶子，充满着欣欣向荣的生命力，把他黯淡无光的生命，照得绚烂明丽。

从此，在我的课堂上，他慢慢抬起头来，努力克制困意，努力听课。老师们都有些惊讶，课后经常在我面前表扬他："诶，这孩子最近变化很大，开始努力听讲了""这孩子最近还是有点困，但是我看他在努力克服"。我总会第一时间把老师们的表扬转达给他，他羞涩地笑了，说："老师，我会继续努力的！"晦暗的心，像书架上的那盆绿萝，慢慢地发芽了。有些疼痛，有些欢喜。成功的感觉，被信任的感觉，原来这么的好。

所以，孩子，如果你不知道自己想要什么，也不知道自己存在的意义是什么，更不知道要拥有什么才能被爱，那么，就试着去守护一朵花，呵护一株草吧。当草叶发芽、鲜花盛开的时候，你的生命也灿然绽放了。

二

孩子，假如生活给你开了一个玩笑，让你幸运地来到这个世上，却没能被温柔以待。我想，这只是意外，就像是做了一场噩梦。我想紧紧地抱着你，从噩梦中惊醒的孩子，任暖暖的阳光轻抚着你的脸颊，拂去那恍若隔世的难过记忆。没有一场噩梦不会醒来，没有一个雨天不会过去，你年轻的生命定会春意盎然，更会繁花似锦，明媚鲜妍。所以，孩子，不要害怕，不要犹豫，勇敢地爱自己，勇敢地爱他人；勇敢地笑，勇敢地跳吧，这才是青春该有的颜色，青春的你该有的本色！

她是一个怎样的学生呢？至少不是老师心目中的乖学生。她不善收拾，课桌上总是堆满了东西，书本、文具、零食、饮料，还有镜子、唇膏、卷发棒，横七竖八，将本就不大的课桌占据了大半。替她着急，可她似乎毫不介意，并乐在其中。敦促她“整改”，也只是例行公事一般随手整理一下，却整洁不过半日。

对于学习，也似乎是不上心的。这不，今日被数学老师发现在课堂上看课外书，被没收了书。明日被英语老师说在课堂上只顾照镜子，被叫起来回答问题，一问三不知。就连在我的课上，也常会有各种小动作，梳梳头，抠抠手，心不在焉的样子。写作业也是潦潦草草，仿佛有人在后面追赶似的。我也经常就此找她谈话，她总会讨好似的对我笑笑，表现出努力改正的样子。可是，下次的作业依旧不尽如人意。

就是这样一个有诸多缺点、不让人省心孩子，让我依稀觉得，她似乎藏着满腹的心思，跟周围的同学有点不一样。到底是哪里不一样呢，我也说不清楚。直到有一天的一件事，再次加深了我的困惑与不解。

那日，由于学生集体活动缺勤严重，我被领导批评了。挂了电话，我在教室外的走廊里号啕大哭了起来。积攒了许久的委屈和无助，似乎在一刹那被激发，像决堤的洪水般，一泻而下。已是下课时间，我匆匆整理好教具，慌乱地离开了教室，想结束这尴尬的一幕。

就在其他同学都倍感自责，对我表示心疼的时候，她却说：“为什么要自责？又不是我把她惹哭的，关我什么事？”说那句话时，是满脸的不在意和无所谓。那一刻，我的心咯噔一下，仿佛被什么狠狠扎了一下，有点怵，有点生气；但更多的是心疼——一个16岁的小姑娘，一个那么爱美的小女生，在本该天真善良的年纪，怎么会说出这样冷漠和无情的话语？她到底经历了什么？

她从小经历家暴，爸爸经常殴打她和妈妈，还曾经惊动过警察——一日，在楼梯口遇到心理老师，她告诉了我这一切。那一刻，我的世界眩晕了——愤怒、心疼、自责、后悔，一连串的感情向我袭来。鼻子一阵酸楚，眼泪模糊了视线。我懂了，我全都懂了。所谓的“玩世不恭”“心不在焉”“冷漠无情”都只是表象，都只是无奈——没有被生活温柔以待，又怎会去温柔地对待生活呢？怕是习惯了用力保护自己，才落得满身是刺，刺伤了自己，也刺伤了他人。说到底，这是一个可怜的孩子，我又怎能对她的不善解人意有丝毫抱怨呢？一切都释然了。相反，我应该好好爱护她，好好温暖她，带她找回她那个年纪该有的纯真快乐和温度。

孩子就像是夏日雨后荷叶上的露珠，晶莹剔透，惹人怜爱；却脆弱易碎，不可修复。所以，我要把她捧在手心里，小心翼翼地，倍加温柔地呵护着。我想携一缕明媚的阳光，撒播在她受伤的心灵里，去融化她心里的坚冰——这是爱的温度，是爱的力量。爱，能够融化所有的伤痛。就像冰冷的雪花会在掌心的温暖下慢慢融化，一颗冰冷的心灵也能被爱的温度所融化。

自那以后，我对她的关注更多了。悄悄地，假装不经意间地，怕会让她感到不舒服。毕竟，这样的孩子是敏感而自卑的。她有贫血症，有一次周一返校时晕倒在了公交车上。她坐在第一排，我每天去教室，都会问一问“你好些了吗？还晕吗？要多吃点，不要怕胖哦！”一开始，她似乎有点不好意思，会局促地对我一笑，表示感谢。后来，我们越来越熟了。对于我的问候，她的笑，深了，浓了，里面的幸福感也多了。

有段时间，她带了中药来学校，调理身体。夏日的天气，她正苦恼那已经熬好的袋装中药怎样才可以保存一个星期呢？正好被我瞧见，我说：“跟我来，把药放在我们办公室的冰箱里吧！”她瞪大了眼睛，一脸的不相信，小心翼翼地问我：“可以吗？”我微微一笑：“当然可以啊！”她的药需在每天晚餐后喝，可有时候我已经下班了。于是，我就将一卡通留给她，让她自己开门拿药。

为了更好地了解她，我偷偷加了她妈妈的微信。妈妈说孩子很少与他们交流，周末回家也是把自己关在房间里，看电视，玩游戏。我只字不提家暴的事情，毕竟这也是妈妈内心里难以言说的伤。妈妈告诉我，孩子从小学钢琴，并且弹得很好，初中毕业后想去学艺术，被爸爸阻止了。孩子很难过，从此再也没碰过钢琴了。除此之外，她还会跳舞。我一阵诧异，我原不知道，这孩子如此多才多艺，可却从未展露过。想是真的伤心了，便再也不提了。妈妈说孩子很自卑，让我多鼓励鼓励她。这是我跟妈妈的秘密约定，我没有告诉她。

于是，在以后的班级活动中，我总是鼓励她上台表演。一开始，她总是推脱，说："老师，我不行，让其他同学上吧！"我总会轻松回道："哎呀，你可以的，上去试试嘛！老师相信你！"就这样，慢慢地，她在台上越来越放松，越来越自如了。看着她灵动活泼的舞姿，听着她弹奏的悦耳动听的曲子，我的心融化了——我看到了孩子眼中的星星，闪烁着亮晶晶的光，那是对生活的渴望，对未来的憧憬。泪水悄悄打湿了我的眼眶——鲜活的生命本就该如此肆无忌惮、毫无保留地去爱，去盛放，不是吗？

从此以后，这孩子变了——课桌上不再是乱七八糟的，课堂上也不照镜子、看小说了，课下会主动来办公室问问题了。期中考试成绩虽然并没有很大起色，但是，我已经很满足了。因为，这个孩子，这个最珍贵的生命个体，活过来了。有血有肉，有滋有味了。

她会冷不防地给我发来一段周末弹奏的钢琴曲，并俏皮地配一串可爱的表情；会在朋友圈分享周末在家做的美食，并在周一返校时悄悄放一块亲手做的三明治在我的办公桌上；会在教师节时精心为我准备精美的发卡和卡片，并腼腆地说一声"教师节快乐"；会在我参加活动需要化妆时，带上一宿舍的同学，帮我化妆、编头发；会在班级讨论购买班服时，花半天时间在淘宝上精心挑选，然后分享在班集群；会在"给一年后的自己"的信中写"对自己要有信心，努力考上自己理想的大学。你值得美好的一切"；会为了同学的生日，花三个月的时间用心练习一首曲子，只为了在生日当天给对方带去浪漫的惊喜。犹记得，每天下午放学后，琴房里流淌出的悦耳的琴声，伴着天边的落日，温柔了整个黄昏。岁月静好，不外乎就是这个样子吧……太多太多的改变，太多太多的美好，太多太多的感动。一丝一缕，一分一毫，都定格在我的脑海里。每每想起，便甜到了心里。

所以，孩子，不要害怕，更不要放弃。暂时没有被生活温柔以待，不是你的错。你是美好的，所以值得一切的美好。噩梦终会醒来，阳光依然会照临你窗前。在你的身边，总会有爱你、珍惜你的人，因为你是最珍贵的。“愿你在被打击时，记起你的珍贵，抵抗恶意。愿你在迷茫时，坚信你的珍贵，爱你所爱，行你所行，听从你心，无问西东。”

三

孩子，十六七岁的你或许从未想过生命与死亡，责任与担当，这些话题似乎都太过沉重，也太过遥远，因而似乎与你格格不入。年少的你，傻傻地快乐着，这是你的幸运。因为，“没心没肺”，无忧无虑，是成年人渴望而不可得的东西。我羡慕并分外珍惜你的简单和快乐，即使里面掺杂着幼稚与无知。可是，青春的锦绣与贵重，不正是在于它的天真与无瑕，在于它的可遇而不可求吗？

然而，孩子，你终有一天要长大。这是自然的规律，更是生命的规律。可是，生命中，总会有某些事，某些人，使我们在一夜间长大，逼着我们去面对、去思考那些沉重的话题。于是乎，那些看似“遥远”的东西，刹那间，扑面而来，成了你年轻生命里的“伙伴”。躲不开，逃不掉，如影随形。

新年伊始，一场突如其来的新冠肺炎疫情席卷全国，扰乱了节日的喜乐安详，消减了团圆的幸福如意。一时间，人人自危，谈“毒”色变。霎时，绝大多数人都傻了眼，慌了神，恐惧害怕，不知所措。

但是，却还有一部分人迎难而上，与病毒正面对抗——奋战在一线、与病毒直接接触的医护人员，那裹着厚厚的防护服、戴着口罩护目镜、完全认不出是谁的忙碌的身影，成了今年最暖人、最动人的形象。放弃与家人团聚、夜以继日奋战在火神山工地的农民工，在武汉零度的天气里，与时间赛跑，劳作不休。那勤劳的背影，朴实的笑容，让人在屏幕前泪如雨下。执勤在高速路口、仅在一把沙滩伞里容身的交通警察，在风雪交加的夜里，坚守岗位，不眠不休。雪花落满了他们一身一头，成了这个冬夜最美的人物素描。驱车千里、泡面果腹，从全国各地为武汉运送救援物资的“师傅们”，那带着浓厚地方口音的“一方有难，八方支援”，冲击着我的泪腺，让我不禁潸然泪下。还有不计其数捐钱捐物，给医护人员送爱心外卖送防护用品，给警察叔叔送水果送口罩，主动参与运送、看护感染病人……太多太多感人的身影活跃在我们的视线里。每一帧，每一幅，都深深触动着我的心灵。感谢有你们，为我们遮风挡雨；感恩有你们，为我们保卫家园。

孩子，我想，这些你们也都看到了，并且也为之感动，是吧？可是，感动之余，你还有没有其他的想法呢？比如，勇敢与怯弱，责任与担当？没有谁是天生的英雄，更没有谁是不惧病毒、不惧死亡的。因为，生命只有一次，死而复生只存在于神话世界里。所以，是什么让那么多的人奋战在抗疫一线？是什么让他们看起来无所畏惧，毫无怨言？是责任，是担当；是对人民的爱，对家国的爱啊！孩子们！

哪有什么岁月静好，只是有人在为我们负重前行。这句话很美，却也很沉重。我们是幸运的，因为有这些勇敢的人挺身而出。是他们，用责任，用担当，为平凡的我们筑起了一道坚固的爱的城墙，把我们好好地保护着，隔绝了病毒与死亡。

还有那一串串不断增加的病亡数字，是一个个不断倒下的鲜活的生命，更是一个个支离破碎的不再完整的家庭。隔着手机屏幕，我们看见，追着运送母亲遗体的殡仪车的女儿，歇斯底里，绝望地哭诉着：“我没有妈妈了！”我们看见，做普通生意的丈夫带着感染的孕妻，四处凑钱，辗转就医，最终仍无法挽救。我们看见，儿子导演、女儿护士的一家四口相继感染，最终无一幸免，等等，等等。太多太多的人间惨剧轮番上演，泪水打湿了屏幕。

孩子，你心痛吗？我知道，你肯定会的。因为你的内心是柔软的，我很欣慰。可是，心痛过后，你还有其他想跟我说的吗？关于生命，关于死亡？生命是珍贵的，因为它独一无二，一去不复返。生命也是坚强的，就像国歌里唱的，“把我们的血肉，筑成我们新的长城”。可是，生命也是脆弱的，不是吗？一个我们看不见摸不着，只有在显微镜下才能看见的微生物；一个我们至今还未能窥清其全貌，只知道长得像王冠的病毒，在人们毫无觉察的情况下，悄无声息，却来势凶猛，瞬间侵蚀了他们的生命。呜呼哀哉！生命的脆弱可见一斑！所以，有什么理由不尊重生命、爱惜生命呢?

孩子，我青春洋溢、活力四射的少年们，我是那样珍惜你们的天真和快乐，甚至无知和幼稚。可是，作为你们的老师，我也想告诉你们——生而为人，天真无邪是珍贵的，但却是单薄的，缺乏厚度的。我愿你们拥有丰盈的生命，能够体验快乐，亦能感受痛苦；能够在安逸的日子里，享受岁月静好、现世安稳的幸福，亦能够在面对困难和变故时，表现出淡定从容、勇担重任的风度；能够为自己和亲人的成功欢欣鼓舞，亦能因素未谋面的人的苦难感同身受；能够永葆纯真，亦能同步成长，充盈生命。孩子，生命是一首美不胜收的诗，一幅构思精美的画，一首荡气回肠的歌，需要我们不断去探索其中的奥秘，更需要我们不断去填充、去丰富。而这场无情的疫情，恰好给我们提供了一个契机——催促我们去思考人生、思考生命，探索成长。

孩子，或许这一切来得太突然，太汹涌，让你措手不及，来不及去整理纷乱的思绪，来不及消化太多的困惑。没关系，慢慢来，我陪着你。陪着你一天一天长大，一天一天成熟，不断增加生命的厚度。就像是每颗种子都有自己的花期，孩子，你也有自己的花期。我愿静静地等待着，默默地祈盼着，直到你吐蕊盛放的那一刻。我想，到了那时，对于生死，对于责任，对于担当，你都会有一个清晰而深刻的认识。对此，我坚信不疑!

孩子，你们就像我手心里的一捧雪，那般纯洁，那般美好，那般惹人怜爱。而你们的青涩和稚嫩，单纯和自尊，又那般真实，那般浑厚，那般沁人心脾！我看到了你们的迷茫和困惑，听到了你们的挣扎和呼唤。我愿把你们轻轻地捧在手心里，小心翼翼地呵护着——用爱的温度和虔诚的企盼，等待你们粲然绽放——花开无声，岁月无痕；掌心化雪，静待花开!

不忘教育初心梦 争做湾区弄潮儿

◎ 黄力邦

作者简介

黄力邦
任教于深圳市西乡中学，高中部语文老师。毕业于江西师范大学文学院。曾获 2020 粤港澳大湾区高考下水作文二等奖，2019 年深圳市高考语文学科先进个人，2019 年宝安区教坛新秀等。《以梦为马，不负韶华》《整本书阅读教学策略》《青年何贵，谓之栋梁之教师点评》等作品发表于《语文月刊》等刊物。

己亥猪年，丙子月初。新冠病毒，疯狂肆虐。在万家灯火逐渐融于黑暗，千盏灯笼将要散发光亮之时，病毒悄然来访，一时间，举国哗然。如今，冬逝春来，武汉疫情已控，中国未来可期。感慨即便盛世，怆然的灾难，亦难以避免。作为大湾区的一员，只愿在汪洋大海中，化作浪花一朵，不忘教育初心梦，争做湾区弄潮儿。

一、不忘教育初心梦

自万世师表游经各国，时而与山上之清风，时而与山间之明月，率弟子及再传弟子谈天下事，话世间人，论百家言。至此，孔子亦师亦友，说出“人能弘道，非道弘人”，愿世人懂得儒家的知识和道理，而非使人依附于道，若如此，便世间和谐太平。吾心神而往之，从小立下“梦而为师，师则必范”之愿。

何为吾梦？

答曰：“梦而为师。”

昌黎先生曾言古之学者必有师。师者，或传授知识，或教授学业，或解答疑惑。不得不说，每每读到“无贵无贱，无长无少，道之所存，师之所存”一句时，心中总是一颤。是的，知识本身是可贵的，也正因为如此，师者，无分贵贱，但求真才实学。身处教育世家，我高中毕业时，高考志愿上密密麻麻填上的都是师范院校的师范专业。所幸的是，事遂心愿，得以续梦。如今，在教育上，只管努力，风雨兼程；他日，若有所功，功无大小，足以慰风尘。

仲尼川上曰:“逝者如斯夫，不舍昼夜。”岁月不居，时节如流。曾经的梦，随着一张毕业证,一份入职通知书,慢慢成真。心中怀揣着对改革开放前沿的期待,我来到南国鹏城。心怀鲲鹏志，徙于宝安西乡中学。

如何圆梦？答曰:“师则必范。”

这句话的一种理解是，学习一定要以典范为标准。

红楼梦中有“世事洞明皆学问，人情练达即文章”，说得真对。从大学进入社会,需要团队合作。会做事,善于处理人际关系,可比会读书重要多了。可惜“人情练达”是学不来的，比读书考试难多了。很多优秀的学生，十分有个性，有一点儿清高，有一点儿不驯，便难融入团队之中。很多人想要做“一呼百应”中的“一呼”，可是要先做到服众才有可能“百应”。更有人，独特立行，众人皆醉我独醒，疏离人群，不肯和光同尘。可是，没有团队协作，一个人怎么能够成功？

这句话另外一种理解是，做老师一定要成为典范。

何为成功？赚大钱，当大官，得大名，才算得上成功？或者像起点小说中“醒掌天下权，醉卧美人膝”？还是要学汉高祖，斩白蛇，歌大风？甚至要六国毕，四海一，行不世之伟绩？要知道，上下五千年，也只有一个秦始皇。可是，大江东去，浪淘尽千古风流人物，最终不过是，古今多少事，都入笑谈中。

非也，以上都不是现阶段我理解的成功。在新教师阶段，成功是成为一名合格教师。何谓合格？

师而必范，体现在一举一动。有一生喊住了我说，您好，您是老师还是学生？怎么没见你穿上校服。我仔细看了看他的打扮，倒像是个学生干部的模样，我笑答道，你怎么看？他说君子行为举止须合乎礼，不论师生，一切都在个礼字。和他的对话，大概就是我对于深圳学生的最初的印象了吧。是的，闻道有先后，不论先后，但论个理字。我的穿着打扮也确实不太符合教师的形象。若不能以礼服己，又怎能以理服人。

师而必范，体现在一点一滴。心怀鲲鹏志，脚踏青云梯。奈何“范”字非一时之功，建功谁不愿，无奈心有余而力不足。吾日三省：专业技能过关否？师生关系安好否？工作任务完成否？

否？否？否？一点一滴非一时之功，最后不过落在脚踏实地上，一点一滴是华年，圆梦就在点滴间。

是啊！孔夫子被世人敬仰，但子遇南子，亦被仲由谴责，遭世人非议。圣人尚且如此，我又何必过于自责。只是过而改之，其非过矣。但过而改之，不是犯错而心中不愧，是犯错改之谓君子也。执教以来，光阴不长。但学生留给我的影响太多。每当我对生活懈怠之时，看到他们对知识的渴望，我总是为之感动，振作精神，鼓舞勇气，与之翱翔于书海之中；每当我义愤填膺，谴责社会不合仁义之事时，学生也总是拍手称快，连声称赞。记得那是一次多媒体教学，学生偷偷利用电子设备做与学习无关之事。孩子总是贪玩的，但长此以往，势必影响学习。当我发现了这件事情，就偷偷地把那几个爱玩耍的同学叫了出来，除了说着那些“黄河之水天上来，奔流到海不复回”的大道理，还与他们打了个赌。我说，我们看谁能坚持在教室内不使用手机，我们比一场，如何？在场的同学，看我下此决心，跃跃欲试，一副志在必得的样子。他们下课后时不时会佯装问问题，跑来看我有没有玩手机。可每次来，都是败兴而归。再后来啊，很长一段时间，我班上再也没有出现利用电子设备做与学习无关的事了。此事得成，内心自豪万分。我想，既然选择梦而为范大概就是如此，我又如何敢负韶华？只愿披星戴月，身正乾坤之中。

二. 争做湾区弄潮儿

庚子初春，我接到学校的通知。2020 届高三师生返校延期，开学时间等待通知。听到消息那刻，担任高三班主任的我还未意识到问题的严重性，不仅如此，还一直规劝班级同学好好学习，别受影响。后来，万人感染，武汉封城，物资短缺，出入受阻。我才明白，这是场特别的战役，是一场中华儿女必须获胜的战役。

于是，我们看到的是每个人默默无闻的付出，是日复一日的坚守。这次抗战，医生，警察，消防员等全面动员，遏制疫情。怆然的灾难，古来有之，可有谁曾见到如此振奋人心，撼天动地的团结？我中华儿女，以身做障，以命相搏，谱的一曲战歌荡气回肠。民与民同心，连成一体。在天灾面前，永不低头。

脑海里一下子浮过史铁生在《奶奶的星星》里的一句话：“我相信，每一个活过的人，都能给后人的路途上添些光亮，也许是一颗巨星，也许是一把火炬，也许只是一支含泪的蜡烛。”是的，我是那小小蜡烛一支，更是湾区里的浪花一朵。然，我并未因小而气馁，更不因弱而灰心。

既为浪花一朵，那就争做湾区弄潮儿。

疫情当下，我教学创新、腾讯课堂、网络作业、QQ 批改、在线答疑、无所不及；高考在即，我竭尽所能，真题细剖析，网络公开课，线上模拟考，在线家长会，无微不至。于是，一个月内，我连上市、区两节公开课，市级公开课更被列入深圳市 2020 届高三年级网课课程；一个月内，我开通今日头条并发文几十篇，粉丝数百，阅读过万。然，我知道，湾区很大，浪花很小，要做弄潮儿，理想丰满，现实骨感。

弄潮不易，浪尖那朵，如何？

曾有人言，这次战“疫”，我们怀揣火种走过黑暗长夜，跨过战友的遗骸，踏过荆棘和深渊，最终在累累尸骨上重新点燃了种族延续的火炬。我们这些活下来的人不需要历史来记载功勋，也无谓那些空虚华美的称颂；只要山川河流、千万英灵，见证过我们前仆后继的跋涉，和永不放弃的努力。

是的，何必花团锦簇，何必流芳百世。祖国山河曾经见证过人民英雄，核心湾区也将见证浪花朵朵！

草木蔓发，春山可望。江城武汉的复苏，预示着这场艰苦卓绝的战役，必将迎来最后的胜利。面向未来，逐浪大湾区，我定将这场斗争中凝聚起来的精神力量弘扬到教育事业中去，不忘教育初心梦，争做湾区弄潮儿。

宝安，雕刻时光的一双手

◎ 黄凤

作者简介

黄凤

任教于深圳市宝安区安乐小学，从事语文教学和班主任工作。毕业于衡阳师范学院。曾获中国童话节童话大王优秀辅导教师一等奖、全国首届教学科研综合大赛二等奖。

当我走在宝安的大街上，
当我倚在办公室的落地窗，
当我望向壹方中心的玻璃墙，
当我和学生奔跑在热闹的操场，
我的心头，
总能感受到一种时间的流淌，
在不经意间，
幻化为铸造梦想的力量。

忘不了南下宝安的志向，
背着满满的行囊，
里面装着念念不忘的家乡，
还有那在村口盼我归来的爹娘，
而在行囊的最里面，
我将属于年华的时光深藏。
因为，这是我最为宝贵的财富，
要用它实现所有的梦想！

忘不了初到宝安的印象，
有人说，
你因“革故鼎新，得宝而安”而得名。
也有人说，
你是“得其宝者安，凡以康民也”的诠释。
而我要说，

宝安，你是雕刻时光的一双手，
你从多娇的江山中，
雕刻着南海之滨，依水而建的地理位置；
你从孩子们多样的方言中，
雕刻着上善若水，水利万物的包容和大气。

忘不了融入宝安的过往，
有人说，
你是深圳的起源地，
滋润着东方之珠的香港，
滋润着改革开放的深圳。
也有人说，
你是七星醒狮的精气神，
你是乞巧节的女儿情长，
你是大盆菜的热闹非凡，
你是祖庙宗祠里的代代相传，
是粤剧的咿呀蹦脆，婉转悠长。
而我要说，
宝安，你是雕刻时光的一双手，
在时间的长河中雕刻出，
凤凰山的柔媚多情，
凤凰古塔的亭亭玉立，
雕刻出一位伫立在水边的风情万种的姑娘，
诉说着细水涓流的柔美绵长。

忘不了青春宝安的时光，
有人说，
初进课堂，
甜蜜的笑容在脸上荡漾，
这就是老师该有的模样。

也有人说，
老师，就应该这样，
让孩子的每一份收获，
都闪着智慧的光亮；
让孩子的每一份惆怅，
都能变成自信与阳光。
因为老师的青春之光，
就是照亮学生生命的暖阳。
而我要说，
宝安，你是雕刻时光的一双手，
雕刻着在宝安教育这方热土上的我，
雕刻出初上讲台的心甜如糖，
也雕刻出经验缺乏出错的慌张，
还雕刻出专业前进路上的彷徨。

忘不了逐梦宝安的昂扬。
有人说，
你是改革开放的试验田，
你是幸福小康的榜样。
也有人说，
你是湾区核心， 智创高地，
幸福家园的共享。
你将社会主义先行示范区，
建设得旗帜高扬。
而我要说，
宝安，你是雕刻时光的一双手，
在宝安教育高质量发展的浪潮中，
你雕刻出我与孩子们
一起许下的句句诺言：
我做你的良师，更做你的益友；

你做枝头盛情绽放的花朵，
我做你指间永不凋谢的阳光；
你做梦想的主角，我做你生命的向导。
于是，便在我从教的生涯中，
雕刻出一节节用激情与生命演绎的课堂；
雕刻出一次次课间棋盘激烈的拼杀；
雕刻出一句句满含善意的批评与问候；
雕刻出一次次心与心的交流，
手把手地教授。
将我雕刻成孩子们喜欢的模样。
尽管皱纹已爬上脸庞，
但仍有舍我其谁，逐浪湾区的气场。

宝安，你是雕刻时光的一双手，
因为你，我们编织夏日般火红兴旺的锦绣；
因为你，我们拥有了辛勤耕耘的丰硕劳酬；
因为你，我们回馈五湖四海更多爱的停留。
宝安，你是雕刻时光的一双手！
你是锤炼火热青春的一双手！
你是铸造复兴梦想的一双手！

筑梦杏坛育英华，驰骋湾区续辉煌

◎ 刁利华

作者简介

刁利华
任教于深圳市宝安区塘尾万里学校。中共党员，中级教师，外事联络员，宝安区区课题研究人员，宝安湾新生代作家，省青工作协成员。曾获宝安 2020 教职工征文大赛特等奖，宝安教育系统 2019 征文及微视频一等奖，宝安青年教师教学技能大赛二等奖。多次获市、区级微课一、二等奖，深圳优秀教学设计、课件、反思二等奖，福海文化月征文大赛一等奖，中国梦·全国优秀教育论文评选大赛一等奖。若干作品收录于《作家园地》《中国汉诗年鉴 2019 卷》等刊物。

不计辛勤一砚寒，桃熟流丹，李熟枝残，种花容易树人难。幽谷飞香不一般，诗满人间，画满人间，英才济济笑开颜。您工作在今朝，却建设着祖国的明天；您教学在课堂，成就却在祖国的四面八方。黑发积霜，烛泪成灰，您无怨无悔，寂静欢喜……

——题记

寒来暑往，花开花落，弹指一挥间。2012 年 9 月 1 日，从我站在三尺讲台的那一刻至今，我的教育生涯已走过了近八个春秋。回眸来路，跌跌撞撞，那个曾站在教室里，万分紧张的青涩教师，已逐渐褪去稚嫩。岁月轮回，初心依旧，我始终用一颗赤诚之心坚守那三尺讲台。因为，明净课堂里有灯火阑珊的彻悟；多彩活动里有点点滴滴的成长；钟灵毓秀的校园是我筑梦、圆梦的花田。筑梦杏坛，可回首，竹杖芒鞋轻胜马，我步履轻盈，内心丰盈富足；圆梦杏坛，可展望，一蓑烟雨任平生，我不畏坎坷，青春无悔！

耳濡目染，结缘教育

昏暗的灯光下，一张破旧的书桌，“三座大山”式的作业是你不变的标配。你，我的外公，一名教师。质朴如你，深耕教育。我，初识杏坛梦为何。

记忆闸门开，你是村里少有的意气风发的书生，写得一手漂亮的毛笔字，还会作诗及写对联，你有当村干部的机会，但你不忘初心，坚持要到离家八九里地的小学当代课教师。家里起初并没有人能理解你，但也拗不过你。于是，每天清晨一佝偻老人上班，一顽皮少女上学，手牵手走在那乡间小路上，成了村民路上温暖的风景。

“孩子是我们家乡的未来，总需要有人做这份工作吧”，你曾在被层层追问下那么一说。多年后我们才后知后觉，明白了这简单的话语，虽轻描淡写，却饱含着多少忠实、善良和决心。你是真的种子、善的信使、美的旗帜，你的情浓墨重彩。你别无所求，只想把知识传授给可爱的学生；你别无所爱，只想把全部的身心扑到你心爱的事业上。从青春年华，到白发苍苍，几十年如一日，你怀着对党、对人民、对教育事业的忠诚，踏出了人生亮丽的轨迹！你教会了孩子们识字与读书，我也是你普通却深爱的学生之一。这些孩子后来有机会到了城里读书，顺利接轨城里教育；也有孩子继续留在了村里，有的成为了像您一样默默无闻的教书匠；也有学生借着改革开放的步伐，用勤劳的双手发家致富，成为了乐善好施的善人，他们的乡土情怀最为人称道。落其实者思其树，饮其流者怀其源，学其成时念其师，在他们身上得到了极好的印证。

父母常年在外忙碌，无暇顾及，你毫不犹豫地用微薄的工资给我交学费，教我成人成才。三十九年精耕细作后，在红砖砌成的教学楼门前，我见到了乡村教育积极贡献奖的获得者——你。亭亭绿树，悠悠碧空，微微晨风。沐着暖阳，你胸前的勋章特别地耀眼。我在不远处凝望着你，你笑容灿烂，我竟不自觉地嘴角上扬。我的内心除了激动，还有敬佩。我想，此刻不是勋章在衬托你，而是你在衬托勋章！你是“麦田”的守望者，你真诚的守护让新民村流淌着无以名状的温暖与感动。

悉心教导，辛勤耕耘，长期工作在昏黄的灯光下，你的视力逐渐受损，最终失明。热心教育，殚精竭虑，你创办了村里的第一所希望小学。过度操劳，你心血耗尽，血管堵塞，大脑萎缩，肺部感染，呼吸衰竭，终驾鹤仙去。单薄的身子，厚实的情怀，你给乡村教育带来了福祉。你，摒弃名利，不忘初心，枕情怀入眠，逐杏坛梦腾飞，涅槃重生。扎根农村，倾情建设，2008年，你组织村民修建了第一条村村通公路和一条生产道路，你用实际行动诠释着农村奋斗者的正确姿态。风吹雨打，虽然桥头石碑上你的名字，渐渐模糊，但村民心中的丰碑上，你的名字，万古长青。

宝剑锋从磨砺出，你不是不知道你会面临一段段风雨交加的艰辛；梅花香自苦寒来，你也知晓片片桃李芬芳背后的汗水。但回首来时路，你竹杖芒鞋轻胜马的轻装上阵，是别有风味的轻松欢愉；展望未来，你一蓑烟雨任平生的坚定不移，是旷达不羁的无悔选择！

三寸粉笔，三尺讲台系国运；一颗丹心，一生秉烛铸民魂。因你，深耕教育，春风化雨，化作光明烛，铸成经纬栋梁。我懂得了，杏坛梦是甘守一方净土，安于三尺讲台的不慕浮华；是捧着一颗心来，不带半根草去的无私奉献！

筑梦杏坛，步履铿锵

一生终，亦不忘汝。我，也成为了一名老师。因你，我耳濡目染，心怀深圳，筑梦杏坛。

高考失意，我未能进入梦寐以求的师范院校。于是，我积极利用课后、周末、寒暑假自学“两学”与《教师法》，只为掬一缕教育春光，早日迈入心心念念的教坛。一路采撷先贤的玉果琼浆，我的奋勇拼搏未被辜负，我考取了教师资格证，迈入了教师行业。可那仅是开始。尽管不断地“打怪升级”，但并不代表我在深圳有幸“摇到了号”，可持“绿卡”畅通无阻。由于非师范专业的限制，我被许多学校婉拒。一天奔波于深圳、惠州、广州三城市并不是可惬意闲谈的故事，而是不堪回首却倍加珍贵的经历。

考编之路更是崎岖不平，步履维艰。翻译的高薪，外贸公司给出的重薪、升职的诱惑，但我初心不改，一路追寻。接过你的接力棒，继续做你最热衷、最牵挂的事。2016 年 7 月，在宝安这片沃土上，在校领导与同事们的悉心栽培下，在亲朋好友的关怀下，我，如愿以偿地成为了一名幸福的宝安人民教师。既立志为师，必坚定梦想，全力以赴，方有足够的底气，让学生学师。

天有不测之风云，事不都尽如人意。在经历了几届毕业班教学的高强度工作后，喉咙受损，不幸进入医院手术治疗。如果说，白发是老母亲勤劳质朴的勋章，脖子上那道长长的术后疤痕便是一位平凡宝安筑梦人孜孜不怠的印章。

今天的我，连续担任两个班的教学及外事联络工作。外树形象，内强素质。在教学工作中，我深知自己肩负的重任，我认真学习新的教育理念，研究新的教学方法，以提高学生的学科核心素养为目标。我积极学习激励式评价，并用于培育温情教育的花苗。我常用心命名孩子们小黑板上的小视频打卡作品，例如："超强博士范""播音男神""班级模范""学霸养成记""丁丁来了""你长得 A+""校园奇迹""预见优秀""班级小暖心""优秀牵引力"。如此地喜封光荣名号，不仅孩子，家长也会备受鼓舞，荣光环绕，更加积极地配合做好家校工作。

知无央，梦无边。我积极充电，工作之余，全方位地提升。我参加了宝安区课题研究；福海、新桥等街道的文艺创作大赛，获得了一等奖；散文、诗歌等拙作亦"出街"。继区教职工师德征文大赛获得一等奖后，我的文章被推送至市、省里比赛；我发表了若干文学作品，获奖作品收录于各种文集与杂志。我马不停蹄地参加了市、区级微课大赛，多次获得市、区级一、二等奖，还获宝安区青年教师技能大赛二等奖。大学期间获荣誉二十二项，工作这几年间已获市、区级荣誉三十六项。

征程未尽，吾爱有为。岁末年初，一场突如其来的新冠肺炎疫情蔓延开来。华夏战场，多少英雄故事，惊天地泣鬼神。多少生离死别，使我们泪如雨下。这场没有硝烟的战争，牵动着国人的心。新冠肺炎疫情的肆虐让师生都处于"隔离"状态，课室教学被按了暂停键，空中课堂网上授课成了我们的教学常态。危难存亡际，虽不能至然心向往之。听令而行，学当“主播”，与学生一起坚壁自己，以这样质朴无华的形式参战。情系战疫态势，跳跃的疫情数据，牵一发而动全身。借以书籍舒缓心律，沐其芬芳，祈福武汉，天佑中华。多日疫战，东风虽把花期延；千树海棠，暖日早催驿路红。望梅岂能解千渴，思蜜常悔于蹉跎。不为书而书，抗疫，更要抗逸。拙人勤耕，笔耕不辍。拳拳之心，浓浓情谊。2020 年寒假，我有感于新冠肺炎疫情“最美逆行者”，出了《旭日依然花正繁》文集以致敬抗疫在一线的人民英雄。

授人之鱼，不如授人之渔；授人之渔，不如授人之愉；授人之愉，不如授人之欲。率厉文武，身先士卒。为师，若无学习进取之欲，何有底气奢求学生努力拼搏？我若付出一分，岂敢奢求十分？我若付出十分，岂止收获一分？想都是问题，做都是出路，我们的奋斗姿态便是最美的风景。相由心生，境由心起。在粤港澳大湾区，我看到了春华秋实、夏蝉冬暖之良境，这岂不是成长沃土，人间乐园，寻觅之境？

筑梦今天，圆梦明天。在粤港澳大湾区建设的滚滚浪潮中，激扬新时代爱国主义的磅礴力量，我愿凝神聚气，筑梦杏坛，见贤思齐，静待花开。在磨砺中收获，在历练中成长。不负韶华怀远志，人才蔚起奠基荣。我懂得了，杏坛梦是路漫漫其修远兮，吾将上下而求索的激昂青春，再接再厉！

论剑宝安，驰骋湾区

爱，被期待着；温暖，被感受着；梦想，被践行着。也许一个人、两个人的力量还不能让人们眼里都铺满阳光，心里温暖。宝安，家园，乐田，沃土，涌现出了不计其数的优秀筑梦人，他们便是我们可亲可爱的宝安人民教师。

深圳市宝安区石岩公学教师朱瑛，他一直坚守在教学第一线，既是指挥员，又是战斗员。他身先士卒，为老师们开示范课、作讲座，指导课堂、辅导论文，为石岩公学小学部带来了先进的教育理念，带来了生动有趣的课堂范例，为锻造小学部这支结构合理、理念先进、师德高尚、业务精良、素质过硬的师资队伍不遗余力。他是宝安区“五段互动式”培训模式的积极参与者与推广者：他引领石岩公学小学语文团队，始终不渝参与、研究和推广这一培训模式；他多次带领小学语文团队应邀到外地进行“五段互动式”培训模式展示，常德，韶关、南雄，深圳龙岗，宝安福永、新安、松岗……众多地方活跃着他和他带领的语文团队的身影；2010 年，他还作为宝安讲师团主要成员赴马来西亚，为沙巴州的华文老师进行培训。他积极给大家传递正能量，他尽情驰骋于粤港澳大湾区，他是感动宝安的优秀教育人物，也是将自己毫无保留地献给杏坛的中国梦筑梦人。

深圳市宝安区滨海小学高丹老师是带孩子们唱响了维也纳金色大厅的深圳青年教师，她曾于 2011、2012 年连续两年带团参加深圳市艺术展合唱比赛并获第一名，获得优秀指挥奖和指导教师奖。2012 年、2013 年分别参加了广东省、全国第四届艺术展演合唱比赛，均获得小学甲组一等奖。还参加第二届“文化中国 · 中国非物质文化遗产美国行暨中国非物质文化遗产联国总部展演”，曾获宝安区教坛新秀等荣誉。她似闪烁在夜空的繁星，闪耀着耀眼的光芒，她是一个别样美丽的宝安杏坛筑梦人。

深圳市宝安中学李志群老师用坚定而和善的爱，浇灌儿童朝气蓬勃的成长。她是宝安区优秀教师，曾获省级论文一等奖、宝安区家庭教育课例一等奖。种桃种李种春风，开尽梨花春又来。以心动人，以情育人；倾情教育，挚爱执着。她也是一名幸福的宝安杏坛筑梦人，是推动粤港澳大湾区教育蓬勃发展的一股中坚力量。

深圳市宝安区塘尾万里学校陈世华老师热心与景山实验学校科学结对帮扶，有效促成两校支教重点聚焦教学管理，帮助开展丰富多彩的教研活动，共享优势资源。多年来，他亲力亲为，不辞辛苦，两校实施科学结对帮扶结出丰硕成果：景山实验学校喜获 2017 年第三学区民办中学中考平均分第一名的佳绩，仍在砥砺前行，再创佳绩。他，是学校的师德楷模，宝安区优秀教育工作者，他还是一名虔诚的宝安杏坛筑梦人，是实现中华民族伟大复兴中国梦的筑梦人。

三尺讲台，育国之栋梁；一支粉笔，绘杏坛暖春。让我们向这些典型的筑梦人学习，他们维护并诠释着新时代教育工作者的核心价值：责任、爱心、奉献。

他们用平凡琐碎的事情，见证、记录并努力完善自己的教育人生，他们积极推进新时代社会主义核心价值观教育的纵深发展。当奉献成为常态，当激情成为习惯，当坚定成为情怀，当高昂成为斗志，我们志存高远，奋发图强，施展抱负，建功立业，在教育这片美丽花田里，激扬如火青春，筑梦圆梦宝安，让青春焕发出绚丽多姿的光彩！

激扬青春，教育未央。宝安杏坛筑梦人，雄心将江海齐远，宏志与宇宙同宽。扬帆奋进正当时，宝安教育谱新章！我懂得了，杏坛梦是肩负使命，勇立潮头绽芳华的恢宏志气。

扬帆奋进，共续辉煌

子夜钟声，敲打出 365 个灿烂韶光；万家灯火，璀璨着用激情与担当书写的深圳。筑梦如初，未曾放弃，奋斗不息；拒绝平庸，热血奔涌，蓬勃青春。深圳宝安教师，一群人，一颗心，一种情怀，他们在平凡的岗位上奏响了一曲曲感人肺腑的时代凯歌，为广大教育工作者树立了先进典范和榜样标杆。这些杏坛筑梦人怀着肩担道义、心怀桑梓的大爱情怀，克服了许许多多难以想象的困难，从青丝变白发，依旧不改对教育事业的忠诚与热爱，他们坚守着内心的平和宁静，杏坛春色、馨香满园便是最美满的报答。一分春华，一分秋实，他们高举习近平总书记新时代中国特色社会主义思想的旗帜，筑梦杏坛，为中国特色社会主义先行示范区教育增辉添彩。守望信念从未悔，筑梦杏坛大有为。他们是为实现中华民族伟大复兴中国梦不懈奋斗的优秀代表！

春潮激荡，波涛奔涌。在过去的近四十年里，南海之滨，珠江之东，梧桐脚下，深圳教师群情振奋、摩拳擦掌，携手共进，力争做新时代深圳教育改革的弄潮儿和排头兵。深圳教育质的飞越，与深圳经济特区发展“同频共振”，深圳跑出特区教育发展的“加速度”，建立起现代城市教育体系，整体水平达到全国一流。无论是在义务教育的在校生规模，还是高考、知名大学录取人数乃至教育投入等方面，均跻身全国前列；技术教育仍是深圳的强项，深圳职业技术学院在国内众多排行榜中名列榜首。与此同时，近年来，以深圳大学、南方科技大学为代表的深圳本土高校飞速发展，并在一些世界大学排行榜上取得优异成绩。此外还有清华大学、北京大学、哈尔滨工业大学等高校在深圳的校区，以及香港中文大学（深圳）、深圳北理莫斯科大学等合办大学的“加持”，高等教育发展驶上快车道，深圳教育前景广阔，未来可期。

“十二五”期间，深圳新增中小学学位12.6万个，是“十一五”时期的两倍。“十三五”期间，全市规划新改扩建公办中小学185所，新增公办中小学学位23.8万个以上，较“十二五”时期建成学位增加50%以上，年均新增学校达到37所。按时间计算，几乎每10天，深圳就会有一所新学校拔地而起。在《深圳市中小学学位建设实施方案（2018-2022年）》中更是明确规划，未来5年，深圳市新增公办中小学学位将达30.46万个。

在建设中国特色社会主义先行示范区的大背景下，新时代呼唤与之契合的教育发展，深圳教育机遇与挑战并存。2019年8月19日，深圳教育系统教育部基础教育司司长吕玉刚表示，教育应补齐“普及、资源和制度”三块短板，深圳要争当基础教育发展的“先行示范区”。2019年9月10日，深圳市委市政府召开全市教育大会，市委书记王伟中强调，要旗帜鲜明地用习近平新时代中国特色社会主义思想铸魂育人，培养担当中国特色社会主义先行示范区建设大任的时代新人，强化粤港澳大湾区教育合作，着力打造教育高质量发展的“深圳标杆”。深圳市委市政府发布《关于推进教育高质量发展的意见》指出，到2022年新改扩建义务教育公办学校146所，新改扩建30所公办普通高中，新增学位6万个，增幅超过60%。“十四五”期间，深圳还将打造国内领先的卓越高中、特色高中、民办品牌高中各10所。在招生、师资等方面支持新建高中高起点建设人文、科技、艺体等特色高中，高标准建设深圳海洋大学、深圳创新创意设计学院等高校……这明确了深圳教育高质量发展的指导思想和总体思路，系统部署了未来一段时间深圳各级各类教育发展目标、任务和路径，提出“打造与城市地位相匹配、中国一流、世界先进的现代教育”的建设目标。

深入学习贯彻习近平总书记在2014年的第二次中央新疆工作座谈会上“各

民族要相互了解、相互尊重、相互包容、相互欣赏、相互学习、相互帮助，像石榴籽那样紧紧抱在一起”的重要讲话精神，深圳教师必将继续在各级党委、政府的领导下，坚守第一线深耕细作，画好同心圆、筑牢中华民族共同体，为打造一流示范教育，推动深圳教育事业的高质量发展，共同建设中国特色社会主义先行示范区，共同为实现中华民族伟大复兴中国梦而不懈奋斗。凝神聚气育桃李，勠力同心续辉煌！

思者无域，行者无疆。明确目标，明晰路径，坚定步伐跟党走，敢打敢拼的深圳人已再次吹响号角，扬帆远航。他们，怀抱大战略，描绘新蓝图，开创新未来。宝安教师，身在其中，责无旁贷，齐心协力。我懂得了，杏坛梦是同舟共济扬帆起，乘风破浪万里航的磅礴伟力。

当激越的音符摇曳着灵动，当飞扬的舞姿表达着欢庆，深圳四十不惑，勇担新使命。感谢时光虽匆匆，我们能携手共度。没有胜利的终点，只有永远的前方；没有不朽的躯体，只有光辉的理想。深圳教育，除了先行示范，已“无路可走”！不忘初心，方得始终；开拓创新，青春常在；意志淬火，百炼成钢。深圳，我们证明，月涌大江，中流击楫慨而慷。相约深圳，让新时代的梦想，生长在温暖的掌心。让新思想的灯塔，指引我们永不懈怠地远航。抓一把希望的星光，把所有的黑夜点亮，将光荣与梦想收入囊中。

筑梦杏坛育英华，驰骋湾区续辉煌。因为热爱，所以众志成城；因为热爱，所以攻坚克难；因为热爱，所以蓄势再发。吾生有涯，教路无疆；吾梦无别，唯筑宝安；吾爱无他，唯有杏坛。教育，我们笃定，与之有一段金玉良缘……

——后记

宝安区教职工主题征文大赛

获奖作品集

一等奖作品

我是您的一颗桃李种子

◎ 江腕朝

作者简介

江腕朝

任教于深圳市宝安区塘尾万里学校，中学语文教师，区骨干教师，市级优秀作文辅导教师，学校语文学科带头人。多篇教学论文发表于国内核心期刊，曾获第四届教师综合素质大赛初中组一等奖，多次获得区征文比赛一等奖。

偏远的山村，简陋的校园，
鸟儿唱着离歌。
您深情地对我们挥手：
你们，都是种子
我定能看到你们发芽开花结果。

——题记

西部，静谧的山村。春红，夏绿，秋黄，冬白。她的四季是画师笔下绚丽而多彩的水墨。山脚下，一里余远的地方是一座简陋的小学。彼时，我竟不知自己整个童年最美的时光将和这座校园相连在一起，且余生不管身处何地，每念及，都是剪不断、理还乱的眷恋与感慨。我曾经荒凉的生命与灵魂被那座简陋的校园滋养，被那位无私的老师温暖。

一

我记得，您说过我们都是一颗颗种子！

1980 年，那偏远而贫瘠的山村里一位老教师去世了，使本就缺老师的村小学雪上加霜。镇里也派不出老师来，说是县里也正缺老师，让村里自行想办法解决。老校长没法子，只得步行五十余里山路，到镇上煤山去找曾读过一年高中就不得已而辍学挖煤的您。老校长表明来意后，素来说话办事干脆利落的您却犹豫了：我只念了一年的高中，根不正、苗不红，恐怕……最后，是老校长一番“为了村里的孩子”的话，让您打消了心中的顾虑。您丢下发黑的手套和头盔，抹了抹汗水，毅然和老校长走向了回村的山路。

从此，您成了村里的老师。

我庆幸，七岁那年成了您的学生。您一教就是六年，六年啊，六年的岁月成了我生命中最美好且无法淡忘的时光，如一颗宝石，镶嵌在我的人生记忆最深处。

尤记得入学第一天，我终生难忘。初入学的兴奋、好奇与期待占据了我年幼的心灵。捧着仅有的语文和数学书，我紧拉着父亲的手走向学校。九月的山村，像个温静的少女。灿烂的阳光照耀下，上学路旁的小溪微波粼粼，水面映衬着路边野花的娇艳，也回荡着我们的笑声。可是，小村里的山雨说来就来，霎时间雨水伴随阳光一起洒下。虽然有父亲的保护，但连随手摘一片荷叶的时间都没有，避无可避，上衣尽湿。我们狼狈地来到教室门口，您看到后微笑地脱去了我的上衣，挂在校园的树枝上晾晒，然后拿来自己的一件旧衬衫给我套上。我羞涩地拒绝穿它，但你笑了笑，说：“穿上它，你就是大学生了……”

父亲笑了，我也笑了！

那天，您拿着粉笔在讲台上给我们上第一课。在我的记忆中，那粉笔如雪洁白，那身影如山高大，那声音如歌优美。雨后的阳光透过木窗洒在讲台上，洒在课本上，空气之中弥漫着新书散发的阵阵墨香，无不令我陶醉。忘情讲课的您，好奇听课的我们，还有我身上的那一件不合体而且泛黄的旧衬衫，都一一定格在我的记忆之中。

“多少蓬莱旧事，空回首、烟霭纷纷。”岁月，为我们上演了一部如美梦般的电影，那时天真的我们以为永远不会有剧终。您，我，我们都是剧中的主角，幕布已缓缓拉开。

上学的小路就是一幅有生命色彩的画。路的两旁是浅浅的小溪，形状各异的乱石，争奇斗艳的野花，飞舞的蜜蜂和蝴蝶……每当夏季小溪涨水时，您总会在路口等着我们，带领着我们踏着一路的溪水和阳光走向学校，溪水荡漾，阳光碎在了水中，闪闪发光，身后洒下的是一串串欢声笑语。您教我们语文，对于写字您从来都是一丝不苟，让我们一笔一划写好人字，还常常对我们说“写字要端正，做人要清正”。那时的我们似懂非懂。

山村里缺老师，您除了教我们语文，还兼教我们体育、音乐和画画。令我印象极深刻的莫过于画画课了。地点从来不在教室，或是上学的路边，或是山村的菜地，最有趣的要数在校园后面的小山。您带我们到山上，画山临水，描花摹草，都由我们目之所及而定，从未有过限制。站在小山上，正好可以完完整整地看到我们的小学。

有一次，您边看我们画画边不经意地说道：以后我死了，就葬在这座小山上，这样老师可以天天看到你们……哎，那时的我们都还不明白您说的“死”是何所谓啊！

溪边流水，见人如故。山脚下的村庄常常是潮湿的，春天和夏天，课桌上能长出小草芽来。下课或放学后，您总是拿着锤子铁钉在敲敲打打，修课桌修椅子修窗户。还从山上挑来泥土，将凹凸不平的操场铺平——似乎那简陋无比的校园就是您自己的家园，我们这一群山里的娃娃，就是您的孩子。

二

林花谢了春红，太匆匆。奈何，六年的时光就这样流失，从写字的课桌上飞走，从画画的小山上溜去，从上学的路边逃离——属于我们的纯真电影就要谢幕。

毕业那天，您领着我们唱歌，唱《让我们荡起双桨》，唱《送别》，唱着唱着，我们就哭了……我想起了入学的第一天您给我穿上的泛黄衬衫，想起您教我们写字，想起您从不让我们在教室里上的画画课，想起溪水涨起时您在路口等待我们的身影……似乎这一切就在昨天啊！我们都哭了。

长亭外，古道边……您为我们抹去泪水，深情地说：去吧，你们，都是一颗颗种子，我要看到你们生根发芽，开花结果！

我们就这样离开了小学，离开了您。“斜阳外，寒鸦万点，寒水绕孤村。”分离，有谁能舍得？那天的离歌时常萦绕在耳畔，您教我们写的字、画的画、唱的歌，还有为我们修补的课桌，都时常在我脑海里闪现，这些美好的记忆伴随我走过了整个中学时代。高考结束，我毅然报考了师范大学。您说过，我们都是一颗颗种子，如果可以，我愿意做您播下的桃李之种，将来生根发芽，开花结果，像您一样——为了护花甘愿化作一抔春泥。

三

我记得，您说过我们都是一颗颗种子！

2000 年，深圳。

多年以后，您播下的这颗种子落在了深圳这片沃土上，并扎根在宝安的三尺讲台，默默为桃李耕耘。课堂中，我引着学生一起去泛游语文的海洋，领略唐诗的风骨，品析宋词的神韵，欣赏元曲的精美，当然也不忘在教他们写字的时候嘱咐一句“写字要端正，做人要清正”。初上讲台，始为人师，谈起教学，满腔热情。我给您写了长信一封，信中写满了我初为人师的喜悦和受您教诲的不尽感激。得知我已扎根深圳教育战线，您心中何尝不充满激动与喜悦？于是您连夜给我回信：“为师身体康健，不必挂念。深圳乃国之大市，往后，你要为深圳特区的教育事业奉献一己之力。你们曾经的小学，如今得益于国家的好政策，面貌今非昔比。虽如此，村中外出务工者不少，留守儿童诸多，部分孩子衣服破旧，缺少文具书籍，着实令为师不安……”

双手捧着您的信，我似乎又看到了放学后常常拿着铁锤子铁钉敲敲打打修补课桌的身影。第二天，我给孩子讲“山村里的故事”。同时，向他们发出为山里的学校和孩子们募捐的倡议，希望给山里的孩子带去来自深圳的关怀。出乎意料的是，不仅仅我班上的孩子踊跃响应，就连知道了“山村里的故事”的其他班级同学也慷慨解囊，书籍、衣物、文具，满满一车。还有不少孩子拿出了自己的零花钱。

择了周末，我驱车将孩子们的爱心送回了小山村。

依然的那个村庄，依然的那座小山，依然的小山旁的小学，依然的在校园里忙碌的身影。校门口的我，急切地向您走去。鬓如霜，身如柴——童年记忆里的您早变了模样，我儿时的印象中您“高大如山”啊！见到我，您无尽欣喜，如见到多年未归的孩子。我指着那车里的书籍文具和衣物欢喜地对您说：老师，这是深圳的孩子们自愿捐给我们的……

话未落音，您激动不已，老泪纵横：太好了，太好了，这是珍贵的“深圳礼物”……

我陪您在校园里漫步，像小时候您陪伴我们成长一样。说着山村的进步，说着深圳的变化，说着我视之为最珍贵的记忆的童年生活，儿时的模样在一老一少的对话中愈渐清晰。

回忆，眷恋，然后泪湿眼眶。

梧桐叶上雨，声声是离别。临走，我对您说：老师，那些陈旧的课桌椅子，您就别再费心思去修补了，下次我从深圳带新的回来。

您微笑道：没事，我习惯了，修修补补依然可以用。那笑容依然如小时候一样温暖，如同您给我穿上的那件泛黄的衬衫一般，只是岁月在您脸上刻下了一道道皱纹，像黄河，像长江，纵横交错。

四

我记得，您说过我们都是一颗颗种子！

回到深圳后，我忘情地投入工作。一寸粉笔，三尺讲台，我学着您用青春与生命去热爱讲台下求知若渴的莘莘学子。您说我是种子，假如我已经生根发芽，假如我已经开花结果，我要用汗水在深圳播撒下一颗颗种子，用辛勤与智慧去浇灌，我坚信他们定能成为华夏栋梁。

飞云过尽，归鸿无声。日子就在平凡的忙碌中无声飞逝。

2005 年，您给我来信。信中一如既往地鼓励我要不辱使命，扎根深圳，为深圳这座年轻的城市奉献毕生之力。同时您一再提起“深圳礼物”，告诉我山里的孩子们不尽感激。信中还寄来了孩子们画的画，说对深圳孩子以拙作相赠，以谢“深圳礼物”的深情。看着画作中的小山，上学路旁的溪流……都是我最熟悉的地方啊！

随后几年，我陆续寄去了许多来自深圳的礼物，就算是大深圳对小山村里孩子们的一点关心。

即时通信工具日益发达，您时常会给我发来山村的一些照片、视频，如学校的模样，如孩子们的笑脸。但您依旧习惯给我写信。信中常说起“我们的学校又变样了，新增了教学楼”，说起“村里又来了师范生，根正，苗红”，说起“我老啦，该离开三尺讲台了”，还说起“近来常染小疾，身体有诸多不适，恐不能再来信”。念起信来，我不禁又想起了童年关于您的点点滴滴：给我穿上了泛黄的衬衫，写字时一再强调“写字要端正，做人要清正”以及带我们到小山上小溪边画的画，教我们唱的歌……不禁悲从中来，澎湃的情感激起了人眼眶中的泪花。

收到“恐不能再来信”的信，我充满挂念与忧虑。

三个月后，我募集到了一批新的课桌椅子，于周末驱车回到小山村里。停车，下车，校门口站着校长和几位年轻老师，我一边寒暄一边用目光急切地搜寻那个忙碌的身影。校长一眼便看出了我的心思，他握住了我的双手，极力里显得平静，说：一个月前，江老师走了。按他的遗愿，就埋葬在学校后面的小山上——那里，他可以天天看着整座校园……

我的黄河决了堤，泪如雨下！我跑上小山，跪倒在孤坟前。一捧黄土，阻隔阴阳，阻隔思念——您在坟头里，我在坟头外。

我记得您说，我们都是一颗颗种子，种子开花了，您却凋零了！四十年前，您放下发黑的挖煤手套，拿起教书的洁白粉笔，站上讲台，一站便是一生啊！

五

别了，校长给我递一沓钱，哽咽地说道：这是江老师的最后的遗物，临走时一再嘱托，一半给小学，一半给深圳。钱不多，不足以报“深圳礼物”之恩，让你务必收下带到深圳，转交给那些有恩于大山的孩子们……

伤离恨，最愁苦，他年重到，人面桃花在否？万千思绪袭上心头，我不敢推辞，转身上车，任泪水模糊您忙碌的身影，模糊小山的模样……

六

您说过，我们都是一颗颗种子！

深圳，我将扎根一生的校园。我不知道我这颗种子是否可谓“开了花，结了果”。但余生，我将用自己的青春与生命去播下一颗颗种子，期盼自己的学子终能成为华夏栋梁。

月夜下的窗前案头，晚风吹拂。我铺纸提起笔给您写信：写童年的回忆，写山村的变化，写深圳的发展，写您对我、对我们——所有种子的恩情……

书毕，方才想起“归鸿无信，何处寄书得”。是啊，“收信人地址”一栏该写何处？我思虑良久，泪湿衣襟，郑重写上：天堂，江老师收。

水调歌头·战疫

◎ 罗文军

不见黄鹤舞，
但闻汉水哭。
江城疫情急报，
玉枹击鸣鼓。
白衣执甲逆行，
国士挂帅出征，
丹心耀荆楚。
慨叹辛亥烈，
长嗟庚子苦。

雄鸡唱，
火雷震，
世界殊。
巍巍中华，
九州齐奔复兴路。
送暖海外游子，
解囊宇内同袍，
大国德不孤。
江山复丽日，
还来醉屠苏。

作者简介

罗文军
任教于华中师范大学宝安附属学校。曾获宝安区第二届教师综合素质大赛一等奖，三次被评为宝安区“中考先进个人”。曾被评为湖北省“优秀中学语文教师”，宝安区“优秀教师”，宝安区“首批教育科研培训导师”，“2019年度宝安十大读书成才职工”等。

生命之光，照亮我的教育之梦

◎ 袁琳

作者简介

袁琳

任教于新安中学（集团）高中部，毕业于河南师范大学。曾被评为广东高考优秀改卷员、深圳市高考学科先进个人、深圳市在线教学先进教师、宝安区优秀教师等。有多篇论文发表在国家级或省级期刊。其坚信，每个生命都有巨大的潜能，为师者，应尽其所能，激发孩子们内心的“小宇宙”，努力成为学生们的“灵魂导师”。

转眼，都奔四了。时间过得太快，快得吓人。

我闭上眼，往昔的情景历历在目：

镜头一：大伯的榜样之光，照亮我艰难的求学之路

羸弱、瘦小的丫头，骑着一个有横梁的二八自行车，独自行驶在漫天黄沙的时空里。只见她，屁股在座上一会左一会右地扭动着，她要用尽全力才能让小脚丫够得着脚蹬。时不时还会空出一只手擦汗，再快速回位握紧手把。不好！一阵大风侧面扑来。完了，小丫头和与她极不相称的大自行车一下子全都被掀到路边的沟里了。咦！过了一会儿，从沟里，她和她的自行车竟露出了头儿，一点一点，无比艰难，但她们的确是在移出，终于出来了。继续骑上，不敢耽搁丝毫，因为上课的铃声要响了。结果，刚骑上一会儿，又被这可恶的风吹进坑里了。就这样，一次次重演着小丫头和风战斗的片段。姑娘气急了，迎着风，大喊：让暴风雨来得更猛烈些

吧，我不怕你！虽然被灌了一嘴沙子，虽然又被吹进了沟里，虽然小小的身上都是伤，虽然还是迟到了，但，终究是到了学校。

类似的情景还有很多，只不过，大风，有时变成了大雨，有时变成了大雪，又有时变成了冰雹；求学的路，时而是离家五里路的乡村初中，时而是离家二十多里路的县城高中，时而又变成了离家四十多里路的省里大学。大自然给的磨难在变，求学离家的距离在变，目的地在变，不变的，是伴随这丫头一路走来的那个大大的自行车，是她对知识的渴望，和超越她大伯的决心！

姑娘生于农家，父亲去世早，母亲独自倔强面对农活、是非。大伯是父辈中最有出息的，住在县城，家庭条件优渥，偶尔会回农村看望他弟弟一家，过年过节送些肉、蛋，看到姑娘时会问学习成绩，送一些学习用品。更小的时候，她还在他家住过，大伯有空时会揽她入怀，手把手教写毛笔字，从怎么握笔到怎么落笔、运笔，“飞、风、家、气”几个字到现在都刻在她的记忆里。她自家的风雨飘摇与大伯家的殷实祥和形成了巨大的反差，这种反差在小小的人儿心里播下了一粒信念的种子：要上学，不能退学。虽然在那个年代，没文化的妈妈天天劝说她退学，说要早点进入社会挣钱，但，小小的她是如此的坚持，不肯让步，就像面对大自然的暴虐不肯后退一样。

到了高中，姑娘才慢慢知道她坚持的是什么：要通过一己之力，承担起家庭的重担，不仅要在物质上让家人过上像大伯家一样的日子，更要在精神上让村里人看得起她的家，看得起她的爸爸和妈妈！她开始发奋！超乎想象地努力！现在的我，向曾经的自己，尤其是高中时的自己，深深致敬！

高考结束填报志愿,她不知填啥,又是大伯做主,填了省里最好的师范大学,他说，他自己也是师范出身，师范大学学费低，离家近，周末还可以回家帮忙干农活。姑娘觉得在理。她总是很在意他的建议，各种的。最终姑娘被录取了，超过了录取线好多好多分。

“学高为师、德高为范”，这是一入大学就映入眼帘的八个大字。四年的本科，不，除了四年，还有接下来的十几年的教师生涯，这八个字早就刻在姑娘心里，进入血液。无论过多少年，这份初心不变：我是正宗师范毕业生！不仅要学高，更需要德高！

感谢大伯，感谢他一直以来对我学习的关注，感谢他的存在，这种存在，犹如一只大手在我原本黑暗、绝望的上空撕开了一道口子。于是，光，照下来了，我看到了光的样子，我开始向着光的方向飞翔！

镜头二：先生的支持之光，托起我百变的教学之路

已过深夜 12 点，一个女教师还在实验室里思考着，自问，到底影响滑动摩擦力的因素有哪些，又是如何影响的呢？做了无数次的实验，始终和书上的内容无法吻合，问题到底出在哪儿？先生来了，是把孩子哄睡后来的。在她的建议下，先生开始使用实验室里还没有人用过的力传感器，经过各种尝试，终于能在电脑上精确地显示出各个时刻的力的大小和方向了。然后，又是实验、验证、讨论、推翻、再次实验……终于找到原因：原来是实验室里提供的小木块各个面的切割方向不同，导致纹理不同，从而使各个面的动摩擦因数不同，最终无法和教材吻合。那，又该如何解决呢？有了，用一张白纸把小木块包裹起来，就可以克服这个问题了。再次操作起来，在误差允许的范围内，终于和书上的结论一样了。这时已是后半夜。这个创新的亮点，最终在大梅沙的全市说课比赛中夺得了高中组一等奖！

教书十多年来，变的是学校：从原来的私立，到后来的公立；从代课到在编。变的是教的学生的班别：从普通班到重点班，到实验班，又到尖刀班，各个层次的班级我都教过。变的是教学时面对的对象和人数：从一个班的五十几个学生到联播时的一百多个学生，从给高三老师做关于高考改卷情况的报告时的几百人到给全市高三师生上课时的几千人。不变的是先生一直以来在背后的支持、鼓励、帮扶，无论什么时候，只要需要，他就会出现！

是他的一次次的出现，给了我越来越稳定的内心；是他一次次的欣赏，给了我越来越大的胆量，让我越来越向更深层的教育问题发问：老师应该教给孩子们什么？难道仅仅是知识、能力、情感，也就是三维目标？不！或不仅仅是！三维

目标还仅仅停留在本学科领域，教师是否还应该带领孩子们走入更大的天地，比如在学科中是否还应该渗透哲学、心理等非本学科内容，使他们的思维或更加高远，又或是更加深沉，能为孩子们的未来提供助力？教师又应该以何种方式带领这些孩子们？灌输？不！或不仅仅是！最应该的方式是激活他们的内心，激发他们的求知欲，从“要我学”变成“我要学”。因为生命的力量极其惊人！因为一切皆有可能！因为自己的成长就证明了这点！

感谢先生，感谢他一次次牺牲自己本来就少的休息时间，陪我、助我，从心里支撑着我。这种理解和帮扶，使我无论走到哪里，身后总有一束温暖的光，照亮我回家的路，使我内心有底、有力！

镜头三：祖国的中国梦之光，铺满我幸福的教育之路

一个高一的女生走到办公室，战战兢兢地对我说：“老师，我刚才倒茶叶，不小心把一楼女厕所洗手池里的下水口给堵住了，我怎么弄都不通，现在别人都用不了水了，我非常抱歉。”说着说着就想哭。我从抽屉里拿出一颗糖，告诉她：“你能够主动承认错误，这是自觉的行为，节省了老师去调查的时间和精力，我要谢谢你才对，现在我们想办法去解决这个问题就行，下次不要再向里面倒茶叶了。”后来找了学校的后勤人员，两三下就搞好了。

我将此事记在心里，在合适的时候向全班同学表扬了这种自觉的行为，接下来奇迹出现了：偶尔会有孩子跑到办公室告知我他出了什么事，然后自己提出了解决方案，并去做了；某个小组的成员请假了，没事，本小组成员会把今天上课的笔记记得尤其仔细，还会把各科老师布置的作业或发下来的试卷统统多留一份；收作业的小组长请假一周，作业没有人收了怎么办，没事，小组成员自动补上，啥事儿都不耽搁；今天的课，老师有急事来晚了怎么办，没事，本科课代表正在跟学生讲解习题呢；班会课呢，这不，每个小组轮着上，主持人正讲得津津有味呢！……这所有的行为，很多都是我没有交代的，一切都是他们自觉的行为！

我有一个梦想：在课堂内，孩子们的内心是安全的，他们可以在任意时刻打

断老师；太困的时候，可以趴在桌子上眯一会，或者站到教室的后面清醒一下；太饿的时候，可以吃点东西，垫垫肚子；老师授课的内容和方式，因学生而异，备课时刻都在发生，目的是，通过授课内容敲开学生的心，释放他们的能量，激发他们的内动力。总之，爱，在这个师生交流的空间自由流动……

我有一个梦想：在课堂外，学生可以去老师家里吃饭，老师的一举手、一投足，格局、眼界、学识时刻影响着学生，学生从老师身上汲取养分，使自己成长、壮大，并把这份爱传递给他身边的人或后人，就这样，相传下去……

奔四的我，教书十几年来，越来越觉得需要学习的知识太多了，需要备课的范围太大了，自己给自己加到肩上的担子越来越重，时间如此宝贵，一分钟、一秒钟都不想浪费。只有这样不停地提高自己，才能更好地去影响我的学生们。我的生命终将会老去、死去、消散，但我的影响会一直留在世上，在我的学生、学生的学生或学生的孩子的身上保留，这就是我理解的生命的意义。

中国梦，说到底是人的梦！我希望我以自己的方式为中国梦的实现，出一份力！这种愿望犹如更高远的光，指引着我，召唤着我，铺满了我的教育之路！

尾声

感谢我生命中不同阶段的每一次遇见，遇见不同的人、不同的事，或幸福、或不幸，但，都是老天的馈赠，独一无二，不可剥夺。他们都有一个共同的使命，给我力量、勇气、希望，使我成长、成熟、奉献，散发生命之光，这份光亮，一定会延续……

想你了，武汉

◎ 李志红

作者简介

李志红

宝安区教科院教研三部副主任，区教育局第四学区教研负责人，中学高级教师，深圳市督学。毕业于华东师范大学电子科学技术系。曾多次被评为深圳市优秀教师、宝安区优秀教师、宝安区十佳工会主席等。多年来，写作专业论文、文学作品 150 多篇，其中发表、获奖的论文及诗词近 40 篇。

2020 年初春
一场意想不到的灾难降临大地
新型冠状病毒肺炎席卷地球
武汉成为重灾区

此时此刻
全球的视角都聚焦到武汉
我也情不自禁地
在心里
在脑海深处
想你了，武汉！

尽管我不是武汉人
但是我知道
解放大道与中山大道
雄楚大道与武汉大道
辛亥首义与武汉红楼
楚河汉街与汉口江滩

尽管我不是武汉人
但是我熟悉
汉正街与户部巷

古琴台与归元寺
晴川阁与鹦鹉洲
热干面与周黑鸭

我更知道更熟悉
黄鹤楼与江汉关
曾侯乙编钟与龙湖光谷城
东湖风景区与木兰山天池
长江大桥与龟蛇两山锁大江

此时此刻
我很难想象
见证了滚滚长江东流水的武汉关
见证了熙熙攘攘人头涌的户部巷
见证了九省通衢人云集的武昌站
见证了个体户脱胎换骨的汉正街
封城之后的情形……

曾记否
四十年前
正在读初中的我带着弟弟
第一次去武汉
为的是开开眼界确立目标
看看武汉心仪的大学模样

三十五年前
刚考上大学的我带着希望

第一次路过武汉
乘“江汉”号轮船顺江而下
到上海去求学

三十年前
已参加工作的我带着欣喜
在工作后的第一个春节
取道京广线途经武汉返回家乡
与老家亲人团聚

二十年前
已经成家的我带着妻儿
重新走过武汉关王家巷码头
在盛夏夜幕下的武汉街头
体验那一味的粉藕排骨汤
感受那一幕竹床躺椅人群

十年前
参与招聘团的我带着渴望
到人才济济的武汉高校里
为深圳宝安的教师队伍
招贤纳才补充新鲜血液

五年前
与教育战线中层骨干一起
去武汉大学华中师大研修
欲借荆楚智慧拓展教育观念

誓为宝安教育再创新高……

此时此刻
我又想你了，武汉！

那里有
“汉味早点第一巷”户部巷
蔡林记热干面与精武鸭脖
老谦记豆丝与真味豆皮
只要你享口福就有你口味

那里有
“武汉商贾云集”江汉路
中餐西餐与韩国烧烤
火锅快餐与日本料理
各地风味美食
只有你想不到没有你吃不到

那里有
“新一线城市”的胸怀
光纤光电器件产量与激光装备制造实力全国第一
区域协调发展新机制与长江经济带发展高度吻合
武汉成为中部崛起战略中的重要支点
比不过资源禀赋你能做到极致就是强大

那里有
“天上九头鸟，地上湖北佬”的俗语

九头鸟是精明的比喻
九头鸟更是
武汉文化的杂糅品格与斑斓色彩
九头鸟更是
武汉民风的多重特质与多副尊容

小区的封闭管理
限制了我的脚步
但捆绑不了我的思绪
闷热的纱布口罩
封住了我的嘴巴
但封不住我内心的加油劲

你看
封城的长江大桥上焰火灯光闪烁出
“武汉加油”的大字
封城的窗户里飘出
“我要看春晚”的心声
封城的阳台上喊出
“我想吃热干面”的情怀
封城的屋顶上响起
“我和我的祖国”的旋律
封城的电视机传出
“武汉同胞，我们在一起”的豪言

挺住，武汉
一方有难八方支援

全国 19 个省份及部队对口支援的队伍来了
这是祖国大家庭的温暖
全国 4 万多名医护人员来了
这是祖国最美丽的逆行者

此刻
还有什么顾虑挥之不去
还有什么困难克服不了
此刻
中国力量在此凝聚
中国精神在此彰显

武汉，我想你了
等到拨开云雾见青天的时候
我们一起
漫步东湖边
看荆楚大地变新颜

等到春暖花开的时候
我们一起
相约看樱花
看柳暗花明又一春

等到疫战结束的时候
我们一起
相聚长江堤
看大江东去浪淘尽！

逐浪大湾区　共筑教育梦

—— 一名高中语文老师的成长札记

◎ 李曦

作者简介

李曦
任教于深圳市宝安区新安中学（集团）高中部。毕业于西南大学文学院。曾被评为区年度考核优秀教师、校优秀教师、区优秀工会积极分子等。其作品《为伊消得人憔悴》获宝安区职工作品大赛二等奖，诗歌《云彩之上》收录于深圳市职工原创优秀诗歌作品集《五月的花海》，《一名高中语文老师的成长札记》获宝安区教职工主题征文一等奖等。辅导的学生多次在国家、省、市、区级写作大赛中获奖。

2008 年的夏天，伴随着北京奥运会的欢呼热浪，我，一个刚刚大学毕业的年轻人，拖着一箱子书，从西南跨越1400公里的距离，来到了深圳，来到了“得宝而安”的宝安。改革开放以来的深圳，以她独特的魅力吸引着一届又一届的大学毕业生“孔雀南飞”，而我，不过是其中平凡又普通的一个。当大街小巷都在播送着《北京欢迎你》的歌曲时，深圳，您欢迎我这个满怀教育热情，满怀工作干劲，满怀对特区憧憬的年轻人吗？

星移斗转，十二年过去了，如今的我，从一个“初生牛犊”的年轻教师成长为一个有一定思考的中青年教师，这一路走来，付出颇多、收获颇多、感慨颇多。深圳，您张开宽阔的臂膀接纳了我，您汹涌的时代脚步带领着我，让我见证您的伟大成绩的同时，也让我在自己的教育岗位上发光发热，在新的教育改革之下，奉献自己的心血与才能，与时俱进，与深圳俱进，与大湾区俱进，三生有幸。

一、九万里风鹏正举，蓬舟吹取三山去

十二年前的那个夏天格外火热，我们来自祖国各地的本科毕业生、硕士毕业生，一共二十多位汇聚一堂，都在为九月的上岗进行着紧张的培训。这个时候，学校工作意向调查表下来了，在班主任的一栏上，我却犹豫了，一毕业就承担高中两个班的语文教学工作，我还有能力和精力胜任班主任的工作吗？我内心不免忐忑了。学校领导看出了我的退缩，主动找到我，对我说：“年轻人就应该有大抱负，大作为，要有敢干敢拼的精神，不要因眼前的困难，吓退前进的脚步！”面对学校领导推心置腹的鼓舞，我抛去了顾虑，在工作伊始就承担起班主任和两个教学班的日常工作，并积极参加校级区级各项能力大赛，每次在紧张慌乱的时刻，耳边似乎就响起前辈对我的鼓励：“年轻人一定要敢于面对挑战，敢于崭露头角，敢于担起重任！”

新时代的教育工作者，一定是具备远大理想的追梦人，正如苏霍姆林斯基所说：“在学校全部教育现象及其复杂的关系中，最宝贵的东西是什么？教师的理想和信念——这是学校里最宝贵的东西。”我校曾承办全国高中生涯教育论坛，作为与会的工作人员，我获得的最大感受就是：在新的时代背景下，教育的发展已不同往日，我们每一个老师都应该关注社会、关注世界、关注当下、关注未来，志存高远，树立远大的理想抱负，只有这样，才能以宽广的眼界和心胸去培养具有全球意识的学生。这不正是与我们深圳大湾区的发展目标相契合吗？

只有“站着”教书的老师，才能培养出有高远志向的学生，这个“站”不仅仅是说人格，更是指理想信念的树立。幸运的是，“立志做一个优秀的能力出众的老师”这一理想，在我踏上职场的第一步就树立了，时代给予了我实现理想的机会，我定不负时代！

二、洛阳亲友如相问，一片冰心在玉壶

在大学临近毕业的时候，做了一辈子教师的父亲问我关于工作的意愿，我说：

“跟您一样，做一位人民教师。”做老师是我从小到大的愿望，是身为教师的父母对我的耳濡目染，也是我自己的人生所向。父亲听完我的回答，良久说了一句：“做老师啊，要守得住清贫，耐得住寂寞。”

在人们的脑海里，老师是蜡炬，燃烧自己，照亮别人；老师是春蚕，“春蚕到死丝方尽”；老师是叶子，尽其一生，即便化作春泥也护花。蜡炬也好，春蚕也好，叶子也罢，其核心就是高洁的情怀和无私的奉献，一个教师只有具备了这样一种甘于奉献的品格，才能守得住清贫，耐得住寂寞，才能懂得教育家吕型伟先生所说的“教育是科学，科学的真谛在于求真；教育是艺术，艺术的生命在于创新；教育是生命，生命的意义在于献身”的境界，才能言说自己的专业成长与发展。

十二年来，我早已习惯了“6106”的作息制度；习惯了每日从早到晚的忙碌；当然，也习惯了长年怀有对家人的亏欠和愧疚。以校为家是很多老师的常态，把学生放在第一是每位老师的职业素养，不管外面的世界多么五光十色，也不管自身遭遇了多么大的挫折，始终以饱满的热情、亲切的态度、丰富的知识去面对学生，是我一直铭记的职业操守。

不止一次有学生问我，为什么会做老师，我笑着回答说：“你不做老师，我也不做老师，那谁来做老师呢？”和学生在一起就让我快乐，学生取得进步就让我幸福。每年的教师节已经成为比生日还让我幸福的一天，因为这一天我会收到来自各地的很多学生的祝福。记得去年的教师节，一位远在美国的学生在网上给我留言说：“老师，还记得您曾经带我们读《诗经》的时光，是多么的欢乐，仿佛就在昨天。如今我远在异乡，想家的时候就会把《诗经》翻出来看看，似乎觉得祖国就在身边，家人就在身边，您也就在身边。”孩子们的话语总能拨动我的心弦，让我对教师这份职业多了一些理解和感悟，“捧着一颗心来，不带半根草去”，老师是蜡炬，是春蚕，是叶子，是摆渡人，我在河的这边，让学生坐上知识的小船，我站在船头撑起竹篙，一路高歌把他们送到河的那一边，再目送他们的背影远去，无怨无悔……

三、半亩方塘长流水，呕心沥血育新苗

打铁还需自身硬，一个老师仅仅靠他的外表去打动学生是不能长久的，只有深厚的专业功底和独特的人格魅力对学生的影响才能长久。

为了让新老师提升专业技能，尽快站稳讲台，学校多年来一直打造“青蓝工程”。从进学校的第一天开始，我便成为了“青蓝工程”的一名学员。学校给每位新老师结“对子”，安排导师、师父带领徒弟从高一指导到高三，通过备课、听课、参赛、上公开课、发表论文、完成课题等方面的倾情指导，不仅将新老师在自身教学专业上“扶上马”，还要给新老师的终身持续发展“送一程”。

我有幸得到过很多老教师的细心传授和热心帮助，忘不了在参加各级演讲比赛前夕，老教师带我到大操场一遍遍练习稿子的情景；忘不了在准备公开课的紧张关头，老教师自愿留下来和我讨论课程设计到深夜的情景；忘不了在参加名师工作室之后，老教师带领我完成课题、发表论文、参加各种培训会议的情景；忘不了随时随地无所保留的有问必答；忘不了充满善意的提醒和温暖的关怀；忘不了电话那头的句句叮咛和鼓励……一个个熟悉的身影，一张张亲切的笑脸，是老教师们对新老师的一片苦心，是老教师们崇高德行的最好体现。

在“传帮带”的成长环境中，我得到迅速的成长，取得了一些成绩，也获得一些奖项。新竹高于旧竹枝，全凭高干为扶持，我只有在工作中不断提升自身专业素质，把所学所得更好地运用到日常的教学工作中，才对得起老教师们对于新老师的一腔深情。

四、令尹精诚知到处，上天仁爱见真情

2019 年 9 月 9 日上午，习近平总书记来到北京师范大学，向全国广大教师和教育工作者致以崇高的节日敬礼和祝贺。总书记在讲话中强调，全国广大教师不仅要做有理想信念、有道德情操、有扎实知识的教师，还要做有仁爱之心的好教师。

这不禁让我想起刚做班主任的时候，台风总是夏季的不速之客，狂风暴雨阻挡了同学们上学的脚步，可班上还有几个孩子因是内宿生而滞留在校。就在我步履匆匆在风雨中朝着教学楼走去的时候，突然脚下一滑，整个人重心不稳，一下子摔倒在地，下巴撞到坚实的地面顿时磕出一个深深的口子，鲜血一下子涌出来，顺着雨水流了一地。当时的我大脑一片空白，我不知道自己伤得有多重，也不知道这个时候去医院，滞留在教室的学生该怎么办。就在这时，我听到一句“老师”从身后传来，转过身一看，班上的两个学生从校门口进来，看到我一脸鲜血，孩子们显然愣住了。我有点难堪，因为就在前一天，我还因为其中一位学生不好好学习而严厉地批评过他，可是孩子们却连忙走上前来，关怀备至地递给我纸巾，还坚持要送我去医院。我推辞不过，只好让一个孩子去教室让滞留的学生回宿舍，而让这个平时让我头疼、经常被我批评的孩子陪我去医院。

从医院出来，我笑着轻声说：“小斌，今天多亏了你们，不然我真不知道怎么办，谢谢！”这个十五岁的大男孩羞涩地挠挠头，不好意思地笑笑。我们在风雨过后的街头静静走着，没有再说话，在后面的日子，小斌学习认真了很多，我也很少再严厉地训斥过任何一个学生。

正如孔子所说，“因材施教”“有教无类”，作为新时代的教育工作者，我们更应善于发现每个孩子身上的闪光点，多一点肯定和鼓励，少一点苛责和责备，以一颗宽厚、仁爱之心对待学生，以谦卑的姿态面对教育事业的重担。

在当今社会，有各行各业的人在为祖国、为深圳的发展发光发热——在疫情中光荣逆行的医护、坚持在一线岗位的服务人员、时刻牢记使命的民警同志……他们极高的职业素养和奉献精神时时感动着我们。作为教育工作者，在教育生涯中也需要厘清“可以做些什么，最需要做些什么”，关于对未来教育事业的展望和规划，我有以下体会：

1. 做智慧型的教师

教师是人类智慧的化身。韩愈说“师者，所以传道授业解惑也”，《周礼》云“师者，教人以道者之称也”，古希腊人称教师为“智者”。一个优秀的教师必须拥有教育智慧，它反映了教师的一种水平、一种魅力、一种追求。在新课程改革的背景下，我立志把自己修炼成一个智慧型的高中语文教师。

新课程的实施将教师引向了一个浩瀚无边的知识海洋，要想成为一名智慧型的高中语文教师，要永葆一颗五彩的慧心，加强学习，不断充电。学习不仅有助于教师积淀文化底蕴，使自己更具文化眼光，它更为重要的价值在于使教师的内心变得开放、鲜活、细腻和温柔，使教师具有不断增长的完善自我的要求，从而克服对于教学的倦怠感，使教学永远充满活力和内在的感染力。

教育的真谛就在于启迪智慧。做一名智慧型语文教师，需要修养身心，完善自我，在实践中反思、积累、锤炼；做一名智慧型语文教师，需要形成师生间的知识纽带，让我的学习积累汇聚成涓涓小流，以此滋养学生求知的心灵。

2. 做艺术型的教师

教师是一种职业，也是一门艺术。无论是课堂教学，还是管理班级，都离不开教师的艺术性处理和引导，在修炼智慧的同时，我还希望自己能成为一位艺术型的教师，打造具有艺术性的课堂，让心灵和智慧对话，真正体验到什么是教育为人。

艺术型的教学便是爱的教学。现象学教育学的代表人物马克斯·范梅南认为：教育机制和教育智慧的核心是指向学生的关心品质的，没有关心就没有真正的教育机制、教育智慧。教师只有拥有一双慧眼，充分地了解学生，走进并欣赏学生的精神世界，满足学生精神成长的需要，才能获得教学中的智慧，才能实现自由的教学，才能在这种自由中获得满足和幸福。

教育本身就意味着一棵树摇动另一棵树，一朵云推动另一朵云，一个灵魂唤醒另一个灵魂。艺术型的教学是各种要素的有机结合，其关键还在于教师对学生的关注和爱心；做艺术型的教师需要教师对工作的倾情投入，更离不开教师走入学生的内心世界，将学生心灵“唤醒”。

3. 做“诗意栖居”的教师

教师的文化素养绝不简单地等同于知识水平，还应该包括人文素养、审美修养等诸多内容。好的教师是诗意栖居于大地的教师，不仅对学生能进行知识的传授，还能对于学生的人格塑造起到重要作用。

高中教育的对象是青少年时期的孩子，这个年龄的孩子不仅对知识有着强烈的求知欲，更有对诗意和艺术的强烈渴望。语文本身就是富有诗意的，它不仅具有工具性，还负载着丰富的情感、深邃的思想和人类绵绵不绝的文明。教育也是富有诗意的，和学生沟通和交往同样富有诗意。诗意的语文课堂是从学生视角出发，以学生为立场，它是开放的、灵动的、智慧的，能够让学生释放情感、绽放生命，从而让学生享受语文，拥有诗意人生、智慧人生。

我希望自己能成为一首诗、一幅画、一帧风景般的教师，举手投足之间自显风流，舒缓从容之间道来真知。十二年的教学生涯不仅让我站住了讲台，而且让我更加热爱这份职业，更加热爱生活，我要用一颗热爱生活、热爱知识、热爱美的赤子之心去满载阳光，再把阳光播撒到学生的心田，让“接受”转变成“生成”，让每一个孩子的意志和热情都能显现、迸发，进而成为掌握自己发展、自己人生的主人！

春华秋实二十载　砥砺奋进谱新篇
—— 写在深圳市富源学校建校 20 周年之际

◎ 李海平

作者简介

李海平

深圳市富源学校行政办公室主任兼工会副主席。广东省作家协会会员，中国当代文学研究会校园文学委员会常务理事。曾任镇中心小学少先队总辅导员、县文联秘书长、乡镇党委副书记，出版有个人散文集《在文字中穿行》、诗集《驿路花香》。

悠悠铁岗水库，巍巍虎山山麓，矗立着一处依山而建、错落有致的美丽校园——深圳市富源学校！

20 年前，她衔兴办民办教育的使命而生，春雷滚滚矗立巍巍虎山；20 年来，她担深圳民办教育前行者的使命而行，一马当先带动深圳大地方圆。回首过往 20 年的足迹，犹如一颗颗闪亮的星辰，在记忆的天空中熠熠生辉！ 20 年来，富源学校为深圳民办教育事业的发展和深圳经济社会的发展作出了积极的贡献，谱写了雄宏壮丽的华彩乐章。

1999 年成立至今，富源学校已经走过了 20 个寒暑。20 年，在历史的长河中也许只是微不足道的一瞬间，犹如白驹过隙，稍纵即逝。但对于自强奋进的富源人来说，却在品牌建设的历程中走出了一条坎坷而又坚实的道路，留下了一笔弥足珍贵的精神财富；但对于富源学校而言，她却以 20 年不变的执着和坚韧，披荆斩棘、乘风破浪，岿然屹立于深圳特区。

富源学校，一个闪耀在大湾区的教育明珠！

筚路蓝缕二十年

20 年执着追梦，20 载风雨兼程。回首 20 年前，学校创办人、学校董事长缪寿良先生登高望远，心怀天下，富而思源，回报社会，富而办学，情牵学子，乐育人才。回首 20 年前，富源学校从虎山脚下的一片荒漠地起步。从那时起，一批批的富源人肩负缪寿良董事长提出的建设“社会主义市场经济大潮中的黄埔军校”的使命，志存高远，蹒跚迈步却矢志不渝。

20 年，富源人走过了不平凡的历程。筹办前，缪寿良董事长、李金招总监、缪德良先生、曾福明先生、缪远中先生、钟舒竞先生等一批先驱者为学校的创办殚精竭虑，呕心沥血。创办之初，只有一栋小学部教学楼，若干个教室，学生 174 人，教职工 40 人。为扩大办学规模，办学初期，教职工经常利用寒暑假、节假日，不辞辛劳，到全市各地的大街小巷送发招生简章、举行公益演出，让富源学校渐入人心。办学在探索中艰辛进行。2003 年，在现址上新建了小学部教学楼。2006 年 6 月，初中部教学楼建成，同年 9 月，初中部从中学部剥离出来，自成一个学部。2005 年，首届高三 56 位学生毕业，4 人上清华、北大，重本率达 35%。首届高考取得的优异成绩，犹如平地一声惊雷，震撼一方。2006 年、2007 年、2008 年、2009 年，分别有 7 位学生考上清华、北大。迄今已有 28 个同学考入清华、北大。富源学校“低进高出、低进优出、高进特出”的良好加工特色，让深圳莘莘学子心向往之，吸引着优秀学子纷至沓来，使学校规模日益扩大。

先进理念引方向，“六大作风”育学子。20 年来，一批又一批的富源人始终秉承“创造适合每一个学生的教育，让每一个学生成为最佳的我”的办学理念，始终践行“砺志、笃学、自强”的校训，弘扬“团结奉献，勤奋求实，科学探索，争创一流”的校风，遵循缪寿良董事长提出的“办适应社会主义市场经济发展需要、人民满意的学校”的美好愿景，以“培养有领袖气质和国际竞争力的现代中国人”为育人目标，坚持“高端、高质量、高品位”的办学定位和“高分、高能、高德”

的培养目标，实行“六大作风”建设，提倡“君子文化”，始终以培养学生良好的“兴趣、习惯、个性”为突破口，以生为本，全面实施素质教育，着力打造“纪律最严、校风最好”的深圳的“伊顿公学”。20 年来，这些办学理念、办学文化、办学实践，成为学校弥足珍贵的精神财富。它培养了广大富源学子胸怀天地大气、树立远大志向、勤奋学习、刻苦锻炼的品质；它引领着学校培养出了一批又一批的优秀毕业生，同时锻造了一支爱岗敬业、业务精湛的教师队伍。良好的校风，优异的教学质量，全寄宿制管理特色和德育管理特色，吸引了全国各地的众多兄弟学校前来参观交流，取经求宝。

栉风沐雨研课改，与时俱进出精品。学校科研氛围浓厚，广大教师申报教育科学研究课题和论文获奖的数量多、质量高。二十年来，富源教师笔耕不辍，致力于把先进的理念融入教育教学实践，争相编写校本选修课程教材。“武术训练”“习惯养成课程”“人文素养课程”“领袖气质课程”“君子文化课程”等校本课程，成效显著，硕果累累。学校致力构建了基础课程、拓展课程、综合实践课程三位一体的德育课程体系。

培根固本提师能，春风化雨铸师德。沐浴着课改的春风，富源的师资团队不断创新，超越自我，充分利用“理想课堂”、名师讲堂、名师展示课等活动平台，提高教师课堂教学水平。秉持“诚心诚意让学生做主人，严肃严格地进行基本训练”的教风，传承富源“工匠精神”。实施蓝青工程，通过以老带新、师徒结对，精益求精地提升团队的教育教学能力。深入推进“双自主互动”教学模式，打造高效快乐课堂，打造最适合富源学子的教学方法。丰富多彩的校本培训，一次次激荡教师的心灵，回归教育初衷，在感动与感恩中践行“阳光教育”。一批又一批优秀青年教师在各类比赛中屡获奖项。

沧海桑田换新颜，软硬设施有保障。今天的富源学校，校园绿树成荫，鸟语花香；楼台亭榭，古香古色；假山喷泉，如诗如画；奇石异木，点缀其间；名人雕塑，巧夺天工。教学区、运动区、生活区，功能分明，布局合理。配备完善、数量充裕的各类球场、游泳馆、运动场、休闲公园、生物园、地理园、农业劳动基地、校园电视演播中心、体育武术杂技训练场馆、高尔夫练习场，各类功能场所齐全。图书馆、阅览室、师生饭堂、宿舍等的生活配套设施完善。行政管理、教学管理手段信息化、现代化建设已走在深圳同类学校前列。拥有智慧校园综合管理平台，实现了家校沟通“三网合一”、移动协同办公、智能阅卷与成绩分析、智能走班选课与排课、学生社团智能管理、无感识别智能安防、校内教学资源共享、桌面导航等功能，实现了教育教学大数据采集与分析，助力学校精准治理。拥有先进的学生创客实践室，开设了机器人、无人机、人工智能、创意编程、车模航模、3D 打印等丰富的科创课程。科创教育硕果满枝，学生在全国机器人大赛、各级双创比赛中获奖频频。建成了完善的校园网络信息化平台和学生安全监控平台。完善先进的教育教学配套设施，为学生的健康成长夯实了良好的基础条件。

高端发展有目标，薪火传承谱新篇。2016 年，在基本实现了《第三个五年改革与发展规划》的各项目标后，在办学十七周年之际，学校制定了《第四个五年改革与发展规划》，制定了学校的发展目标：建设“和谐富源、七彩富源、活力富源、名校富源”，建设“学生喜欢、教师幸福、家长满意、社会认可”，在深圳市乃至广东省有一定影响的可持续发展的现代品牌学校。2019 年 6 月，学校成立了新一届领导班子。在新一届学校领导班子的带领下，在先进办学理念的指引下，富源学校将全面推进课程改革，努力提高教育教学质量，提升办学品位，丰富办学内涵，实现更大的跨越式发展。莘莘学子在这个钟灵毓秀的校园中，将更加幸福地生活、成长。

20 年来，得益于学校董事会的高端决策与顶层设计，受惠于办学董事会一如既往的大手笔投入、高起点办学，更由于全校上下全新教育理念的努力实践，现代学校文化建设的长期积累，“敢为人先、坚忍不拔、开拓进取”的富源精神的传承和发扬，学校得到高速度迅猛发展，从建校之初艰苦创业到办学初具规模，从创办初期的简陋校舍到今天到处焕然一新的栋栋大楼；从朴素的办学理念到章程、制度齐全的现代化学校办学规划，从稳定发展、办学实力明显提升到办学规模上万人的跨越式发展。富源二十年的历程，是富源人致力于兴办教育的奋斗史，也是富源人探索民办教育不断创新的开拓史，更是富源人向着现代化教育跨越发展的攀登史！

桃李芬芳满富源

20 年来，富源学校伴随着深圳改革开放的春潮日新月异。20 年砥砺耕耘，20 年风雨兼程，20 年薪火相传，20 年硕果累累。

潇潇春雨润万物，富源桃李吐芬芳。二十年风云砥砺，富源人在狠抓教学质量的道路上屡攀高峰，收获了丰硕的成果。小学教学质量优异，特色彰显，在区、街道历年的质量抽测中，均名列区、街道前茅。2017 年中考，均分 403.7 分；2018 年中考，均分 401.6 分；2019 年中考，均分 403.7 分，连续三年位居深圳市公、民办学校前四名。2005 年参加首届高考以来，学校创造出了“低进高出、高进优出、优进特出”的显著成绩：2017 年高考，重本上线率达 25.8%，本科上线率达 76.01%，大专上线率达 100%，位居深圳市民办学校第一；2018 年高考，本科上线率达 89.8%，大专上线率达 100%；2019 年高考，本科上线率达 90%，重本上线率达 32%。学生在各级各类学科竞赛中频频获奖，各类艺体活动频频亮相。武术特色鲜明，享誉全国。富源学子能文能武，意志品质卓越超强。学校以主体教育理论为武器，创建主体教育模式，以“六大作风建设”“君子文化”“三五教育”“旗帜教育”“感恩教育”“心理健康教育”为核心的主体德育特色和以“国学、英语、奥赛、艺体、百日字功、武术杂技京剧”为主的教学特色已成为学校特色办学的两大支柱，形成了“领袖气质教育、双语教学、武术教育、国学教育”等四大鲜明的办学特色。

20 年，一行步履坚实和执着的成长足印，一段缔造奇迹和辉煌的黄金时代。蹚过滚滚的岁月长河，走过艰辛的办学之路，富源人厉兵秣马、锐意进取、孜孜探求，描绘了一幅桃李芬芳、春色满园的盛世图景：学校现为广东省一级学校，系中国可持续发展教育项目示范学校、全国小公民道德建设实验学校、全国主体教育实验学校、中国十佳民办学校，多次被评为市规范优质民办学校、市（区）教育工作先进单位，历年被评为市、区高考工作先进单位、区初中教学管理标兵单位等，多次荣获区民办教育质量奖等政府奖项。2018 年，学校被评为“深圳市教育工作先进单位”，高考工作被区委区政府通令嘉奖，被清华大学授予“2018

年生源中学”殊荣，被国家权威机构评为“第八届全国百强中学”；获2018年“宝安区民办教育质量奖”，为获奖的两个学校之一。

虎山脚下育英才，深圳湾畔写诗篇。以汗水书写精彩，用信念镌刻辉煌，不断创新，不断发展。二十年的富源发展史，是一部顽强拼搏、无私奉献、锐意进取的奋斗史，是一部艰苦卓绝、自强不息、勇攀高峰的创业史，是一部滋兰树蕙、春色满园、成就斐然的耕耘史。

不忘使命再出发

今天的富源学校，已从开办时单一的小学到集幼儿园、小学、初中、高中于一体，学生从办学时的170多人到现在的8800人，教职工从开办时的40人到今天的1300人，成为一个师生过万人的大型综合性全日制民办教育集团。她，已经成为深圳民办教育乃至珠三角民办教育中的一面旗帜，成为观察深圳民办教育的一扇窗口。作为深圳影响最大、质量最好的民办学校，从富源看深圳的民办教育，可以看见深圳民办教育的勃勃生机。

几度春华，几度秋实。2019年，在迎来新中国成立70周年、深圳建市40周年、深圳被批准为中国特色社会主义先行示范区的重要时刻，富源学校也迎来了她的20周年大庆。20周年大庆，这是全体富源人的大事、全体富源学生家长的大事，是全体富源师生的大事。

以历史方位谋伟业，能洞见光明的前景。重要时间节点是我们工作的坐标。进入20周年的时间节点，缪寿良董事长多次对学校未来的发展作出重要指示。他要求学校始终坚持做好“质量第一、安全第一、服务第一”。他要求学校要始终坚持建设“社会主义市场经济新形势下的黄埔军校”，要求学校始终高擎爱国主义、社会主义的大旗，培养和锻造具有前瞻眼光和宽广胸襟，传承民族精神而又具有全球视野和国际思维的、适应时代要求的建设之才、安邦之才、栋梁之才。殷切的嘱托，崇高的使命，为富源学校未来的改革发展擘画了宏伟蓝图。筚路蓝缕二十年，砥砺奋进新跨越。荣膺新的使命，宣示着：富源教育的发展进入了新的历史阶段，富源教育发展开启了新的历史篇章！

饮水思源，重任在肩。回顾20年的历程，我们不会忘记各级领导的关心和支持，不会忘记众多家长和社会各界人士的拳拳爱心、真情相助，更无法忘记20年来在这里奉献了青春和热血的一批又一批富源人。正是他们的默默耕耘与努力付出，书写了富源的历史，创造了今天的辉煌。他们的名字将永远镌刻在富源学校的历史丰碑。

雄关漫道真如铁，而今迈步从头越。建设一个高端、高品位、高质量的品牌民办学校，是富源人孜孜以求的目标。当前，时代发展浪潮高歌猛进，风云激荡。今天的富源学校，机遇和挑战前所未有。国家经济社会发展的新环境与新需求，深圳建设先行示范区的时代使命，民办教育市场出现的新情况、新矛盾、新问题，也屡屡考验我们的改革勇气、创新智慧和战略定力。我们要用坚定的办学实践探索和丰硕的办学成果，充分彰显富源人吃苦耐劳敢为人先的精神，充分彰显富源人团结一致相互协作的集体凝聚力，充分彰显富源教育道路的标杆意义。我们要自觉融入粤港澳大湾区的发展洪流中，服务深圳建设社会主义先行示范区的前进大潮中，加大一流师资引进和建设力度，加强优质生源建设，提高教学质量，实施国际化办学道路，团结奋进、攻坚克难，脚踏实地迈出铿锵新步伐。

岁月更替，使命赓续。建校20周年，既是辉煌历史的检阅，也是崭新未来的开始。我们坚信，在各级领导的关怀下，在广大家长、全体校友、各界朋友的支持下，在全校师生员工的共同奋斗下，富源学校的目标愿景必定会实现！全体富源人一定会用勇气和智慧，发出最强音，汇集起不可战胜的磅礴力量，谱写出更加辉煌的宏伟篇章！

春风化雨，润物无声。建校20周年，站在新的历史起点上的富源学校，将更加清新靓丽，品质超群，砥砺奋进！一代又一代富源学子的成才梦想、青春梦想，将在这里点燃，将在这里放飞……

富源学校，将在逶迤磅礴的历史画卷上不断书写新的荣光！

在坚守的枝头编织最美教育梦

◎ 朱银颖

作者简介

朱银颖
任教于深圳市宝安中学（集团）第二外国语学校。中南大学文学学士，新加坡国立大学文学硕士。曾获宝安区教育系统 2019 年师德主题征文中学组一等奖，宝安区 2019 年雏鹰计划初中语文新教师教学展示二等奖，宝安区初中“好作业”设计二等奖。运营个人公众号“中学语文那些事儿”。

在这个庚子年开端，乾坤依然有序，可我们的日子变得不寻常了起来。突如其来的疫情阻断了全体教师和学生们返校的步伐，我们的“神兽”都被封印在了各自的家中。这个春天格外寂静，没有了走亲访友的热闹氛围，没有了逛街购物的愉悦，也没有电影娱乐的放松，有的只是马路上疏疏落落的行人和车辆，以及宅在家中忧心忡忡却又无所适从的我们。在新冠肺炎疫情每日更替的信息和不断攀升的数字变化中，我们第一次对当下生活有了茫然和未知的恐惧。

在此时，教育部门发出了“停课不停学”的号召，“空中课堂”应运而生，老师们摇身一变都成了十八线主播，我们稳住了阵脚。面对此次疫情和灾难，我看见的是我们宝安中学（集团）第二外国语学校各位老师的信心、反思和行动。

人类漫长的文明史实际上是对抗灾难的奏鸣曲，是一幅欢乐与悲苦交织的山河长卷，是火与歌共舞的传奇，最终一定会穿透黑暗看见太阳的光辉和生命的荣光。人生须臾，但是关于奋斗、关于梦想、关于抗争的光芒，可与日月同辉，与山川比肩。鲁迅说过：“无穷的远方，无数的人们，都与我有关。”那些闪耀着人性光芒的“逆行者”、外卖小哥、环卫工人、社区网格员以及操着不同口音的村长都在努力地坚守着自己的岗位，我们老师也无一例外，线上线下，时刻待命，随时答疑解惑，和家长、“神兽”们同在。

新教师成长篇 —— 备好每一堂直播课

我是宝安中学第二外国语学校（后简称宝中二外）初一语文老师，毕业刚工作半年的我仍然是一位教学新手，而我们七年级的直播课面向的是集团五个校区一千八百多名学生，这一千多位学生需要同上一堂课，这就对我们的课程质量提出了相当高的要求。同时，我们七年级也是整个初中段新手老师最多的年级，所以我们这些新手老师丝毫不敢松懈，把每一节直播课都当成公开课在准备。

仍然记得自己在准备杨绛《老王》这篇课文时，整整三天，我把自己锁在电脑前，就着外卖和泡面度日，生怕好的想法被其他事物干扰。除了备课，我还安排指导了学生录制相关情节的表演视频，甚至连 PPT 的背景音乐也经过了精挑细选。第一轮备课结束后，我先在我们宝中二外七年级语文备课组直播试讲，老师们给我提出了一些建议和金点子后，我开始了第二轮备课，修改 PPT 和讲稿。为避免拖堂，我在模拟课堂时自己计时并在讲稿的每段文字中标出所用时间，之后便在宝中初中部七年级备课组进行我的第二次直播试讲。初中部七年级的老师们给我提出了很多宝贵的建议。我将部分建议融合在我的课堂中，对我的 PPT 课件和讲稿作最后修改。正式给学生上课时，学生们都积极和我互动，课堂呈现效果十分不错。课后，宝中七年级备课组组长段老师和宝中初中部七年级备课组组长简老师都对我的课给出了很高的评价。简老师说：“朱老师的核心事件、核心品质、核心情感这个环节指导太精彩了，感觉是个经验丰富的初三老师，两天的课程抓得很细，挖得很深，我们学到很多。”这突如其来的夸赞让我受宠若惊，也给了我莫大的鼓励和信心让我继续在教育行业前行，不断精进自己的教学能力。从学校直播室出来时，我的步伐也变得更加铿锵有力。回家对着自己的电脑，看着自己手打出来的七千多字的讲稿和修改了一遍又一遍的 PPT 课件，我不禁热泪盈眶。

除了备课，课后作业的反馈也是至关重要的环节，我在正式走入教育职业生涯的那一天，就开通了我的个人公众号“中学语文那些事儿”。疫情期间同学们的一些优秀作业，我都会用心整理出来，并写一些趣味诙谐的干货知识，推送在公众号以供家长和学生们共同交流学习。家长和学生们都纷纷给这种新颖的教学方法点赞。

疫情期间有太多感动的瞬间，作为一个新青年教师我深知身上之任，知未来所向。顾此身不忘他身，就此地不忘他地，念此时不忘他时。我们新教师正是要用每一天的笃定来丈量自己与梦想的距离，让每一天的努力都真实发生。心之所向，素履可往；梦想之路，一苇可航。

常言道：“近朱者赤，近墨者黑。”我们宝中二外每一位老师都十分有干劲，以前在学校办公时最靓丽的风景线是每晚九点过后办公室依然灯火通明的场景，而疫情期间最美的风景线则是八点开始的晚间辅导。因为有这种不停向前冲的氛围，在这种氛围的感召下，每位老师都十分努力。榜样的力量激励着我们不断前行。

学生工作篇 —— 关注每一个孩子的成长

董仲舒说：“善为师者，既美其道，又慎其行。”宝中二外名班主任工作室主持人朱映梅老师，是现任七年级的年级长，人送外号“拼命三郎”，身上所具备的是华为所推崇的“狼性精神”。朱映梅老师有一张“行军床”，折叠好放在办公室的角落里。去年，她带领着九年级冲刺中考。面临着中考的巨大压力，她不怕苦、不怕累，像一头默默耕地的老黄牛任劳任怨，不仅承担着繁重的年级管理工作，还承担着两个班的教学工作——教两个班的道法课。她的下班时间几乎每天都在 22 点之后，处理完年级所有的教务管理工作和备课、批作业后才离开办公室。她经常是我们年级最后一个离开的老师，甚至有时加班太晚，带着儿子夜宿办公室。

在教务工作上，她有条不紊，不急不躁，做事精细；在教学工作上，她同样也不会懈怠。在疫情期间，她也时常加班到深夜，她积极备课，不断更新知识，每天都会提醒督促学生按时完成作业。对于不做作业、想偷懒的孩子她也有自己的办法。她会积极主动地和家长沟通，及时了解孩子情况，做好孩子的心理疏导工作，孩子们都亲切地叫她“朱妈妈”。

苏霍姆林斯基说：“没有爱，就没有教育。”朱映梅名班主任工作室中的代表成员黄欣雨老师，就很好地发扬了朱映梅老师身上的“老黄牛”精神。初见她时，她个子较矮，体型偏瘦，九十斤不到的体重，看似弱不禁风，实则做起事来雷厉风行，走路带风，给人留下干练的印象，做事风格和其外形形成了鲜明的对比。她有三年教学经验，虽教龄不长，但她十分用心，第一次接触班主任工作，她就做得有声有色，许多老班主任都对她赞不绝口。她除了承担了一个班的班主任工作，还要承担起三个班的历史教学。疫情期间，三个班她一个也不落下，督促每个班的历史作业上传，并每天坚持批改三个班的历史作业。她做班主任也非常负责，每天早上七点准时在她管理的班级群发布学生疫情报表，并在上午十一点前提醒班上每位家长完成填表工作。她怕学生在家上课久了回校上课会不适应学校的作息时间，工作日早晨七点半她会准时陪着学生早读，语文、历史、道德与法制这三科背诵较多，她都会主动向这三科老师要相应背诵任务，然后布置给学生。下午第一节课课前二十分钟，她在班级倡导午间练字，中文和英文轮流进行。每晚八点她都会去小黑板各科作业打卡区查看班上同学的作业。虽然她只承担历史一门学科教学，但是作为班主任，她狠抓每一门学科作业和学习情况，没有完成作业的同学她会逐一提醒，作业完成质量不高的同学她会直接给学生的作业进行评论，让他们班的其余科任老师省了不少心，和她合作过的科任老师都说好。除了学习，她还会关心班上一些学习能力较弱的同学，和他们线上聊天谈心，解决学生学习中的疑惑，疏导情绪，问他们是否需要帮助，是学生们的“知心姐姐”。黄欣雨老师网课期间每天都坚持这样努力工作，一刻也不敢松懈，将自己的全部时间都留给了班上的孩子和家长。

黄欣雨老师从物质、精神等各个方面关心照顾学生，事无巨细，点点滴滴。从星期一到星期五，从清晨到深夜。她说：“我坚持比学生要起得早，比学生睡得晚，虽在家办公，但我每天工作时长还是保持在十四个小时左右，繁重的工作虽然很累，但是我认识到：作为班主任，对家长来讲，我们代表着学校，肩上扛着责任；对学生来说，我们又似乎是家长，要履行对学生的监管责任。只要我还在教师这个岗位上一天，我就会全身心投入，为学生付出一颗爱心，为孩子们的健康成长作出奉献。”

朱映梅老师和黄欣雨老师无怨无悔热爱教育事业、热爱学生、尊重学生，是学生和老师学习的楷模。著名作家杨绛曾说“榜样的作用很重要，言传不如身教”，她们用实际行动为孩子们树立了好榜样，让学生们在潜移默化中受到了好的教育。

同为老师的我们也要甘做枝叶，托起明天的花和果实，不计得失，以真诚的爱心去温暖学生，以无私的精神去感染学生，以实际的行动去影响学生。

科研教学篇 —— 争做网络教学的先行者

八年级语文老师林昭敏，是深圳市“倪岗教科研工作室”成员、宝安区“教坛新秀”、宝安区“薪火计划”成员、“焦炭阅读之星”。曾获深圳市中考命题比赛一等奖、深圳市童话寓言教学比赛二等奖、宝安区“新课程新理念”教学比赛一等奖、宝安区青年教师技能比赛一等奖等，在核心期刊发表学术论文多篇。如此多的光环背后，是林老师用辛勤的汗水浇灌出的耀眼之花。她大部分的业余时间都在认真钻研业务，大量翻阅教育杂志、论文，不断给自己充电，在耕耘中拓宽视野，在执教中提炼技艺。

2 月 1 日，大年初八，在新冠肺炎疫情迅猛席卷全国时，宝安区初中语文教研员倪岗老师紧急召开了骨干教师视频会议，教研员提出了新一轮的紧急任务；2 月 17 日前必须推出中学必读名著阅读指导精品微课。林老师作为骨干教师中的主力军，受任于抗疫之际，奉命于危难之间，她知道自己肩上责任重大。面对此种新形式的微课，压力非常之大，时间也十分紧迫，而林老师“云授课”的经验为零。林老师迎难而上，克服了一系列技术困难，没有设备，没有资源，就对着手机录课、写教案、做 PPT，反复试讲，一遍遍修改教案和课件，确认视频每一帧完好无误。林老师接到任务后经常熬夜到凌晨两点，为我们献上了《骆驼祥子》整本书阅读指导小人物篇和风土人情篇两节微课。经过了一周的打磨，林老师操作微课越来越熟练，陆续又参与制作了致敬傅雷先生的微课，配乐都一一精挑，顺利完成了《傅雷家书》整本书阅读指导（第一集），微课虽只有 18 分钟，但却是林老师半个月的心血。

录完微课，她颈椎病犯了，眼睛也受伤了。她在给孩子们的一封信中写道：“用特殊的方式好好学习，不放弃努力，积攒能量，待来日祖国需要，我们也能挺身而出，召则应。这就是我们能做的。”

林昭敏老师身为人师，学而不厌，诲人不倦，不断迎接新的挑战。而作为新青年教师的我更应不断探索，向优秀的老师学习致敬。

防疫工作篇 —— 勇敢撑起群众的保护伞

一名优秀的老师还需有格局意识，要勇于承担社会责任。宝中二外卯文龙老师就是这样一位心怀大爱的老师，在疫情发生后，他主动请缨前往一线。他说：“防疫工作是一场没有硝烟的战争，我当尽职尽责，听党指挥，永葆党员的初心，努力践行党员的使命，为保障人民群众身体健康和生命安全贡献自己的力量。”在疫情防控的关键阶段，卯文龙老师只身前往壆岗社区做防疫志愿者，他以强烈的责任意识和爱国情怀，积极投身疫情防控工作，和社区干部群众一同奋战在一线，共同构筑起壆岗抗疫战线的“铜墙铁壁”。卯老师冒着风险从一线测温点值岗到大街小巷宣传，从企业厂区走访到三小场所排查。卯老师怕被传染吗？他当然会怕，他也是一个平凡人啊，他也有家人啊，但是他没喊过一声苦，也没叫过一声累，而是默默无闻地坚守身上的职责。卯老师和别在他袖子上的志愿者红袖章一起构成了壆岗社区最亮丽的风景。此刻，卯老师的形象在风中熠熠生辉。他用个人实际行动彰显了一个优秀的共产党员所具备的品质，增强了塱岗社区抗疫工作的信心和勇气。他是我们所有老师心中的英雄。

南怀瑾先生说过，一个人一生有三个基本错误不能犯：一是德薄而位尊，二是智小而谋大，三是力小而任重。人生最好的境界是佛为心，道为骨，儒为表，大度看世界；技在手，能在身，思在脑，从容过生活。我想，我作为一名老师，应该坚守初心，在自己的岗位上不断提高个人修养，凭借专业的技能，用出世的心态，做入世的事情。

“春蚕到死丝方尽，蜡炬成灰泪始干。”我们的工作是平凡的、琐碎的，也是艰辛的，这里没有令人羡慕的财富和权利，没有显赫一时的声名和荣誉，也没有悠闲自在的舒适和安逸。但我们可以坚守在平凡的岗位上，潜心育人，用自己的行动去捍卫一名教师的尊严和形象，去诠释和绽放本应属于教师的美丽！

疫情退去后，你看，是清风朗月，是蝴蝶翩飞；你听，是燕子呢喃，是蜜蜂低吟；你嗅，是杜鹃细吐芬芳，是小荷初绽花苞。陌上花开，疫过天晴，等“神兽”归来，让我们共创未来，继续扎根教育事业，在坚守的枝头编织出属于我们自己的教育梦！

在拥挤的土地上，开出更多花来

◎ 谭海瑞

作者简介

谭海瑞

任教于宝安中学（集团）实验学校，为宝安区“雏鹰计划”成员。毕业于北京大学，硕士研究生。2018-2019 年，曾赴西班牙进行汉语教学活动。曾获宝安中学（集团）空中课堂“先进个人”，“深圳卫视迎新春少儿电视艺术展”优秀指导教师，宝安区 2019 年“雏鹰计划”初中语文新教师课堂教学展示活动三等奖，宝安区 2019 年初中“好作业”设计三等奖，宝安中学（集团）实验学校 2019 年对外交流展示“优质示范课”等荣誉。

从小听着祖辈唠叨过这样一句话：勇敢的人随遇而安，所到之处皆是故乡。

临近毕业，初出茅庐，未尝社会甜苦。机缘巧合也是慎重考虑之下，选择留在深圳——一座永远车水马龙、霓虹闪烁的鹏城，选择做一名人民教师。一个二十多岁的楞头小伙，遇上一个四十不惑的深圳，继续踏寻着彼此的追梦之旅。

2018年12月27日
初识深圳 / 心情：新奇

彼时的北京仍是朔风彻骨，而我已在阳光明媚的深圳进行着体检、报到、交材料这些事项。人生第一次来到这座“奇迹崛起”的城市，也是一个交朋友互留初印象的大好时机。

深圳，字面意思为田边深水沟，究其本意，完全颠覆了这座国际都市的繁华之象。来这之前，听到最多的便是“这座城市开放包容，却也是一片文化沙漠”。

诚然，这座城市里挖不出一个公主坟，找

不到一个王爷府，没有出过一个季羡林、张爱玲；在市民中心东区的深圳博物馆，花了仨小时便阅遍了深圳全市历史；与我求学之地的雄浑古都——北京相比，深圳文化底蕴也难以望其项背；与有着南粤文化、民国骑楼、广府美食的广州相比，深圳也略显捉襟见肘。

但与此同时，耳边所听、眼前所见最多的便是“来了就是深圳人”。走在大街上便能听到来自天南海北的人们互相用自己的方言式普通话唠家常，方言文化所体现的开放和兼容，环绕在这座包容的深圳大家庭中。除此，遥想此刻远方的“北京灰”，深圳蓝令人沉迷其间，暖风微醺游人醉，心情随着环境多了几分澄澈与恬淡。朋友还打趣道：“深圳挺无聊的，也没啥好玩的，也就 912 个公园而已，每天去一个，都要逛上两三年。”24 小时的便利店随处可见，深夜走在回宾馆的路上，内心骤然盈了几分依靠和陪伴，路上依旧有披星戴月的赶路人，在这，似乎每个人都在拼了命地认真生活。

但临走时，内心还是对机场摆渡公交车上错误的语音播报、博物馆里引用介绍时忘记去除的百度词条标志念念不忘，这座“文化沙漠”、创新之都，这就是我以后工作的城市吗？

2019年9月1日 初见学生 / 心情：忐忑

今天是我正式兑现“教师”身份的日子——新生开学日！内心激动着，憧憬着，也紧张忐忑着。

“其实，你也还是个孩子。”

这句话是家委会主席送孩子进来的时候见到我说的一句话。听到这句话，我很是忐忑。家长是在怀疑太年轻、没甚经验的我带不好他的孩子？

但当我看到 41 副稚嫩的面孔，他们初入校时的青涩与微笑，礼貌地喊下“谭老师好”时的暖心，安坐于座位前、面对黑板的憧憬与渴望时，这一切似乎都在支撑着我更加全身心地爱他们、关怀他们、教育他们，还哪来得及回想家长先前对我设定的印象！

后来，家委会主席告诉我说这句话的缘由——刚刚工作的我，让他回想起当年刚来深圳的他，也像孩子一样稚嫩且憧憬着。他 20 世纪 90 年代大学毕业，此后便来到深圳工作，莫名喜欢上了这样一座城市。“谭老师，你以后也会喜欢上这儿的，它开放包容，尊重才华，鼓励创新，环境优质，也适合过冬。恰逢社会主义先行示范区的新定位，深圳改革再出发，定会是中国最具潜力的城市的。”话里行间，再次传达出“来了就是深圳人”这句话的信念感。

孩子们的期盼，家长的鼓励，让我这个初生牛犊对教育有了更多的信仰。

2019 年 12 月 12 日 初见家长 / 心情：思虑良多

今晚，进行了第二次家访，而且一下就安排了三家家访。

……

此刻，已经是最后一家了，月光依然明亮如照，但夜色却已是微凉。

“谭老师，你也知道吧，今年深圳的中考录取率再创新低，44%，44% 啊！连一半都不到！”

“嗯嗯，确实，从更大的视角来看，一个深圳中学生在中考被淘汰的可能性，甚至比高考环节更大，感觉高考的压力都前移到中考了呢！”

“经济发达，教育短板。深圳教育 GDP 落后于深圳整体 GDP，更是落后于北上广其他一线城市……一半的孩子就只能选择民办、职业、国际学校或者去别地读书，我家的孩子不知道会怎么样呢？”

一股焦虑而又愤懑不平的情绪弥漫在对话中，见此状况，我只能宽慰道：“无奈无助那便只能没有退路地向前再向前。万里长征第一步呢，坚持到最后或许会有意想不到的收获呢，而且每个孩子都会闪光，只是发光的方式不一样。”

“我们也知道孩子在努力了，压力很大。但也有些无奈吧……我们家长其实也不容易，尽最大努力供给，有时候也是晚上一两点才到家……谭老师，看到你深夜还在为孩子们操心，你也辛苦了。”

“这都是应该做的，遇到这群孩子，是我的幸运。”

话虽这么讲，但那些备受煎熬的日子陡然袭来，眼前的光鲜亮丽必然裹挟着背后的努力付出正如深圳的标语——时间就是金钱，效率就是生命。这座城市，每天行色匆匆，走着全国最快的步伐；这座城市，总是苏醒得太过于早，昨夜的浮尘还未来得及落定，繁忙的一天又将来临。

作为新手小白，每天赶着早、空着腹去带早读，熬着夜、挑着灯批作业、改试卷、备新课，还有巡堂、班会、家校交流这些班主任工作，从早到晚，都像陀螺一般旋转在这些重复而又琐碎的事务之中，也曾萌生过辞职跳槽的想法，但作为教育者该有的初心和信仰，却让我更加清楚自己的本心和初衷。

星光之下，迈着疲惫的步伐，回家路上不禁想起几天前，一位七年级学生家长的发文《吁请深圳市教育局修订综合测评标准及简化信息管理平台的公开信》，犹如在平静的湖面掷下了一颗石子，瞬间刷屏了深圳人的朋友圈。14 个小时之后，深圳市教育局发文回应：尽快完善初中学生综合素质评价体系。这背后，折射出了深圳人对教育的焦虑情绪，却也折射出深圳速度与开放自由。这座城市不讲人脉、不讲关系，讲效率，求创新。一切的探索都值得被鼓励，一切的话语都值得被倾听。这也让我对眼下虽然教育贫瘠的深圳，有更多的期待与憧憬。

2020年3月5日　上直播课 / 心情：企盼

“读书不觉已春深”，这个春天，很多人的步履不改坚定，很多人的背影值得铭记。有的人叫“逆行者”，有的人叫“坚守者”，有的叫“躬耕者”。而我们，则成为了居家抗“疫”的“学习者”。

一场突如其来的新冠肺炎疫情使一向书声琅琅的校园教学按下了暂停键，但“停课不停教，停课不停学”的线上教学却犹如雨后春笋般生机蓬勃地进行着。

经过不断打磨、反复试课、三易其稿……终于和同学们得见于空中课堂，并庆幸着过去的努力所带来的不俗反响。暖心强大的科组焚膏继晷，与孩子们的互相成就……我永难忘怀。“探索、充实、感激”也成为我这趟“直播之旅”的关键词。

生活即教育，疫情即教学。在此，我想引用特级教师于漪说的一段话来勉励自己——“语言本身就是生命之声，语文活动就是生命的体现，语文不应是虚无缥缈的，不是多媒体的整堂展示，而是充满生命的活力，是师生思想的互动”。

深圳，是中国最具竞争活力的城市之一，一支穿云箭，千军万马来相见，全国各地的资金和人才都竞相来鹏城。百年大计，教育为本。教育的目的是开花结果，在孩子们接受教育的同时，他们也会构建出对这座城市的认同与怀念。在这座僧多粥少、教育资源紧缺的城市，希望我们教师，能通过自己的辛勤浇灌，让这片拥挤的土地开出更多的花。

月在梧桐缺处明

◎ 黄清燕

作者简介

黄清燕

任教于深圳市宝安区安乐小学，一级教师，语文科组长，本科文学学士。被评为2016年宝安区“教坛新秀”，2017年宝安区教育系统“名师工程”语文中青年骨干教师。曾获深圳市首届微课大赛一等奖，宝安区教师综合素质大赛一等奖，宝安区首届班主任工作创新成果活动一等奖，宝安区“中华十德”课例评比活动一等奖，2019年5月宝安区教职工“建功新时代，共筑教育梦”主题征文大赛特等奖等。

清朝文学家张潮在《幽梦影》中写道：“少年读书如隙中窥月，中年读书如庭中望月，老年读书如台上玩月，皆以阅历之浅深，为所得之浅深耳。”他以“窥”“望”和“玩”三字形容读书的态度，反映不同年龄人的读书心境。在我看来，教师对学生的态度不断变化，在不同年龄中体现出的教育心境也是一样不断变化的。犹记得在做新老师的头几年，我总会在接到好班时暗自庆幸，接到差班时自认倒霉。转眼，与学生“相爱相杀”“斗智斗勇”的班主任生活已整整八年了，年复一年地迎来送走孩子们，也许是人生阅历的不同，也许是在自己专业成长中有了不一样的体验，对生命中的遇见有了些不同的心境和感悟，在教育路上，我清晰地意识到内心深处的学生观在悄然变化。说到这，一个叫小孟的孩子给我很深的触动，我不得不提及。

你若开口，便是圆满

“黄老师，这个班有个叫小孟的孩子比

较特殊，以后可能要辛苦你多费心！”原接班班主任事先跟我“打招呼”。做班主任的最怕遇到难“处理”的学生，本以为自己凭经验应该可以“手到擒来”，哪知开学第一天，这位叫小孟的男孩就给了我一个大难题。

那天美术课上课还没多久，班长就来办公室请我到班级去，说小孟出问题了。等我赶到教室，眼前的一片狼藉简直把我吓了一跳，只见坐在教室后排的小孟趴在地板上又哭又闹还在踹着周围的桌凳，他那些铅笔盒、美术课本、画本和彩笔散落一地，十分狼狈。全班同学都被吓得不轻，美术老师面色凝重，向我投来求助的眼神。询问后得知事情原委：小孟今天忘带彩笔，想借同桌的，但同桌自己要用便不肯，小孟急了就抢，二人因此起争执。美术老师得知后批评了小孟，没想到小孟非但不接受还当着老师的面打了下同桌，美术老师见状更严厉地训斥了他几句，感到委屈的小孟开始大哭，美术老师想劝导他停止哭泣，不要扰乱课堂，要哭请他到教室外面去，没想到小孟非但没有停止反而情绪失控、越哭越厉害，把桌面的课本和文具全扫到地上，整个人蜷缩到桌底下，又气又急的美术老师无奈之下只好请我过来救场。一接班就遇到这种场面令我措手不及，只好请他家长过来协助解决，配合教育。从交谈中得知类似的事并不是第一次了，他的家长对此司空见惯但却无计可施，每次好言相劝或带回家大骂一顿，但孩子好像不长记性。那天跟他单独谈话，我发现这个孩子要么低着头，要么呆呆看着你，一言不发。我当时就暗想情况不妙，经验告诉我，一个在和老师面谈中没有任何回应的孩子，谈话教育对他而言是无效的，因为没有点醒和触动。要改变孩子，我决定先从了解他、走进他的世界开始。

此后，通过找家长和持续关注他，我渐渐发现小孟的情况要比我想象的棘手。他上课大部分时间发呆，课堂上跟老师的眼神交流几乎为零，无论怎么提醒也学不会先举手示意才发言或起立，好几次上着课直接自己走出教室，喊住他才知道他急着要去上厕所。更常见的状态是上课时两只手胡乱摆弄，哪怕两手空空也能在空中挥动，嘴里念念有词，完全沉浸在自己的世界，因为注意力不能集中，所以学习成绩不好。他说话不利索，一急就结巴，遇到问题时不能跟正常孩子一样表达需求，对同学的玩笑过于当真所以常和同学发生各种小矛盾，谁是谁非扯不清，家长们私下有所了解，便让孩子离他远一点，久而久之同学们渐渐疏远了他。轻微的强迫症让他不能适应所有规定时间内的小测验、活动比赛和考试测验，因为进入状态总是太慢，以至于前面发呆，后面追赶，到下课了题目做不完，不肯交卷给组长，一催他就急了，对没有做完的部分耿耿于怀甚至大哭不止，心情久久不能平复。注意力集中障碍、过于沉浸自我而难以接受外界刺激，语言和智力发育有障碍，轻微强迫症，难以管理情绪，不会合理表达自己的需求，这种种迹象皆显示这是来自星星的孩子——一个有自闭倾向的孩子。

于是我建议他家长带他到专业机构咨询，接受辅助检查或治疗，医生诊断他确实存在孤独症谱系障碍。因为第一次接触，我在网上搜索和翻阅书籍，了解和学习了大量关于自闭症儿童的资料和案例，发现自闭症儿童其实有很多不同的类型和表现，小孟的情况并不算很糟，越早干预治疗效果越好，这种儿童需要多理解和包容，需要接受更多的良性刺激才有助回归正常。我邀请家长制定针对性的家校合作方案，同时对他在学校的学习要求和课堂管理方式做出了调整，在调整座位时有意将他安排坐在一群既活泼懂事又富有同情心的优秀孩子中间，私下嘱咐请他们在学校全方位帮忙关照这位“VIP”。他课堂上出格的行为慢慢地少了，课间时在同学们中间的时间渐渐多了，每次平复情绪的时间慢慢地短了，课堂上关注老师的时间变长了，我感觉小孟在我们的关注和帮助下有良性转变，有一次音乐课排练班级节目时，无意间听到他用清亮的嗓音唱《我和我的祖国》，我的眼眶瞬间湿润了，孩子，来自星星的你，你若开口便已圆满。

哪怕脚下荆棘丛生，抬眼却繁星灿烂

经过一学期的磨合后，小孟还是“状况不断”，而我跟着他的成长脚步一路“打怪升级”，从刚开始的焦头烂额到后来“轻车就熟”。他总忘记戴红领巾使班级被扣分，我给他多备一条放书包暗格，交代他妈妈每天进校前提醒他检查；他语文字词掌握得不理想，总是记了又忘，便允许他把班级图书角的书借回家去看；建议家长给他买大量和课文相关的童趣绘本，很快他便喜欢上阅读。他上课容易走神，但我发现他对声音很敏感，于是我就在讲台上放了一个按铃，每当需要提醒他或同学们集中注意力时就按两下铃，他的注意很快就被清脆的铃声吸引过来。当他再次情绪失控时，我像安慰自己的孩子一样，先不论对错，把手掌轻放在他头顶后再一把抱住他，等他平复心情后再把他和同学请到一个安静的角落细问情况，明辨是非，分析利弊，告诉他应对问题的方法。很多班级常规活动他参与不了，比如完成学习小组轮流写、评日记，开展课外阅读的读书漂流活动，轮到他的时候，十有八九就没有下文了，我便让学生帮助他完成。他上课发呆和自言自语，作业偶尔忘带或做不完，只要不太影响别的孩子，我常常睁一只眼闭一只眼。对于他而言，要像一个正常的孩子那样遵从老师的要求，参与到所有活动中，完全融入学校生活是很难的，我适当取消了对他参加活动的要求。

在我的教育理念里，曾认为新时代的教师的爱不该再是蜡烛，一味为照亮学生而燃烧自己。应该像阳光，公平而宽广，源源不断地向我们的学生输送温暖的正能量。但有时我们表面追求的完美和公平在一些特殊孩子身上实为另一番模样。

庆祝六一儿童节活动那天，家长们给男同学们组织"撕名牌"游戏。看着男同学们一个接一个上场进行紧张激烈的交锋和"厮杀"后，小孟开始频繁举手，示意上场。由于他体形胖，动作迟缓，反应慢，玩这种竞技类的活动难免磕碰受伤，为安全起见，我没多想就拒绝了。当我宣布游戏结束时，伤心欲绝的小孟觉得被冷落，终于在一片欢声笑语中号啕大哭，他妈妈不断安慰他，试图告诉他没关系，还有下次。但他哭得更撕心裂肺。家长和孩子们面面相觑，一个游戏而已，至于如此吗？再说时间也不早了，这样一哭不可收拾可怎么办？大家都很尴尬，我立即意识到自己犯了个严重错误，在常人看来云淡风轻的事在一个有自闭倾向的孩子心中也许是惊天动地的，我这么随意剥夺一个孩子参与游戏的权利，轻易忽视一个特殊孩子心灵的满足和快乐，一定让他很难受。后来我宣布比赛加时 2 分钟，请小孟也玩了一次游戏，小孟终于破涕为笑，笑得比谁都满足、好看！阳光般的师爱固然是耀眼的，但有时候，师爱还得像月光一样，柔和且静默，在学生身处黑暗时洒下一片明亮，为他驱尽孤独和无助。教育不就是这样的吗？哪怕脚下荆棘丛生，抬眼却繁星灿烂。

月亮的光是借来的，却丝毫不影响她的美

感谢命运的安排，让我们彼此遇见，在这个孩子身上，我忽然之间明白了教师的存在意义，我们师生一场，一起相伴走过一段路，教学相长中彼此成全，我们为了他们的长大成人倾注心血，我们为了他们的成长成才得道修炼。一个人知道自己为什么而活，就可以忍受任何一种生活。同理，当一个教师知道自己为什么而教时，她也可以接受任何一种学生，因为教师的使命除了“传道授业解惑”，更重要的是立德树人，育人才是教师价值的最终体现。我们无从选择教怎样的学生，但如果学生没有了个性和优劣之分，面对标签化的样本，教师每天重复流水作业般的劳动和千篇一律的教学方法，这样的教育该有多可悲！

正如《小王子》中所言：“你在你的玫瑰花身上耗费的时间，使得你的玫瑰花变得如此重要。”每位老师都是小王子，而孩子，便是玫瑰，当我们在孩子身上倾注心血和时间时，孩子使我们的教育价值变得如此可贵！感谢那些卓越出色的孩子，是他们的优秀给了我们成就感；感谢那些平凡朴实的孩子，是他们的乖巧懂事给了我们存在感；感谢那些有特殊需求的孩子，是他们的问题凸显了我们的教育价值。小孟的出现曾让我感到前所未有的压力和焦虑，也因此让我深刻意识到自己固有的教育认知那么片面，采取的教育方式那么单一，积累的专业技能那么匮乏！一个完美的孩子面前，老师是没有存在价值和成长必要的，如果孩子已经优秀，那还需要教师做什么？恰恰是那些令我们焦头烂额的“神兽们”，那群可爱而“劣迹斑斑”的小捣蛋们，会在我们得意忘形时给我们当头一棒，在我们满于现状时向我们泼来一盆冷水，他们总是以人类最原始的交流方式不断警醒我们，为人师表要得道悟道，修身养性，安于现状为时尚早，唯有刻苦修炼，漫其路而修远，上下而求索才是归途。

月亮的光是借来的，却丝毫不影响她的美，透过梧桐疏影更显她的柔情与皎洁。虽然教育总有遗憾，我们苦心经营的可能不尽如人意，我们现在所做的很多工作都貌似可有可无和多余，但新时代教师匠心永驻，初心不改，很多年以后再被提及和想起，还能在回忆时扪心自问“仰不愧天，俯不愧地，外不愧人，内不

愧己”。谨以此诗，献给我们共同走过的教育岁月：

我梦见，月光下风弄梧桐影，
像极了曾经的我和你，
那些年彼此相伴的成长时光，
有荆棘、繁星，流水、山花，
有苦涩、甜蜜，眼泪、微笑。
风停了，月光静泻，
梦醒了，然后我成了你，曾经来过这里的证明。

白衣天使歌

—— 赞南方医科大学深圳医院发热病房李娇娇护士

◎ 熊玲燕

本自娇娇女，视同掌上珠。
不知风雨苦，自有阳光途。
一朝大疫发，不负此心初。
请战忙披挂，誓将病毒除。
穿梭病房里，艰辛不尽书。
一人承数责，急人之所需。
皎皎白衣美，冰心在玉壶。
轻盈如天使，绰约似仙姝。
慰语柔声细，莺啼杨柳株。
春风潜入夜，病人眉眼舒。
晨昏连轴转，身孤道不孤。
弱质挑重任，大爱播病区。
纵使伤与痛，从未抱唏嘘。
人问花季女，境高何此乎?
答曰非典时，幸得前辈扶。
今日战疫情，理当尽驰驱。
壮哉九零后，爱国情不渝。
壮哉我巾帼，飒爽英姿殊。

（此诗根据南方网《致敬小善大爱，感谢宝安有你》中真实人物的事迹写成。）

熊玲燕

任教于宝安中学（集团）实验学校，语文教师。诗词爱好者，联云：守三尺讲台，滋兰树蕙；种几畦诗句，养性怡情。著有诗词集《诗心一瓣润花妍》。曾获《中国教师报》举办的首届全国教师诗词对联大赛、联话校园大赛优秀奖，寰球华人“中国梦·深圳杯”第二届、第三届诗词大赛优秀奖和二等奖等多种诗歌比赛奖项。

宝安区教职工主题征文大赛

获奖作品集

二等奖作品

星星的眼睛

◎ 张楠

作者简介

张楠

任教于宝安区特殊教育学校，从事艺术休闲课程教学工作。毕业于东北师范大学文学院。教育格言：爱是圆融，是传播，是汲取，也是给予。认为教育要从爱出发，尊重生命，尊重个性。

Different, but not less.

——题记

那天，刚刚结束一节课的我，同以往一样经过操场时，意外被拦住去路。我的一个学生小禹忽然远远跑到我面前，给了我一个大大的、阳光一样灿烂的微笑。

“不可思议，”小禹的副班主任——一位年轻而热忱的女老师走过来惊讶地对我说，“他一向很少理会旁人，居然会主动向你示好，我们这些整天围着他打转的，他连眼神都懒得投来一个。”我立时觉得有些受宠若惊。

我蹲下来平视着小禹的眼睛，微笑着摸了摸他的头：“乖，去玩吧。”他快乐地跑走了。好可爱啊，我心里想。仿佛被他感染了，我离去时的步伐也变得轻快起来。

但事实上，这样美好的相处并不总是存在于我和他之间。

对于一个老师而言，在走向讲台后的漫长教育生涯中，总会遇到几个令人头疼的问题学生。而对于一个特教老师而言，却早就习以为常。

奇怪的说话方式、面对需要完成的任务漫无边际地神游、需要被不断催促再催促用上比别人多一两倍甚至更多的时间才能完成例如洗手这样简单的事情，还有无法控制的对集体纪律的破坏，特殊孩子们的很多行为和选择是普通人在当时情况下决不会选择的。

小禹是来到特校后第一个让我感到头疼的难题。我并不是他的主课老师，但作为辅助教师，更需要时刻关注学生在上课时的一举一动。而小禹无疑是课堂上的焦点人物。

小禹长得很清秀，单看外表是个帅气的男孩子，可颜值显然不是他的唯一“特长”。他坐在教室里，几乎一秒钟都闲不住，时常在地上滚动甚至哭闹，几个人一起也很难将他拉起来，有时还会去故意打断其他同学的课堂活动，对教学造成极大的干扰。于是，我从最开始的耐心劝导，渐渐变成严厉呵斥。因为呵斥的方式似乎对他更具成效，但效果持续的时间却不长。来而往复，便让我有些不胜其烦。

最过分的一次，是他在洗手间里脱掉裤子坐在地上，怎么都不肯出来，其他老师帮忙叫来了他的爷爷。因为小禹的情况相对比较特殊，所以他的爷爷以陪读的方式照顾他，几乎每天都会在学校。那个头发半白的瘦削老人神情严肃地匆匆赶来，努力将他从地上拖起来带走。不知为何，看着他们的背影，我眼睛有些酸涩。

小禹的问题虽然令人感到棘手，但也并没有影响我很久。毕竟我既不是他的班主任，又不是他的任课老师。所以，操场上那一幕，可以说是意料之外的惊喜。以我对他一贯严厉的态度，我本以为，他会有些记恨我的。别看这些孩子有这样那样的问题，其实聪明得很，会记仇，会和老师斗智斗勇。可是看这孩子的表现，似乎全然不在意，甚至还试图用笨拙的方式表达好感。

再后来，每次碰面，小禹总会跑过来送我一个大大的微笑。不得不说，他笑起来的样子美好得像个小天使，仿佛有神奇的治愈力量，顿时让我把之前对他的烦恼困扰都远远抛开了。

小禹，还有这群像小禹一样的孩子，他们的世界很纯粹。有时那些在别人眼里无理取闹的行为，可能只是他们和这个世界打招呼的一种方式，是想得到多一点点的关注和认可。普通人接收信息的方式有成千上万种，但自闭症孩子可能只有一种，他们和外界的沟通渠道“塞车”了。即便如此，他们依然在努力用自己的方式去表达，有时是自言自语，有时是重复性行为，有时是自己的实际行动。

“看我，快看我！”这也许才是他们心里的声音。困扰着我们的那些问题，从另一个角度来看，也许正是他们小心翼翼探出好奇和善意的触角。而作为老师的我们是否应该多一些理解、多一些温柔、多一些爱、多一些思考去面对身边这些特殊的孩子呢？

我开始渐渐明白，或许不能用所谓大众社会正常模式的评判标准去衡量孩子们，或者给他们加诸那些所谓的“正确”。正如国内一位自闭症儿童的妈妈写的感人至深的《牵着一只蜗牛散步》中所说的那样，也许我们认为我们生养了一个“生物语法”与传统社会格格不入的孩子，这个孩子是“蜗牛”，我们受到了上帝的惩罚，上帝让我们接下来的人生要牵着蜗牛走过，可没准儿，上帝真实的意图隐藏在事实的另一面，“我忽然想起来，莫非是我弄错了？原来上帝叫蜗牛牵我去散步”。

美国动物科学家、畜牧学博士，同时也是自闭症患者的坦普·葛兰丁在 TED 讲演中说，这个世界需要各种心智。而她本人的成就是最好的证明。每个孩子都是一颗小星星，他们没有成为社会期望的样子，也许只是因为他们眼中的世界和惯常的世界不相同。来自家长、老师过强或者过弱的引力都可能使孩子找不到自己独一无二的轨道；而这些引力如果恰好适当，就很有可能让孩子在茫茫宇宙中找到自己的方向，踏上最适合自己的轨道，成为银河中一颗颗熠熠生辉的明星。

“特殊”这个标签，可以是沉重的镣铐拖拽着自己与亲人，也可以是一个极限，等待突破的壁垒。找到极限，便找到了自由；超越极限，也就书写下了奇迹的新章。奇迹不是一个结果，而是一种状态。每个人都需要自己的“奇迹”，但一个人的奇迹无法与另外一个人的奇迹相比较。

特殊孩子需要更多的个体关注，更需要老师、家长乃至社会对孩子“独一无二”个性的发现，只有这样我们才更有可能对孩子采取适合的教育方式。我们可不可以珍惜孩子的光芒与个性，让他们在找到快乐的同时找到真正的自己，永远做一颗快乐的星星？让他们 live a life of value（过有价值的生活），而不是 live a life of success（过成功的生活）。尊重每个孩子成长中的个性，并从中发掘每个孩子独特的潜力，帮助他们实现独一无二的价值。

曾读过的书里有一本记忆尤深——《康康的世界》。书的最后有一个很有意思的调查，是剑桥大学的一个自闭症的自测量表。我自己的得分并不高，但我觉得无所谓。我喜欢一个人待着，喜欢看书，这不影响我所有的正常生活。很多人也是如此的。

我最喜欢的一句话，叫 I'm unique, just like everyone else. 意思是我是与众不同的，就像所有人一样。所有人都是与众不同的，我们没有必要完全地改变谁，我们需要做的是接受他们、帮助他们、爱护他们。

每一个孩子都是特别的。许多老师在接受培训时虔诚地认同这句话，然后在教育实践中平静地无视这句话。每个人都有别人无法超越的那一面，而有些人一辈子都发现不了自己最闪光的那一面。我们不能推倒重来，但是或许，不要去剥夺一颗星星发光的权利。很喜欢《地球上的星星》最后一幕，依夏奔向尼克，脸上泛着喜悦与自信的光芒。他赐予这个夜晚温柔的力量。有成长的欢欣，兼得教育的鼓舞。

“别又想捣蛋哦，”当小禹又一次在课堂上试图吵闹时，我走过去拍拍他的头，“老师可是会一直看着你的。”当然，我并不奢望他真的按我的要求去做。但哪怕只有一点点，我也想让他知道，有人在一直关注着他，在意着他。

无数次我问自己，怎样才是好老师？我是否在尽力去做一个能理解孩子心灵、帮助孩子成长进步的好老师？这是一个永无止境的成长过程，永远有不同的学生来到我的生命中，永远都有新的挑战。比起站在自己的立场上，执着于将他们改变成我们希望的样子，更需要改变的或许是我们，是否能够始终葆有一颗善意、温柔、珍重天性的心。尊重个性，尊重自我，尊重特色，这才是世界色彩斑斓的根本原因，也是生活多姿多彩的最大来源。如果有谁还没有发现这些孩子们的特别，那么或许，你没有读懂星星的眼睛。

鹏城之志

◎ 蔡淑仪

作者简介

蔡淑仪

任教于深圳市宝安区安乐小学。毕业于深圳大学。曾荣获宝安区小学语文优质课二等奖、“阳光少年”诗文朗诵大赛优秀指导教师”等奖项。

我的鹏城在莽原上奔跑，
如同蔓延的春草，
不惧烈火的啃烧。

我的鹏城在大海滔滔，
如同倔强的孤岛，
丈量着地厚天高。

我知道，
我的鹏城，
就是一团熊火在燃烧；
就是一串风铃在招摇；
就是一束杜鹃在微笑；
就是一抹甜味在嘴角。

我只要，
我的鹏城，
是深圳湾热情的拥抱；
是红树林夏日的炙烤；
是春茧化蝶的骄傲；
是大梅沙浪花一朵；
是地平线一条。
还记得鹏城里，
有你的音容笑貌，

君子谦谦；
有我的风雅离骚，
丹青奇妙。

还记得鹏城里，
有她的秋容静好，
倾城之貌；
有他的求志达道，
势比天高。

或许我会忘记，
我会忘记鹏城作谱的韵调；
但我无法忘记，
打在我心坎的那支歌谣：
1979，一位老人踏着春天来到，
1992，仍是这位老人心潮滔滔！
鹏城呵，
蓝图绘就，
从此你不再是那偏僻的小渔村，
从此你每天洋溢着时代的欢笑。

我不会厌倦，
吸引我的是鹏城如幻容貌；
我不会厌倦，
海蓝时见鲸的怦然心跳。
鹏城呵，
面对过多少坎坷多少折磨，
击破过多少雄关多少蹉跎。
鹏城呵，
你还记得出征路上的白衣胜雪？

你还记得庆功宴里的阵阵凯歌?
鹏城呵,
也许侵蚀你的躯体的是病毒的邪恶,
也许使你萎靡不振的是疫情的肆虐。
但是,鹏城呵,
白盔白甲白旗号,将忠诚一再述说;
信心决心展初心,把壮丽挥毫泼墨。

我深信,
立足三尺讲台是永远的荣耀;
培育十万栋梁是不变的情操。
我深信作为园丁盼春晓;
我深信甘洒雨露育新苗。

其实我知道,
哪怕岁月如刀,白驹过隙;
你也能开遍枝头,一树桃夭。
其实我知道,
哪怕喜上眉梢,泪下蓬蒿;
你也能悲喜不动,静对松涛。

鹏城之诗,我千遍万遍一如当时;
鹏城之志,我千改万改不改心志。

原来鹏城,
一半是梦,
一半是诗。

献湾区教育赋

◎ 陈宏

作者简介

陈宏
任教于宝安中学（集团）第二外国语学校，为宝安区初中语文“雏鹰计划”成员。毕业于东北师范大学现当代文学专业，硕士研究生。曾获宝安区“雏鹰计划”初中语文新教师教学展示活动三等奖、宝安区寒假“好作业”评比二等奖。

南粤故郡，新安嘉地。北靠羊城之盛埠，南接港澳之通汇。西扼珠江之要港，东临南海之浩渺。近世衰微，逸仙燃革命之火焰；转折攸关，小平开改革之大略。遂见四十载斗转星移，千万顷万象更新。鹏城展翼，扶摇青云。五彩争胜，流漫陆离。湾区宏猷，襟带九城之发展；示范蓝图，控引港澳之往来。

湾区建设，教育先行。十年树木，百年树人。既立国策发展之潮头，又担民族复兴之未来。民安物阜，乘时代之风；求贤若渴，集天下之才。岭南英杰，尽沥心血而恐后；粤西才士，皆倾全力以争先。于是仓廪已实，文教方兴。传承与创新并重，素养与佳绩偕行。立大局而望远，企发展而会同。

今一介书生，立三尺讲台。见学子莘莘，敏而好学，孜孜不倦，求知若渴，岂敢有负！生唯有尽绵薄之力，方可显拳拳之心。达旦通宵，为获新知；春秋以继，愿付华年！先立己而立人，能知人以启发。不期桃李春风，但企冰水青蓝。

赤子之心，临帖忘言，愿以诗证：

自古岭南出才俊，而今鹏城聚英杰。

愿为前浪引后浪，将用我心育人心。

阿布

◎ 张丽

作者简介

张丽

任教于宝安区海城小学，语文教师。毕业湖北师范大学，文学学士。曾获 2018 年宝安区第二学区青年教师录像课比赛一等奖；2019 年宝安区第二学区小学语文青年教师教学技能比赛一等奖。

当阿布第七次在阳台上看到夕阳落下时，已经很不平静。它焦急地打着转，浅黄色的尾巴低垂在身后，嘴里发出呜呜的声音。

一

阿布是一只一岁的拉布拉多犬，从有记忆开始就被抱到了这栋别墅里，每天的生活幸福而单调：女主人每天上午出门前会喊它的名字，它则会摇着尾巴蹭着女主人的腿，然后感受自己的耳朵和脖子上的毛都被温柔地抚摸一遍；每天下午钟点工兰姨则会来到它的小窝，给它换上新的食物，并在水钵里倒上满满的一钵水，有时候还会给它洗个美美的澡；下午夕阳快落下的时候，阿布就会蹲在阳台上等主人回家。

等主人回家是阿布最喜欢的日常。阿布家在整个小区的最西边，二楼的阳台正对着朝西开的院门。每天阿布很早就会蹲坐在这里，一动不动地朝西边望着，阳光穿过高高的木棉花树，落在车库旁边的假山池里，晃着金灿灿的光。等到金光快要褪去的时候，女主人也就该回来了，铁院门缓缓打开，红色的轿车缓缓驶入。阿布这时候便会摇着它的尾巴，沿着楼梯急奔而下，等着女主人开门而入。如果女主人心情好，也许还会带着它去院子外溜达几圈，这可是兰姨从来没有带它做过的事情。

一周前，是阿布最后一次在阳台上等到主人回家，虽然此时假山池的金光已经褪去了很久。阿布像往常一样沿着楼梯急奔而下，除了女主人之外，进门的还有男主人。男主人一个月回不了几次家，他也不喜欢阿布在他腿上蹭，阿布也有点莫名地怕他。于是绕开了他，在女主人的脚边摇晃着尾巴。女主人热情地蹲下来，吻了它的脖子，然后抬头看着男主人："阿布怎么办？兰姨已经在湖北老家确诊了，短时间内肯定是回不来了。"

"短时间？我都不知道我们短时间内能不能回来。你这狗肯定是带不走了，等我们去那边安顿好了再想办法。"男主人冷冷地说："快去收拾，我们的时间并不多。"

不一会儿，男主人和女主人各提了两个行李箱从二楼下来，女主人把一整袋狗粮倒给阿布，给水钵倒满了水，又找来阿布的洗澡盆，也倒满了水。她再次蹲下来揉阿布的脖子，开始小声地哭泣。男主人看了看表，走过来开始安慰："好了，也怪我决定得太仓促。但目前局面很不好，谨慎是我多年的信条，我们必须去到更安全的地方。"

大门砰的一声关上。阿布奔上阳台，看着红色的轿车灯光亮起缓缓驶离，院门无声地自动合上。接下来七天里，阿布再也没有看到院门载着夕阳打开。

二

阿布现在情况很不好，水钵里的水在第五天就被它舔干了， 而洗澡盆在第二天就被淌进淌出的它打翻在地。阿布在阳台上，看着车库旁边的假山池映着最后的余晖，晃着黯淡的金光，有风吹过，池水泛起涟漪。阿布终于从阳台上一跃而下。

今晚下着小雨，昏黄的路灯散发着比往常更加朦胧的光，路上的人出奇的少。阿布一瘸一拐的在绿化带边毫无目的地走着。它的腿并不是那天从阳台上跳下来摔断的，阿布虽然从未进行过任何野性训练，但身体深处的基因在关键时起了作用。它准确地落入并不大的假山池中，溅起巨大的水花，阿布喝足了水，最后还叼起一条白色的锦鲤。阿布兴奋极了，这可是它以前从未体验过的事，它在池子边撕开鱼肚子，尽情地撒欢，一身浅黄色的漂亮毛发拧在了一起，染成了褐色。

然而它刚刚跃过院门，就被两个穿着制服的男人拿着铁叉追了过来，不远处的黑暗里，传来呵斥的声音：“怎么又放了脏兮兮的流浪狗进来？新闻都报道狗可能也会带病毒不知道吗？这些天被业主投诉得还不够是不是？”两个男人听到呵斥格外勇猛，铁叉狠狠地砸了下来，阿布身体吃痛，顾不得回头，发疯似的逃出了小区。

如今的阿布已对饥饿习以为常，它并不擅长于从垃圾堆里翻东西吃。它的腿就是在上一次翻找时瘸的。

那天它凭着嗅觉朝一个垃圾筒走去，一只同样脏兮兮的黑狗早已等在那里，发出恶狠狠的低吼。阿布盯着只有它一半大的黑狗，也发出低吼，黑狗不甘地退到旁边。阿布低头吃着剩下的食物，突然瞥见黑影一闪，它的右后腿狠狠地吃痛。黑影只退开一瞬，又扑了过来，这次它的目标是阿布的脖子。阿布本能地闪开，后背发凉，拖着剧痛的后腿朝着马路窜了出去。黑狗穷追不舍，逐步逼近，阿布已经感觉到身后低沉的喘息声和黑夜里闪烁寒光的白牙。

突然，背后传来几声急躁的鸣笛，还夹杂着一阵尖锐的金属摩擦声。阿布又跑出十多米才忍不住回头，只见黑狗张大着嘴躺在路中间一动不动，红白色的肠子不规则地陈列在它的身边。

三

阿布已经记不清多久没有吃东西了，它越走越困，淡黄色的尾巴耷拉着，眼睑低垂。也不知道走了多久，也不知道现在在哪里，终于，在一个潮湿阴冷的傍晚，阿布倒下了。

它想起了熔金似的夕阳、暖烘烘的阳台、金灿灿的假山池水和缓缓打开的院门，女主人踩着高跟鞋嗒嗒地走过来。女主人的腿越来越近，却越来越模糊。

它想看清楚些，努力眨着眼，但却只是微弱地一开一合。

“喂，你很饿吗？”

阿布听见了一个好听的声音，慢慢地抬起眼，看见一个眉眼清秀的姑娘轻轻地丢过来一根香肠。阿布警惕地望着她，嘴边的香肠香气四溢。姑娘戴着浅蓝色的口罩，露出的眼睛弯成月牙儿，静静地不说话。

直到长长的口水连接在香肠上，阿布才忍不住一口咬住香肠狂吞起来。姑娘终于笑出声。

“咯咯，看来饿坏了。我看你在这勒杜鹃花藤下趴了两天了，我也喜欢这勒杜鹃。”

阿布边嚼边抬起头，雨后的勒杜鹃格外娇艳，微风扫过，玫红色的三瓣花儿轻轻抖动，晶莹的露珠稀稀疏疏地落下来。

“很想带你回家的，我从小就喜欢狗狗，可是奶奶对狗毛过敏。”

姑娘浅蓝色的口罩一动一动，弯弯的眉毛也一动一动。“我现在要值夜班，每天早上会从这里回家，如果你一直在，我每天给你带些吃的吧。”

姑娘站起来，转身逐渐走远。

四

“哇，你真的还在呀，好开心。要不我跟你起个名字吧，就叫你‘安康’吧，希望一切都好起来。”

“安康，你看起来精神多了，很抱歉今天来晚了，早上换班时多了好几个急诊，忙到现在。”

“安康，可能过几天我不能再来看你了，武汉越来越严重了，我交了申请书。本来第一批我就想去的，但是爸妈没同意，我也舍不得奶奶。可是我早就不是要奶奶讲故事才能睡着的小姑娘了，我已经是很优秀的护士，也是很优秀的战士。”

“安康，对不起，我明天就要走了，我也不知道什么时候能回来。科里的小雯答应帮我来看你，你在这等我好吗？”

第二天，另一个姑娘给阿布送来了一些吃的，但是她没有说话，也没有叫它“安康”。

五

三月以来，阳光很少，就像大街上的人一样少。阿布的腿已经恢复了，它也不像之前一直待在那簇勒杜鹃下，但每天晚上回到那里时，都能找到一份放在那里的食物。

不过今天突然人多了起来，有人在路边挂上了红色的横幅，有穿着亮绿色制服戴着头盔的男人骑着闪闪发光的摩托车疾驰而过，有人戴着口罩拿着小旗子在路边早早地等待。路边的公示牌同步亮起，里面出现一幕幕穿着蓝色或白色的衣服、戴着口罩的人像。

突然，阿布看到屏幕出现一张熟悉的脸，口罩上方的眼睛弯成了月牙儿。阿布一动不动地看着，仿佛听见了温柔的声音在说着“安康”。

屏幕切换成另一张脸，阿布便朝另一个屏幕跑去，跑着跑着，终于又能看见那泉水一样的月牙儿。就这样，阿布一直跑呀跑，直到一辆面包车突然在它面前停了下来，把它逼到了一个墙角。一个戴着黑色帽子的男人冲下来，他拿着一根长长的棍子，上面套着一根绳子，一套、一收，阿布便被提上了面包车。面包车急速开走，阿布恐惧又愤怒地尖叫着。

六

开车的是一个满身横肉的男人。“哟呵，没想到大街上的流浪狗还能这么肥，这得五六十斤吧！”

“是呀！”戴黑色帽子的男人回答，“真不知道这些天它在哪弄到的吃的，我手都提酸了，嘿！死狗！别乱动。”

面包车左拐右拐，开了很久才停下。门打开，戴黑色帽子的男人一边叫骂一边把一直挣扎的阿布拖下来。满身横肉的男人停好车，也下来，同不远处一个男人打招呼。

“刘老板，你看这货怎么样？膘肥体壮！老价格，1500块，便宜给您收了。”

“不要不要，赶紧弄走！”刘老板在远处挥手拒绝，生怕靠太近。

“别这样啊，开年第一单，我哥俩半卖半送，1000块，不能再低了！”

“不是钱的问题，听说现在新的禁食野生动物政策就要出台了，狗也在其列。我这都歇业三个月了，好不容易开张，你给我弄这么个东西过来，非得给我搅黄了。赶紧地弄走！”

看两个男人面面相觑。刘老板接着说：“我说呀，你俩也别干这行了，以后也没人会收了，找点正经活做去。大家都管好自己，才能安安心心做生意，平平安安生活。”

“真是，倒了血霉！”戴黑色帽子的男人狠狠地给了阿布一脚，杆子一推一松，便给推出数米远，“算你命好。”阿布想冲上去咬上一口，见男人的铁杆高高举起，于是远远地怒吼了几声，快速地跑开了。

七

阿布现在不知道自己在哪里，它再也找不到那簇娇艳的勒杜鹃了。它静静守着一块通告牌，它知道每过一段时间，那里就会出现一弯泉水般的月牙儿。

……

落日熔金，微风吹过，万紫千红，杜鹃花开。

番外篇

“都怪你，千辛万苦出去，又千辛万苦逃回来，平白无故被隔离十四天。”人行道上，一个女人拉着行李箱，边走边说。

“好了，这检测结果不是阴性么？不幸中的万幸呀。赶紧去取了车回家吧，这些天我也受够了。”他旁边的男人回答。

“还谨慎是你的人生信条，我看刻板才是，你看那些发达国家，哪个的防疫效果有我们自己国家好。”

“确实……我们的国家早已是今非昔比。世界在变换啊。”

“哎老公！你看那边通告牌下的那只狗，像不像我们家的阿布？”

“好了，别老想阿布了，都几个月了，阿布应该早就不在了，回去了我再给你重新买一条。”

“不行，我就要阿布！”

欲遂平生志

◎ 杨博

作者简介

杨博
任教于宝安区桥头学校。毕业于陕西师范大学中国古代文学专业。任教期间保持着对文学的热爱，并将对文学的热爱转换为对文字的思考，指导的学生的多篇习作在《多彩校园》发表。

时至今日终于确定“平生志”，也经历了颇多的犹豫彷徨。

少时读诗，家人常以各类劝学诗加以勉励。记得有这样一句：“男儿欲遂平生志，六经勤向窗前读。”男儿女儿倒无所谓，只是这“平生志”到底该如何定下，实在是让人琢磨不通，伤透脑筋。

志向这东西说大也大，说小也小。往大了说，决定人一生将要为之奉献奋斗的事业，并且包括可能为之做出各种牺牲和奉献。往小了说，其实很多人的志向改来改去，看起来名头很大，但实际上最平凡的生活琐事，未尝不是一个普通人最美好的志向。小的时候，多数人的志向都是做个科学家、数学家，偶尔有贪嘴的同学梦想做个小卖部的老板，每天坐着收钱，闲暇时还能吃些零嘴。只是随着年岁的增长，大家逐渐明白人生的道理与应担负的责任，未免将这件事翻来覆去，觉得自己需要深思熟虑。

念书时想法倒还单纯。只因所念学校是个师范院校，常听一句话“得天下英才而教育之”，每每听到，觉得有些热血沸腾。导师却爱泼冷水："哪里能有那么多英才！我们这些老家伙算得上什么人，能做英才的老师！"未免又开始惶恐。古人的一生似乎非常简单平易，选择较少。自矜自己的家学渊源的杜甫可以说一句"诗是吾家事"，再潇洒不羁的李白也要说"但用东山谢安石，为君谈笑净胡沙"。摆在现代人面前的选择未免太多了，分出千万条岔路，难以自傲地说自己的志向就是"致君尧舜上，再使风俗淳"。在这些道路上，到底要不要做一个老师，也似乎是一个值得考虑的事情了。

我也在徘徊惶恐的时候听过好友的烦恼。她是一个极为有追求有梦想的青年教师，我常羡慕她对教师事业能够投入的热忱和勇气，因着羡慕，也时常爱听她讲给我的那些和孩子相处的故事。

她告诉我如何"驯服"一个桀骜不驯、振振有词的高中生。那孩子被叫到办公室时还说着"人不为己，天诛地灭"。她浅浅一笑，慢条斯理地说："孩子，你真的知道这句话什么意思吗？这句话出自佛经，本意是说人不为了自己而提升修养和品德，那才是老天都要看不下去的事情。你对事情一知半解，还自觉有道理，不觉得好笑吗？"少年只剩下讷讷无言。

她还告诉我如何引起孩子们对语文学习的乐趣。

她在学校组织了一个手账社，教孩子们用各种色彩将自己想象中诗歌的情景搭建出来。在手账本里，你能看到桃李春风所赠予的一杯酒，能看到杏花烟雨里的那一抹江南春景，能嗅到薇草所散发出来的淡淡清香与采薇之歌背后的浓浓哀愁。

孩子们或许还想不到那么深，但是他们无一例外都很努力地在做自己手中的那本手账，用上自己的颜色和想象，诗歌也变得没那么枯燥难懂，仿佛能够穿越古今触摸到那些经典流传的文字。

我常羡慕这样的状态。这时我还想不明白许多事，对前路充满了惶恐与不确定，我对好友直言："我怕这种事情，总觉得自己做不来。"好友也是直言不讳："时间的洪流会推着你向前走的。"

后来我果然成了教师，这部分固然是因为是家学渊源，部分是环境影响，但绝大部分原因是，我突然发现我竟然没想过除了做老师之外的选项。这种下意识的选择虽然是心中所向，却也不免遇到一些挫折。

刚开始的一个月几乎都在焦虑中度过。所有的事情都恨不得亲力亲为，事无巨细，每个课间都去班级里遛一趟。虽然笑着说孩子们都有自己的思想，知道什么事情该做什么事情不该做，可也免不了担心。而平时的日常教学都足够让人殚精竭虑。我现在才明白好友看似轻描淡写的语言和故事背后隐藏了多少努力和艰辛，也逐渐能明白为何好友会如此轻描淡写地告诉我："不要怕，时间的洪流会推着你往前走并且不断成长的。"

事实也确实如此。

在这成为新老师的大半年时间里，我经历了各种各样的挑战，从一个最开始的羞涩腼腆不愿意和任何人交流的大孩子，逐渐变化成长，好似突然之间就挺直了腰板，昂起了头颅，敢于在舞台上落落大方地展示自己。

我有一个梦想

◎ 马兴茹

作者简介

马兴茹

任教于深圳宝安共乐小学。毕业于华中师范大学。2016 年 9 月至今多次在区级比赛中取得佳绩：曾获执教《山行》一等奖、第五届教师基本功大赛一等奖、宝安区古诗词教学论文评比一等奖等。2020 年 6 月被评为“宝安区优秀少先队辅导员”。希望能在三尺讲台的小世界里尽情挥洒青春热血，用全心全意的付出诠释人生价值，为每一位学生的健康成长和终身幸福奠定基础，为每一位学生插上飞翔的翅膀！

世界上最快乐的事情，莫过于为自己的梦想而努力前行。我的教育梦想是五彩斑斓的，是诗意自由的，也是活力满满的。

——题记

致敬楷模，点燃梦想之花

读书时候的我，无忧无虑。年少时候的自己会做很多梦，梦到自己成为文学家，成为医生，想看遍这世界，去最遥远的地方，感觉有双翅膀能飞越高山，还想做很多异想天开的事情，这正是年少时光的美妙之处。

直到有一天，2015 年 9 月，我向学校申请了去湖北黄冈中学实习的机会。那一年教师节，教育局组织了庆祝第三十一个教师节暨大别山师魂先进事迹报告会。在会上，我第一次听到汪金权老师的名字。

汪金权老师是 1987 年华中师范大学中文系的优秀毕业生，分配到了当时的全国名校——黄冈中学工作，却因为老师一句“四中条件太差，留不住老师，也招不到好学生”，毅然决然回到了远在山区的母校蕲春四中。他是一个平凡的老师，在一线默默耕耘了二十多载。他也是一个不平凡的老师，扎根蕲北山区，用大部分工资资助了贫困学生，自己却和 70 多岁的母亲、患有精神病的妻儿和智力低下的小儿子租住在学校的宿舍，一直到 52 岁时病逝。

从大山走出来，又走进大山的汪金权老师曾说过：“也许我的肉体只能蜗居在大别山一隅，但是我的灵魂会跟随我的学生走向四方；也许我是荒原上的一根电线杆，只能矗立在那儿，但我能把希望和光明送向远方；也许我可能永远是一座桥，但能让学生踏着我的身躯走向希望的彼岸，我就心满意足了。”而今，过早生出满头白发的汪金权永远地休息了，他所搭建的“桥”却一直都在。

这次报告会给了我很大的触动，听到汪老师的感人事迹，我频频落泪，感动于他用整个生命来热爱教师这个事业，感慨于他莫问收获、但求耕耘的精神，感触于真正的师者，会甘于清贫的选择，度过无悔的一生。

当时的我很快就要毕业了，作为汪老师校友的我，还在迷茫未来要选择怎样的人生道路。“高山仰止，景行行止”，致敬时代师德楷模，努力做塑造学生品格、品行、品味的大先生，这次报告会让我做出了职业选择，让我愿意追随汪老师的教育之梦，它点燃了我追逐梦想的火花。

扎根一线，追逐教育之梦

岁月匆匆，寒来暑往，蓦然回首，倏忽之间，来到共乐小学，从事教育教学工作已经四载有余。四年前的我，稚气未脱，怀着对教育事业的满腔热忱，战战兢兢地走上工作岗位。四年的打磨锤炼，我默默坚守，“为伊消得人憔悴”，如春蚕，吐银丝；似蜡烛，燃赤心。

从事班级管理和学科教学的这些年，有过成功的喜悦，也有过失败的教训，但我深谙，关爱学生，是一切教育的基础。作为班主任，刚开始我习惯用“居高临下”的姿态给孩子灌输空洞的说教，殊不知，这种错误的教育方式不仅不能让孩子心服口服，还容易让他们产生逆反情绪，甚至屡教不改，愈演愈烈。“己所不欲，勿施于人”，成人的世界里需要尊重、理解和接纳，孩子幼小稚嫩的心灵又何尝不需要精心的呵护呢？然而，有时，我们用简单粗暴的方式直截了当地否定孩子的感受，或是用我们自己的感受代替孩子的感受，或是用挖苦、警告、威胁、谩骂的语言惩罚孩子。这样做的直接后果就是孩子用屡教不改的行为“藐视”、对抗老师，或是用只言片语“对付”老师。殊不知，耐心地倾听和有效地表达，才能达到事半功倍的教育效果。

“养孩子就像种花，要耐心等待花开。”每一个孩子就像含苞待放的花骨朵，只是开放的花期各不相同。有的像盈盈浅笑的迎春花，最早渲染了春天；有的像亭亭田田的碧荷，点缀夏日的池塘；有的像浅黄绰约的桂花，香飘整个金秋；有的则像傲雪怒放的蜡梅，盛开在寒彻骨的冬日。在孩子的成长过程中，要成为一名智慧型的老师，需要耐心等待。要想和孩子进行有效沟通，需要耐心倾听，接纳、尊重孩子们的感受。时光不语，静待花开，用心呵护每一朵花，陪伴他们沐浴阳光雨露。

孔子曲阜筑杏坛，培养七十二贤人；朱熹潇湘设书院，传授“忠孝节廉”。做一片绿叶、一丝春风、一缕阳光，用爱和温暖伴随每一位孩子快乐成长。

教育无关其他，把教育当作一种情怀，用一个灵魂唤醒一个灵魂是我的态度，也是我的梦想。当了四年的孩子王，追逐教育之梦，我将一直在路上……

不忘初心，描绘梦想蓝图

心有所依，未来可期。习大大深情呼唤我们要怀有中国梦、追求中国梦、实现中国梦。中国梦与我们每一个人密切相关。未来的我，在心中，描绘了一幅教育梦想的蓝图，我要做一个会微笑、有信念的老师。

我梦想中的每一个孩子都有着澄澈的眼睛，听着他们的书声琅琅，在语文的诗意世界中，沐浴唐风汉韵，将文人风骨融入自身的血脉之中，让古代文明与现代文明交相辉映、薪火相传！

我梦想中的每一个班级都和谐友爱，每一个孩子都能感受到关切和凝望的眼神，他们心灵充实、健康成长。温暖弥漫在每一个孩子的心中，笑容绽放在每一个孩子的脸上。希望他们在共乐中共同成长，共享快乐！

我愿意做普罗米修斯，把真理的火种播撒在他们心中，在激情燃烧的岁月，愿他们志存高远，恰同学少年，风华正茂！

立德修身成人师，教书育人担使命

◎ 林晓艳

林晓艳

任职于深圳市宝安区教师研修学院。毕业于华南师范大学学前教育学专业。曾两次被评为“宝安区教育局‘年度先进个人’”，曾获宝安区师德师风主题征文比赛一等奖、宝安区“奋进新时代，共筑教育梦”主题征文大赛三等奖。主持或参与市、区级课题共 4 项，课题论文成果发表于学前教育领域权威期刊，并获市级论文评比奖项。参与撰写并出版教育教学类书籍 1 本。

《周易》曰：“天行健，君子以自强不息；地势坤，君子以厚德载物。”《左传》亦有云：“太上有立德，其次有立功，其次有立言，虽久不废，此之谓不朽。”立德树人是我国教育的优秀传统，也是当前教育的根本任务。习近平总书记在全国教育大会上指出，“教师是人类灵魂的工程师，是人类文明的传承者。每个教师都要珍惜这份光荣，不断完善自己，在坚定理想信念上下功夫”。

90 后的我，大学、研究生期间学的是学前教育专业，毕业时选择了成为一名特殊教育老师。入职两年多以来，我一直在思考我的教育信念是什么？我该具有怎样的道德情操？如何成为一名好老师？“立德之本，莫尚乎正心，心正而后身正。”在成为特殊教育老师的道路上，我慢慢地找到了答案。

一、守初心：呵护、点亮每个孩子的梦想

至今，我仍记得读小学时的班主任冯老师。她个子不高，短头发，眼神总是那么坚

定而温和。有一天，冯老师让我和其他两个同学一起去她的办公室，对我们说："你们三个是班上的好学生，继续加油，老师相信你们将会是其他同学的榜样。"这些话，一直鼓励着我认真、努力，成为一个品学兼优的学生。

那时候，我最喜欢的事情不是看动画片，也不是唱歌、跳舞，而是一个人玩"我是老师"的扮演游戏：小小个子，拿着粉笔、踮着脚尖，在家里的大门上有模有样地书写拼音字母，然后学着老师那样，为自己假想的学生示范拼读……没错！从小，我的梦想就是成为一名教师。这个教师梦犹如一颗小小的种子，悄然在我的心田生根、发芽，成为一种深层次的情感心理密码，在我的生命成长中给我坚定的信念、强大的勇气和持久的力量。

或许，是她点燃了我的教师梦想。年幼的我还没上学，跟着外婆去城里的亲戚家做客，听到亲戚家旁边那个房子里传来琴声、歌声；我循着声音的方向走过去：原来，是一位美丽的女老师弹着木制钢琴，一群小朋友坐在小椅子上唱着歌。我站在门口的栅栏外面，多么渴望自己也能像这些小朋友一样啊！回到家里，外婆告诉我那个地方叫作托儿所。第二天，我又来到房子外面，依然透过栅栏缝隙看着他们……活动结束后，老师看到了我，打开栅栏门笑着说："小朋友，欢迎你进来和我们一起做游戏，好吗？"老师的邀请和微笑，犹如温暖的阳光般包裹着我。她为我打开栅栏的那刻，也开启了我的教师梦想之门。

高考填报志愿时，我毅然决然地将学前教育选定为自己的第一志愿专业。以后，我要做一名幼儿园老师，成为像我的老师那样点亮孩子梦想的好老师！

二、有爱心：温润如玉的教育情怀

"教育是一门仁而爱人的事业，爱是教育的灵魂。教育风格可以千差万别，但爱是永恒的主题。"这种爱，首先，是关心学生、关爱学生、关照学生，看到学生就发自内心地感到喜悦；其次，是爱每一个学生，无论是一般的学生还是有特殊需要的学生，不管是可爱的学生还是邋遢的学生；而后，是尊重学生个性、理解学生情感，包容学生的不足、发现学生的闪光点。

大学和研究生期间，我就读的都是学前教育专业，通常，毕业后要么去大专院校学前教育系任专职老师，要么去一线做一名幼儿园老师。

研究生二年级时，我作为一名高校学生志愿者，参加了广州市特殊儿童运动会。这是我第一次真正接触特殊孩子，也成了改变我人生轨迹的重要一步。虽然了解过关于特殊孩子的知识，知道他们可能会又哭又闹、又抓又跳，甚至是不受控制地尖叫、情绪爆发，但在实际接触他们前，我的内心多少有些忐忑不安，担心自己面对他们的状况会不知所措。那次，我负责照顾一个 6 岁患有唐氏综合征的孩子——小糖果（化名）。一见面，小糖果就笑着给我了一个大大的拥抱，他纯真、灿烂的笑脸，就像冬日的暖阳，柔光流淌，洒向我的心里，散发着温煦的气息。惊喜的是，他还亲吻了我的手，让我感动，却更让我愧疚、心疼。愧疚的，是一个 6 岁的特殊孩子让我放下了之前的担心和顾虑；心疼的，是他的礼貌、友好应该是老师和他付出过很多努力的结果，或许是老师告诉他只有这样，才会有人愿意接纳他。从此，我看到了特殊孩子身后的那个人——特殊教育老师，她们就像是“替上帝弥补缺憾的人”，为了特殊孩子的成长呕心沥血、默默付出且无怨无悔。

为了更好地理解特殊孩子，我开始自学特殊儿童心理学、行为分析与矫正等书籍，知道了 0 ～ 6 岁是对特殊儿童进行干预的黄金时期，专业、有效的支持对他们的发展极为关键；发现其实学前教育和特殊教育有许多相通之处，很多特殊孩子虽然生理年龄增长了，但是心智发展水平仍停留在幼儿阶段甚至更低阶段。20 世纪著名的意大利幼儿教育家蒙台梭利就是从研究有智力缺陷的儿童开始的，通过观察和研究，她认为“儿童的智力缺陷主要是教育问题，而不是医学问题”，并向社会呼吁，有智力缺陷的儿童应当与正常儿童一样享有同等受教育的权利。她创立了从感官训练、运动训练到智力训练的蒙氏教育法，进而推广至正常儿童，并赢得了整个西方世界的广泛赞誉。这些都让我重新思考自己的教师职业选择，明确自我更深层的教育使命！

二十四年前，那位托儿所老师对我的接纳、关爱，给予了我温暖和力量。我想，最好的感恩方式，就是将这份爱传递给更多的孩子。当初老师为栅栏外面的我打开了梦想之门；而成为特殊教育老师的我，意味着让许多被放弃、被拒绝的孩子拥有新的希望。学前教育的春天已经到来，每年有很多学前教育的毕业生进入幼儿园，少我一个不算什么；而特殊教育的春天需要更多的教师来筑梦，我愿意成为其中一个。

研究生毕业那年，通过简历筛选、面试、笔试，我成了一名特殊教育老师。

三、守恒心：坚持不懈的专业历练

习近平总书记勉励我们，要努力成为有理想信念、有道德情操、有扎实学识、有仁爱之心的好老师。仅仅有教育热情是不够的，我们还要扎根实践、提高专业能力。

大学四年、研究生三年的时光，除了专业知识的学习，绘画、手工、钢琴、声乐、舞蹈等专业基本功的掌握才是最考验人的。那时的生活就是教室、图书馆、钢琴房、舞蹈室和寝室五点一线。虽然很辛苦，但是回忆起来依然觉得充实、快乐，我收获的不仅是专业成长及优秀毕业生等荣誉，最重要的是，我坚定了成为一名教师的自信，明白了只要刻苦、勤奋，无论做什么事情，都会有无限可能，无关聪明、无关天赋。同样，从一名学前教育师范生转变为一名特殊教育老师，要在原有基础上加倍努力。

犹记得，来到特殊教育学校的第一个月，面对无口语交流的自闭症孩子、能力较弱的智力障碍学生，还有不时情绪失控的孩子，我感到自己一无所知，很灰心、很无助。于是，我开始针对具体问题翻阅文献、书籍，观看优秀教学视频，了解班上每个孩子的个别化教育计划，观察课堂、课间、午休时其他同事如何与学生互动……慢慢地，我心里多了些底气。在课间，面对无口语交流、几乎不与人互动的自闭症儿童，我尝试用学到的方法：眼神追随、动作模仿；保持耐心，一直追随学生，然后不断寻找机会让他能关注到我，哪怕是一瞬间的眼神对视，我都会十分的满足。课堂是教师专业成长的主阵地，作为特殊教育老师更需要确立自己的专业发展方向。从第一次公开课的紧张、迷茫，到经历两年的求索、学习，我终于确立了自己喜爱的并决定要一直坚持下去的专业发展路径——特殊儿童戏剧治疗教师。我学会了运用感官游戏、身体游戏与重度智能障碍儿童进行互动，在投射性游戏中关照中度智能障碍者内在情绪、情感；借助教师入戏、建构空间、故事棒等教育戏剧技巧带领学生学习故事。我开始相信，特殊儿童教育也可以做到专业性和趣味性兼备。

“永远不要停止思考，你的脑子要一直想，就可以干成这个地球上所有的事。”对孩子用心一点，再用心一点；专业一点，再专业一点。这种钻研探索的精神韧性和坚持不懈的实践探索，才能引领我们走向专业化发展道路。

四、持耐心：含情脉脉的职业守望

我认为，判断自己是否真正热爱一件事情的标准是：是不是即使没有任何的回报，你仍然想做这件事情；做这件事情的过程中，你是不是发自内心地快乐？只有真正地热爱，我们的潜能才会被激发出来，才会竭尽全力、不知疲倦地把这件事情做好。这一点对于特殊教育教师来说尤为重要，我们的学生可能连自己的名字也不知道，也不会成栋梁、成人才。作为他们的老师，我们坚守的是什么？职业幸福感源自哪里？

我们坚守的是对每一个生命个体的敬畏与尊重，对生命个体可塑性的善待和珍视。从家里走进特殊学校，对于特殊孩子和他们的父母来说，有了关心、支持孩子成长的老师，就多了一份信心、一份希望；有了接纳他们的另一个社会场所，就多了一个温暖的港湾、一个精神的栖息地。我们最大的幸福莫过于学生一点一滴看似微不足道的成长，莫过于家长焦虑的神情中多了一丝宽慰与坚定！

一个人的力量还不足以让孩子们眼里溢满阳光、脸上挂满笑容。然而，宝安这片教育热土上，已经有许多青春阳光的特殊教育筑梦人。他们为了宝安的特殊孩子能够接受公平而有质量的教育，走遍了全国各地的特殊学校，拜访、谋划如何建成一所义务教育阶段的综合性特殊教育学校；他们为了给孩子专业的支持，如饥似渴地学习绘画治疗、戏剧治疗、应用行为分析法（ABA）等前沿教学理念与技术；他们为了让孩子学会穿鞋子，即使知道前一秒教了，孩子下一秒就忘记，仍然每天一遍又一遍地示范、辅助、再示范、再辅助，直到无数遍重复后孩子学会穿、脱鞋子……“每个老师平凡的一天，都可能成就孩子非凡的一天”，他们就是这样在平淡无奇岗位上日复一日坚持的特教老师！

在特殊教育的这条漫漫长路上，不知几度春华，才能换一瞬秋实；几载寒来暑往，方能见日照满盈。心中有了信仰，脚下才有力量。恒久地坚守住自己的教育初心，用爱心和耐心陪伴、支持和帮助在成长路上蹒跚学步的特殊儿童。我相信有一天奇迹就会发生，希望的曙光就能照亮他们前进的方向。道阻艰且长，吾辈欣然往！

互助共助同抗疫　自律自强齐生长

—— 疫情期间写给学生的一封信

◎ 邢楠

作者简介

邢楠

任教于宝安区海城小学，小学数学一级教师。毕业于华南师范大学。曾获 2017 年宝安区“诚信”主题班会课例评比“特等奖”；2018 年宝安区青年教师说课比赛第 2 学区特等奖，宝安区二等奖；2019 年宝安区小学青年教师教学能力大赛第 2 学区特等奖，宝安区一等奖。希望做一位积极上进，爱生爱岗，拥有教育情怀，上好每一节课，与学生共同智慧生长的阳光教师。

亲爱的同学们：

见字如面，我是你们的大朋友邢老师。春天，是最美丽的季节，原本我们此时此刻可以一起学习、一起等待春日里花朵的绽放，一起倾听春风里琅琅的读书声，却没想到，突如其来的疫情阻隔了你和我。

疫情期间，我走在空空荡荡的校园，回忆和你们一起学习生活的场景。往年春季，海城校园到处是欢声笑语，孩子们想念的鲁班工坊、3D 打印、酷炫足球、水墨国粹……这些琳琅满目的社团活动热火朝天地进行着，还有那师生共同生长的春季素养生长节，更是让大家翘首以盼。

如今，校园内却是一片寂静，我们错过了春华厅英语 QQ 剧的精彩，错过了体育馆生长节迸发的活力，错过了实验室激烈的讨论，错过了教室里独特的思维碰撞……但是亲爱的孩子们，你们不会错过成长，更不会错过生命成长中奏响的美妙乐章。

在全国众志成城的抗疫期间，涌现出许许多多的英雄人物，他们用英勇的姿态，用自己的行动，为我们呈现了一个个感人至深的故事，当然，我们海城小学的师生们也在为抗疫行动献出自己的一份力量。

在这特殊的时期，你们是值得称赞的。居家生活期间，你们争当小小宣传员，有的拿起手中的蜡笔，绘制出一张张宣传海报，致敬逆行先锋；有的和爸爸妈妈一起自制简易口罩，用行动说明自己的抗疫决心；还有的用视频抒发全民战“疫”的感慨。更让邢老师欣喜的是，我看到你们在云端课程中认真学习的一个个瞬间：升旗仪式时在电脑前对着屏幕中缓缓升起的国旗敬礼的英姿；云端课堂里你们积极连麦，踊跃回答老师问题的身影；家校本作业中工整书写、细致思考落下的一字一句。亲爱的孩子们，你们是学生，是祖国的明天，是祖国的未来。在这特殊的日子里，只有自律自强，汲取更多的知识，你们才能更快地成长，只有今日的自觉自律，我们的祖国才会充满希望！而你们都做到了，邢老师希望你们能继续坚持，早日成为建设祖国的栋梁。

当然，我们还要感恩学校、老师。居家学习期间，为了不耽误课程，为了给你们提供更高品质的养分，老师们也在不断地努力学习新技能：将线下教学转向线上授课，使用钉钉进行直播、批改作业；借助网络平台，整合资源提供高质学习素材，提高审美观制作精美的课件，做出改变找出更有趣的互动方式。俨然，通过了数百节的课堂展示，我们的“主播”们都带来了生动有趣、高效精彩的云端课堂。这个过程中，我们也遇到许许多多的困难，但却从不气馁，我们互助、共助，因为我们始终相信当我们拧成一股绳，便能更好地击退这可怕的疫情。让我们能早日再次相遇于我们美丽的校园。

此外，我们知道在这特殊的时期里，我们更要认识到生命与品格的珍贵，那如何培养我们互助共助的精神？又如何树立我们自律自强的品行？我们开展主题教育和云端广播课，每周一，我们穿上礼服，佩戴红领巾，在9:00准时参加云端升旗仪式，参加海城小学德育主题教育课。敬畏自然、呵护生命、学习雷锋、守护地球……在一节节主题教育和云端广播中，我们了解了保护大自然、爱护环境的意义，深刻意识到敬畏自然之宝贵，呵护生命之珍贵，遵从科学之重要。每一次的主题课，都需要同学们把学到的知识和精神，应用的学习生活中，自律自强，用知识丰富自己、砥砺奋进，老师深知，这春光，你定将不负！

亲爱的孩子们,“天下古今之庸人,皆以一惰字致败”。疫情当下,危机重重,或许你消极懈怠、得过且过,到头来可能与别人的距离就越来越大;但是如果能转“危”为“机”,合理规划与安排,时刻严格要求自己,学会自律自强,更学会互助共助,或许你将有更丰厚的收获。当然,老师们也会永远跟你们在一起,为你们保驾护航,保护你、关爱你,陪伴你们精彩生长。疫情将要过去,胜利即将到来,现在,请你生活自理变充实,行为自律助生长,老师衷心期盼,一个比放假前更自律自强、健康阳光、积极向上的你,出现在美丽的海城校园。

未来可期,我们美丽的海城梦乐园的大门已敞开,唯等你归!

爱你们的邢老师

二〇二〇年四月十日

中华复兴教育有担当

◎ 邱林

作者简介

邱林
宝安区荣根学校工会主席，心理健康教育高级教师，国家二级心理咨询师，深圳市首批家庭教育指导师，宝安区德育导师团成员，宝安区第二批、第四批名师，宝安区第三批名师工作室主持人。热爱写作，参编多部教育专著，先后在各级刊物发表论文多篇。

第一篇章 复兴梦想

七十年彪炳史册；
四十载变革图强。
伟大中国，再一次燃起复兴梦想！
你腾飞的雄姿，
犹如号角吹响，
在我们的心头激荡。

十四万万，人才辈出；
九十万亿，世界当强。
伟大中国，再一次刷新经济总量！
你崛起的力量，
犹如大江奔流，
把复兴战鼓擂响。

湾区发展，绘制国际创新蓝图；
先行示范，智造人类文明标杆。
伟大中国，又一次加注改革开放的力量！
你追梦的气势，
犹如开天辟地，
在神州大地回响。

一带一路，缔结世界共同体；
开发银行，彰显大国担当。
伟大中国，再次擎起人类命运的火炬！
你博大的胸襟，
犹如浩瀚宇宙，
把中国智慧分享。

第二篇章 教育担当

少年强则国强，
教育强则少年强。
中华民族的复兴梦想，
需要优质教育的保驾护航，
人民教育，竭尽全力为国担当。

德智体美劳五育并举，
文化基础社会参与自主发展三核联动。
核心价值的教育熏陶，
奠基国家公民的生命底色，
基础教育，夯基培土孕育希望。

自主学习合作探究彰显主体，
知识能力核心素养瞄准发展。
课堂角色的翻转革命，
融入变革的血脉传承，
创新教育，勠力同心书写华章。

教育有担当则少年有希望，
少年有担当则国家有力量。
立德树人的教育行动，
指引优秀少年的发展方向，
人民教师，无私奉献勇于担当。

第三篇章 课改力量

荣根学校有荣耀与辉煌的历史，
建校三十五年，第三次创业起航。
九年一贯改制，是挑战更是机遇，
优质发展，学校选择了自我革新，
减负增效，我们确立了变革课堂。

校长带领专家引领集智互领，
观念转变卷起创新浪潮。
思想破冰连环研讨名师孵化，
精准培训刮起课改风暴，
课堂变革，演绎了精彩篇章。

生本，协同，智慧，高效；
独学，对学，群学，展学。
自主探究，精彩展示，个性张扬，
让自主成为习惯，让成长更有力量，
荣根教师，创新了高效课堂。

热情在流淌，智慧在汇聚，课改在行动。

办人民满意的教育，

这是我们共同的使命，

这是我们永恒的追求。

让我们携手努力，

砥砺前行，为中华复兴培育栋梁！

我和学生的别样“战疫”

◎ 刁云燕

刁云燕
任教于宝安区福永街道兴围小学。其教育理念是做一个有温度的教育者，育温柔敦厚的人，为孩子的幸福人生做准备！

2020 年格外的不一样，面对这场突如其来、没有硝烟的疫情战争，中国人放弃了春节传统项目，14 亿人民停工停产停课，不聚集、不外出，实现了空前的全民居家隔离。

为了打赢这场战疫，英雄的城市武汉封城了；为了打赢这场战疫，多少白衣战士逆行而上，在看不见敌人的战场上，用血肉筑起生命防线；为了打赢这场战疫，多少本不富裕的平凡之人，忙于奔波，筹集防护物资，唯愿做最美逆行者的坚强后盾……

政治家基辛格在《论中国》中说到“中国人总是被他们之中最勇敢的人保护得很好”。而我却坚信，英雄可能是力挽狂澜的强者，但更可能是于平凡中绽放人性光辉的普通人！2003 年 SARS 肆虐的时候，我还只是一名学生，全世界都在保护我们，然而今天，已然成长为一名教师的我，每天居家隔离时刻关注新闻的我，致敬最美逆行者感动于无名英雄的我，也想迎头而上，保护这帮未来可期的小小少年们！

我的主战场在“线上”，每一个“第一次”，都是一次难能可贵的尝试，我想在自己平凡的“停课不停学线上教学”工作中，打响属于我和我学生的别样战疫！

开学第一课

面对这场重大公共卫生安全事件，教育部提出了“停课不停学”口号，可如何实施、具体怎么做，是一线教师，也是家长和学生，迫切想要知道和了解的事情。所以我的“线上教学”第一课，并没有急于灌输新知，我想做的只是给家长、孩子们包括我自己吃上一颗“定心丸”。

孙子兵法讲“知己知彼，百战不殆”，战胜病毒，亦是如此。我在翻阅了中国疾控的科普文章之后，给孩子和家长们再次系统地强调了如何预防新冠肺炎和不食用野生动物等知识。并就如何开展“线上教学”，使用什么平台，如何上交作业等问题进行了详细的解答。

整合网络资源　直面“线上教学”

“线上教学”之于学生和老师都是第一次，无法面对面交流沟通，无法直接互动，无法正常检测学生的学习效果，老师和学生都只能面对一台设备……如何克服这些难题，如何让我的“直播课”更有吸引力，让孩子们上好网课，又乐于完成好课后作业？我想，仅仅局限于课本知识、仅仅局限于备好教材，显然是完全不够的。我打算结合热点，充分利用资源，让孩子们体会中华文化的博大精深，体会世界各国的文化意识差异。

比如，日本赠予我国的抗疫物资上写着“山川异域，风月同天”“岂曰无衣，与子同袍”……而我国赠予日本的物资上写到“一衣带水，源远流长”“隔海相望，樱花满开”“众志成城，战疫必胜”。赠予韩国“相知无远近，万里尚为邻”，赠予法国“千里同好，坚于金石”，赠予德国“山和山不相遇，人和人要相逢”……我让学生们课下搜集这些赠予物资上的文字，和他们一起推敲这文字背后的含义，并让孩子们自己创作手抄报，用诗文表达对抗疫一线战士们的支持。文字，可以治愈灵魂，可以点燃梦想，可以唤醒一个民族。文字，自有千钧之力！在这场没有硝烟的抗疫战争中，文字承载着太多太多全世界各族人民的爱和希望，这种力量，足以跨越国界和种族！这样的一个时期，也正是让孩子们体会中华文化博大精深的绝佳机会。

再比如，在中国疫情得以逐渐缓解之时，欧美国家却进入了艰难时刻。有学生问我，为什么总有欧美人不愿意戴口罩，还扬言病毒也无法阻止自己参加聚会的脚步，他们欧美人都这么固执么？孩子们问的问题，正是我感到好奇的地方。于是我通过查阅资料，阅读公众号等手段最终了解到，并非他们固执，这只是东西方文化差异，意识形态不一样，价值观不同导致的。我们认为，戴口罩可以保护自己和他人，但是欧美国家普遍认为，戴口罩是病弱的人才会做的事情。另外，在他们的文化当中，嘴巴是不可以随便遮起来的，眼睛则无所谓；而在我们的文化中，眼睛是心灵的窗户，蒙面多是蒙嘴巴。在了解这些之后，我建议孩子们不要随便评价一种行为，而应该多站在不同角度看待问题。

当然，热点爆炸的当下，也为班级日记提供了大量素材。大家在日记中记录了“疫情之下人性的善与美”、“疫情之下人性的丑与恶”、武汉红十字会、给白衣天使写一封信、致敬最美逆行者、“山川异域，风月同天”、各国对待疫情的不同方式……我们班的学生每天用自己的笔记录疫情的点滴，用自己的眼睛去观察疫情的世界，用自己的心灵去感知所谓的岁月静好。知晓有人为我们遮风挡雨，负重前行。

珍爱生命　向阳而活

克服了开展“线上教学”的资源问题之后，我又面临着新的挑战。作为一名班主任，要时刻关注孩子们的身心健康发展。如何让孩子们自律地使用电子产品？如何让孩子们也安全地融入这场战役而不是逍遥自在地玩网络游戏？如何调节充实孩子们的居家生活？如何帮助孩子们树立正确的生命价值观？……

所谓“家校合力，助力成长”，在请教了心理教师并做足功课的前提下，我特意开展了一次“线上家长会”，针对“停课不停学”期间，孩子们和父母之间产生的矛盾摩擦、学生过度使用电子产品、“疫情焦虑”等问题为家长们提供一些参考意见。

为了缓解部分孩子的“疫情焦虑”情绪，重新思考生命这个深邃的话题，我还分享了《动物世界》《人与自然》《大自然在说话》这些经典的纪录片让孩子们周末观看；利用网络上的优秀听书资源，让孩子在休闲时间听《一片叶子落下来》《活了一百万次的猫》《爷爷变成了幽灵》《汤姆的外公去世了》等书籍；还让家长周末共享亲子时光，一起观看电影《海蒂和爷爷》《小猪教室》《那人那山那狗》《当幸福来敲门》《寻梦环游记》等。

孩子们在听完看完后，写下感悟，小组交流分享心得。有的孩子说道“小到一只蜉蝣，大到一整个宇宙，每一个生命都来之不易，都值得被尊重！”“一花一世界，一叶一菩提”，生命的意义远比我们看到的要深远得多，在这特殊时期，我们天天宅家里，打理好自己，就是在抗疫战争中，尽了我们绵薄之力。

为了让沉迷电子游戏、追网红、刷手机 APP 的孩子们懂得“哪有什么岁月静好，不过是有人在替我们负重前行”，让他们了解哪种“人”才更应该被称为偶像，什么才是活得更有意义，我利用班会课，组织学生观看《疫情之下，追寻生命的意义》，直面疫情，传递正能量。利用课余时间，和孩子们一起观看央视新闻，通过大数据了解疫情最新动态，挖掘疫情阻击战中那些平凡果敢之人做出的令人动容之事……无论是汶川地震、新疆雪灾，还是南方洪水、新冠肺炎疫情……灾害来临时，无助的苍生总能与伟大相逢！我们会看到平凡却神圣的灵魂，那是“人”该有的模样，这些“人”才是活生生的英雄，我们心中最应该称之为“偶像”的人。

构建主流意识形态　树立正确价值观

通过中外抗疫做法对比，“富强、民主、文明、和谐；自由、平等、公正、法治；爱国、敬业、诚信、友善”对于孩子们来说，不再是生硬的 24 个字，而是充满意义和温度的存在。

但也有孩子提出疑问，对于一些国家，明明承诺了的援助，却食言，在自己陷入恐慌之时，却像“强盗”般到处拦截他国物资。为什么我们还要捐献物资，派遣医疗小分队呢？我并没有急于说出我的想法，而是把学生们分成小组，写下自己小组对于这件事情的看法，并开展了一次线上分享交流会，让孩子们各抒己见。令我感到意外和惊喜的是，孩子们最终提到了习近平总书记的“人类命运共同体”。就是这样，孩子们远比我们想象的更有能量，他们需要一个展示自我观点的舞台。中国有句古语“投我以木桃，报之以琼瑶”，在我们面临困难时，向我们伸以援手的国家，我们“涌泉相报”，而对于其他“受难国”，我们展现“大国担当”，因为，我们同住“地球村”，我们是一荣俱荣、一损俱损的“人类命运共同体”。

……

灾难亦是一种教育资源，作为教师，我愿尝试更多，我愿带着我的孩子们“走出学校，走出中国，走向世界”！

“黎明，正在到来；曙光，就在前方。”借中国外交部王毅部长在慕尼黑安全会议上的这句话与大家共勉！

初心不忘　播爱前行

◎ 李湘遗

作者简介

李湘遗

任教于深圳市明德外语实验学校，一级教师。热爱教育，喜爱文学。1988 年从教以来，且教且文，勤于笔耕，在各级各类报刊发表论文、随笔、诗词、小说以及新闻稿件百余篇，多次被评为宝安区优秀班主任、宝安区优秀教师、宝安区优秀工会积极分子等。

数十年的风风雨雨，洗尽铅华，我发现一个简单的事实：教育是爱的事业，教师是爱的使者，人生是爱的篇章。

——题记

三十多年的教书生涯，我越来越真切地感觉到：教育就是爱的事业！

夏丏尊说过：“教育不能没有情感，没有爱就如同池塘没有水。没有水就没有池塘，没有爱就没有教育。”无论是什么年代，教育都不能没有爱。没有爱就没有真正的教育。所以，任何时代都呼唤有爱的教师！

有爱的教师，他会坚信“世上没有教不好的学生”，会真切感受到“稚子无知却有情”，会不自觉地把自己代入家长的角色去全心地付出，会跨越时间的藩篱持久地影响着孩子的成长。

撒爱而行，留下的是爱的足迹；播爱而生，留下的是瑰丽的篇章！

1975 年，年满七岁的我已到读书的年龄。然而，因家境清贫，营养不良的我身体非常瘦弱，上学下学全靠奶奶背着接送。那时，瘦小的我免不了被同学嘲笑和欺负。一天，当我又一次遭遇这无助的境况时，一个愤怒的声音响起：“你们在干什么？”那些嘲笑和欺负我的同学轰然散去——那是我的班主任卫雪梅老师。“刘合来，你站住！”卫老师朝着一个带头的高年级学生喊道:“他是我的宝贝,你不准欺负他！”那带头的孩子跟老师是一个村的,非常怕她。

“他是我的宝贝，你不准欺负他！”这句暖心的话语让当时无助的我心中涌起浓浓的感激，也油然对卫老师产生一种莫名的亲近和依恋，以至于后来在卫老师当班主任的那一年里我多次喊她“妈妈”！是的，爱能够让师生之间产生一种亲人般的感觉！

我要当老师，像卫老师那样的老师！小小年纪的我心中萌生了一个小小的梦想——这是我的初心——我要做一个有爱的老师！

1988 年，我如愿以偿踏上讲台，开始了我的教书生涯。初为人师，我感到了做一个有爱的老师并不容易，不仅需要足够广博的知识，还需要宽广的胸怀；不仅需要足够精深的专业知识，还需要温暖的情怀；不仅需要足够的耐心，还需要纯真的童心。我一直努力，朝着我心中的目标进发——走近卫老师。也许，我们的教育就是这样薪火相传的吧！

爱优秀的学生很容易，爱差生就没有那么容易了。没有爱，你根本就走不进他的心灵，得不到他的认可，教育就会苍白无力。改变差生，唯爱可行！

阿云是我刚来深圳带过的一位学生。“没有一个学生他没有欺负过，不管是男生还是女生；没有一个老师他没有顶撞过，不管是班主任还是科任老师。他呀，简直就是一头犟牛！”他的前班主任是这样告诉我的。果然，开学不到一周，阿云就被人告状不下十次。“老师，他打我”“老师，他把我的本子撕了”“老师他把我的笔抢去了”“老师，他骂我”“他上课讲小话，还跟老师顶嘴”……

我把阿云叫到办公室，本想把他大骂一通。可是，一见他那无所谓的模样，我就意识到批评未必有用。于是，我说：“阿云，这个周表现还不错，没有跟哪个老师干过架吧？”也许是第一次被表扬觉得意外，我看到他明显愣了一下，脸上升起了一丝红云。我知道，这是他自尊的表现，他还知耻知辱。我告诉他，我准备把这个班变为学校里最棒的班。我说："你愿意跟老师一起努力吗？"他想了想，轻轻地点了点头。看来，他也是有进步欲望的，也是渴望进步的。于是，我提出一个最低的要求："不要乱拿别人的东西。"然而，他的回答却让我大吃一惊，他说："老师，我没有笔，就拿别人的啦。"我说："没笔也不能拿别人的呀。"他迟疑了一下，很小声地说："我不知道，又没有人教过我。"作为一个六年级的学生居然连这最简单的道理都不懂，简直就是天方夜谭。但是多年的经验告诉我，他是真诚的。我意识到了，这也许就是问题的症结之所在吧。

第二周的班会课上，我在总结时特意强调，阿云虽然表现不够好，但与以前相比进步很多，而且他愿意与大家一起努力，希望大家对他多关心、多帮助，同时也希望大家对他的错误能多理解、多原谅。也许是从来没有这样被关注过，没有这样被宽容地对待过，我发现整堂班会课上他都涨红着脸，一副局促不安的样子。我知道我触动了他的心灵。

这以后，阿云变了好多，被告状的次数大大减少。但是这样那样的小错总是时有发生。当然，他也免不了时不时地被我叫到办公室里教育一番。他每一次都能比较认真地接受——我发觉，他对我越来越信任了，我也越来越关注他，给他更多的鼓励和宽容。

特别让我感动的是第二个学期报名时他爸爸对我讲的两件事。一件是他爸爸见他每天待在家里，就问他怎么回事，他告诉爸爸说："老师说了，现在的社会比较复杂，让我们不要到外面去玩。"另一件事是有一天他爸爸做生意回来见到家里被打扫得干干净净，一问才弄清："老师讲了，自己能做的事自己做，放假了要多帮爸爸妈妈做点家务事。"原来，我的教育已经在他的心中落地生根！我在欣慰的同时，也更加坚定了彻底转变他的信念。

有一次，广播操训练时学生不听话，我气得不行。当我走到阿云身边时，他拉了一下我的衣角，轻声地说："老师，我们不得奖，你无所谓啦。"虽然他词不达意，但我听明白了他的意思：你不要太生气。那一刻，我好感动。这是爱的付出所得到的丰厚回报——我被阿云关心着，我被这个所谓的差生关心着！

期末的时候，同学们在整理试卷。走到阿云身边，我无意中发现，我给他的一份班报和几篇打印的文章被他保存得整整齐齐。要知道，他可是开学不到一个月连英语、自然、社会、美术等课本都丢到九霄云外去的人。我原以为，我给的这些东西应该早就不见踪影了。那是一次我给学生讲作文时提到我发表的几篇文章和上一届六年级学生办的班报，他主动问我能不能给他看看。这是好事，我当时就答应他了。于是，我就把班报给了他一份，并连夜把那几篇发表过的文章打印出来送给他。我本以为这只是他一时的兴致，谁曾想他竟然把它们保存得这么好。当我表扬他的时候，他的同桌告诉了我一件令我更加吃惊的事。他竟然把我发表在校报上的诗和书法作品剪下来，在笔记本里夹得平平整整。这是阿云吗？一时间我都有些不敢相信这是真的。

有一句歌词叫“因为爱，所以爱”。我用我的爱去感染阿云的心，融化了他心中的戒备，走进了他的心灵，促进他的转变，也赢得了他的信任和尊重。我的付出改变了他——这就是教师的幸福之所在，也是教育的意义之所在！

苗苗是我带过的另一个学生。一个阳光满街的傍晚，苗苗和我一起逛街，她跳跳蹦蹦地跟在我身边，一边走着一边叽叽喳喳地问着许多稀奇古怪的问题。我随意地回答着。

忽然，苗苗问我：“老师，我们这样走路，我像不像是你的女儿啊？”我一愣，怎么会问这样的问题呢？我没有直接回答，只是反问了她一句：“你说像不像呀？”没想到她居然毫不犹豫地回答我：“老师，我觉得挺像的！”于是，我就逗她：“苗苗啊，当老师的女儿有什么好呢？管得太严，惨得很哪。”“我不怕。只要能天天陪我，教我写字，教我做作业就行。管得严一点算什么。”我说：“想爸爸了？”因为，我知道她的父母早就离婚了，她长期跟母亲一起在深圳生活，她有这想法肯定是想念很久未见的故乡的父亲了吧。她轻轻地点了点头。那一瞬间，我忽然察觉到，教师的爱虽然不能完全取代亲情，但却可以慰藉缺爱的孩子的心灵。当老师的角色渐渐向家长的角色转化，那就是师生之间获得了心与心之间深层次的交融，是师生之情获得升华的标志。我读小学一年级时将卫老师喊成“妈妈”，如今，我被苗苗当成“爸爸”。这就是爱！爱，是没有时代阻隔的！

家访，对于老师来说是一项很平常的工作。那天，我要到南洞小玲家去家访。当时我在开元实验学校，距离南洞 5 公里以上。我计划在小玲做完值日之后出发。只是，和她一起做值日的小静、小翠也要一起去——她们家就在学校附近，跟我去那么远的地方家访，似乎有点不妥。不过，想了想，我还是决定满足她们。我说："那就一起去吧。" 可是，等我去租车的时候，她们三人却是坚决不肯。我说："路太远了！"他们说："老师，不就是十来里路吗？我们陪你走走不好吗？"

小翠，一个自从上学以来从来都没有考试及格过的孩子。也许是我的鼓励让她坚定了学习的信心，也许是她自己从来就没有放弃过。在六年级的下学期期中考试，她终于考及格了！当我宣读成绩的时候，她当堂跳了起来，并高喊着"耶！耶耶！"那是多么动人的一幕啊！而更让人心弦震动的是，全班同学都自发地为她的成功欢呼起来，因为正是她的成功让我们班实现了及格率百分之百的梦想！

小静是一个野丫头。记得她在街道乒乓球比赛争夺冠军的时候，碰到了对手，打得心急火燎。当她瞅准机会猛扣一拍扣杀成功的时候，居然高喝一声："我拍死你！"这么狂野的她，居然要陪我走路陪我聊天，我都有点不认识她了。

小玲是一个很文静的小孩，成绩不是很好，也不太爱讲话，可是一路上却向我介绍了不少家里的情况，似乎完全放开了，没有拘束，没有胆怯，只有开心和兴奋，雀跃欢快。

几个小孩，边走边聊，蹦蹦跳跳，陪我走了十多里路去家访。这真是一段奇异的旅程，也是我记忆里最愉快的旅行，简直就是一首瑰丽的小诗！当学生感觉到和你在一起是一种快乐和享受，你就是世界上最成功的教师！

前不久，家长服务中心的同事跑来跟我说，有个叫汤森忠的学生找我。我一愣，随即记起那是我在 2003 年带的六（4）班的一个男孩，一个曾经让我头疼过的男孩。原来，不知什么原因，他在到处寻找我的联系方式，在辗转许久后才打听到我在明德学校的。他跟我聊了很多，回忆了当时学校里的一些事情。他好奇地问："老师，当年我天天惹事，您怎么就那么有耐心啊？是相信我吗？"我说："当然。"他说："我真的特别佩服您，我那么坏，您还那么耐心地教我。您不知道吧，我儿子特皮，我都忍不住揍他了。现在想来，您当时那么有耐心地教我，真的很感谢您。”他告诉我，前几天翻看小时候的作文《十五年后的今天》，忍不住想我了，所以想找到我跟我聊聊天。

阿湖是个特别的男孩，是我来到明德学校带的第一届六年级学生，似乎没有老师对他有好印象。前不久，他在QQ里一直问我：“老师，你说我是一个坏孩子吗？”我说：“这么多年了，你也成家立业了，还在乎这个？”他说：“别的老师我不在乎，但我一定要您说说，因为您是唯一夸奖过我的老师！”13年了，他还是那么执着。我说：“当年，我夸奖你的那句话是真话。你现在的事实不是印证了老师当时所说的话吗？”他反复追问我：“真的吗？真的？”我说：“真的！”

当岁月的冲刷都洗不去你留在孩子们心中的痕迹，就证明了我们的教育卓有成效，可以跨越时间的阻隔，持久地影响着孩子们的成长，这是教育的高境界！

从1988年踏上讲台，直到今天，我一直在奋力前行，努力做一个有爱的老师——就像当年的卫老师那样。三十多年风风雨雨，一路走来，我始终初心不变，爱心不改。因为爱，我的生活充满了诗情画意——我的每一个日子都是爱的篇章，我平凡的人生极尽升华！

教育是爱的事业，教师是爱的使者，人生是爱的篇章。

习近平总书记说：“好老师用爱培养爱，激发爱，传播爱。”新时代更加呼唤有爱的教师，愿每位老师都是有爱的教师。有爱的教师才能孕育善良、正直、有爱心、有担当的新时代的祖国建设者！

逐浪大湾区，共筑教育梦。中国已步入一个奋进的新时代，深圳先行示范区建设的号角已吹响，宝安湾区建设全面铺开。朋友们，让我们一起播爱前行，为实现中华民族伟大复兴的中国梦砥砺前行，谱写最壮美的宝安教育新篇章。

梦想的路　花团锦簇

◎ 张烨

作者简介

张烨

任教于宝安区黄埔小学，语文教师，宝安区雏鹰计划成员。华南师范大学文学院文学硕士，宝安区曾锦花名师工作室成员，研究方向涉及语文教学、中国古代文学史和中国古典文艺美学等。

我欲穿花寻路，直入白云深处

还记得去年八月的那个夏天，我拉着行李箱走出高铁站，眼前的景色顿时一变：阳光透过高大葱郁的榕树洒下金色的光辉，蝉鸣阵阵，路边的大王椰子树像一排排哨兵似的耸立着，蔚蓝的天空中几朵云悠闲地漂浮着，这独特的南国风光不禁让我心向往之。

接下来我将到西乡中学接受为期三天的“雏鹰计划”新任教师岗前培训，我的教育之梦也由此开始。看着窗外的风景，我对这座有活力的城市充满了好奇与热情。回想起自己读研以来不断地学习和努力，找工作期间不停地忙碌与奔波，想要的不就是这一刻吗？想感受深圳这座现代化城市的独特魅力，想领略深圳教育的前沿改革力量，更想和这座年轻城市一起不断挑战自我，共同成长。梦，就在前方，路就在脚下。路过“I Love Shen Zhen”这座地标性大楼时，我在内心呐喊，我光荣地成为一名深圳人民教师了！

接下来的培训愉快而有收获。先是听了宝安区教育局局长范燕塔先生的讲话，明晰了成为湾区前沿教师应具有不一样的格局和眼光。接着是名师们关于教师职业生涯规划和新教师如何成长的专题讲座，为我指明了人生方向，我受益匪浅。

路漫漫其修远兮，吾将上下而求索

九月，骄阳似火，万物可爱。我在黄埔小学开始了我的教学生涯，成为了五年级 4 班的语文老师兼班主任。从学生身份突然转变为 47 个学生的导师，说没有压力是不可能的，再加上出身教师世家，让我对自己的要求格外高。我时常在想，我作为这个班的班主任合格吗？我能把学生的语文教好吗？一方面是对教学和班主任各项工作不熟悉，另一方面是自我要求过于严格，急于想把各种事情做好，第一个月下来，我竟瘦了四五斤。

第二个月则有着更大的挑战，我要在领导和全校名师面前上一节新教师的亮相课。在这一过程中师父和语文组的老师们给予了我耐心细致的指导，让我深受感动。经历了两次磨课以及教案的不断修改，我在忐忑不安中登上了亮相课的讲台。我仍记得当时那一刻的情形，无法磨灭，甚至会成为我今后人生中时常回忆起的羞涩又难忘的经历。打铃了，我迈着看似沉着冷静的步伐走上了讲台，微微一笑，但其实内心像有十个鼓在同时敲打，我不断地对自己说：“张烨啊，你要淡定，练了那么多次，你没问题的。”然而，大脑就好像不太听使唤似的运转着，我也不知道讲了些什么……终究是资历尚浅、终究是经验不足，还是超过了既定的下课时间，甚至延后了五分钟，教学衔接过程生硬而啰嗦，我仿佛看到了师父那失望的眼神、看到了听课老师们急着下课的神情……终于讲完了，我如释重负。虽然听到了阵阵掌声，但我并不满意，和预想相差很多。走出教室那一刻，我的眼泪夺眶而出，压力混杂着不甘一起倾泻出来……我的第一节亮相课就这样结束了。

黄沙百战穿金甲，不破楼兰终不还

此后将近一个多月的时间里，我都经常被亮相课留下的阴影所环绕，班级两次语文考试成绩的不理想也让我顿失信心。迷茫、失落、不甘的情绪也时常困扰我。现在回想起来，真的很感谢师父和语文科组的老师们，她们对新人宽容而又鼓励，不断给予我教学方法上的指导，同时告诉我不要有太大压力，新老师的第一年都是在不断探索和试错中前行的，一定要放平心态。家人们也不断给我打气，这让我重新找回了勇气。我想，跌倒了就爬起来，勇往直前，没什么大不了的。慢慢我的心态放松下来了，努力、坚持和反思让我的教学能力逐步有了提高。终于，又一个重要挑战来了，学区教研组重量级教师要来听我的课。来不及紧张和焦虑，我又一次投入了战斗的状态。时间紧迫，我花了一个晚上整理出了教学思路，又根据这位老师平时提倡的理念多设计了人文拓展环节。犹记得那晚从办公室回到宿舍已经接近凌晨一点，我望着天上的星星，觉得它格外美丽，尽力了，我觉得我内心是满足的，结果似乎并没有那么重要了。

第二天上午，我的第二次公开课如期进行。这次我真的放松了很多，内心觉得这仿佛就是我的舞台，一开始的放松和自信也让我的课堂生动精彩了不少，看到两位教研老师频频点头，这更坚定了我的勇气。下课铃敲响的一刹那，我也完美结束了这节课，我听到了阵阵雷鸣般的掌声。两位老师的点评也是较为满意，其他老师在一旁说“这孩子真的进步了不少……”。

走在回宿舍的路上，我拿起手机给妈妈报告喜讯。我抑制不住泪水，太激动了，这是我三个月以来第一次被由衷地肯定。我真的进步了，满满的成就感环绕着我。

新教师成长的路上哪有那么一帆风顺呢？“不经一番寒彻骨，怎得梅花扑鼻香？”还好我始终记得自己的梦想，成长为一名有责任、有能力、有情怀的人民教师；记得家人们对我传承师德家风的殷切期望。而深圳这座国际化大都市不也是在不断挑战、超越自我中砥砺前行吗？梦想、行动和总结为我提供了源源不断的动力，我想对自己说：Never give up! You can do it, just have a try! 抬头，阳光明媚，岁月静好，那朵朵的勒杜鹃正对着我点头微笑……

宝安，我教育梦栖息的地方

◎ 郭新爱

郭新爱

任职于深圳市宝安区冠华育才学校，校长助理。曾被评为宝安区优秀教师和宝安区民族精神代代传系列教育先进个人等。在《中国教育报》《中国教师报》《晶报》《宝安日报》《师道》和《广东党建》等报刊杂志发表作品多篇（首）。其小说、散文和诗歌作品多次在全国、省、市、区各级各类征文比赛和评选中获奖。

故乡的桔花此时开得正艳，我便是来自这个以盛产南丰蜜桔而闻名的美丽小县城——江西省南丰县。时光如白驹过隙，至今我已在宝安生活工作了20年，也迎来了深圳特区建立40周年这一重要节点，更是粤港澳大湾区和深圳先行示范区建设全面铺开、纵深推进的关键之年，我内心倍感激动亦感慨良多。深圳是我的第二个故乡，宝安是我为之奋斗拼搏和教育梦栖息的地方，心中怎能不充满深情和期待？为了实现自己的教育梦，我走过了一段极不平坦、甚至坎坷，却矢志不移的民办教育之路。

怎能忘2005年7月5日，骄阳似火，酷暑难耐。刚放暑假，来不及享受暑假的轻松与闲适，我和妻子带着读小学五年级的女儿，带着一份追求和梦想，从当时坐落于宝安区公明镇的华茂实验学校辞工来到宝安区新安街道，走进了从未谋面的崛起诚信实验学校，开始了艰苦而富有挑战意味的新校筹建工作。

没有时间调整和适应，刚安顿下来，我就和一帮怀着同样梦想的学校行政及先期招聘的七八位老师，雄心勃勃地开始了新学校的筹建。面对停水停电、百废待兴的所谓的校舍，面对满目荒凉、杂草丛生的校园，面对完全陌生、民校林立争抢生源的社会环境，我们没有退缩和畏惧，一切从零开始。我深知唯有埋头苦干，方能将理想变为现实。说干就干，学校基础设施的改造完善，教育教学设备的添置，校园文化的设计与布置，招生宣传资料的设计与派发，免费英语夏令营的举办等，我们无一不亲力亲为，我们无一不呕心沥血。没有休息日，没有规定的上下班时间，饿肚子一天吃两顿饭是常事，工作到深夜一两点亦不足为奇，甚至我们在深夜十二点开过行政会议，结束时已是第二天凌晨，当时我们就是这样苦干和打拼的。

最难忘的是外出宣传招生。因学校处在宝安党校后面，马路上根本看不到，又是新学校，加之周围民校林立，竞争激烈，招生难度可想而知。我们决定迎难而上，采取广撒网式宣传招生。学校所有行政同事和老师，一律身披绶带，分组，或步行、或乘车到事先确定的地点范围散发招生宣传单。

每天，当东方刚露出鱼肚白时，我们从梦中睁开惺忪的睡眼，顾不上吃早饭就匆匆赶到农贸市场，抢在市场刚开市时向摊主和买菜的市民派发宣传单，不厌其烦地宣传解释。之后又冒酷暑、顶烈日，穿梭在宝安的大街小巷，进行地毯式的发单。整整一个月啊，就我们十来个人，竟然发完了十万份宣传单，足迹几乎遍布宝安上百个区的角角落落，甚至延伸到西乡街道。这期间，多少疲劳，多少辛酸，多少艰难，甚至有时候还要忍受别人的误解和冷眼。但所有的这一切，都没有动摇我们的决心和信念，因为我们有一个共同的梦想，那就是，我们一定要把崛起诚信实验学校办起来，我们没有退路，而生源无疑就是我们的生命线。

功夫不负有心人。2005 年 9 月 1 日，那是一个秋高气爽、阳光分外明媚可爱的好日子，学校如期开学了。望着操场上整齐站立着的 327 名同学，望着孩子们一双双纯真和渴求知识的眼睛，我想起两个月来所经历的风风雨雨和坎坷艰难，一时间心潮起伏、百感交集，激动的心情久久不能平静。我又怎能平静？这里站立着的哪一个孩子不是我们辛辛苦苦招来的？哪一个孩子的背后没有故事，甚至辛酸与委屈？但我们成功了，学校终于办成了，记得当时我在对孩子们说话时，几次哽咽无语，老师们亦随之泪流满面。那一刻，我永生难忘。

2014年的暑假，崛起诚信实验学校历经风雨，在转型升级时，我却默默离开了这里，宿命般的又回到已隶属于光明新区公明街道的某民办学校，一干就是三年。依然是拼命地工作，依然是想通过努力来证明自己的价值。这期间，因为家在宝安，教育梦依然在宝安，我深知宝安能给予我更广阔的教育空间，所以我时刻做好回宝安这个“家”的准备。

终于，2017年暑假，我在这所学校的合同期满，尽管我有诸多不舍和留恋，但我知道自己最需要什么，我像小鸟张开翅膀一样，兴奋地飞回亲切而富有魅力的宝安，来到宝安区冠华育才学校，重新追逐我的教育梦。如今，在冠华育才学校工作已是第三个年头，我和我的伙伴们一起，正用百倍的信心，执着的追求和顽强拼搏的精神，在杨坚校监的引领下，为实现学校转型升级和提质促优、打造同类型民办学校标杆的宏伟目标而努力奋斗，贡献自己的力量。

二十载春秋，我始终在民办学校默默耕耘，教书育人，辛劳工作，换来的是一份可以说是微薄的收入。我心里亦有过不平与愤懑，甚至曾经萌发过离开三尺讲台的念头。然而，兴许是扎根民办教育多年，对民办教育爱得太深，对孩子们有太多的喜爱与不舍，我毅然选择了坚守，选择坚守一份信念，执着于一种民办教育的梦想。于是，我得到了回报，有了不小的收获。

为在深圳扎根，成为真正的深圳人，我和爱人经历一波三折和烦琐复杂的手续后终于拥有了深户。从2013年开始，我如愿享受到了宝安区政府发放的民办教师从教津贴，这是政府对我们民办教师实实在在的关心与激励。我在想，终有一天，宝安或者说深圳的民办教育能够和公办教育实现真正的平等，民办教师和公办教师在地位和待遇上真正一样，公民办学校的孩子们享受的教育福利真正一样，这是一份多么美好的期待啊！但愿这一天早点来临。

如今，新时代粤港澳大湾区和深圳先行示范区建设的集结号已吹响，宝安迎来了前所未有的发展机遇，滨海宝安蓄势腾飞，湾区经济全面振兴。我坚信，宝安的未来一定会更加美好，宝安的教育会更加光彩夺目，我的教育梦一定会实现，一定会更加圆满美妙。

为你明灯三千，为你花开满城

◎ 拓小娟

作者简介

拓小娟

任教于深圳市宝安区特殊教育学校。本科毕业于西北师范大学，研究生毕业于西南大学，曾赴台湾屏东大学和台湾东华大学交换学习，并赴美国堪萨斯大学访问学习。曾获宝安区第二届特殊教育教师专业能力大赛二等奖。

那是一个秋天的下午，伴着落叶的舞动，我向学校走去。环视四周，不远处有位约莫五六岁的小姑娘，隔着特殊学校的大门，用那双清澈的双眼盯着我，似乎向我倾诉着所有。也许这就是我与特教的缘起吧……

高考那年因高烧，发挥不如以往，却机缘巧合地被调剂到特殊教育专业。带着对大学和未来的憧憬，将高考失利抛诸脑后，开始了我的特教生涯。学习了特殊教育，去了福利院、特殊教育机构、特殊学校之后才发现，我印象中小女孩那双清澈、单纯、渴望的双眼却只是千千万万中之一。看到这一幕，我心如刀绞，但是又为自己的无能为力而自责。初入特教，总是充满了怜悯之心，可是当看到这些孩子，自己却无能力为的时候才恍然大悟，做一位专业的特殊教育教师，尽力助他们快乐成长才是我该做之事。于是，便毅然决然选择在特教这条路上继续前行。

又一次缘分使然，我来到了这所温暖的特殊教育学校，以圆我之特教梦。如今，工作已半年有余，我也成为了一名真正的特殊教育教师。还记得初入三年级二班之时，有一双大眼睛一直盯着我。这双眼睛与八年前的那双眼睛一样，同样充满了好奇、充满了渴望、充满了许多无法描述的力量，似乎告诉着你所有，但实际上却一言未发，我心里便久久难以忘怀。从此，我便爱上了三年级二班的这帮小可爱。

H 生被确诊为智力障碍，且伴有癫痫。刚开学的时候，少有语言，极为乖巧。于是开学初入课堂我便被这乖巧又清澈的双眼所吸引。记得有一次生活语文课堂上，在我讲到家用电器中的“电风扇”的时候，可能由于课件具有动画效果，H 生颇为兴奋。于是，在提问时，H 生第一个说出了“电风扇”三个字，声音洪亮且铿锵有力。就这简简单单的三个字，让我感动不已。因为对于她来说，能够独立、清晰地说出这三个字是多么不易。她的这一句，让我流下五味杂陈的眼泪，激动久久难以散去。也就是因为她这一句，让我越发充满信心。从那以后，我都选取能够真实运用到生活中的内容，以更能贴近学生生活实际、对他们真正有用的教学为宗旨。课堂中，我会针对每一位学生进行不同程度的语言表达刺激，要求学生眼睛看着老师，张开嘴巴仿说。功夫不负有心人，在家校机构等的共同努力下，现在的 H 生已经能够独立地表达基本需求和常见事物。

P 生是家长和老师们的一大头痛，但在我眼里却是极为可爱的。他被诊断为自闭症，且伴有多动症。由于这学期开始在学校午休，他有些不适应，随时都会爆发情绪行为问题。所以留给教师们的印象便是：在小操场玩耍，不愿回教室，甚至躺在地上踢教师以示反抗。当然特别的他，留给我的第一印象也极为深刻。记得刚进班，为了和同学们关系更为熟络，我便参与班级的一些常规管理。为了怀孕的生活老师免遭 P 生的“飞脚”，我代她照看 P 生，谁知一不留神，他抓住我的头发，并且很敌意地抓了我的脸。作为刚入职的新老师，虽具有多年的专业积累，但是在遇到这样的突发情况时仍不知所措，需要在其他老师的帮助下才得以制止。这初次见面的“两手抓”真是让我印象深刻，让我对 P 生有了新的了解，也让我明白我专业知识的匮乏。自此，他便成功地引起了我的注意，也激起了我的探知欲。有一天课间，见他在教室转悠，我按捺不住过去跟他一起玩，于是凑到他面前叫了一声“Pxx”，这时候他抬头看了我一眼，露出了灿烂的笑容，就这简单的一眼和一笑，便拉进了我们之间的距离。此后，每每路过小操场去教室，他总会跑到我面前，拿着篮球，边笑边说着“Pxx，Pxx”，语气都是我第一次喊他的语气。当时我意识到，部分自闭症孩子无法分辨“你”“我”“他”等人称代词，就好比，你对他说“你姐姐”，他也会对你说“你姐姐”，不懂得“你”便是“我”。所以，从那之后，每次见到他，他笑着向我走来时，嘴里仍旧喊着“Pxx”，而这时，我还会让他眼睛看着我，并指着我说“拓老师”。几次纠正之下，他见到我，已经改为了“拓老师”。从此见到我，他边笑边说着“拓老师”向我走来。简简单单和他一起玩耍的心，一句简简单单的“Pxx”“拓老师”，很快的，我们之间的感情也得以升温。

为了能够给孩子们提供适合的教育，选择适合他们，且真正有用的课程，我首先对孩子们的兴趣爱好进行全面了解，其次与孩子们多接触。之后，了解到P生对电子白板、动画、汉字的笔画以及点读等方面有非常大的兴趣。所以，在语文教学课件中，我总会加入不同的动画及情境，以提高学生的注意力和学习兴趣，并且根据每个孩子不同的喜好及擅长点，投其所好，真正做到差异化教学。最终，在所有老师的共同努力下，P生在语文课上开始主动看黑板，开始积极地回答问题。每当我说谁来，P生总是很可爱地举手说着“Pxx”，或者“有请Pxx”。看到这样可爱又主动的P生，老师们充满了欣慰。并且他也逐渐学会听教师指令，比如我让他上讲台点读生词的时候，一般是点读一下，他跟读一下。所以几节课下来，我们之间也逐渐形成了默契，他每个生词点读且跟读三遍之后就会自主回座位。或者他每次坐不住，想上黑板点汉字笔画或者生词时候，我会将这个机会当作强化物来使用，比如P生能够很好地完成我课堂上的指读、配对等任务时，我便给他机会上台点读生词。久而久之，他从起初的课堂上什么任务都不做，或者在教师的全程辅助下才能完成部分任务，到后面已经可以在教师的较少协助下完成任务了。

一学期的时间转瞬即逝，从刚入职的迷茫、遇到突发状况的不知所措，到现在的对每个孩子了解加深，且一直秉承着存在主义的教师是创造者、激励者和朋友教师观。一直以来，我总是以朋友的身份与他们相处，和他们一起玩耍，一学期下来，对他们的了解逐渐加深，并建立了友谊。

他们取得一点点进步，便是对教师和家长们的努力最好的反馈。所有的教师都在尽自己最大的努力，护孩子们周全，为孩子们提供支持，助他们走向更好的未来，我也不例外。一学期的工作，更加坚定了我的特教之路，更加激励了我应该俯下身子，踏踏实实地学习，提高自己的专业知识和技能，以及提升处理突发状况和情绪行为问题的能力，让自己成为一个专业的特教人，真正意义上能够帮助他们。曾经的我有一个特教梦，但是在看到曾经的那一幕幕时，除了同情、怜悯，毫无作为。而现在，我不仅有了专业知识的积累，还能够在生活中与他们时时刻刻相伴，我具有足够的时间和精力提高自己的专业知识与技能，真真正正地做一些对孩子们有用的事情。通过自己的努力，看到孩子们的一点点进步，这对于现在的我便是最欣慰的事情。因为我不再是除了同情、怜悯什么都做不了的那个我，现在的我，可以通过自己的努力，为孩子们做一些事情，在提高自我价值的同时，促进孩子们的自我价值的实现。也希望在今后的职业生涯中，能够继续保持初心，用我微薄之力，为孩子们明灯三千，为孩子们花开满城，能够让他们快乐幸福地生活。

心若花开春自来

◎ 温美丽

温美丽
任教于深圳市宝安区荣根学校，语文教师、班主任、语文科组长，广东省宋雪名班主任工作室成员、宝安区邱林教科研工作室成员。从教 19 年，一直担任班主任，热爱教育事业，秉承“爱与责任”就是教育的一把金钥匙，老师要用“爱心、真心、责任心去教育和感化每一位学生”，让他们都成为最好的自己！一直以来深受学生喜爱，被评为荣根学校“最美班主任”，宝安区“优秀教师”“优秀班主任”，曾获宝安区教师基本功大赛一等奖。

2001 年，在那丹桂飘香的季节里，我踏上了三尺讲台，成了名副其实的“孩子王”。十九年来，我静静地聆听每一朵花开的声音，沉醉于每一朵花开的美好，那点点滴滴的温暖与感动宛如涓涓细流在我的心中不断汇集、膨胀、绽放。

雾里看花

2009 年 9 月是我做班主任的第 9 个年头。开学第一天，我在教室门口满怀期待地迎接着我的第三届学生。看着一个个活泼可爱的孩子蹦着跳着来到教室，大声地向我问好时，一种幸福感与满足感油然而生，但是一个孩子的出现却打破了这种平静。那是一个胖墩墩的小男孩儿，圆圆的脸蛋特别惹人喜爱。和别的孩子不同，他看到我并不主动打招呼，而是紧紧地拽着一旁奶奶的手。起初，我认为这是一个性格内向的孩子，连忙蹲下身子，亲昵地去拉他的小手，可他并不领情，用力甩开我的手，怯怯地躲在奶奶的身后，一双漂亮的大眼睛却眼神飘离。这时，我的心里不禁咯噔了一下，多年的班主任经验告诉我“这个孩子有问题”。

后来从奶奶的口中得知，孩子患有先天性自闭症，身为医生的父母费尽心思却也无能为力。虽然，我为这个家庭的遭遇感到难过，也为这个孩子的不幸感到痛心，但是在这样一个有着 50 多个孩子的班级，对于这样一个特殊的孩子，我能给予他无微不至的照顾吗？当时，我内心的回答是否定的。为此，我找到了学校的领导，校长语重心长地说：“孩子的情况家长已经向我们说明过了，但是家长不忍心将孩子送到特殊学校上学，先让孩子的奶奶跟班陪读吧，学校相信你有能力帮助这个孩子！”就这样，这个叫滔滔（化名）的孩子留在了我的班级。对于滔滔，这时的我就像歌曲《雾里看花》里唱的一样，真希望能借我一双慧眼，把这孩子看得清清楚楚，明明白白！

想说爱你不容易

因为有奶奶陪读，滔滔在我们班显得格外特殊。第二天，有个自闭症孩子在我们班的消息在家长中炸开了锅，一时间 QQ 群内异常活跃起来：这个孩子的情绪稳不稳定？会不会有攻击性行为？课堂上会不会影响别的孩子？对于这些问题，我都耐心地向家长们一一解释：孩子有奶奶陪读，座位安排相对靠后，老师会加强监管等等。尽管在我的安抚下，家长们暂时对滔滔随班就读没有异议，但是作为班主任，我总是心弦紧绷，家长们的担忧何尝不是我的担忧呢？果然，开学第一周，就有家长投诉自己的孩子被滔滔影响了，连续几天都有家长打电话要求给自己的孩子调换座位，班上的孩子见到滔滔也都躲得远远的……看着孩子们对滔滔的那种态度，奶奶显得异常担忧。是呀！像滔滔这种自闭症儿童，常常是沉浸在自己的世界，他们语言表达能力极弱，无法与人交流，就算我经常有意走过去与他交流，他也没有什么反应。那段时间我是焦虑的，我思考得最多的就是究竟应该如何给予滔滔关爱和教育，为他的心灵打开一扇窗？真是“想说爱你不容易”！

春暖花开

知己知彼，百战百胜。为了更加了解滔滔，寻找到合适的教育方案，我开始上网搜索大量有关自闭症的资料，并进行记录分析；我组织任课教师多次上门家访，生怕错过孩子成长过程中的每一个细节；课堂上，我们把更多关注的目光投向这个孩子，一个鼓励的眼神，一丝赞许的微笑……我们努力寻找那把打开孩子心房的钥匙，但是收效甚微。为此，我又精心设计了一次《关爱身边人》的主题班会活动，创造一个爱心环境，以此改变大家对滔滔的态度。接下来的一段时间，我意外地看到了转机。

滔滔平时不怎么运动，下课后总是和奶奶待在教室。我发现班上几个孩子每天下课后都不出去玩，而是主动和滔滔聊天，还轮流给他讲故事；每天早上，有几个孩子总会在学校门口等着滔滔，争先恐后地扶着他和奶奶去教室；中午，孩子们抢着帮滔滔打午餐，和我一起陪着滔滔吃饭；下午放学，也护送奶奶和滔滔去乘校车……班上助人为乐的孩子越来越多，班风和学风也愈加良好和浓厚起来，班级多次夺得“爱心流动红旗”。当大家得知滔滔平时在家最喜欢的活动就是剪报纸时，我们班很多家长将家里过期的报纸留下来送给滔滔，滔滔的家长对此充满了感激。一个月、两个月……渐渐地，我惊喜地发现滔滔变了。当他第一次含糊不清地对我说“老师好”时，当他上课不再往外跑时，当他已经能和班上的同学融洽相处时，我仿佛听到了花开的声音。我相信，此时此刻，滔滔的心底虽不是阳光明媚，却一定有那么一缕阳光包裹着、温暖着他。

那个班我一直带到三年级，交接时，心中有太多的不舍。坦白地说，因为班上有滔滔这样一个孩子，那三年也是我当班主任最辛苦的三年。但是，我很庆幸有这样的经历，因为它让我更加懂得了身为一名班主任应有的责任与担当，也让我对教育工作有了更为深刻的理解。这些年，我一直在寻找，寻找最适合每一个孩子的教育；我一直在等待，等待每一个孩子的成长；我一直在付出，希望我的那一缕阳光能够照进孩子的心房，为他们孕育一个五彩斑斓的春天。因为，我始终相信教育总有春暖花开的那一天！

为了 876 个新疆学子的平安

◎ 唐江云

唐江云

任松岗中学工会副主席、办公室副主任，松岗语文学社指导老师，语文高级讲师。毕业于北京师范大学中文系，曾被评为宝安区教育工会优秀工会积极分子、全国首届十佳校园文学指导老师、深圳首届十佳校园文学指导老师等。出版了诗集《情感之旅》、散文集《沉重的夏季》，在全国各级各类报刊发表作品数百篇。

2020 年，农历鼠年的前夕，新冠肺炎疫情不期而来，让神州大地沉浸在节日欢乐气氛中的人们措手不及。作为全国首批承办内地新疆高中班的 12 所学校之一，松岗中学是全国新疆内高班办学最早、规模最大的学校。因为新疆学生寒假不能回家，办学 20 年来都是学校领导和老师陪伴他们在校园过年。面对突如其来的新冠肺炎疫情，面对疫情急速传播的严峻形势，学校党委和行政领导班子高度重视疫情防控工作，要求提高政治站位，强化责任担当，认真贯彻落实习近平总书记强调的“要把疫情防控工作作为当前最重要的工作来抓”指示精神，按照市委市政府和市、区教育局的部署，全面落实“意识到位、职责到位、工作到位、保障到位”，采取果断有效的措施，充分保障新疆班学生的身体健康和生命安全，坚决打赢疫情防控阻击战。

学校高度重视，细化防疫措施

新冠肺炎疫情发生后，学校领导高度重视。松岗中学党委书记、校长程显友第一时间下发紧急通知，成立疫情防控领导小组，明确责任分工，细化学校疫情防控措施，确保学生安全。疫情刚刚开始时，学校就下发《紧急通知》，并张贴在校园宣传栏和校门口。学校立即采取一系列防疫应对措施：取消学生外出购物安排，启动学生每日身体健康状况上报工作；学生无特殊情况，一律不得外出；谢绝外来人员入内，对于外来后勤保障人员，必须严格检测，方可进入校园。学校召开专题会议，从校园管理、学生就餐到学生活动、学习安排等，进行专项部署，从源头上阻断疫情从校园外“流入”。

随着疫情发展，松岗中学出台了《关于加强新型冠状病毒感染的肺炎疫情防控工作的通告》。通告要求全体值班人员把疫情防控作为当前最紧迫的任务来抓，把保障“内高班”孩子的安全与健康作为第一要务，全力以赴做好疫情防控工作。学校明确了责任分工；对师生加强健康教育，积极做好预防；开展爱国卫生专项行动，营造良好卫生环境；加强校园管控，确保校园平安；做好春节和寒假期间值班值守，严肃值班纪律；加强联防联控，不留防控死角；做好开学工作预案，不等待不观望；做好人文关怀。为了把疫情防控工作做实做细，学校还制订了“九有”工作方案：一有防控方案，二有值班安排，三有重点人员在线医学观察，四有开学工作预案，五有联防联控机制，六有校园管控，七有物资保障及人员人文关怀，八有一日一报，九有宣传教育。学校还想方设法和相关部门联系，在防疫物资最紧缺的时候，争取到上级调拨口罩 22000 个，测温枪、消毒液一批；社会捐赠口罩 2500 个，以及洗手液、消毒液一批；同时，学校也想方设法及时购买了 15000 个口罩以及一批消毒液等防疫物资，破解了学校防御物资紧缺的困局。

领导身先士卒，教工全力以赴

松岗中学校长程显友总是站在学校防疫第一线，凡事都亲力亲为。新冠肺炎疫情发生后，程显友校长以高度的政治责任感，以对新疆学生“严爱细”的标准，事无巨细，亲自布置安排督促落实：他第一时间布置办公室下发紧急通知，成立学校疫情防控领导小组；他细化学校疫情防控措施，把防疫责任落实到人；疫情刚刚披露，他就责令新疆部立即取消学生外出购物安排，启动学生每日身体健康状况上报工作；他要求学校安全办谢绝外来人员入内，对于后勤保障车辆，只能停靠校门口，由学校后勤人员前往装卸；他要求拉起警戒线，把新疆生与教师生活区域进行隔离；他召开专题会议，从校园管理、学生就餐到学生活动、学习安排等，进行专项部署，从源头上阻断疫情从校园外流入。

“新疆学生父母不在身边，我们就是他们的父母。我们要像对待子女一样关爱他们，绝不能让疫情进入校园！”程显友校长对春节期间学校值班人员说。疫情发生后，程显友第一时间对疫情防控工作进行布置安排，强调防疫工作“两个到位”：即“严禁无关人员（包括‘内高班’学生家长）进入校园，严禁学生外出”，门卫把关到位；“提高广大师生的思想认识和政治觉悟，加强防疫病毒知识和学生避免感冒外出就医”，宣传服务措施到位。大年三十，程显友就指示办公室制定疫情防控方案，筹备防控物资；指示学校安保人员把好学校大门，从源头阻断疫情向校内传播。对于值班的行政领导，程显友要求假期全程值守，中途不换岗；细化职责，把责任落实到人；按照疫情防控标准，对各项工作均从严要求。对于具体疫情防控工作，程显友事必躬亲，要求抓细抓实，如取消新疆生外出，取消聚集活动，严防外卖、代购物品，设立健康观察室，校园消毒，食堂人员的手机消毒，安排物业、食堂从业人员到学校集中居住等，都亲自督促落实。程显友校长还深入教室、宿舍看望和鼓励学生，对学生进行心理疏导。1月23日，当他看到气温将会下降的气象信息时，叮嘱管理老师，提前购买学生所需物品；提醒总务处确保学生宿舍24小时热水供应，提前购置御寒衣物、被褥等物品，以备学生不时之需。程显友还深入教室和宿舍看望和鼓励学生，对学生进行心理疏导。程校长的关爱，新疆班学生看在眼里记在心里，李欣凯同学说，程校长对我们的关爱，跟父母对我们的关爱一样啊！

程显友校长在新冠肺炎疫情防控工作中取得的成绩，受到上级领导的肯定和表扬。深圳市教育局局长陈秋明在巡查松岗中学疫情防控工作后说，松岗中学“领导重视，方案细致，落实到位，值得表扬”。宝安区委书记姚任称赞松岗中学对新冠肺炎疫情的防控，“校长很重视，方案很细致，执行很到位”。

分管新疆部工作的松岗中学党委副书记邓克，已经整整20年未与家人共同吃过年夜饭，因为他要陪伴新疆孩子一起在学校过大年。疫情发生后，邓克顾不上照顾身患疾病的夫人，立即组织新疆部管理人员开会，对内高班学生寒假期间的活动进行周密细致的安排，带领新疆部管理人员一起坚守岗位，加班加点，亲力亲为。大年初一到初五值班期间，他24小时吃住在校，白天到教室、阅览室、运动场巡视检查；晚上到宿舍查看学生就寝情况，嘱咐学生盖好被子，注意保暖，谨防感冒。正是这样的举动，让“内高班”孩子们真切感受到了家的温馨和父母般的温暖，很多同学见到他，都情不自禁地叫一声“邓爸好！”。

寒假值班领导、工作人员和新疆部老师团结一心，无怨无悔值守学校，为疫情防控筑牢坚固的防线。松岗中学副校长余迅、杨海春、陈芋鑫，寒假期间值守学校一线，以高度的责任感，不辞辛劳地处理疫情防控工作。学校办公室、安全办、新疆部、校医室负责人及相关工作人员，严守纪律，按照学校统一部署，耐心细致开展疫情防控工作，用自己的坚守确保新疆学子在松岗中学的生命安全。

加强服务管理，呵护关爱学生

为了做好新疆班学生的服务管理，充分保障同学们的健康安全，松岗中学以大爱关心呵护着每一位新疆班学生，确保876位新疆学生健康安全。

由于疫情来得突然，原本确定的学生假期社会实践活动、外出购物以及其他群体性文体活动被迫取消。但为了学生能在学校过一个快乐祥和的春节，学校领导和老师尽一切可能，在确保安全的前提下，让学生在校园吃好玩好。除夕和大年初一，学校食堂为新疆学子准备了美味可口的新疆特色美食。学校领导、管理老师还跟学生们一起包饺子、吃饺子，让远离父母亲人的学生们感受着浓浓的年味。学校还给每个学生发放了红包和新年大礼包。在学校值班的领导、老师，还给结对帮扶的新疆班学生送礼物、发红包。“虽然今年在松中过年少了很多文体活动，过了一个不一样的春节，但各级领导和老师的关心陪伴，让我们在春节期间还是感到很开心！”新疆班学生热黑拉·阿合买提如是说。

疫情发生后，新疆部教师分工合作，积极行动起来。大年夜，松岗中学党委副书记、新疆部主任邓克亲临男生宿舍看望学生，祝学生新年快乐。他逐一询问学生被褥薄厚，嘘寒问暖，提醒大家注意多穿衣，防寒保暖。他和学生拉家常，排解学生思乡之情，言语中充满浓浓的爱意。新疆部副主任王立平，从放寒假开始就没有离开学校，虽然家就在咫尺，但为了学生坚守在校园。每到开餐时间，他总是第一时间站在餐厅门口，督促学生戴好口罩，询问大家生活学习中的困难，帮助学生及时解决问题。管理老师加马力丁、哈拜每天都在运动场巡查、看望运动的学生，叮嘱他们注意安全，运动后尽快换衣，谨防感冒。2 月中旬气温陡降，寒风中尚均安、加马力丁、张翌、哈拜、娜孜热等教师认真巡查校园，严防学生订外卖，一查就是几个小时。大家通力合作，切断一切输入途径，确保校园安全。张翌老师结婚不久，家就在南山，疫情爆发前很久没回家，进入防疫期更是一心扑在学生身上，走访学生，宣传有关防疫知识，提醒学生勤洗手、勤通风、戴口罩，做好防范工作。管理老师还逐班逐人登记所需物品，和天虹商场协商订购货物到校门口。张翌老师亲自消毒物品，晾晒四五个小时，再搬到阶梯教室，分发给学生。新疆班管理老师用朴实的态度，勤奋的工作，守护着 876 名新疆生，为他们遮风挡雨，撑起一片蓝天。

校医余结梅和王瑞英从 1 月 17 日至 2 月 13 日，近一个月坚守学校医务室值班。她们利用网络和自媒体对学生开展有关新冠肺炎的健康宣传教育；指导做好校园环境卫生及各种消毒、消杀；对因身体不适或因心理问题来校医室就诊休息的新疆学生热情关爱、细心诊治。在防控新冠肺炎的战场上，她们守护着新疆班学生的健康和平安！

停课不能停学，科学上好网课

2 月 9 日是深圳高中正常开学的时间，但由于疫情影响，集中上课变成了不可能实现的一件事。

为了保证教学进度正常进行，保证学生在防控疫情期间的正常学习，松岗中学遵照上级教育部门“停课不停学”的指示精神，决定从 2 月 10 起，高中部启动网络教学，按正常的教学进度进行网上授课。

2月10日，程显友校长在网络上讲授《开学第一课》，对学校开展线上教学的必要性、网课的要求，以及对新冠肺炎预防指引进行了详细讲述。教学处制订了详细的网络课程方案，并督促各年级和科组进行落实。

为了保证学生上网课顺利进行，学校安排专门的技术人员全天候在校值班，确保各班教室的网络、投影、公放功能正常，确保学生上课的流畅度。为了上网课时学生不聚集，学校充分利用本地学生没有来校空出的教室，将学生人数较多的班级分两个教室就座，每班不超过26人。学生上网课时，保证新疆班学生每天一个口罩，并为每班配备了消毒水，鼓励学生勤洗手消毒。新疆部管理老师每天在教室和校园巡逻，监督学生戴口罩和听课。

学生开设网课以后，因为是线上授课，孩子们需要看着大屏上课，手机配合做练习题。最先开始是让班长负责管理，上课不需要用手机的课，全体将手机交讲台存放，下课取用。为减少手机线上学习对孩子们的负面影响，学校新疆部规定：每班预留一部手机在班长手中，方便与任课老师课程期间进行配合，调动全体同学上课状态，掌握练习完成情况。每天下午五点发手机，方便同学完成作业，晚上十点晚自习下课收回手机。新疆部老师不定时多次在教学楼巡查学生情况。经过检查，发现学生学习状态有很大的提升，学习效果非常不错。这其中，离不开老师们的辛勤付出，离不开新疆部老师们辛勤的巡查和引导督促。远在万里之遥的新疆班家长们了解到孩子们在校一个半月安全健康，学习不断进步，纷纷通过电话、短信和微信，向松中的老师们致以真诚的感谢。

松岗中学的疫情防控工作得到社会各界、新疆班学生和家长的肯定和赞扬。也得到了各大主流媒体的宣传报道，《中国教育报》《中国民族教育》《南方都市报》《深圳晚报》《南方教育时报》《深圳晚报》《宝安日报》等媒体对松岗中学疫情防控取得的成绩进行了报道。

截至目前，松岗中学新疆班学生健康平安，无一例疫情发生。面对接下来的疫情防控关键期，松岗中学将坚决贯彻落实党中央、国务院部署和市、区教育局要求，持续强化科学防控、联防联控，坚决切断传染源、阻断传播途径，以更科学、周密的措施，切实守护好新疆班师生的生命安全和身体健康。

阳光下，我们一起成长

◎ 郑永兵

作者简介

郑永兵

任教于弘雅小学，为专职书法老师，宝安区教科院郑雨生书法篆刻工作室主持人。现为中国民主促进会成员，中国书法家协会会员，中国楹联学会会员，深圳市青年书法家协会副主席，宝安区书法家协会副主席。相继出版《之间》《文心相印》《土竹斋汪浦画集》《相得益彰 · 深圳书画印12家》《乐事文章》等多部文集。

一木独秀
万木成林
林林森森
在湾区的怀抱里
我们沐浴阳光
我们一起成长

你是春蕾
她是夏花
我是秋叶
在宝安的校园里
我们走过四季
我们迈向未来

孩子们
你们是一张白纸
你们的生活是调色盘
你们的学习就是那七彩的颜料
我们一起渲染梦想
我们一起憧憬明天

瞧
你的天空飞来他的鸟

她的船上挂着我的帆
我的小溪汇入你的海
勒杜鹃花开满凤凰山

猜
是谁画的风筝飞翔在蓝天
是谁涂的青蛙跳跃在荷田
是谁描的汽车奔驰在城市
是谁绘的大厦林立在家园

听
老师教你们这样唱
一根筷子容易弯
十根筷子折不断
众人拾柴火焰高
众人划桨开大船

来吧！孩子们
我们一起来图写这片
湾区核心
智创高地
共享家园
幸福快乐的时光
弄潮逐浪的童年

当数年后回忆今天，我们回忆什么

◎ 郑敬炜

郑敬炜
任教于宝安区黄埔小学。2019年毕业于华南师范大学，数学教育硕士。曾参与英国剑桥大学的访学交流项目，感受不同国家的教育氛围和学习方式。研究方向涉及教育原理，教育研究方法，数学课程与教材分析等方面。曾获深圳市宝安区“好作业”一等奖；宝安区教职工主题征文大赛二等奖；宝安区第四学区“数独 - 魔方”比赛优秀指导教师。

时间会带走很多东西，因此出现了“历史”这个词。历史很美，它让我们记得，这个人，这件事，真真切切地存在过。

平凡的日常

“女儿，你还在玩吗？去学习了哦！”严厉中带着温和的声音从厨房传来。“好的好的，我知道啦！”一个小女孩一边放下了手中的游戏机，一边垂着头走进了书房。

一个小时之后，“作业完成，帮我提交吧”。

“请选择线上作业提交日期，默认为今天。”

“今天。”

“好的，已为您提交 2045 年 4 月 11 日的作业。”

这就是我现在每天的日常，上学放学，看书作业，做着一个待考高三生最平常也最无趣的事情。不过还好，家里有一间超大的书房，在里面搜寻各种有趣的书籍是这个“黑暗时期”我每天最期待的事情。

“妈妈每次都把历史啊故事啊这种有趣

的书藏得好深！还不是被我找到了，哼~”从一个缝隙里我找到一个封面已经泛黄的本子，但包装还是可以看出主人对它的用心。

“今天的课外读物就是你啦！”我翻开这个本子，却发现……

妈妈的日记

“2020年1月16日 星期四 晴 今天正式结束了工作，开始寒假！”

原来是妈妈的日记吗？发现了意外“宝藏”！

翻开日记，发现这是“少女”时期妈妈的日记，有着我能理解的年轻女生的心思，也有着我不能理解的初入职场的烦恼。我还是好奇地看了下去。

“2020年1月22日 星期三 疫情？”

曾听长辈们聊起过2020年那一场世界范围的疫情，不过我对这件事并没有直观的感觉。只是听说，自那次事件之后，人们的变化很大。这次倒是可以借妈妈的日记好好了解一下。

“正在准备好好享受寒假的我，却一夜之间被疫情的新闻包围。各种真假难辨的消息都传过来。会有那么严重吗？我一边疑惑，一边还是准备好了口罩酒精等消毒工具。

通过各种社交网络了解到，疫情早就出现，只不过是现在才被人们传开。感叹着人民群众了解消息的有限，也庆幸着自己已经回到了家里，不然，再晚一些回家，路上不知要经历多少病毒的威胁。”

“2020年1月28日 星期二 钟南山爷爷落泪了”

咦？“钟南山”这个名字我也听过，他被喻为“国士无双”。在新冠肺炎疫情蔓延期间，他的名字就像一根定海神针，把惶恐的人们的心安定了下来。

“1月28日，钟南山院士接受新华社记者采访，就新型冠状病毒感染的肺炎发表看法。在提到武汉时，钟南山院士眼含泪光，声音哽咽：‘武汉，本来就是一个英雄的城市。’

这次疫情对世界来说，都是一个很大的打击。我们正沉浸在一年工作结束可以返乡休息的期待与喜悦中，新冠肺炎却以迅猛的攻势让所有人措手不及。

习近平总书记提出，明确中国特色大国外交要推动构建新型国际关系，推动构建人类命运共同体。

中国有了疫情，国家的领导们指挥以最快的速度建设医院、发放物资，想到的是‘救人’，是保一方百姓平安！世界有了疫情，中国想到的是‘命运共同体’，是出钱出力给予他国支援！这次新冠肺炎疫情，让世界人民看到，中国强大了，带来的不是危险和威胁，而是会让世界在和平发展的康庄大道上走得更远。”

是啊，不止武汉，整个中国，都是英雄的国家！

“2020 年 2 月 2 日 星期日 有情人不要感到遗憾”

“2020 年 02 月 02 日，人们称它是一个特殊数字组成的日子，这一天本是周末，但是民政局却准备破例开放，让情侣们可以在这一天登记结婚。在我们沉浸在这种浪漫的期待中时，却因为新冠肺炎疫情的出现，为了避免人群集中，而取消了这一个日期的开放。

好多人会感到遗憾吧，但是在这称为‘国难’也不为过的疫情面前，多少人被迫分离，甚至再也不能相见了啊。

接连听到医生护士累倒在工作岗位，甚至因为在工作期间感染病毒而失去了生命的消息。为了节省防护服，医护人员们坚持着，一整天减少喝水、吃饭、上洗手间的频率。他们是白衣天使啊，天使此时正放下洁白的外衣，不顾自己的形象而拯救人民。和他们相比，我们能安全的待在家中，还有什么不知足呢？

只要有情人能够在一起，就已经是最幸福的事情了。”

“2020 年 2 月 29 日 星期六 我回到了学校”

“虽然疫情仍在，但是其实早已经到了学生开学的日期。从月中开始，学校的老师们就准备着线上教学。大家都是第一次面对这样的情况，所有人都在不断地探索适合网络教学的方法策略，每天都在交流如何提高教学效率。

作为老师，必须要先回到学校，进行自我隔离，这样才是对学生负责的做法。所以，虽然很不舍，内心也对离开家去学校隔离有一些恐惧，但还是要有些责任感啊，自己已经不是小孩子了。”

这个时候的妈妈应该还是 20 岁出头的一个小女生，在日记里我能感受到她的不舍和害怕，尤其面对遥远的异乡，未知的疫情，无限期的独居生活，隐藏的威胁，自己一个人真的很怕吧。但她还是回去了，即使还有一段时间才能开学，但是还是响应教育局的号召回到了学校。

“学校里有很多不便的地方，煮饭和生活垃圾的丢弃是一个问题，但是最急迫的是学校的宿舍没有网络，想要上课的话只能借助行政楼无线网络。今天站在行政办公室门口，终于把下一节课准备好了！弄完才感觉到，腿好酸，但还是很有成就感的哈哈！”

“2020 年 4 月 8 日 星期三 武汉解封”

“这一天，武汉解封了。每个人都为这件事激动不已。疫情持续了这么久，不论是我国疫情的控制，还是支援他国的无私举动，中国在各个方面的表现都让中国人感到骄傲和自豪。甚至很多国家遇到困难时，首先想到的是请求中国支援。

这一天，从各个地方支援武汉的中华儿女也纷纷返回自己的家乡。人们夹道欢迎这些凯旋的英雄。即使我没有去，但是隔着直播的屏幕，民族自豪感也快要溢出来了。”

日常的幸福

我走出书房，走到妈妈面前。“我想好了，大学的话，选教育专业吧！”我对正在忙碌的身影说。

“嗯？你不是说，看我做老师感觉好累，以后一定不当老师吗？”

“此一时彼一时嘛，我得把你教给我的事情，教给更多的人呀！”

还是一样的天气，一样的味道，一样风平浪静的日常。只是我知道，这样平凡的幸福，是值得我珍惜的。

“妈妈，你给我多讲讲当年疫情期间人们的故事吧！”

“你先把学习任务完成！”

后记：2020 年是特殊的一年，这一年，世界人民经历了一场最漫长的战斗。在这场战斗中，我们看到了中国的大国担当，看到了奋斗在一线的各行各业的战士。每一个人，都在自己的小小位置上做出重要的努力，哪怕是待在家中的孩子们，也在为防止疫情扩散贡献力量。

这期间，我们感动于领导人的英明决策，感动于白衣天使的不畏艰难；同时在生活中，为了维持正常的衣食住行，返工的人们也在一起努力着。这是为了我们自己战斗，也是为了我们的下一代战斗。

以史为鉴，希望我们不会再经历这样的灾难。

也谈教师的三境界

◎ 陈清香

陈清香
任教于深圳市宝安区安乐小学，一级教师。曾获宝安区中小学教师综合素质大赛语文学科一等奖，宝安区五段互动式研训比赛“优秀授课教师”称号。

“昨夜西风凋碧树，独上高楼，望尽天涯路。”“衣带渐宽终不悔，为伊消得人憔悴。”“众里寻他千百度，蓦然回首，那人却在，灯火阑珊处。”

——题记

晚清国学大师王国维在其著作《人间词话》中说：古今之成大事业、大学问者，必经过三种之境界。“昨夜西风凋碧树，独上高楼，望尽天涯路。”此第一境也。“衣带渐宽终不悔，为伊消得人憔悴。”此第二境也。“众里寻他千百度，蓦然回首，那人却在，灯火阑珊处。”此第三境也。王国维用精辟的语言概括了学者治学从立下大志到不懈努力、最后终获成功的三个过程。纵观古今中外教育大家的成长与发展历程，不由得感叹新时代的教师当以此三境界自勉也。

一、昨夜西风凋碧树。独上高楼，望尽天涯路

“昨夜西风凋碧树。独上高楼，望尽天涯路。”此句出自北宋晏殊的《蝶恋花》。

它的原意是指一夜秋风，吹尽了树叶，独自登上高楼，看到了别人看不到的地方。王国维指出，做学问成大事业者，首先要有执着的追求，登高望远，明确并坚定自己的人生目标。美国教育家戴尔·卡耐基认为："让学生永远充满激情，那么就要让学生确立一个人生目标。"那么同理可知，要让我们的教师永远充满激情，那么就要让教师确立一个人生目标。

电影《无问西东》中让我感触颇深的是清华校歌的歌词"立德立言，无问西东"。特别是影片中"静坐听雨"的一幕：骤雨击打着教室的铁皮屋顶，雨声若雷鸣，教授一次次提高音量讲课，学生们仍无法听清，老师索性在黑板写上"静坐听雨"，他就那么静静地坐着，看着满屋青年学生，哪怕肩头已被渗透而下的雨水彻底打湿，他的眼神依然充满了教书育人的从容笃定。这位教授的原型是西南联大经济系教授陈岱孙，任继愈在《我钦敬的陈岱孙先生》一文中回忆道："陈先生讲课认真，以身作则，给学生做出了榜样，同学们听课从未敢迟到。个别学生去迟了，不好意思进教室门，就站在教室窗外听讲。"在抗战时期的昆明乡间沟里，随处可见陈岱孙式的老师，他们浑身泥泞，食不果腹，仍旧激情澎湃地上课。当敌机在头顶轰鸣而过时，老师正在高声为学生朗诵着泰戈尔的诗歌……

"昨夜西风凋碧树。独上高楼，望尽天涯路。"纵然风雨飘摇，西南联大教书人仍然坚定教书育人的人生目标，在中国的大地上， 把大学当作捍卫民族精神的第二战场，演绎着一场史诗般波澜壮阔的文化大迁徙。他们胸中有丘壑，心中有理想，无畏日寇猖狂，不惧环境恶劣，以浩然正气护住中国文脉，成了抗战年代中国教书人的真实写照。

此时再谈及何为教师的人生目标，我想昌黎先生之"师者，所以传道授业解惑也"，西南联大人之"教书育人，无问西东"的精神足以解惑矣。

二、衣带渐宽终不悔，为伊消得人憔悴

"衣带渐宽终不悔，为伊消得人憔悴"一句出自北宋词人柳永的《蝶恋花》。这本是表达怀人之意的，王国维别出心裁，以此比喻成大事业、大学问者，不是

轻而易举，随便可得的，必须坚定不移，经过一番辛勤劳动，孜孜以求，直至人瘦带宽也不后悔。在我看来，这种孜孜不倦、执着追求的精神，对于新时代的教师更是不可或缺。

教育是灵动的，这就要求教师除了要有一双善于发现学生优点长处的慧眼，更要有一颗执着的心，把“皮革马利翁效应”作为前提，贯穿教育的始终，给予后进生更多的关心、耐心与帮助，让学生重拾信心。

犹记得教师生涯的第一年，我与一位患有小脑发育不全症的小女孩结下了师生缘。“老师，真不好意思，我这孩子有阅读障碍，识字量少，理解能力也不行，背诵常常花上半天也背不下来……”女孩的妈妈第一天见我就迫不及待介绍孩子的情况，眼神和语气里充满了忧伤、无助、着急甚至歉意。深入了解之后，我才知道小女孩上五年级了却仅有二三年级孩子的认知水平和知识储备，在班级找不到存在感。正值花样年华的女孩子，自卑心理日益严重，让人心生怜惜之情。我下定决心要改善孩子的现状，于是很快和她妈妈共同制定了辅导孩子的计划，每天放学后先由我在办公室辅导她写作业，从一笔一画抓起，从拼音字母教起，认真教导、细致耐心。小女孩的妈妈也从未有过放弃孩子的念头，每天晚上顶着工作一天的劳累，继续耐心地陪着孩子读书、写字。我和女孩妈妈每天如此交接辅导孩子作业的棒子。我欣喜地发现，小女孩似乎懂得我们的用心良苦，积极配合，尽管学得吃力，仍不轻言放弃。功夫不负有心人，一年下来，孩子的书写和朗读能力逐渐提高，我也借各种机会在班上表扬激励她，同学们也慢慢向她敞开接纳的怀抱。小女孩黯淡的眼神有了光芒，自信心逐渐提高了。学期末，我忍不住写下了评语：

“一年多以来，我真正见证了一位勤劳辛苦、认真负责的母亲和一位勤奋刻苦、听话懂事的好孩子，前者是你妈妈，后者是你自己。你的基础薄弱，但从未放弃，你付出很多，收获不大，但你从不沮丧。你乐观进取，不甘落后，你明白‘世上无难事，只怕有心人’。老师欣赏你的坚持不懈和坚强意志，真心希望你继续保持这种可贵的品质，摸索前进，相信你会取得更大的进步。”

“衣带渐宽终不悔，为伊消得人憔悴。”感谢这段遇见，让我更好领悟到后进生教育的真谛在于慢与坚持，在于孜孜不倦和执着。正如张文亮在《牵着一只蜗牛去散步》一书中所写“上帝让我牵着一只蜗牛去散步， 我闻到了花香，听到了鸟叫，听到了虫鸣，我看到满天的星斗多亮丽”。

三、众里寻他千百度，蓦然回首，那人却在，灯火阑珊处

“众里寻他千百度，蓦然回首，那人却在，灯火阑珊处”一句出自南宋词人辛弃疾的《青玉案·元夕》。本意是指经过多次周折，一朝顿悟，发前人未发之秘，辟前人未辟之境，犹如在灯如海、人如潮的灯节之夜，千追百寻，终于找到了朝思暮想的心上人一样。第三重境界之于教师来说，正是潜心付出之余的功到自然成，正是用辛勤汗水赢来的掌声，是用心血浇灌出来的鲜花散发着芬芳。

小馨书写马虎，性格孤僻，几经废寝忘食、苦口婆心的管教后，如今她书写工整，还不时给同学送上美丽的小花；小元调皮捣蛋，打架骂人，多次教育，“投其所好”，授予职务，如今他乐于助人，还悄悄往老师嘴里塞小糖果；小茵沉默寡言，特立独行，几番谈心，打开心扉，没过几天，老师办公桌上多了她亲手制作的锦囊香包……往届学生小南考上理想高中、小词加入义工行列、嘉嘉正朝师范梦想努力着……

“众里寻他千百度，蓦然回首，那人却在，灯火阑珊处。”每每沉浸在学生日常小惊喜之余，我总会不由自主想起东篱先生的诗歌《晚居》：

余下的时光，就交给这片水域吧
还有什么不舍？还有什么纠葛
难以释怀吗？
一把水草，可食可枕
一捧清水，足以涤荡藏污纳垢之心
风声、鸟声、波浪，是阅尽人世的无字之书
做个明心见性的听众吧
以戴胜、夜鹭为邻，但请勿打扰

见鹬蚌相争，也不行渔翁得利之事
闲暇就划船去看水中央那棵树
静静坐一会儿，“相看两不厌”
仿佛两个孤独的老朋友

蓦然回首，教师潜心付出之余，师生之间一颦一笑、一个眼神、一副神情，尽在默契之中，彼此懂得，无须言语。此时，老师大可尽情把时间和空间交还给每个孩子，只做个明心见性的听众或观众，尽情见证桃李绽放的芬芳。即使彼此长久没有往来，各自心中仍旧有着风筝与线般永恒的牵挂，又仿佛两个知心的老朋友，含情脉脉，相看两不厌，足矣。

泰戈尔在《飞鸟集》中说“果实的事业是尊贵的，花的事业是甜美的，但是让我做叶的事业罢，叶是谦逊地专心地垂着绿荫的。”漫漫教育道路上，红花似学生，绿叶如老师，新时代的教书人当以王国维先生的“三境界”来鞭笞自己，坚定教书育人的人生目标，投身绿叶的事业，孜孜以求终不悔，静待灯火阑珊处花开的美好，共勉之。

祝福你，智慧美丽的深圳“新宝安”

◎ 李继红

作者简介

李继红

任教于深圳市宝安区官田学校，有 12 年中、大队辅导员经历。曾获中小学思想道德建设优秀成果展评全国优秀成果二等奖，全国中小学教师论文大赛一等奖和二等奖。被评为宝安区优秀教师，两次获得全国青少年普法教育全国优秀辅导员奖，九次获得中国深圳童话节优秀辅导教师奖，两次获得深圳读书月优阅指导教师奖。指导学生在全国小学生英语竞赛中获全国一等奖和二等奖。

北国开花，南国飘香；也许冥冥之中一个注定的因缘，四十年前一粒蕴含着“改革开放”基因的种子，随风飘落在中国南海之滨；四十年来，始终站在改革开放最前沿的深圳，因改革而生，因开放而强，见证了中国翻天覆地的巨变历程。深圳所取得的成就，是改革开放 40 年中国实现历史性变革和取得伟大成就的一个缩影。四十年，深圳的教育不断创新，青春袭人。成功的光环难掩四十年来辛勤园丁们默默地付出；过去的点点滴滴，在今天串联成了动人的珠链。而我，幸运地成为了其中一员。

从清华实验到官田学校，我与深圳宝安的这份教育情缘已有 13 个年头了。从一名应届毕业大学生，到一名送别倾情关爱 6 年学生的毕业班班主任，再到一名带领着少先队员积极向前的学校大队辅导员老师，在这段时光里，我受益良多。2020 年是深圳经济特区建立 40 周年，是粤港澳大湾区和深圳先行示范区建设全面铺开、纵深推进的关键之年，也是全面建成小康社会和“十三五”规划的收官之年。作为深圳市宝安区教育事业的基石工作者，我要将习近平新时代中国特色社会主义思想牢记于心，牢记深圳宝安“湾区核心、智创高地、共享家园”的发展定位，不忘初心、不负韶华，当好教育的排头兵。通过 13 年的教育实践和教育经历，以及教育前辈们对我的谆谆教导与悉心点拨，我的教育理想与追求是“智慧教育，生命教育”。

第一篇章：感知“智慧教育，生命教育”

什么是“智慧教育”？智慧教育，不是仅仅指教育手段的智能化和依托云技术的技术化，也包括教育者本身所应具备的教育智慧、文化智慧和管理智慧，是指教育智慧存在而不断催生变革、催发人生智慧的教育之花。什么是“生命教育”？从最根本的意义来说，生命教育乃是一种全人教育，它涵盖了人从出生到死亡的整个过程和这一过程中所涉及的各个方面，既关乎人的生存与生活，也关乎人的成长与发展，更关乎人的本性与价值。生命教育的核心目标在于，通过生命管理，让每一个人都成为“我自己”，都能最终实现“我之为我”的生命价值，即把生命中的爱和亮点全部展现出来，为社会、为人间焕发出自己独有的美丽光彩。作为一名新时代的深圳宝安教师，我想我要结合教学内容，对学生进行认识生命、珍惜生命、尊重生命、热爱生命、提高生存技能和生命质量的教育活动。同时充分运用与学生密切相关的事例作为教学资源，利用多种智慧手段和方法开展生命教育、智慧教育活动。

第二篇章：实践“智慧教育，生命教育”

一、以身立教　为人师表

教育事业对教师人格提出的要求是非常高的。首先是真诚。教育学生不是在演戏，决不能搞“双重人格”。教师只有具备真实反映内心的、表里如一的、言行统一的美好品德，才能在学生身上产生“随风潜入夜，润物细无声”的潜移默化的作用，使他们受到教育和感染，引起他们的共鸣和效仿。其次是人格。学生对教师特有的期望和信赖，往往使他们在观察教师时，产生一种放大效应，教师的一种小小善举，会使他们感到无比的欣慰；教师的一点小小瑕疵，则会使他们产生巨大的失望。所以，教师必须对自己的人格修养提出严格的要求。第三是全面。教师应当尽可能地使自己得到全面的发展，努力形成一种健康、美好、完整、和谐的人格。德与才的分离，言与行的相悖，大节谨慎而小节不拘，聪敏过人而举止轻浮等，对于一名希望成为优秀教师的人来说，都是应当尽量加以避免的。总之，从事了教师的职业，就意味着整个人生航程将面临一种人格上的挑战。我们必须鼓足勇气，义无反顾地朝着人格发展的新高度不断攀登。

二、教学创新　丰富学识

作为一名教师，要更新观念、努力创新，担负起教育下一代的责任，以身作则、言传身教，主动思考如何从“传道”者转向学习知识的引路人，从“解惑”者转向发现问题的启发人，从“授业”者转向解决问题的参与人。虚心求教，肯干、实干，不断在实践中摸索总结，尽全力把工作做得细致、扎实。同时，细心总结工作经验，在摸索中前进。教师工作千头万绪，需要不断地总结和积累，勇于创新，才能在实践中不断前进。“昨天的孩子，课本是他们的世界；今天的孩子，世界是他们的课本。”身处课改大潮中的一名普通教师，该以什么样的态度来面对今天的教育？我想，我应该快乐地迎接每一天，以正确的态度面对自己的事业，面对自己的工作，面对自己的学生，全身心去研究课程、教材、学生、教法等，让自己的教育教学水平得以提升，做到德才兼备，让每一课的知识变得生动有趣，并培养学生的能力，做到教书育人。抓住“课改”带来的发展机遇，树立较强的科研意识，走进新课程，刻苦钻研课堂教学艺术，争做善于吸收的学习型教师，善于研究的反思型教师，敢于探索的创新型教师。

在教育教学过程中，我们应不断丰富自身学识，努力提高自身能力、业务水平，严格执行师德师规，有高度的事业心、责任心，爱岗敬业。

三、真爱育人　微笑待人

“感人者，莫过于情”，感情是人格力量的基础。从教育心理学的角度出发，情感在学习过程中起着十分重要的作用，它是信念的催化剂。俗话说：情通才能理达，情不通则理不达。如果教师不讲情，就会把课讲得干干巴巴，枯燥无味，影响教学效果。一位心理学家说，青少年的心灵像一架多弦琴，其中有一根弦是和音，只要找到它弹一下，就会使其他弦一起振动，发生共鸣，协奏起来产生美妙的音乐。如果教师能用真情拨动这根弦，使它在学生心中产生共鸣，教学就会收到更好的效果。教育事业就是爱的事业，没有爱就不会有教育。如果教师能真情流露，教学就会收到更好的效果，因此教师在教育学生时要讲实话、真话，要理论联系实际，要让孩子的专注力一直放在思考上，这样学生就会感到亲切，不知不觉地在思想感情上产生共鸣，注意力集中，从而受到生动深刻的思想教育。

从“智慧教育，生命教育”的理念出发，作为一名教师，就应关爱每一个学生，在生活上关心学生，在学习上帮助学生，让学生在感受爱的过程中，理解爱，学会爱。教师对学生的“爱”应是真诚的、无私的、广泛的、一视同仁的。尽管孩子情况不同，但要相信每个学生都能在老师爱的教育下长大成才。对每一个学生的关爱，都应该是毫无保留的，无论是对品学兼优的学生，还是对顽皮、学习成绩不理想、需要心理疏导的学生，教师都要主动去亲近和关爱他们，让学生感到老师是自己最信赖、最尊敬、最亲近的人。其实，每一个学生都是好学生，他们身上有不同的闪光点，只是有的没被发现。这就需要我们教师在平时的工作中细心，善于捕捉学生的闪光点，夸奖学生，激励每一个学生上进，赏识每一个学生的才华，让每一个学生积极参与，期待每一个学生获得成功。

微笑、赞扬体现了教师对学生的热忱、关心和爱护，是“爱”的一种表现。实践也证明，教师的微笑，能取得多方面的教育效应。凡是教师寄予希望的学生，感受到教师的关心，爱护和鼓励，他们就常常以积极的态度对待老师，对待学习和对待自己，但如果被教师冷淡对待或厌恶的学生，则势必走向反面。以平等的心灵善待学生，用爱的情怀关注学生，这是一股巨大的教育力量，它比任何高明理论的说教都有效。把这种情怀融入平实的生活，把学生的进步当作自己的成功，用坦诚的相待诠释幸福的内涵。

四、灵活教育　形式多样

教育家陶行知先生说得好："先生拿做来教，乃是真教；学生拿做来学，方是实学。"德育效果的最大化不在于学生怎样说，而在于学生怎样做。"生命教育"更是如此。在组织学生活动过程中，要体现以下特点：

1. 充分发挥学生的主体作用。学生是德育的主体，任何教育若缺少学生的支持，就是无效的教育 。

2. 重视学生的情感体验。设置不同角色情境，选择不同的道德行为，让学生从不同的价值观出发，并体味不同角色的内心感受，真正使学生受到震撼。如我校根据深圳市"读书月"活动，组织全校学生开展的读书评选活动，初中部组织的游园活动，小学部组织跳蚤书市，在学生中产生了较大的反响。

从表面看，德育过程的改革只是德育活动形式的改变，但引发的后续效应值得深思，即好的德育形式可以增强德育的实效性，使学校的德育工作化枯燥为生动，变深奥为浅显，化平淡为丰富、变沉闷为轻松，真正使德育成为学生乐于参与的有吸引力的活动，让学生广泛参与，为学生提供了自我教育的舞台，从而使学生在活动中丰富了道德情感，端正了人生态度，形成正确的价值观，实现"生命教育"。

第三篇章：期待"智慧教育，生命教育"

一、期待家长在关注国外教育先进理念的同时，更加注重传统文化的教育

还记得两年前，身为老师的我有幸以家长身份受邀参加了女儿幼儿园举行的"全园教师国学讲堂培训活动"，感受颇多。开放的国家环境，全球经济化趋势，使得我们这个时代的人们拥有无可比拟的个人发展机会和空间。同时，激烈的竞争伴随而来，对竞争感同身受的每一个家长，自然而然把子女教育作为头等大事来

抓；一句“不让孩子输在起跑线上”俨然成为子女教育的号召性宏旨，各种培训机构以敏感的商业触角，挖掘推演出形形色色的培训概念，一时间奥数、棋类、琴类、绘画才艺等等科目如夜空繁星，吸引了本来对子女教育心存焦虑的家长，使家长形成“羊群效应”；每到周末，随处可见行色匆匆的父母拖着身心俱疲的幼小身影四处赶场。我们经常听到评价一个孩子品性时，往往说家教如何如何，可见家庭教育在一个人接受教育过程中是多么的重要。家庭教育和学校教育就像教育硬币的正反面，任何一面残缺都不行。作为拥有五千年灿烂文明的中华民族的一员，我们每个人的思想行为模式都浸润在中国传统文化之中，人的一生无不在追求个体性完善和群体性的和谐；因此我们由此可以提出：传统文化是家庭教育的根本，以此为基础展开的家庭教育才会有正确的定位和方向。

儒家思想是中国历史上时间最长、影响深远的中国哲学，《论语》作为儒家最重要的经典著作，是孔子弟子及后学者记述孔子言行的语录体著作。素有“半部论语知天下”的评价，亦有“天不生仲尼，万古如长夜”的感慨，可见儒家思想对中国传统文化的基础性意义。“知之者不如好之者，好之者不如乐之者”，论语中认为学生追求学问的关键是要对学习产生兴趣，从学习中得到快乐，不能“苦学”“困学”；真正爱好学习的人，并且能从学习中得到乐趣的人，才能真正学习优秀。这是多么深刻、高明的见解啊！启发我们在家庭教育最关键的是要培养孩子学习的兴趣，变孩子“要我学”为“我要学”才是家庭教育最核心的任务，远比解答几个奥数题，弹几首曲子要重要得多啊！“见贤思齐，见不贤而自省”也是教育孩子见到别人优点要积极学习，弥补自己的缺点，见到别人的缺点要自我反省。诸如此类治学的金玉良言，不胜枚举。这正是我们追求的“智慧教育，生命教育”。

一个人从小学到大学的教育可以分为三个阶段，浪漫期、精密期、展望期。小学期可以称为浪漫期，此时心里充满好奇心和想象力，对孩子而言，现实世界发生的一切都是片断，都是一些不完整的信息，小孩子能够把握的是一些比较完整，有开头结尾的故事，这也是小孩子都普遍喜欢看童话、卡通、漫画的原因，对于小学生，在尚未准备好接受现实世界之前，必须用这些浪漫题材来填充他们所接触的世界，随着慢慢成长，接受真实的挑战，所以，家庭教育必须在小学阶段承担起前面所述的角色来作为学校教育的补充。

精密期是初中、高中六年，这个阶段要打下坚实的基础，如果这个时期没有打好基础，可能一生就会产生厌学情绪。这个阶段的孩子感觉辛苦是在所难免的，但是认识到了这个时期的特点，鼓励子女不能有丝毫的松懈，坚持下来就会有丰厚的回馈和收获。

展望期是大学阶段，这个阶段学习的幅度和高度要扩大和提高了，对自己、社会、群体、整个人类、历史、甚至宇宙之间的关系都要开始有清晰的认识，培养自己独立思考能力，找到自己生命的定位和意义。这个时期一般都是远离父母，远方求学。作为父母，此时的家庭教育并没有结束，还是要尽可能跟子女保持沟通，此时的沟通要侧重于人生困惑、人际交往和为人处事上的一些指导了。

“人永远是自我成长，就像身体永远是自我生长发育。”我的女儿今年上小学二年级，身为老师的我和众多家长朋友一样，是家庭教育重要成员。我们必须要深刻理解我们悠久的传统文化，以此作为家庭教育的基础，来展开所有家庭教育的沟通和活动，这样才不会在当代纷繁芜杂的信息社会的喧嚣中迷失方向。

二、走出去，不断学习、不断实践

众所皆知：为师者，为生传道授业解惑。所以，只有走出去，我们才能真正了解到众生之惑在哪里。走出教室抓教学，走出校园看培训，是新型教育工作者应具备的基本素质。无论从学生角度还是教师角度，它都是一个大的突破，能真正做到不容易，需要我们不断地探索和学习。在深圳市宝安区“湾区核心、智创高地、共享家园”的发展定位下，我们更要敢闯敢拼，开拓进取，当好主人翁，逐浪大湾区。

近十三年的教师工作实践让我受益匪浅，我不禁思绪万千、感慨不已。在深圳宝安这片热土，我深刻地体会到教育事业的纯真与美好，我深深爱着我们美丽的深圳宝安，深深爱着我美丽的教育事业。每天清晨我走进美丽的校园，每个清晨孩子的微笑都带给我一段美好。我不停地遥望，遥望校园里我留下的欢声笑语，回忆我教育记忆的点点滴滴，也期待着深圳宝安教育明天的美好！

祝福你，智慧、美丽的深圳“新宝安”！

宝安区教职工主题征文大赛

获奖作品集

三等奖作品

平凡生姿，与国同舟
—— 天骄人的温暖点滴

◎ 赵婧迪

作者简介

赵婧迪

任教于深圳市宝安区天骄小学。毕业于湖南师范大学，硕士研究生学历。读书期间获得“国家奖学金”，独立发表论文数篇。毕业获评“优秀毕业生”，硕士学位论文被鉴定为优秀，参评省优。曾获“深圳校园十佳文学少年”优秀指导老师奖、宝安区首届“郑毓秀杯”诗词大会优秀指导老师奖、宝安区“慈善文化进校园”征文比赛优秀指导老师奖等。微课《同伴携行，心中有光》被区级平台采用。

2020年2月，见证了太多的悲欢离合，铭记下了无数在凌晨四点仍默默坚守在岗位的城市英雄。时序交替，我们为同胞的罹难而悲伤，也相信樱花必定如约而至，精彩绽放。3月初，新华社传来好消息，26省市确定0新增！疫情防控和经济社会发展“两不误”，防疫、复工、安全“三手抓”。宝安区广深沿江高速二期工程施工现场，机器轰鸣，铿锵奏响深圳重大交通设施建设的“复工曲”。宝安区政务服务数据管理局也推出“深i您小程序+扫码数据服务平台”，贴心助力复产复工。全体宝安人合力守护，奉上一份自觉隔离的用心，一份配合检查的耐心，一份怀揣感激的真心，在春来潮涌中，扬帆奋进！

天骄小学巨晓山校长在“开学第一课”中围绕“人与自然”“国民偶像”“众志成城”三个话题向所有天骄学子提出了三个值得深思的问题：为什么人类要与自然和谐相处？谁才是我们应该追随的明星？为什么齐心协力就能克服困难？自然孕育人类，庇佑人类。抗疫故事让我们重新认识“崇高”与“信仰”，中国速度和中国奇迹是14亿人万众一心的精神凝聚，是永不磨灭的“爱国”情怀与“使命”意志。

从大年初一开始，天骄小学党员同志及各级从教者就已经冲锋在前。日夜值守、内外配合、守望相助。天骄小学德育处、办公室、教学处、各年级主任，各班主任在上级的防疫工作部署下，早早回到学校，以在线不间断联络的方式投入战斗。每一天的工作，是从汇总梳理信息数据开始的。需要联系调查、精准摸排全校两千五百余名师生的居家隔离、集中隔离、疑似确诊病例及其密切接触者的相关情况。学校针对本校实际，也开发设计了贴合本校实际的各年级各班的返深体温监测数据表，提前精心部署排查除湖北外其他疫情重点地区的师生情况。

记得有一次，我就学生活动的问题与德育处严怡婷主任进行电话交流。在交流中了解到，德育处自大年初一开始，就毫不松懈地守在电脑屏幕前核对、传送资料，反复校对数据了。听到这里，我不免下意识地感叹严主任的劳碌与辛苦，但严主任却不忘体谅和感谢天骄温暖家庭中的每一个人：“天骄是一个团结奋进的集体，随处可看到老师们兢兢业业、默默奉献的身影。这个周末还有很多老师在为学校申报‘广东省心理健康教育特色学校’评估资料加班到深夜。大家的这种敬业精神真令人感动，让我由衷感到在这样的一个集体中工作是温暖与幸福的！虽然这段时间工作比较忙，比较累，但有大家的支持与帮助，一切困难都不是困难，一切问题都可以解决！”

疫情期间，上级文件、会议、公务等也需要办公室统筹安排。天骄小学办公室的孙丹主任刚过完年，就从内蒙古乘飞机返回学校，负责文件整理打包、快速调度，有效地保障了学校各项公务会务的有序开展。详细查阅文件之余，还会耐心解答学校老师的在疫情期间的疑问，电话末尾总不忘轻柔地附上一句“请做好个人防护，祝健康平安，顺利回深”。各年级主任为了不错过文件电话，有时会因工作紧急而错过饭点，只能吃些泡面和饼干。当日暮降临，昔日柔美的脸庞不免显露疲态，可此时，他们会说：“比起坚守在一线的战士们，我们的这点辛苦不算什么。”班主任们是家庭和学校的直接联络员，有时需要紧急地收集数据并进行统计、编辑和报送，但大家毫无怨言，在工作交流中时时面露微笑，总是希望可以给同伴们带来舒心和放松。

攥指成拳，必能攻坚克难！近两个月来的持续作战，虽也存在人手不足的问题，但唯其艰难，方显勇毅。经过天骄大家庭的协同努力和精耕细作，高效避免了工作中可能出现的很多问题。疫情爆发至今，天骄大家庭2577名师生及他们的家人都是平平安安的。我们也一直坚信，危难面前，每一个中国人，都是最勇敢的战士！

停课不停学。天骄小学教学处精心设计了具有我校特色的“游戏化PBL”主题学习课程。旨在融合各学科的典型特色，带领学生目标式、内发式、探究式学习。这份“线上学习大餐”共分为十大主题，分别为“抗击疫情，我们一起加油”“新闻中的‘真相’”“抗击疫情、音乐随行”“数学眼光看疫情”“远行双航线”“人与疾病”“健康的身体是你逆行的资本”“冠状病毒战‘疫’”“致敬最美逆行者”“互联网如何助力防控疫情”。在“抗击疫情，我们一起加油”的主题课程中，学生就从视频中学会了如何佩戴口罩、如何正确洗手、如何科学防疫等科学知识，并受到启迪，学会自主思考探索且敢于尝试解决问题。学生在课下所做的“复流图”式样精美，问题和解决方式活泼有趣、独具匠心。在“数学眼光看疫情”的主题课程中，学生学会了迁移运用，并能自主绘制统计图、思维导图，从数据分析中科学判断疫情走势，在生活中培养自己善于发现和预测事情走向的能力。“新闻中的‘真相’”与“致敬最美逆行者”主题课程结合语文审美性与工具性的双线特点，使学生认识到谣言的危害，并学会重新审视、思索“真相”的含义，在实际生活中做到不信谣、不传谣。在“抗击疫情、音乐随行”的主题课程中，学生在老师分级任务目标的指引下，学会用演唱、舞蹈、手语动作全新演绎《不放弃》这首乐曲，向前线抗疫的每一位英雄送去自己最真挚的祝福。“远行双航线”主题课程分高低两个年级，低年级以“折纸+绘画+祝语”的形式制作创意纸飞机，高年级在“天天”和“骄骄”这两位小导游的带领下从深圳走向世界，以此生动地告诉我们——因“疫”宅家，但对生活永不失热爱……

方寸之间，亦是战场。

前线的你们用血肉之躯，守护万家灯火。

身旁的你们用默默坚守，换一场春风如期。

不负韶华　筑梦前行

◎ 王宇婷

作者简介

王宇婷
任教于深圳市宝安区安乐小学，从事教育行业两年。毕业于深圳大学人文学院。曾获 2019 年宝安区“阳光少年”朗诵比赛“优秀指导教师”称号。

小时候我以为你很神气，说上一句话也惊天动地。

长大后我就成了你，在教育路上，以梦为马，勇往直前。

——题记

劝学

2020 新年钟声响起之时，手机显示一条未读短信。

“王老师，新年好……”

一年半前

“报告王老师，护导员老师抓到陈同学课间在走廊乱跑撞伤了同学，我们班又被送扣分条了！”

“王老师，你班的陈同学一下课就像窜天猴，到处疯跑，抓都抓不住！一天到晚咬那铅笔，小嘴全都是黑的，你好好教育下。”

“唉，王老师，你班陈同学怎么这么爱讲话！我讲一句话他至少打断了我四五回，这课还怎么上呀？”

“王老师，今天的数学课上，你班的陈同学又扰乱课堂秩序了，还随意走动位置，真是让人生气！”

“老师，今天的作业还差陈同学没交。”

……

开学不到一个月，这位一年级的小朋友已“名声在外”，老师、同学们都对这位陈同学的“恶行”头疼不已。作为班主任，我无论是批评规劝，还是鼓励奖励，孩子依然不为所动，甚至我和家长的多次电访沟通也收效甚微，我的内心更是心急如焚。

就这样“对峙”了一个多月，直到一个周末晚上的无意发现，让我开始改变对孩子的看法。周六晚饭后和家人出去散步，不知不觉就走到了学校附近。突然，前方街头围了一大群人，打听了一下，原来是一对爷孙在给自家兔子找“新主人”，隔几米都能听到那小孩向围观群众介绍自家兔子的激动声音。我走近一瞧，巧了！这不就是我班的陈同学嘛！孩子脸上展现的神情是我在学校里从没有见过的，我内心一怔，想了想后没有上前打扰，转身离去。

第二天，我决定去陈同学家家访。刚一进门时，我就发现孩子惴惴不安的神情和在校天不怕地不怕“小霸王”的模样俨然天差地别，心里不禁偷笑：“原来你也有怕老师告状的时候！”此次和家长面谈时，我没有向家长“告状”。从闲聊中我了解到孩子从出生时就由爷爷奶奶抱回老家抚养，直至到了上幼儿园的年龄才接回深圳。由于爷爷奶奶的娇宠，他在家里天不怕地不怕，只有在爸爸的“暴力”下才稍微收敛一些。加上父母工作忙，无法顾及，所以从上幼儿园起就演变成天天被老师、同学“投诉”的局面。临走时，孩子破天荒地没有再像在学校那样“冷脸”相对。

回到学校后，我私下找孩子做了一个约定：“只要上课时坐在自己的位置上不随意走动，也不干扰同学上课，即可获得老师的奖励，还在同学们和爸爸妈妈面前表扬你。”接下来的日子里我发现孩子果然有了不少进步，于是我又一步步提出鼓励：“保持衣服、书面整洁”“坚持认真听课 15 分钟”“坚持认真听课

30 分钟”“坚持每天按时完成作业”……

渐渐地，老师、同学们不再天天“投诉”，开始和陈同学正常相处。更让我惊喜的是，孩子的书写从一开始的“鬼画符”变成了工工整整的正楷字，卷面也愈发整洁！为此，我特地在家长会和期末总结时当着全班同学和家长们的面大力表扬了他。

一年过去了，我和陈同学的相处模式渐渐演变成了“日常斗嘴”。

“你再不专心，我就要把你文具盒没收咯？”“哼！王老师真是个小气鬼！”“我小气是吧，那我就小气给你看，收！”“别别别！我听课就是啦，真是的”……

当然啦，陈同学偶尔下课心血来潮也会到办公室“慰问”一下埋头改作业的王老师，还附赠聊天业务呢！在一次闲聊中，他愤愤地说：“幼儿园的老师都是坏老师！”我一愣，忙细问。原来，那个时候不遵守纪律的陈同学挨了老师的不少批评和小惩罚，我连忙安抚孩子，让他明白老师的用心，并举了好多不同案例才慢慢转变了孩子这一想法。同时也感叹：老师对学生影响力可不小！

这不禁让我想起自己小时候，总觉得老师们神通广大，无所不能，说上一句话也惊天动地，老师小小的一句话甚至能顶家长一百句，于是想有朝一日定要当老师。直到真正成为一名教师，才渐渐明白：那间教室，承载着无限希望。初入学堂的孩子就像是一张白纸，老师的一举一动都会在这张纸上留下痕迹，因此，需要老师们耐心、细心和包容，只有这样才能指引孩子们在白纸上描绘出美丽的画卷。

二年级期末测试，陈同学语文测试 99.5 分，陈爷爷来接孩子时，看着试卷一脸欣慰。

2020 新年钟声响起之时，我收到了陈爸爸的短信：“王老师，新年好！谢谢您当初没有放弃孩子，也感谢您一直以来的坚持！”随之而来的还有一张图片“寒假作业——作文：你最喜欢的人”。

“我最喜欢的人是王老师，别看她整天笑眯眯的，其实她可小气了！每次上课我不听课，她就小气地要收走我最喜欢的笔盒，还好我表现好，她才还给我。爸爸说王老师是为了我好，我觉得也是，不然她就不会表扬我和奖励糖果给我了……”

这大概是我今年收到的最好的新年祝福了吧。

云上花开时

人人都说，2020 年的主题是——魔幻现实主义，不信你看，疫情让“医护人员变成了最美战士”“全民宅家变美食博主”“老师变成了十八线主播”……

初春的校园里虽还是安安静静的，线上“空中课堂”却早已如火如荼地开办起来。教师们肩负育人的使命，在后方群策群力教研、精琢细磨微课，吹响“停课不停学”的号角。

比起常规面对面的教学方式，云端教学无论是在技术上还是授课形式上都给老师们带来了很大的挑战。迎难而上，积极研究新的教学方式，保证学生的学习进度，是老师们坚定的选择。在这个三月，安乐小学有幸收到深圳市教育科学研究院的邀请，参与深圳市网络课堂的课程资源制作，为学生的网课资源提供坚实保障。作为此次教研团队的一员，我很荣幸，亦不负使命，全力以赴。

从认真解读教材、设计教学内容、制作微课课件再到录制微课，每一个流程都通过反复研讨，不断地修改、完善、美化与修正。其中指导学生朗读、录制微课及必要的技术性的视频处理是难点，费了我们不少工夫。

录制微课于我而言是最大的挑战，为之付出最多精力的同时收获也最大。记得刚开始录制的时候，由于太过紧张，怕录不好给团队拖后腿，加上有一些南方口音，因此呈现出来的成品语气过于急切，效果不佳。经过老师们的一番指导，除去白天上课和改作业的时间，我利用清晨或夜深人静的时候勤加练习，努力在停顿和语调上下功夫，但是呈现出来的效果却是“太刻意、不自然、像在朗诵”。在老师们的再次指导下我顿悟:“正常说话的语气、普通话标准、语气像平时上课那样带些感染力不就好了吗？”于是，我又下了一番功夫，终于得到了团队的一致认可。

录课期间令我印象最深的是，为了保证课程录制的安静环境，我常常深夜“出没”在空教室里录制课程，甚至好几次还“吓到”深夜执勤巡查的保安。现在回想起来，全身心地投入一件事、努力做到最好也是一种很好的成长。

经过多次严谨认真地讨论与修改，逐字逐句斟酌审定与技术美化处理，我们的团队最终呈现了部编版二年级语文下册《语文园地四》两个课时的作品。匠心入语微，云上花开时。终于，我们录制的微课通过了宝安区教研员陈国富老师和深圳市教科院赵志祥老师的审核，并录入深圳市教育局官网 “空中课堂”资源库，向深圳市教科院交出了一份满意答卷。

心在一艺，其艺必工。我始终相信：越努力越幸运，你尽管努力，上天自有衡量。

追梦不止

有人说，教师是塑造人类灵魂的工程师。我很庆幸，遇到许许多多好老师，在我成长过程中教我知识、伴我成长。是他们，一直指引我前进的方向，筑梦、追梦、圆梦。

虽然正式从事教育工作才两年多，期间有过开心、欣慰，也有过沮丧、困惑，但从未想过放弃。突然想起去年开学前夕自己曾笑说“明天起要开始搬砖咯”，一位前辈回应道：“教师，做的可是烧砖的活呀。”也是这句话，让我在往后的无数个日日夜夜坚持自己的初心，在教育的路上不断前行。

人们常说：要给学生一杯水，教师应有一桶水。我觉得一桶水还远远不够，教师应当有一汪“活”泉水！时代在变，信息技术也在不断更迭，教师应顺应发展趋势，努力更新自我知识库，授予学生一汪源源不断的“活”泉水。作为“经济特区先行区”“湾区核心”和“智创高地”的深圳，更需要一汪源源不断的“活”泉水。身在湾区，教育者应不忘初心，不负韶华，齐心逐浪大湾区，共筑教育梦！

也许前路跌跌撞撞，我仍追梦不止。

因为，有梦想的人，永远年少！

天地间走来小小的我

—— 我是教书师者，我是育人使者

◎ 谷彩红

作者简介

谷彩红

任教于深圳市西乡中学。毕业于华南师范大学教育科学学院，硕士期间曾发表《以传统文化为导向的校园文化建设探析》《职业教育国际化发展研究》《关于学校章程性质研究》《关于学校章程内容建设的规范性研究》等文章。

牙牙学语的我是“丑”孩儿，豆蔻年华的我是“笨”孩儿，步入学校大门，我的生活学习状态是茫无目的的，正因为有了师者们的引导，我开始有了方向，迎来了光明！所以，我成为教书师者的愿望愈加强烈，我成为育人使者的志向更加明确！我一直努力着，梦想会实现吗？

“丑”的出生

一个婴儿的降生，引起亲朋好友的围观。原因是充满期待。在围观的人群中还有一个小孩子，第一次看见新生儿的他异常激动，所以观察得异常仔细，带着孩子与生俱来的好奇心。在仔细地观察和打量之后，这个孩子带着兴奋和炫耀，飞快地跑回家向没来观摩的父母形容“我”的样子，向自己的小伙伴炫耀和叙述自己今天看新生儿的奇特经历，不过显然要加上孩子应有的想象力和夸张。最后总结我的面部特征“长得很奇特，像怪物一样丑陋”。之后几个小伙伴各自带着刚收集到的战果传播去了，于是我就成为别人口中的“丑”小孩。

在还不知道美和丑的时候就有很多人告诉我，我是“丑”的这一事实。大家也似乎表示出对传闻的高度信任，在很小的时候我就知道了人都趋向于美的东西，喜欢美的东西是人性的特质。后来学习美学，知道美能引起人的心里愉悦，便更加理解别人对我的态度。小时候的我是积极追求上进的，愿意努力改变现状的。所以那时的我开始用很多办法去吸引大家的注意力，想让大家都喜欢我。例如，做一些危险的事，爬到树的最高处掏鸟蛋，然后和小朋友分享我的战利品。也做一些残忍的事。安徽老家稻田地永远是我们快乐的小天地，每天大部分时间都要在这里度过。尤其记得那片嫩黄嫩黄的油菜花地，油菜花盛开时整个世界都是香香的，甜甜的。油菜花吸引来无数可爱的小蜜蜂，每当看见这些蜜蜂的时候，我和我的小伙伴都特别开心，因为又到我们“采蜜”的时候了。我们会很认真的观察这些蜜蜂，看着它们慢慢地吃饱后，然后迅速出击，抓住蜜蜂，待其射出刺后，找到它储存蜂蜜的地方，这就是小时候吃过的最好的美味了，是牺牲了无数蜜蜂的生命得来的最新鲜的蜂蜜。现在回忆起来童年时期对世界的认知自于一次次抓蜜蜂，一次次掏鸟蛋中。大自然是我最初的老师，实践是我最好的学习方法。

通过我的不断努力，的确有越来越多的小朋友喜欢我，毕竟鸟蛋和蜂蜜是他们实实在在享受到的福利。但是家长们不这么想，觉得我是女孩子太过于淘气，一点女孩子的样子也没有，而且竟然不好好学习。所以很长时间我都成为家长们眼中的调皮小孩，慢慢地小伙伴也和我逐渐疏远了。那时候我知道原来成人的评价标准和孩子的评价标准是完全不一样的。并且很多时候直接改变孩子看法，从此以后我知道让同伴喜欢的同时也要让家长喜欢。所以之后的很长一段时间里，我都在努力成为好孩子，性格一下子从活泼变成安静。一直到上大学我都认为我是内向型性格。

之后当了老师，也对很顽皮的学生多了一份理解和宽容，不会轻易去评价某个学生，也不会给任何学生贴标签。

“笨”的学习生活

笨这个特征是在我七岁上学的第一天，用了一晚上的时间努力争取得来的。记得那天家里早早吃过晚饭，父亲母亲便开始教我背诵课文。我记得非常清楚，小学语文的第一课是朱自清的《春》。这是父亲第一次耐心地教我，当时的我异常的兴奋。可能是太过兴奋，一晚上我都没把心思用在背诵上，结果就可想而知。最终他们带着失望和叹息睡去了，至今我都还铭记着父亲失望的眼神和母亲的叹息声。我还清楚记得，当晚父母走后，我自己拿起书轻轻地合上，竟然能一字不差的背诵下来。但是有什么用，这个“笨”的印象已经深深地刻在他们的心里了。在这以后我花了快二十年的时间来摘掉笨的标签，先考上名牌大学，接着攻读了硕士。在整个大家族里我是第一个考上大学的，也是第一个硕士。但可能是初始印像太深，我父母始终都认为我是运气好。现在的我已经欣然接受了笨的这个特征，所以不管做任何事情都告诉自己我是笨的，所以要笨鸟先飞。在此之后我知道了很多时候我需要的是自己默默付出与努力，不用在意别人是否看见。

自己当了老师以后，对待“笨的学生”也异常的有耐心，因为不想他们成为当时在沮丧中默默背书的自己。

“自卑”的生活状态

自卑来源于刚出生时，爷爷摔了一地的红鸡蛋，奶奶听见婴儿啼哭时的沉默，母亲伤心无助的泪水。在接下来长达十多年的生活中，这种生活态度长期占据上风。在那时重男轻女思想下，我因生为女孩而自卑，当时的我认为生活就是这样了。到初中阶段，我竟然发现自己萌发了关于人生的意义和价值的哲学性的思考，当时作为初中生的我有如此的感悟，让现在的自己也惊讶不已，所以那时每天从睁开眼睛到闭上眼睛中间所有的时间都用来进行思考、顿悟。释迦牟尼在菩提树下参禅，用了无数个日夜方顿悟生死，对于初中生的我来说，想要弄清楚人生的意义与价值简直难于上青天。我用了一年的时间在这漫长的痛苦中煎熬着，我苦苦寻找着支撑自己的理由，直到我读了史铁生的《我与地坛》，找到了荒芜园中的生命希望，看到一个残疾生命的坚强崛起，看到他一次又一次真实的起伏，心灵的生生死死，生而复死，死而复生，并一次次的复苏。 我的心灵也如他一样。感觉到自己第一次能这样地读懂一个作家，而且是心灵上的强烈共鸣。这在无形中影响了我。所以这段时间的心路历程让我切实体会到读书的重要性。书中不一定有颜如玉，不一定有黄金屋，但有时会给你方向，甚至是出路。抑或并没有方向或者出路，可能只是一点点的希望。但是这点希望就足够让没有目标的人，有前进的理由。

呼唤心灵的你们出现了

我的人生在遇见你们之后出现了转折，当时遇到的两位老师改变了我自卑无助的人生，特别巧合的是，他们都是语文教师。第一位是一位非常漂亮的年轻女教师，刚带我们班时可能不太了解我们班的情况，竟对我这个“学渣”非常青睐，每次都鼓励我，哪怕是一点点的进步。在她的鼓励下，我感觉生活不太一样了，我每天都有事可做了，可以学习了，虽然学习的目的很单纯只是让她开心，但仿佛我的人生更加有意义了。鼓励对于当时的我是真是一剂良药。

我的第二位老师外形和第一位老师很相似，区别在于她特别爱美，每天都会换好多套衣服，而且颜色艳丽，至今这些色彩还留在我的记忆里，仿佛给我灰色的生活也染上了一抹色彩。她还特别爱笑，她像阳光一样，永远用笑容暖着我。她的笑声可以穿过走廊，穿过厚墙，穿过我厚厚的外壳直达到我的内心深处，给我的心带来一丝光亮。作为一名当代的人民教师，不能将自己看成燃烧自己成全他人的蜡烛，而应该把自己当作一盏能一直充电的电灯，既能照亮自己，还能照亮学生。只有先热爱自己，把自己的生活过好了，才能全身心地投入教育教学工作。教师必须耐得住寂寞，认真做好眼前事，走好自己的路，才能静待花开。这是我人生中的最重要的两位老师 。从她们的身上我看到教师的意义和价值，我想起德国哲学家雅斯贝尔斯在《什么是教育》中说到：教育的本质意味着，一棵树摇动另一棵树，一朵云推动另一朵云，一个灵魂唤醒另一个灵魂。我一直将雅斯贝尔斯的这句话当作教育信条，也希望自己作为教师能去影响和感染自己的学生。

马上搁笔之时，突然想起特殊时期的国与家。有国才有家，我爱我的家。医务工作者同心协力救国扶危，上报国家，下安黎庶，奋战在抗疫一线，是打赢这场没有硝烟的战争的主力军。我们和主力军比起来相当渺小，但渺小的我也要发光、发热，学习他们勇担重任、攻坚克难、奉献青春的精神，响应时代号召。我会以此为动力不忘教育初心，牢记教育使命，做新时代有为的教育工作者，让自己为宝安教育事业贡献力量，让自己为宝安的孩子们助力导航，帮助更多的人实现梦想！

老教书匠的新梦想

◎ 曾惠霞

作者简介

曾惠霞

任教于深圳市明德外语实验学校，为数学科组长、年级组长。毕业于嘉应学院。曾获评宝安区“优秀班主任”“优秀教师”“优秀指导教师”“骨干教师”“师德标兵”，获“优秀教学技能奖”“优秀质量提升现场会智囊团奖”“教学优秀奖”等。《大胆动脑筋就有收获》《浅谈如何组织合作学习》《如何设计数学课堂的练习题》《如何引导学生进行有效数学复习》《老教书匠的新时代教育梦》等论文分别发表于《沙井教研》《科学咨询杂志》《宝安教育工会》等刊物。

作为一名教龄超过 20 年的老教师，我当然比多数同事要年长一些。身边的同事，都叫我曾姐姐。他们经常半开玩笑地跟我计算我离退休还有多久。看他们那羡慕的眼神，好像到了退休，我就可以卸下担子，就可以开始享受生活了。

我知道他们其实是在劝我要注意休息，因为我对工作的痴迷让他们惊叹，他们在关心我的身体。我发自内心感谢同事们，但对我而言，工作就是我的一切，让自己成为更优秀的老师，更好地帮助和陪伴一代又一代的祖国花朵，是我一辈子最想做的事，是我教育的梦想。

新时代、新科技、新教育，年轻老师一定会怀有新的教育梦。而像我这样的“老”教书匠，面对新时代，要与时俱进；面对新科技，要全心接受；面对新教育，要悉心研究。老教书匠也有新梦想！

20 多年的教书生涯，让我深切地体会到教师职业的神圣。从工作之初到现在，它深深吸引着我，经历 20 多年的风风雨雨，至今初心不忘，热情如故。

刚开始选择当老师，我曾期待很多人眼中收入的稳定，以及看起来很长很闲的寒暑假，期待自己有一份稳定的工作，可以了父母的心愿。

等自己真的当上了老师，我才发现忙碌是我们的常态。我们的每一天，我们的精力和热情，都围绕着教学、围绕着孩子、围绕着成绩、围绕着安全、围绕着……工作将生活填充得严丝合缝，没有一点点的空闲。

工作的头两年，我常常陷入担忧之中。我担心自己的课讲得不够好，担心班级的孩子不听话，担心家长不配合，担心大大小小的考试成绩不理想……这时，我最想做的事情，就是想把课讲得更好，想给孩子更多的关注，想让每个孩子品学兼优，想让自己的学生能在各项竞赛中名列前茅，想让自己的班级成绩更加优异。

后来，当老师久了，我更加感觉到老师的神圣，更加感受到作为教师身上那巨大的责任。我们不但要有更专业的水平，更无私的奉献精神，还要具备广博的胸怀和对教育执着的爱！我不断问自己：教育的目的是什么？怎样才算是优秀的教师呢？

帮助孩子们学习是一个重要的方面，但身为教师，如果只注重知识的传递，那是很肤浅的。作为教师必须关心孩子的身心健康，关注孩子的性格和品行，关心孩子的学习和生活方式，引导孩子趋向真善美！

于是，我开始关注自己所带的一届又一届的孩子们，他们自信吗？他们快乐吗？他们喜欢学习吗？他们在校园里、班级里是否安稳……我也曾畅想他们的未来，他们长大后的生活会是什么样子？会过得幸福吗？

学生的成长路上，当然不会只有我一个老师。但我是他们成长路上重要的一环，我应当竭尽全力让他们爱上学习，养成良好的学习习惯；我得毫不吝啬我的鼓励，让他们变得自信，满怀信心去迎接人生的挑战；我要让他们乐观起来，内心充满阳光，做一个正能量满满的人！

孩子们是祖国的花朵、未来的希望。他们好奇心强，他们的思维天马行空，他们童真烂漫，心地无邪。跟孩子们在一起久了，我会被那天真无邪的活力、童稚而美好的心灵所感染，心变得格外空灵，会感觉自己青春不老，永远年轻，浑身充满了奋进的力量。

我曾读到一个令人心酸但却非常动人的故事。一位年近八十岁的老奶奶，视力不好，却要去看《哈利 · 波特》。原来，她是希望自己和孙子能多一些共同的话题，可以更好地去了解孙子的内心世界。这位老奶奶和她的孙子，虽然有血缘关系，但其实从心灵上来说并没有太多的共同语言，老人的爱孙之情是出于人类本能，但孙子未必能理解老人的苦心，更何况老人照顾他时，他还不记事儿。老奶奶知道孙子喜欢《哈利 · 波特》，所以他们就有了因这本书所产生的共同话题。

我作为一位人民教师，应该向老奶奶学习，主动地去创造条件，寻求与孩子们沟通的途径，走进孩子们的心灵，和他们产生心灵的共鸣，从心灵的层面上，引导他们的成长，影响他们的未来，让他们的人生因我而更多几分精彩！

十一届三中全会以来，我们的国家发生了翻天覆地的变化，我们的民族迎来了从站起来、富起来到强起来的伟大飞跃，无论是在中华民族历史上，还是在世界历史上，这都是一部惊天动地的奋斗史诗。

奋进新时代，逐梦大湾区。站在历史的交汇点，恰逢新时代，我将不忘初心，继续前行，为实现教育强国而努力奋斗。这，就是我这个老教书匠的新梦想——奋斗！前行！

平凡中的不平凡

◎ 高娅

作者简介

高娅

任教于深圳市宝安区潭头小学，小学二级教师，现担任语文教师兼年级长工作。曾荣获“宝安区优秀教师”“校优秀班主任”“校工会积极分子”等称号。所带中队连续两年被评为“宝安区红旗中队”。辅导学生的文章多次发表在《多彩校园》《小作家》《红树林》等刊物上。

警察，一个神圣的职业！可脱下那套警服，他还是那个他，走在人群中，跟你我差不多。但他们用忠诚和担当，成就了平凡中的不平凡——不为名，不为利，只为了心中的那份信仰。

——题记

“紧急通知：全体警务人员全部取消休假……”这是大年初二，你收到的信息。年底爆发的新冠肺炎疫情，像一条不断拉伸的毒蛇，已蔓延至全国。在这场突如其来的疫情面前，你们没有退缩，奋战在疫情一线，马不停蹄地排查疫情，取消休假，坚守岗位，维持秩序。

我能不原谅你吗？

从初三开始，你就坚守在抗疫一线。那一周，返深人员陡增，你更是忙得天昏地暗，每天下发十几份需要核查的人员名单，半夜上报表格已然是常态，夜半归来更是家常便饭。每次回家前你都要回所里，冲洗完换上干净的衣服，所有用品都用酒精消毒，进门后洗手洗脸完才敢抱孩子。我们长时间宅居在家，确实难受，特别是两娃正处于活泼好动、探索欲强的年龄。但千难万难，总比奋战在抗“疫”一线的你们容易。你们不但不分昼夜在忙碌，还随时面临被传染的危险，所承受的压力旁人难以想象。你跟我说过好几次了：“每天需要接触太多的复杂群体，每次都怀着忐忑的心情回家……”

亲爱的，你知道吗？如今我们线上教学也异常忙碌。我多想告诉你，又要带两娃、又要教学生的日子是多么的忙乱不堪：我在房间直播，两娃轮番趴门上敲打或者哭闹，抑或冲进来大喊大叫，对着键盘鼠标一顿乱按，每当我忍不住给你打电话，准备向你大倒“苦水”时，却听到电话那头匆忙的话语“我在上门核查人员……”于是，抱怨的话到了嘴边又咽了下去。唉！我是一位母亲，也是一位教师，身兼两职、分身乏术的我能不原谅你吗？但我也是警察的妻子，我可以暗暗抱怨，可以默默难受，但不可以不支持，更不可以拉后腿！因为你的肩膀挑起的不仅仅是我们这个小家的温馨快乐，还有社会这个大家庭的安定祥和！

我不愿意爸爸当英雄了！

“爸爸，等我长大了也要成为一名警察！”自打儿子懂事以来，一直为自己的爸爸是一名警察而感到自豪。

“爸爸，今年怎么不一样了？怎么不能下楼玩了？”

“因为新冠病毒来了。”

“怎么大家都喜欢戴上口罩了？”

“这样病毒来了就不可怕。”

“爸爸，你们是要把新冠病毒抓起来，把它永远关起来吗？”

“是的。”

“爸爸，我不愿意爸爸当英雄了。”

“这样你就可以每天都回家。”

……

亲爱的，你一定知道，儿子们有多期待你每天都平安回家，有多盼望你能陪伴他们，只是你肩负责任、身扛重担，身不由己啊！我知道，你有多爱我们的孩子，但是你更热爱的是你坚守的岗位。我也能理解，你暂时缺席了两个孩子的成长陪伴，却守护了一方百姓的健康安宁！

冬去春来，你们的守护撑起了晴空万里

亲爱的，你常常对我说："你可别小瞧了警嫂，军功章上的荣誉有我的一半，也有你的一半。"明知是安慰，我却觉得分外光荣。

而今，我也渐渐地喜欢上"警嫂"这个称呼，我甘愿一辈子为你的事业撑起"半边天"、当好"贤内助"，以你为傲，一如既往地理解你、支持你。

亲爱的，因为你们没有忘记自己的使命——你们在国家和人民最需要你们的时候，众志成城组成铜墙铁壁，将防疫排查做得滴水不漏，将病毒传染的可能性降到最低，将大众的健康与安全守护到底。正是无数的你们负重前行，才有我们当下的岁月静好。你们虽然平凡如尘，未干惊天动地事，却有无私无畏心。这些小细枝末节事，关乎天下百姓身！你们用奉献作笔，以生命为纸，在冬去春来中描绘出晴空万里、阳光灿烂；你们以脚步为曲，以行动作词，谱写了康宁安定、卓尔不凡的生命赞歌。

勒杜鹃

◎ 梁怡

作者简介

梁怡

任教于深圳市宝安区官田学校。2009 年 12 月获全国“课改十年——讲述我的教育故事”征文活动二等奖，2013 年 10 月 26 日获全国“泰戈尔在我心中”有奖征文比赛特等奖，2017 年 5 月获深圳市宝安区“诗意宝安 · 筑梦教育”诗歌创作大赛三等奖，2018 年 12 月获深圳市中小学青年教师教学基本功比赛宝安区选拔赛（小学部分）语文学科一等奖。

一

“华信小学站到了，有没有下车的？”31 路公交车的售票员喊道。

被挤在车厢后面的竺秀，一直欣赏公路绿化带上的勒杜鹃，这一喊，她回过神了，急忙答道：“有！”边说边从五六个站着的乘客的缝隙中挤到车门。

刚下车，一股热浪扑面而来，车上空调的凉爽倏忽消失。八月，深圳正值酷暑，日头明晃晃，似乎有洒不完的光和热。

竺秀撑开阳伞，问了一个路人，便朝着华信小学走去。没走几步，白衬衫便印出了点点汗渍。

华信小学在一个毫不起眼的地方，周边各色小店，卖日常用品的、卖学习用品的、修自行车的等等都有。校门侧面还有个快餐店，老板正打着赤膊吹着风扇抽着烟，生意似乎一般般。

竺秀来不及多看，直接走到校门口。校门崭新，透过校门看到里面的校园也像翻新了一样。

门卫看到竺秀："哎！姑娘来干嘛的呀？"

"面试。"竺秀回答。

"哦！进去吧，朝前走右拐上楼梯到五楼书法室！"

"谢谢师傅！"

竺秀以最快的速度爬上了五楼，看到书法室门口有很多人。

她连忙擦了擦额角的汗，理了理头发和衣服，才向书法室走去。

来面试的大概有七八十人，竺秀一边排队签到一边想：这么多人就招两个人？顿时心里有些紧张。

大概过了十来分钟，20 多个挂着"评委"牌的人走过来，人群一下安静了。

一个评委说话了："面试分三步：先看看大家的面试材料，毕业证书，作品照片等；接着请大家抽签分组讲课；最后也是最重要的就是下午统一到美术室进行专业测试，当场画一幅画或者写一张书法作品。"

说话的评委看起来年纪最大，很有权威。

竺秀有点忐忑。不过她想得开：如果选不上，就当来深圳体验一下应聘的感觉呗。

竺秀今年二十四岁，十八岁师范毕业后被分配到镇上中学教数学，教了几年觉得自己对书画感兴趣，便脱产去读美术专科，修国画，业余练书法。去年学成回到镇中学当美术老师，可是，镇中学追求升学率，只重视语数英理化，美术课经常会被主科老师要走，形同虚设。竺秀经常看到学生把美术书撕下来，包书皮，折纸飞机。日复一日，竺秀感觉实在无聊，所以，当在深圳的老同学毓敏打电话给她时，她马上动身前来。

华信小学是她面试的第一所学校。

按照评委的安排，竺秀顺利地通过了资料审核以及讲课这两关。

第三关考的是专业能力，能坚持到这一关的只剩四个人了。

竺秀最后一个进去。里面坐着六个评委，其中一个就是上午发话的老者。

还是老者先发话："你会画国画吗？"

竺秀点点头。

老者示意她现场画一幅。

初生牛犊不怕虎，竺秀也不惧怕众人的目光，提起毛笔就刷刷刷地画起来。

“你画的是竹子，用笔泼辣。”老者看着她的画，微微颔首。

显然，老者深谙美术。

竺秀很开心：“是啊，这四笔惊鸦，五笔飞雁我练了很久呢！”

老者不语。

画毕，老者又问：“简历上写着你会书法？”

“对，要不我写给你看。”

没等老者回答，竺秀就在宣纸上写下“天朗气清”四个大字，“临过一段时间的兰亭序。”她补充。

老者笑了。

若干年后竺秀想起当时天不怕地不怕的自己，不由地觉得可笑。年少轻狂，不知天外有天，人外有人。

老者转身和其他几位评委小声商量。

不一会儿，另一位看起来是管人事的评委说话了：“竺秀老师，你被录用了，三天后来上班。”

竺秀一愣：这么简单？看来深圳也不是一个很难进的城市啊。

走出华信小学，她心里简直乐开了花。

她真想大喊：“深圳，我来啦！”

二

三天后，竺秀成为华信小学的代课老师。她打电话告诉在老家教育局工作的舅舅，舅舅马上帮她办理停薪留职。

华信小学有八十多名教师，其中一半以上是代课老师，代课老师除了忙分内的教育教学工作，大部分人会挤时间准备教育局举行的招调考试，深圳是“逢进必考”，不管你的身份地位如何，只有通过统一的考试才能获得正式的编制。如果竺秀能通过招调考试，就能把工作正式调到深圳。

此时的竺秀还没有想到那么多，她想，代课老师也是老师，不一定非得考过来啊。

华信小学给竺秀安排了一周 16 节书法课，外带国画兴趣小组。竺秀天天埋头上课，无暇理会其他。

招聘时的老者竟是美术科组的组长，姓白，退休后又返聘回校任教。竺秀心想自己能应聘成功，多半和他说了话有关。

白老师也画国画，有一次竺秀看见他在刚画好的扇面上落款：白头老翁。猛地想起，华信小学的科室、走廊、楼梯间挂的画，落款皆为“白头老翁”，竺秀曾惊叹于画者的神来之笔，以为是哪里搜罗来的名家之作，没想到，高手就在身边。

想起应聘时自己的狂妄，竺秀羞愧不已。

这是深圳给竺秀上的第一堂课：人既不能妄自菲薄，也不能骄傲自大。

三

不知不觉，竺秀在华信小学工作将近四个月了。竺秀平日里上班，周末便往各个美术馆、博物馆跑。

深圳的美术馆和博物馆经常有各种书画展，每每能看到张大千、傅抱石、黄宾虹等大师的真迹，竺秀欣喜不已，一整天泡在馆内如痴如醉。

华信小学附近有一座较大的书城，竺秀晚上如果不画画，就去那里看书，每月工资除去寄回家和自己三餐日用的，其余都用来买书。

没过多久，竺秀通过 QQ 认识了几个爱画画的朋友，大家经常约着去各处写生。梧桐山、凤凰山、仙湖植物园、大小梅沙……原来，深圳并不只有高楼大厦，钢筋水泥，也有如诗如画的自然风光。在大梅沙，竺秀第一次看到海，海天相接，碧蓝悠远，涛声阵阵，视野向远方无限伸展，竺秀只觉心神清爽，所有的烦忧都能消融在大海宽广的胸怀之中。

竺秀庆幸自己来到深圳，这座城市带给她前所未有的精神盛宴。

四

学期即将结束，不知为什么，竺秀感觉校园里每个人都行色匆匆，平静之下暗流涌动。

竺秀还不知道，学期末是学校人事变动最频繁的时候。

“竺秀，听说学校本来要把你炒掉。”平时和竺秀关系要好的文印员小廖悄悄对她说。

“啊？”恍如晴天霹雳，竺秀呆了。

“你不知道吗，学校是有权解聘代课老师的。当初学校为了通过评估，要招一名书法老师，一名国画老师，你一人可身兼两职，所以就被录用了。现在评估结束了……”小廖看着竺秀脸上阴晴不定，不知该不该继续说。

“你继续说。”竺秀按捺住自己的情绪。

“不过现在没事了，因为他们行政开会讨论时，白老师说了一句话，他说‘做实事的人你们就炒，不做实事的你们就留下。小竺工作还是很踏实的！’于是高校长说，‘那就再留她一学期看看吧！’”

小廖的话如同一盆冰水，浇到竺秀心上。

竺秀从来没有想过，深圳的学校会解聘老师，而自己居然上了被解聘的候选名单！

她太天真了。华信小学录用她时，她以为对她的考验已经结束了。实际上，一切才刚刚开始。

竺秀这才明白为什么周末她去看展览，去游玩写生时，其他代课的同事泡在办公室看《教育学》《心理学》这些招调考试用书。

竺秀这才领悟为什么她准点下班时看到很多代课的同事仍在加班加点，训练学生参加各种比赛，力求获奖。

代课老师为了在深圳站稳脚跟，个个练就一身绝技：有的擅长上公开课，展露自身风采；有的专业过硬，比赛屡屡得奖；有的善于辅导学生，弟子出类拔萃……总而言之，要时时处处力争上游，让学校和社会觉得你是有用之材。

如果你实在没有什么特长，就得下狠劲看书复习，以求通过招调考试。

深圳的代课老师早早地学会了居安思危，未雨绸缪。

竺秀暗暗心惊，这半年自己虽然认真做事，却远远没有到拼搏的程度。天天辅导学生，却并没有去参加一次比赛，自然没有任何成绩。

难怪华信小学想解聘她，另选高明。

幸好白老师一句美言，让她没有卷铺盖走人。

必须迅速成熟，强大起来。

五

“竺秀，早点下班我们去逛街吧，商场打折呢！”小廖到美术室门口喊她。

“我不去了，这两个学生还没画好。”竺秀正在俯身给一个孩子示范国画的用墨。

小廖只好自己走了，她发现这学期以来竺秀似乎变成工作狂，天天加班，辅导国画兴趣小组。

华信小学共有三个绘画兴趣小组——水彩画、装饰画、国画，分别由三位美术老师辅导。竺秀带的国画兴趣小组人数最少，只有 6 个学生，而且没有专门的功能室，只能借用美术室的几张桌子训练。

“各位同学，这几张作品是潘天寿和齐白石的，画上的蔬果是不是很有趣，我们来临摹一下吧……”竺秀给孩子们分发图画，指导用笔。

“呀！你的学生又临大师的作品啊，不简单！”装饰画小组的美术老师说。

竺秀不是没听出他言下嘲讽之意，只是不想争辩。

当你还是丑小鸭的模样，谁能相信你会变成天鹅呢?

她想，只要努力，时间自会证明一切。

六

深圳市“鹏城春色”中小学生现场绘画大赛在深圳市体育馆举行，这是中小学美术教育的年度盛事，现场绘画，最能考验参赛选手的美术能力，从而看出辅导老师的功底。

华信小学自然要派学生参加，在分配名额时，教学处李主任象征性地问了一下竺秀：“竺老师，你的学生参加吗？不参加我就给别人了。”

“参加。”竺秀很肯定地说。

李主任和在场的其他几位美术老师都一愣，似乎不相信。

只有白老师微微点了一下头。

李主任说：“那……那只能给你一个名额……其他几位老师经常得奖……”

“一个就一个吧！”竺秀打断他的话。

周末，校车把华信小学的参赛师生载到深圳市体育馆。一车人浩浩荡荡，除白老师没有参加外，其他美术老师每人都带了五六个学生，只有竺秀只带了一个其貌不扬的小女孩。

竺秀搂着女孩的肩膀：“小玉，比赛时别紧张，照常发挥就好了。”

“竺老师，我能行吗？”

竺秀微笑地握住她的手：“你一定行！”

比赛开始，场地上铺着200米长、1米宽的白画布，每个选手拥有1米乘1米的作画面积，可以用任何绘画颜料和工具，只要表现的主题为“鹏城春色”即可。

辅导老师被围在了参赛场地的外面，他们大多朝自己的学生做着各种指导动作，恨不得进去代笔了。说实话，这种比赛，老师比学生还紧张。

竺秀心里也没有底，毕竟，她没有任何比赛经验，她只是凭直觉认为，她的学生小玉一定不会让她失望。她们已经事先在学校练了又改，改了又练，直至满意。

只是人外有人，不知道别的选手是强是弱。

竺秀偷偷看了看别的选手，只见长长的画布上红黄蓝绿……万紫千红，缤纷交错，选手们恨不能用最鲜艳的色彩表现深圳的春色。

竺秀这时却有了三分把握。

她看到小玉用枯湿不同的墨勾勒出了花的枝干，确定了姿态，画出了整个画面的大势；接着，小玉换了支羊毫毛笔，她用毛笔的笔肚蘸好了清水，笔尖依次吮吸朱磦、曙红、胭脂，在枝干上点染出浓浓淡淡，大大小小的花朵。

小玉画的是一丛勒杜鹃，深圳市市花。在她的笔下，墨色勾勒的枝叶纵横淋漓，花朵迎着春风格外明艳，却艳而不俗，朝气蓬勃。尤其是墨黑色的枝干，居然在万紫千红里一枝独秀，跳入眼帘。是啊，周围姹紫嫣红，争奇斗艳，墨色却依然沉着，自有一番风骨。

比赛结束，评委现场观看作品并打分。竺秀和小玉站在远处，只见评委们都聚在小玉的画前，品头论足起码一刻钟。

没过多久，主持人宣布比赛结果。

华信小学的师生们耳朵都竖起来了，竺秀心里咚咚打鼓。

“小学组三等奖 10 名：思悦小学张宇涵，建周二小李显兰……”

没有华信小学。

“小学组二等奖 6 名：洪山小学利亚乐，丰州实验学校黄凤……”

没有华信小学。

“小学组一等奖 2 名：千帆学校童梓芳，新海小学邹剑云。”

华信小学一个奖都没有，竺秀失落极了，其他几个同事也闷闷不乐。

忽然，广播里传来声音：“特等奖 1 名，华信小学曾小玉！辅导老师：竺秀！”

竺秀还没反应过来，愣在那里，其他同事喊她：“竺老师，你的学生得奖了！深圳市仅有的一个特等奖啊！”

竺秀笑了，小玉也开心极了，两人抱在一起。

心情就如画上的勒杜鹃，经历寒冬的沉寂，终于绽放。

七

自从竺秀指导学生获奖以后，同事们对她的态度有了微妙的变化。

从前，很多同事叫她“小竺”，现在，除了白老师外，其他人称她“竺老师”。美术科组的几位老师有些什么活动，以前她很少知道，现在同事主动邀请她加入了。

同事热络，不乏虚心假意的恭维之词：

“竺老师，你很厉害啊！”

“竺老师，能获得这个奖不简单哦……”

竺秀一如既往保持谦逊，并不自夸。满招损，谦受益。老祖宗的教导都是真理。

连高校长也对竺秀刮目相看。学期将要结束时，提前要和竺秀签订下一年的聘用合同。

竺秀在受宠若惊之余，仍保持危机感。她也像其他代课老师那样，积极准备一次次招调考试，只是一直未能通过。

八

这年 9 月 1 日，学校开学。竺秀准备在华信小学开始她第四年的工作。

开学典礼后，竺秀却接到了老家舅舅的电话。

“秀秀，老家教育局现在在清理离岗教师，已经下了文件，说 9 月 5 日前没有在岗的老师，一律取消编制，不能再办停薪留职！你还是赶紧回来吧，毕竟，家里的工作才是铁饭碗，别给丢了！”

竺秀呆了，她曾经料想过这一幕，但是，没想到来得如此之快！

舅舅的电话刚挂，爹爹的电话就来了。

不用想，大家都劝她回老家，在镇中学安安稳稳地做老师，结婚生子，何必孤零零地在大城市继续吃苦头呢！

竺秀很犹豫，自己刚刚适应了深圳，准备好好干一番事业，如今却要结束一切回家？

可话又说回来，她在深圳至今未能得到真正的安定，她时时有危机感，这危机感激发她向上，但也让她稍觉疲惫。

姆妈在电话里不住地哀求：“秀秀，回家吧，回家时时陪着姆妈……”

竺秀一听这话就心酸。

别无他法，她只好去向高校长请辞。

高校长十分惋惜：“竺老师，像你这样优秀的人才走了，是我们学校的一个大损失啊！”

“谢谢高校长这几年的栽培，我在华信学到了很多，我也很想留下，只是双亲苦劝，儿女只得尽孝道……”竺秀无奈说道。

高校长点点头，在竺秀的辞呈上签了字。

九

竺秀回到了阔别三年的镇中学，继续当可有可无的美术老师。

一周 8 节美术课，能上到课的不到一半，主科老师常常不由分说就把美术课占了。

竺秀已经适应了深圳的快节奏，生活忙碌而充实，如今一下子多出那么多时间，心里反而慌了。

除了陪陪爹妈和幼弟，偶尔写一写画一画，竺秀不知道多余的时间该干什么。这里没有书店，没有博物馆和美术馆，没有大学城。竺秀常常一个人跑到郊野，看看绿树，听听溪水。

淡泊，却空虚，日子缓慢如抽丝。

我以后的人生就要这样度过吗？

竺秀熬了一个月，无法再坚持了。

十

“爹爹，姆妈，我不想留在家里。留在这里，日复一日都是这样的生活，好比等死。”竺秀终于鼓起勇气，跟父母摊牌。

爹爹正在跟木凳子接榫，姆妈正在剥豆子，一听这话，都愣住了。

“秀，你不能走，姆妈求求你，别把这铁饭碗丢了……”姆妈说着，声音都哽咽了。

“秀，听爹爹的，女孩子家终归要嫁人，事业再好顶啥用呢？”爹爹说罢，叹了一口气。

竺秀内心万般酸涩，她抬头，猛地瞥见爹妈鬓边的白发，只好把到了嘴边的话咽了回去。

初秋，乡村沉浸在清凉的月色之中，万籁俱寂，只听见虫鸣蛙喧。天空漆黑如墨，不染纤尘，只有一弯眉月，盈盈如水。

竺秀好久都没有看过那么纯粹而宁静的夜空了。

深圳的夜空总有各色灯光点染，不甘寂寞。竺秀还记得第一次随华信小学暑假旅游回程时，飞机在夜晚降落，她透过舷窗，贪婪地欣赏着陆上这一片灯的海洋：道路如银蛇纵横，霓虹比满天星斗更加璀璨，这座城市多么生气勃勃，耀眼夺目啊！从乡村走出来的竺秀毫不犹豫地喜欢她，因为她喜欢这拼搏的节奏，喜欢这进取的精神，这一切让她觉得自己的生命力在涌动！在这片土地上扎根的，都是不甘庸碌、锐意进取的人儿啊！

我还是要走。

竺秀狠下决心。

十月的一个清早，竺秀背着行囊，上了乡镇的长途汽车。

“苦了累了就回家，别逞强……”姆妈泪眼婆娑，千叮万嘱，爹爹不说话，眼圈却也红了。

竺秀点点头，别过了脸。

车子走远了，父母的身影缩成两个小黑点，渐渐消失。竺秀擦去眼泪，看着不断后退的山峦、绿树、田野……这些可爱的风景自童年一直陪伴着她，在家乡和亲人的怀抱里，她从来没有任何畏惧和失落……可是，她太不知足，离开故土，前路茫茫，恍若无根浮萍，漂去何方？

三年前，竺秀坐上这趟车时轻松快乐，深圳于她而言不过是旅途中的一站，她随时可以回家，而三年后的今天，竺秀已斩断后路，她要背水一战，在深圳扎下根来。

十一

“竺秀，你不嫌弃的话就跟我挤一张床。”毓敏说。

“我现在是无业游民，无家可归，铁定要赖在这里了，你不烦就好。”竺秀打开行囊。

这里是毓敏的出租屋，毓敏是竺秀的师范同学，比竺秀早来深圳。现下已在跨国设计公司当设计师了。

“秀，你打算还做老师吗？”

竺秀想了一下，说：“我想当老师，不过现下已经十月，学校都开学一个多月了，这学期估计不会再招聘老师。”

“那你怎么想？”

“我尝试一下其他跟美术专业有关的工作，不一定非得当老师吧，像你这样多成功啊。”

毓敏笑了：“我这哪算成功，只是不至于饿肚子罢了。”

第二天，竺秀开始拿着简历找工作。说实话，她还从来没有这样奔走过，华信小学的招聘信息是毓敏告诉她的，没费周折就成功了，从前的她，太过幸运。

如今，她得时时处处留意路边广告单、海报上的招聘启事，看是不是和自己的专业有关，一个星期下来，常常走得又渴又累，却没什么收获。街上像她这样找工作的人真不少，穿着衬衫西裤，背着一个公文包，走路时眼睛不住地搜索“招聘”这两个字。

这天，竺秀看到一个跟她差不多年纪的女孩，穿着套装，化着淡妆，提着一个小黑包，径直走进了一家店里。

竺秀抬头一看，招牌上写着：“丰源职业中介”。

自己像没头苍蝇那样乱撞，一点收获都没有，不知花点钱，看有没有门路？

竺秀也走进店里了。

一个约三十多岁的胖女人坐在电脑前，慈眉善目，一见竺秀，满脸堆笑：“小姐，请坐请坐，是来找工作吗？想做什么职业我们都能给你联系到。”

竺秀迟疑了一下，把自己的简历递过去：“我……我是学美术的，想找这方面的工作。”

“没有问题，我们会帮你联系，你把简历留下，有消息我们就通知你。”

“我……我比较急，想快点工作。”竺秀觉得不能再蹉跎。

胖女人打量了竺秀一下：“这样啊，很多人都在我们这里登记了信息，按规矩你得排一下队，如果你要捷足先登的话……”

竺秀再笨也明白她的意思，明知道可能被坑，仍然豁出去了：“我可以交一些费用。”

“哦，那就没问题了，我马上帮你联系！”胖女人笑成了一朵花，一朵硕大的花。

钱真是好东西啊。竺秀交了 100 元介绍费，胖女人马上告诉她，新城区的一家设计公司招聘设计员，还详细地给她查好了交通线路。

竺秀搭乘地铁，又转了两趟公交车，找到了胖女人所说的“灵锐设计公司”。竺秀心想，毓敏和她一样的背景，毓敏能搞设计，她应该也不会觉得难。

公司位于一栋写字楼的五层，竺秀说明来意，前台小姐拨了一个电话，然后告诉竺秀：“我们人事经理在开会，您在这里稍等。”

竺秀只好在旁边的一排长椅上坐下。周围静悄悄的，一道大门虚掩着，门里面应该就是办公场所。

不知等了多久，前台小姐终于喊话：“那位小姐，请到 502 室去面试。”

竺秀连忙站起来，掠了一下头发，理了一下衣裙，往大门走去。

大门内的办公厅不大，分成了七八个格子间，员工坐在电脑前，一声不吭地工作，看起来每个人都很忙碌。

竺秀在最里面找到了 502，上面写着“经理办公室”。

竺秀轻轻叩门，里面说：“请进！”

一个四十岁的中年男子坐在办公桌前，双目炯炯有神。

“您好，经理！我是来应聘设计员的。我叫竺秀。”竺秀边说边小心翼翼地把自己的简历放在办公桌上。

经理并不看她的简历：“你以前有做过室内设计工作吗？”

“没……没有。”

“哦，”经理顿了一下，“那你有把握胜任这份工作吗？”

“我读专科的时候学过设计。”竺秀说得自己的心里都没底，大学时她主修国画，设计只是学了一点皮毛，懂一点理论，实操是一点都没练过。

“那你手绘一张效果图看看。”经理示意她到旁边的接待室去画图。

竺秀拿着纸笔，内心如有千万只蚂蚁爬过，她默默走向接待室，突然停下脚步：“对不起，经理，我画不出来。我想我还是先走了，耽误了您宝贵的时间，很抱歉！”

还没等经理回应，竺秀就放下纸笔，转身离去。

世界如此之大，三百六十行，隔行如隔山，设计和国画虽同属美术专业，可是相关的理论和实践千差万别，更何况不同专业，没有经过深入学习、长期实践，根本摸不着任何门道，只能惹人笑话罢了。

竺秀后来陆续尝试应聘“影楼摄影”“广告创意”等工作，均铩羽而归。面试“美术培训班”这样的教育机构倒是成功，但老板声明，零起薪，收入靠提成，招到一个学生就多一分钱。竺秀不想把教育跟钱捆绑在一起，没有去做。

就这样，竺秀奔走了两个多月，工作仍然没有着落。有时她也尝试去面试其他行业，有一次一家电子企业招人，竺秀跑去面试，鉴于大多数企业都要求工作经验，她便谎称自己曾在电子企业工作过，结果，面试官问了她一个电子术语，她就露馅了。

大千世界，自己是多么渺小，多么无知啊！

十二

日子一天天飞逝，钱包一天天瘪下去，竺秀心里焦灼不安：再找不到工作，吃饭都会成问题！

不管找到什么工作先做吧，先生存，再谈发展。

此时已近岁末，各大餐馆生意火爆，人手不足，纷纷招聘服务员。

端盘子就端盘子吧，总得活下去。

竺秀咬咬牙，走进一家招聘传菜员的餐馆。生意繁忙，老板无暇和她多说，吩咐她马上换上工作服上任。

竺秀换上服装，一走进大堂，马上就有人喊：“哎，服务员！茶水没了！”

她连忙答应着，去端茶壶续水，滚烫的开水溅到她的手上，竺秀懊悔自己笨手笨脚。

“小妹，我们点的酸辣肥肠怎么还不上？要我们等到什么时候？！”一桌四五个面容粗鲁的大汉显然很不耐烦。

竺秀只好赔笑：“不好意思，我去厨房催一下。”

一路小跑到后厨，厨房里热气蒸腾，厨师们忙得喘不过气，根本不搭理新来的竺秀。竺秀好言好语说了半天，一个老厨师才说：“知道了，现在做！”

竺秀没法，只好去回复那一桌大汉：“不好意思，厨师正在做你们的菜！请稍等！”

“哎，那个新来的，你快去端鱼！这边客人等急了！”穿黑色套装的部长叫唤竺秀。

竺秀连忙去后厨拿托盘端鱼，一条三斤多的草鱼，用一个又大又重的白盘子盛着——酒店餐馆的盘子都是大的，为了摆上菜以后大气，好看。

竺秀端了几回菜，胳膊发酸，只怪自己平时缺乏体能锻炼。餐馆里人声鼎沸，觥筹交错，竺秀只觉头晕，真想到安静的地方歇息片刻。

她准备往洗手间走去，忽然听见“啪”的一声重击，回头一看，刚才要酸辣肥肠的那一桌大汉，其中一个发飙了，拍着桌子冲着竺秀嚷：“你们这什么服务态度啊？一个菜等大半个钟头都不来，忽悠我是不是？”

“对不起，我再去催催！”竺秀想息事宁人。

大汉依然骂骂咧咧，另一个大汉却扯住竺秀一脸坏笑：“小妹，别急，喝了这杯再去！”说着把一杯白酒递给竺秀，他两眼通红，神情猥琐，看起来已经喝醉了。

竺秀只觉万分恶心，用力挣脱他的拉扯，“咣当”，酒杯滑落，地上碎片四射。

“不得了了！敬酒不吃吃罚酒……”大汉指着她骂。

“啊，实在对不起啊，各位大哥，消消气，她是新来的，不懂事，回头我教训她！”老板已经赶到，给这几个大汉点头哈腰。

“老板，我们哥几个给你面子，到你这捧场，你让这样的野丫头来伺候？你什么意思？”

“真是不好意思，她新来，还没教规矩，得罪了各位……我让她给你们赔不是！”老板赔笑，回头却狠狠地剜了竺秀一眼：“快道歉！”

竺秀生气极了：“我又没有错，凭什么道歉！”

“你还犟嘴！顾客就是上帝，你得罪了人你还有理？不想干了是吧？”

老板放下狠话。

竺秀二话不说，到洗手间换回自己的衣服，头也不回地走出了餐馆。

她又失业了。

拼脑力，她挤不进那些公司，拼体能，她也不如服务员，而且，她自尊那么强，受不得一点气……

竺秀生平第一次对自己失去了信心。

她茫然地走上人行天桥，栏杆下，车辆飞奔，呼啸而过；身边，人流如梭，嘈杂纷乱……整座城市如同一台巨大的机器，日夜运行，轰鸣不绝，带领整个珠三角经济腾飞。全国各地精英来到这里，争相拼搏，把智慧和才干源源不断地输入……可是，这一切，现在与她何干？她费力地找啊找，找不到自己的位置。孤注一掷来到这里，究竟是对，还是错？

深圳如此之大，难道没有她竺秀的立足之地吗？

竺秀呆呆地站在天桥上，任寒风裹挟，泪珠盈睫，眼前之景朦胧变幻，只是隐约觉得，铺天盖地的红色……噢，年关近了，已是腊月二十了，大街小巷满是春节的气氛——春联、福字、招财进宝的大胖娃娃，商铺里传来的都是锣鼓喧天的喜庆歌曲，人们忙着买年花，办年货，脸上挂满过年的喜悦……遥远的家乡，父母和乡亲们此时肯定也在忙着准备过年，洒扫庭院，杀鸡宰鹅，置办各种吃食……爹爹多半还忙着木匠活，很多人家过年要添新家具，家里的活全靠姆妈了，姆妈肯定会做好秀秀最爱吃的冻米糖，等她回去……

是该回家了。

可是，怎么回家？工作无着，口袋里只剩下一百块钱，买张车票回家都不够，更别说给爹妈买点什么了。

满街喜气洋洋，竺秀只觉内心异常凄清。

天桥下汽车一辆一辆地飞驰，分秒必争，时间就是金钱，效率等同生命，这是深圳人最信奉的真理。在深圳生存发展，你必须把自己变成一个强者，不能有丝毫退缩和示弱！

竺秀看着脚下的公路和车流，有些发晕。她忽然想起毓敏跟她讲述过自己的经历：毓敏师范毕业后，和竺秀一样，分配到老家一所中学教书，她主动辞职，来到深圳创业。刚来深圳时，只要看到有招聘教师都去面试，结果都不成功，耗了两个月，一天只吃两个馒头，喝自来水，兜里还是没有钱了，毓敏说自己差点要放弃了。还好，想到父母，残留的一丝信念把她稳住了，她还是咬咬牙，到小设计公司去打工，她主动提出不要薪水，只要学专业。人家工作，她玩命地工作，人家休息，她玩命地泡书店，学习设计最新的行业知识，坚持了一年多，她终于用自己的实力获得了老板的重用，开始负责较大的项目设计。没过多久，毓敏跳槽到跨国公司，她专业扎实，又能吃苦，在行内颇受好评。最近，毓敏又打算自己另立门户，开自己的设计公司……

竺秀胡思乱想，不知不觉走回了毓敏的住处。

毓敏不在，饭桌上压了一张条子：

“秀秀：

我到湖南出差，这几天都不在家。

你先回家过年，工作的事慢慢再想办法。一点小钱，你先应急，别见外！

毓敏”

毓敏给她留了2000块钱。

泪水无声无息地流下来，竺秀再也忍不住了。

收拾好回家的行李，竺秀照例上网浏览招聘信息。经过这一百多天的奔波，尝试了好几种职业，她觉得，自己还是适合当老师。

正好，一所在宝安区的“海悦小学”和一所在福田区的“景天学校”都招下学期的美术老师，竺秀发现自己符合条件，便通过电子邮箱分别投去自己的简历。

十三

竺秀回家的第二天，腊月二十四，农村过小年。

爹爹一大早去帮大伯杀年猪，姆妈天刚亮就起来宰鸭子。

竺秀起床来到灶下，便要帮着拔鸭毛。

姆妈不让：“天寒地冻的，你不多睡一会儿，起来做什么！”

竺秀：“睡足了，再睡睡不着了。”

姆妈看了竺秀一眼：“秀，你说你在深圳工作很好，你可别瞒姆妈。”

竺秀心中一恸，垂下眼帘：“没瞒你。”

姆妈心疼极了：“工作忙得顾不上吃饭吗？你咋瘦成这个样子呢？”

“没事的，是我有时忙忘了。”

“秀，要是在外太难，就回家吧，姆妈给你瞅了一户人家，邻村的，张阿婆前儿才来说合，人才好……”

“姆妈，我暂时不考虑这个，我工作刚有起色呢……”

姆妈叹气：“你从小就这么有主意，姆妈真拿你没办法……太要强，吃亏的是自己。”

“姆妈，我明白。我在外面挺好的，莫担心。”

竺秀不愿爹妈再问及她的工作，便搜肠刮肚，给他们说些在深圳的趣闻轶事，一家人乐得哈哈大笑，竺秀的幼弟小江才 9 岁，笑疼了肚子，拉着姐姐的手要揉一揉。

除夕夜，村里村外，爆竹声不绝于耳。

按照村里习俗，已经工作的晚辈应该给老人红包。

竺秀很为难。

毓敏留给她的两千块，除却春运的来回车费，只剩下一千左右了，现在她工作尚无着落，不知几时才能结束无业状态，手头的钱，万不得已不敢动用。

可是，爹爹和姆妈要是知道她这么窘迫，不知会有多难受？

竺秀还是给爹爹和姆妈一人包两百块，给弟弟包了一百块，祝他们身体健康，笑口常开。

“噼哩啪啦噼哩啪啦……”这是乡村一年之中最热闹的夜晚。

爹爹、姆妈和弟弟围着电视嗑瓜子，看春晚，顺道守岁。

午夜来临，只听主持人说：“亲爱的观众朋友们，一个新的春天马上就要降临了……让我们带着爱与和谐，去赢得生活的从容与自信。让我们带着爱与祝福，去博得生活的希望与收获……让我们一起来倒计时——五、四、三、二、一！过年啦！”

钟声敲响，新岁来临，举国同庆，万象皆新。

竺秀心里默默祈祷：但愿新的一年，我有一个新的开端。

大年初五。

“爹爹，姆妈，我不能在家过元宵了，学校打电话说有一项工作要提前回去做。”竺秀跟爹妈说要回深圳。

她接到了海悦小学的电话，说看了她的简历，让她初七到校面试！

“这么着急，年都没过完呢！”姆妈有点嗔怪。

“姆妈，学校重视我，才把工作交给我做啊！”竺秀只能继续打谎。

年初五傍晚，爹爹把竺秀送上长途汽车，姆妈把自己做的腊肉、香肠，晒的菜干、萝卜干，还有七八十个土鸡蛋一并装进箱子，让竺秀带到深圳。

寒风凛冽，黑夜漫漫，竺秀坐在颠簸的汽车里，心里空落落的。

忽然手机响了，是爹爹。

“秀秀，钱放在你的提包里面，记得收好。你在外不容易，就甭想着给我们钱了，自己吃好穿好。”

“爹爹……”

“好了，你路上小心，到了打电话报个平安。”

爹爹挂了。

竺秀打开提包：除了她给爹妈和弟弟的500块，爹爹还放了1000块。

爹爹做活不容易，有时刨一上午的板子，才赚两三块钱。他自己舍不得吃舍不得喝，给别人家做好桌子好柜子，自家的家具却用剩的边角料拼拼凑凑，烟都买最便宜的，姆妈操劳一辈子，没添过一件新衣。

谁言寸草心，报得三春晖！

十四

海悦小学在西湾红树林附近，站在教学楼上，极目之处是蔚蓝的大海，郁绿的红树林，视野极其开阔。

这个学校不大，却自有一股雍容的气度。

竺秀一下子喜欢上这里。只是不知自己是否有缘留下？

她忐忑不安地走向海悦小学的办公室。

一位姓黄的主任接待了她：“我们看过你的简历，觉得不错，程校长要见见你。”

说着，黄主任把竺秀带到校长办公室。

程校长年约五十，面带微笑，气度不凡。

寒暄过后，程校长问：“竺老师现在在哪里高就？”

竺秀很惭愧，如实相告：“之前在华信小学教过书法，兼带国画兴趣小组，半年前因为老家清编，所以回去了，后来还是决定来深圳，只是这半年一直都碰壁，目前待业。”

对于竺秀的诚实，程校长稍感讶异：“那你为什么仍然选择来深圳呢？”

“我喜欢深圳，她年轻，富有朝气，在这里打拼，我觉得生活充满挑战，未来有无限可能。说实话，比起老家，深圳的竞争虽然激烈，制度却相对公平，而且，物竞天择，催人奋进，能留在深圳的，是真正的人才，梅花香自苦寒来……我希望自己经过磨砺，不断进步，也能在这片土地上实现自己的梦想。”

竺秀不知怎的，对着程校长说出了自己心底的想法。

程校长点点头：“确实，深圳卧虎藏龙，她的飞速发展，除了依靠政策，还有就是人才。我当年来深圳，也是和你一样的想法，”他停顿了一下，似乎在回想当年，“现在国家正在建设粤港澳大湾区，深圳的未来令人憧憬……”

沉默了一会，程校长诚恳地说：“希望你能留在我们学校，把我们学校的书法教学搞起来。”

竺秀几乎不敢相信自己的耳朵：她已经被聘用了！

她努力压抑着自己的激动和喜悦：“谢谢程校长赏识，我会尽我所能做好工作。”

十五

经历了一百多天的失业，竺秀对新的工作充满渴望。

海悦小学规模不大，一共才十二个教学班，全校只有竺秀一个美术教师，她任教所有班级的美术课，另外，按照程校长的设想，她得把学校的书法教学搞出点成绩来，所以，每天早晨和下午，她要培训书法兴趣小组的十个学生。

工作量不小。

然而，竺秀似乎有使不完的劲儿。每天早晨七点半，当别的同事刚刚赶到食堂准备用早餐时，竺秀已经在书法室习了一张字，兴趣小组的学生前来，只见晨曦中，竺老师静气凝神，认真挥毫——不用吩咐，学生一个个自行铺纸蘸墨，提笔就练。

言传不如身教。这是竺秀一直以来的教育理念。

她态度温和，要求却很严格。你学得慢不要紧，只要用心，她会不厌其烦，想方设法让你学有所获。但她厌恶懒惰，拒绝敷衍，所以你最好一丝不苟，认真专注，否则——竺老师一个严厉的眼神都会让你羞愧难当。

在竺秀的引导下，海悦小学书法兴趣小组的学生进步很快，开始参加各类书法比赛，并且频频获奖，作品发表在报纸杂志上。

十六

“程校长，找我有事吗？”竺秀跨进校长办公室。

程校长微笑着，指了一下案上的《深圳美术教育月刊》：“你和孩子们获奖了，祝贺你们！”

竺秀也笑了，她也是刚刚知道，书法兴趣小组的学生参加“全国小学生书法大赛”，一个获得特等奖，两个获一等奖，其余几个孩子入围优秀作品！办公室黄主任告诉她，这是海悦小学建校以来首次有学生获得全国性的奖项！

竺秀很开心，她的耕耘终于迎来了收获。内心深处，她很感谢程校长的知遇之恩。

“竺老师，你辛苦了。”

“这是我的分内事，呵呵。”

“接下来，你可能要更辛苦。”程校长卖了个关子，竺秀知道新的挑战即将到来，既紧张又兴奋。

“竺老师，你能把学生培养出来，相信你也可以把海悦小学的老师训练出来。我希望你从下周开始，给全校老师进行书法培训，包括我。”

竺秀愣了一下。

“我希望海悦小学的每位老师都能写上一笔好字，然后，带动全校学生……竺老师，你觉得我这个设想可行吗？”

竺秀抬头，看到程校长期待的目光。

她想了一下：“可行不可行，还是要看具体做法。”

程校长明白她的意思：“你尽管按照你的方法去做，遇到困难或者阻力，我来出面解决！”

接下来每周的周三下午，竺秀都在书法室开讲座，程校长每次都到场，其他教师自然不敢缺席。竺秀讲课言简意赅，只讲解必要的书法概念和习字方法，重点还是指导老师们练。

书法其实没有什么捷径可走，多观摩，多临帖，自然渐入佳境。所以，竺秀建议所有老师每周交两篇习字作业，由她批阅圈点，提出改进意见。

刚开始的一个月，程校长每周都第一个交作业，其他教师也很积极，有时还会拿着作业要竺秀当面指点，有几位老师还真的慢慢喜欢上书法，做完作业之余，自己找字帖继续练。

第二个月，程校长不知什么原因，连续两周没来听讲座，也没交习字。有几个老师也开始懈怠，不写了。

这一周，只有五个老师交了作业，竺秀抓着手里寥寥可数的几张宣纸，直接走进校长室。

程校长正在看文件，黄主任也在。

程校长说：“竺老师，请坐！有什么事吗？”

“程校长，您的习字作业两周没交了。”竺秀开门见山。

黄主任瞪大了眼睛，程校长似乎有点发窘：“最近忙着评估的事了。”

“校长，请恕我直言，您必须按时交作业，老师们的书法培训才搞得下去！”竺秀说着，把手中仅有的五份习字作业放在他桌面。

程校长看了她一眼，竺秀目光坚定。

程校长笑了：“好的，谢谢老师督促，我马上补做作业！”说着，放下手头的文件，取出笔墨纸砚。

黄主任和竺秀一同走出校长室。

黄主任小声地对竺秀说：“竺老师，下次不要这样跟校长说话……这样，不太好……”

竺秀点头，她也知道自己说话太直，但个性如此，她也没办法。

十七

“竺老师，有男朋友没？”中午刚到食堂打了一份饭坐下，对面的黄主任便笑着问她。

“还没有。”

“那我给你介绍一个？”

竺秀笑而不语，也难怪，二十七岁的女孩子形单影只，旁人总会热心做媒。

竺秀目前还没有心思考虑个人问题，她最近工作之余，总是待在画室画画、写字。同事打趣她：“竺老师，你要闭关修道啊？”

确实，她在修她的“道”——专业。

广东省文联正在举行“岭南书画艺术联展”，竺秀铆足了劲，准备交一张国画，一张书法作品参赛。

书法作品的内容她已想好，可是国画画什么呢？

竺秀一连几天对着雪白的宣纸出神，同事小薇说她在“参禅”。

这天她在宿舍里想着创作的事，不经意看到阳台的花盆里的枝干，那是她上个月经过一个建筑工地，发现的一丛勒杜鹃，周围沙尘飞扬，勒杜鹃没有开花，枝叶被厚厚的尘土覆盖。竺秀随手折了一枝回来插到盆里，也没怎么管它。

但这勒杜鹃大约成活了，枝叶显出了精神。

竺秀记得那一年带着学生参加现场绘画大赛，那个叫小玉的女孩画的就是勒杜鹃。

我也以勒杜鹃为主题进行创作！

小玉当时画的是大写意，竺秀现在决定画一张六尺的工笔。

工笔画的创作步骤繁复，起稿，过稿裱纸，勾线，刷底色，上墨色，染颜色……每一步都必须巧密而精细，一丝不苟，否则，一点毛躁都会在画上显露出来。

竺秀越画心越静，越是领会到中国传统艺术的博大深邃。

十八

车子在珠江边缓缓而行，江畔皆是美丽的欧式建筑。

这是广州的沙面。

竺秀透过车窗，享受着沿途的美景。春寒早已退却，四月的阳光明媚温暖，广州的大街上遍植木棉树，一树树花开，色渥如丹，灿若明霞。

竺秀怎么也看不够。这是她第一次来广州，因为她以勒杜鹃为素材的工笔画《芳菲次第》获得“岭南书画艺术联展”的银奖，书法作品《前赤壁赋》获得铜奖，省文联邀请获奖作者到广州参观游览，并到联展会场领奖！

竺秀获奖的消息被省市各大媒体纷纷报道，程校长打趣她：“我们海悦小学飞出了金凤凰！”

竺秀内心甜蜜而充实。几个月前她以为深圳拒绝了她，而现在她终于找到了属于自己的位置。

颁奖现场，省市画坛、书坛的名家纷纷现身，堪称艺术盛会。

“荣获岭南书画艺术联展书法作品铜奖的是，深圳市海悦小学，竺秀。”主持人宣布。

竺秀起身走向领奖台，只听见热烈的掌声，镁光灯对着她不住地闪动。

“下面我们有请广东省著名书法家张云山先生为获奖同志颁奖！”

一位须发皆白，仙风道骨的老先生欣然上台，竺秀在报刊、电视里见过他，拜读过他的作品，十分崇拜他的书风，没想到居然有机会与他同台，激动得鼻尖微微沁出汗珠。

张老先生把证书递给她，点头而笑：“祝贺你小姑娘！深圳人才多啊！真是后生可畏，后生可畏！”

竺秀接过证书的手轻轻颤抖。

这一刻，她永生难忘。

十九

四月底，海悦小学迎来了建校以来最隆重的盛事。

由于学校的书法教育搞得有声有色，务实见效，所以省教育部门决定把“省中小学书法教育研讨会”的地点设在海悦小学。

全校上下都很兴奋：海悦小学能承办这次研讨会，意味着上级部门对海悦小学书法教育特色的高度认可。

研讨会安排竺秀代表广东省书法教师做书法教学的报告。会议前一个晚上，竺秀还熬夜，几次增删报告内容。

次日，竺秀上台，面对着全省著名的专家学者、各地书法教师，讲述她的书法教学之路。

“我非常荣幸能站在这里，跟各位分享自己的书法教学心得。《书谱》有言‘差之一毫，失之千里。苟知其术，适可兼通，心不厌精，手不忘熟’，所以在教学上……”

场上掌声阵阵。

竺秀百感交集，一直以来，她默默做事，只求把工作做得更完美，更极致，并不去想自己最终能获得多少名利。她很清楚，天外有天，不可轻狂，唯有不断学习，不断进取，才能使自己在这片沃土上立住阵脚。命运对她还是眷顾的，这半年来，她的付出，她的敬业渐渐影响了海悦小学的大部分师生，他们开始主动习字，沉醉在这传统艺术的美妙之中，校园里的书法氛围日益浓厚。师生习书之后，心境变得平和，远离浮躁。海悦小学成了真正的世外桃源。

精诚所至，终有所得。

“各位领导，各位来宾，下面是海悦小学全体师生现场挥毫，敬请参观指导！”

海悦小学的操场上，整整齐齐地摆了数百多张课桌，全校师生同时静心习书，有的练大字，有的写小楷，有的笔走龙蛇，有的娟秀工整，各有千秋，墨香飘溢。

到场嘉宾无不啧啧称赞。

程校长特意把竺秀带到一位老先生跟前："海悦小学的书法教育，全靠竺秀老师。"

老先生看了一下竺秀："竺老师，我们似乎见过面。"

竺秀："张老先生，欢迎您莅临指导！"没错，眼前这位正是在省联展给竺秀颁奖的张云山老先生，老先生还记得她。

竺秀陪着张老先生到校园各处参观。

临别前，张老先生对她说："竺老师，你对书画有一颗可贵的赤诚之心，如能勤耕不辍，日后必有大成。"

竺秀不禁回想那一百多天失业的日子，竟然觉得，苦难真是人生的财富，它会洗涤心灵，激发斗志——只要你不放弃。

相比起来，毓敏经受的才是大风大浪。毓敏筹借资金，开了自己的设计公司，可因为用人不善，两个月就倒闭了，欠了一大笔债。竺秀替她担心，毓敏却说："没事，这算什么，在深圳，总有办法的。"

是啊，她曾以为苦难把她逼到绝路，没想到绝处逢生。只要还有一粒种子，必能把岩缝撑开，微微一点绿，昂首向蓝天。

二十

"竺老师，你考得怎样？"

竺秀刚走出考场，同事小薇问她。小薇和竺秀一样，是海悦小学的代课老师，这次恰好分到招调考试的同一个考场。

竺秀耸耸肩："不知道，已经尽力了。"

"我爸妈说，这次再考不上就让我回老家，他们给我找工作。"小薇说，"你呢？"

"我不回家。"

"女孩子在外漂，还是太辛苦，深圳节奏太快，有时我都喘不过气来。"小薇似乎疲惫了，"竺老师，我男朋友来了，我先走哦？"

“好的，再见。”

“再见！”

竺秀一个人默默地坐上公交车回学校，想着小薇的话，不免有些灰心。

她进了校门，往教师宿舍走去。

暮春的夕阳格外柔和，橘红、浅粉、淡紫……天空一隅，五彩斑斓。

远处的海湾静谧空阔，一抹晚霞照着宿舍楼，在五楼的阳台上，一丛勒杜鹃迎风怒放，灼灼其华。每一枝都摇曳生姿，每一朵都尽情舒展。

当初竺秀折回一枝，随意扦插，忙起来都顾不上打理，没想到它极易成活，牵枝引蔓，叶长花发，此时竟点染出如此美丽的春天。

勒杜鹃，你不愧是深圳的市花！

竺秀豁然开朗，在这广阔的天地间，她再也不会绝望。

她步履轻盈，朝那丛勒杜鹃走去。

师而智之，爱而德之

◎ 徐炫

作者简介

徐炫
任教于新安中学（集团）高中部，全国名师吴泓老师教研团队核心成员。从教十年，一直以“美其道，慎其行”践行自己的教育之路。曾获“深圳市高考学科先进个人”“宝安区教坛新秀”“宝安区优秀教师”等称号。积极参加各级教学教研比赛，曾获全国优秀教研论文大赛一等奖、全国微课教学设计一等奖、省高考下水作文大赛一等奖、市高考模拟命题比赛一等奖、区教学能力大赛一等奖等奖项。主持并参与多项市、区级课题，在国家级、省级刊物发表论文十几篇。

盘桓

由小开始，直至整个求学时代，我从未立过做教师的梦想。总觉得自己的努力和勤奋必须通过他人的成绩予以体现，太复杂也太麻烦。可直至我正式走进教育这一领域，站上教师这一岗位，我才真正领悟到“教育”所蕴含的深刻内涵，明白“教师”所承担的神圣责任和收获无以言说的幸福。

教以书，育以德

《礼记》曰：“师也者，教之以事而喻诸德也。”俄国教育家乌申斯基也曾说：“教师的人格就是教育工作者的一切，只有健康的心灵才有健康的行为。”可见，教师的品德、责任感、爱心都是教育工作者必须具备且力求完善的。

教师不仅是知识的传播者，更是思想教育者和品德示范者。“其身正，不令而行；其身不正，虽令不从。”初入岗位，一位教学前辈教诲我：“教师是一个普通而特殊的职业。学生是以后国家发展、社会前进的中坚，一个知识点他一生很可能就接触一次，如果这一次作为教师的你没有让他真正明白，那你带给他的可能不仅仅是遗憾，更甚为耽误。”我听后心头一震，独自思忖：教师确是普通而特殊的，它因存在的历史性和存在的必须性而普通，因教授对象的特殊性而特殊。因而立志于心：即使不能成为德高望重的名师，也绝不做“毁人不倦”的“野稗”。这不仅仅需要我在专业技能上不断提高，更要对自我职业道德意识加以强化。学生不是教师加工的物件，而是教师知识的传承者和人格魅力的传播者。

教师不仅要用丰富的知识见识和精湛的教育技能散发个人人格魅力，获得学生的尊爱与敬佩，更要以崇高的思想境界、精神面貌以及行为表现为学生树立正确的为人之观、处世之道。学生的成长不仅仅局限于知识的掌握、能力的提高，更在于他们要以一颗正直的心、勇敢的精神、高尚的品格、理智的思维游历于这个美丽的世界。因此，教师忠诚于教育事业的职业理想，热爱学生、诲人不倦的职业情感，为人师表的职业规范，都应为社会人才培养之目标而严格遵守并贯彻。

智以思，慧以行

师德是对教师职业的规范之制，这对我们自身素质提出了更高的要求。但同时我们要清楚，师德师风的建设是与学生以及整个教育事业的发展息息相关的。那我们该如何体现师德，如何德于学生，德于教育？

一直以来，我们始终强调，要在教育教学过程中，不断丰富自身学识，努力提高自身能力、业务水平，严格执行师德师规，有高度的事业心、责任心，爱岗敬业，坚持“一切为了学生，为了学生的一切”。毋庸置疑，这都是最基本的师德要求。作为一名青年教师，我心生疑窦：这些要求是否有一个内核，或许它才是我们教育的真正本质？励精求解，终得一字——谓之“爱”。

爱教育事业，爱学生，把爱作为一种传承。我想这应该是正解。只有真心热爱教育事业，作为个体的教师才能在自己的岗位尽心尽力、尽职尽责。因为热爱，才会努力付出，才会不断要求自己、完善自己。但面对同是社会个体，亦是社会主体的学生，我们教师该如何去爱呢？无可厚非，既同为有意识有思想的主体，那我们用“爱”的思想增其智，以“爱”的行动明其慧，是谓大可为之。更可言之，这也是以一种智慧的姿态在阐释师德。

现代学生是具有强大自我意识和独立个性的知识受众，以视其为真正主体的意识对待他们是教师在教育过程中必须具备的“爱”之思想。平等对待每一位学生，尊重并信任每一位学生，尝试理解并与学生交流沟通……这些都有助于学生在与教师的接触中形成正确的人生观、世界观以及个人价值观。我一直相信这种影响的积极效应。我班上有一位很内向的男同学，他基本不和班上同学交流，连走路都是两眼盯地，不敢抬头。其母亲也多次向我诉说该学生的一些孤僻脾性，她很着急但没办法。我从开学初就注意到他的不合群，看到这样的学生，我总是心头酸软，总觉得这样的孩子并不是天生的，他们心里也许有一些只有自己才能消化的故事，不能向外人道，或说是不愿向外人道。之后，我以作业完成情况不太好之名几次找他谈话，以一颗平等的、可以被信任的心和他交流。渐渐他和我有了交谈，虽然有时会依然故我地提出一些不合理的学习要求，但我尽量用信任、理解的态度对其引导。此后，他都会在课间或晚修后主动问问题，甚至为我推荐他看过的书，偶尔还很腼腆地开个小玩笑，每次这个时候，我都会有一种莫名的感动，甚至有些受宠若惊。一种充满“爱”的思想可以让学生转化自己的观事思维和审世之观。教师用这种充满“爱”的思考方式和认识模式可以成就学生的另一种成长与发展。

教师的思维方式和认识模式可以对学生产生一种教育效果，那教师的行为习惯对学生的影响就更为直观。待人接物的动作和细节，治学求知的态度与习惯等都会对学生的思想、行为以及个人品质潜移默化地产生影响。明代思想家、文学家李贽曾说：“动人以言者，其感不深；动人以行者，其应必速。”我国著名教育家陶行知先生也提到：“要想学生好学，必须先生好学。有学而不厌的先生才能教出学而不厌的学生。”如果自身散漫，如何要求学生认真。如果自身不深思慎取，如何要求学生谨慎治学。教师应以高尚的人格去感染人，以博大的胸怀去爱护人，学生才会“亲其师，信其道”，进而“乐其道”。以充满“爱”的行为让学生用好的习惯经营自己的人生，用相宜的行为正确处理自己的事务。这种别于知识性的教育更能使学生获得无价之宝。

笃定

教师的职业劳动是一种以人格来培育人格、以灵魂来塑造灵魂的劳动。教育过程自始至终都是一个人与人之间相互影响、相互作用的过程。因此，为让学生得到综合发展，教育事业能更好更稳地前进，就必须注重师德师风的建设与发展，让教师以一种教育任务即不可脱卸之己任的认识努力发展，以一种充满爱与智慧的姿态认真实践师德之美丽。

2020 · 我的“跨界”日记

◎ 李林真

李林真
任教于深圳市宝安区沙井街道中心幼儿园，从教期间曾获省级荣誉 1 次，区级荣誉 6 次，连续多次获得幼儿园“优秀教师”称号。在工作中愿永远做为孩子摘星星的人，用心守护孩子的童年幸福。

庚子鼠年如约而至，但新年的开篇却与往常不同！

过年方式从走街串巷、好友相聚、亲戚往来，变成了居家隔离。突如其来的疫情牵动着所有人的心，每天打开手机刷数据、看新闻成了我的固定生活模式。一家人的闲聊也是讨论着有关“它”的事情。每每看到有关抗疫一线的新闻，身为党员的姑姑和爸爸就说：“我们这边怎么还没接到通知，天天在家里一点力都用不上，我们也应该到一线去！”一旁的我默默地听着……

2020年2月28日：招募

“疫情就是命令，防控就是责任！”

应对新型冠状病毒疫情，习近平总书记发出战胜疫情总动员令。

“不获全胜决不轻言成功！

面对科学防控疫情和有序复工的新挑战，我们每个人都责无旁贷！

走，到前线去！

为夺取疫情防控和经济社会发展双胜利

贡献你的力量！”

中共深圳市宝安区委组织部发布《宝安区社区一线疫情防控工作人员招募令》。

看到园领导转发的招募令，我知道这就是我一直在等的消息。

“我愿意报名，我参加！”

2020年3月1日：前奏

今天，我收到上级的通知，3 月 2 日上午 9:30 到宝安区沙井镇和一社区工作站报到。与此同时，我收到了来自领导、同事、家人、朋友的支持和鼓励。

园领导打电话说：“真真，你去一线一定要做好防护，有什么困难及时向幼儿园提出来，我们帮你解决。记住，幼儿园就是你的家，你的大后方，需要什么，我们给你支持！”

同事、朋友说：“真真，好样的，加油！等你回来一起去吃火锅！”

家人说：“大胆地去，这会是你人生路上一个难忘的回忆！”

……

来自同事、家人的关心和嘱托让内心充满忐忑的我安定了下来。

2020年3月2日：初试

今天上午，站在社区工作站的楼下，面对着未知的工作环境，我非常地紧张，担心自己不能胜任这份工作。几次深呼吸之后，我推开了工作站的玻璃门，在工作人员的指引下，来到了会议室，进行上岗前的培训。

我的第一份工作是湖北疫情重点区人员暂缓返深劝导工作，要在今明两天完成对近 300 位湖北籍人员的电话劝返和问卷调查。

带着对新工作的好奇，我开始按照社区给的劝返固定通话模式进行沟通。一开始挺顺利的。可是，打了十多通电话之后，对方不是不接电话，就是接通之后挂断。

一股挫败感袭来，心里失落落的……

想起自己幼儿园的工作，家长不理解我的做法时也不愿意进行沟通，但我仍然耐心地去做家长工作。

不，我不可以这样，我应该把这份工作做好。

冷静下来后，我反思自己的沟通方式，发现自己总是按照固定的模式进行沟通，就像录音一样没有任何感情。想想湖北籍人员在家封闭隔离，有着各方面的压力，现在又听到不能返深，肯定会有意见和情绪。我想，应该先安抚后沟通，效果会好一点。

我不断思考着自己的语气、用词，运用自己所学有关心理学的内容，把对不同性格的人的沟通内容在心里模拟。对于血脂活泼型的人我会尝试与他们进行沟通，聆听他们的建议；对于胆汁急躁型的人我会礼貌温和并快速地通知到位。

“喂，您好，这边是和一社区工作站，请问您是 XXX 吗？我这边有几个问题问一下您可以吗？”“打扰您几分钟，可以吗？”“担心咱们在湖北收不到这边的通知，所以打个电话跟您说一下。”

我尽量选择让对方感到尊重和关心的话进行沟通，接下来的致电顺利了许多。

2020年3月3日：可爱的人

有了昨天的致电经验，今天沟通工作格外顺利，虽然仍旧会有带情绪的人，但也会耐着性子配合我做完工作。也就在今天，我遇见了一些可爱的人。

“喂，您好，请问是 xxx 吗？我问下咱们是湖北哪个市的呀？”

“我是武汉的，你们怕吗？哈哈哈哈……”

“怎么会怕呢？这是不可能的。”

“现在不是武汉疫情严重吗，外边人说到武汉都害怕。”

“不会的，我们不害怕，反而很担忧也很感谢咱们武汉的人，你们付出了很多。现在生活、身体怎么样呀？我们也希望疫情快点结束，大家都可以解放回来上班！”

“哈哈哈，谢谢你，放心吧，咱们武汉很安全的，我们隔离得很好，疫情不结束，我们是不会回去的！”

对话一开始，这位未曾谋面的大哥就用他爽朗的笑声感染了我，他的一句“你们怕吗？”如此地幽默，不知不觉间拉进了我们的距离，我被他的乐观开朗感染着。在晚上回忆此事的时候我想了很多，也许这位大哥内心是有担忧的吧，武汉疫情严重，担心疫情结束之后被人区别对待。此时，我很庆幸自己做到了张园长对老师的要求：“我们作为一名教师，一言一行都代表着教师的形象，代表了整个幼儿园教师团队，无论走到哪里，始终不可以忘记自己的身份。”在沟通交流中坚持有温度、有礼貌、有同理心，让我跟大哥的沟通变得有趣、和谐。也许这是我此次沟通最大的成功吧！

“您好，我想问一下您现在在湖北哪里呀？”

“潜江。”

“是这样的，就是跟您建议一下，宝安区疫情防控指挥中心发布的 5 号令没有解除之前，为了方便和安全，暂时先不要返回深圳。”

“放心吧，我的亲戚就在医院工作，我知道现在疫情比较紧张，不管是为了自己还是为了大家的安全，我们听从指挥，不回去。谢谢你呀，你们也辛苦了，记得做好防护哈！”

这样的大姐是让人感动的，也正是有了像大姐这样的人的配合，社区工作才开展得更加顺利，大姐的一句关心的话暖人暖心。也相信有了这样可爱的人，疫情一定会平稳快速地结束。

2020年3月4日：巡查

电话劝导工作成功完成，新任务来了。我加入了社区外勤组，和大家一起进行和一新村 142 栋租住户的巡查工作，包括检查湖北籍租住户的封条；核实楼栋的租住人员湖北返回、湖北未返回、非湖北人员等信息台账；对辖区的租住户防疫措施（人员聚集、口罩佩戴等）、消防安全(室内充电等)进行排查和督导等。

第一天，跟随同事一栋楼一栋楼地进行排查，检查湖北租住户的封条有没有脱落，湖北籍人员有没有返回，楼栋长的人员信息台账有没有及时地更新。

10000、20000、30000……手机上的计步数字不停地变化着。

一天下来双腿很疼，我问同事是如何坚持下来的，他们说：“回去自己多泡泡脚，穿舒适的鞋子，把巡查当作锻炼，身体素质会提高，顺便减减肥，习惯了就好啦！”听着这些话，心里默默地为他们点个赞。我来之前他们不知坚持了多少个日夜，默默地为抗疫付出着。他们能做，我也能，老师最大的本领就是教和学，向他们学习，我可以的！

2020年3月6日：温暖

今天，外出巡查的群里出现这样的场景，大家伙儿纷纷称赞借调来的同事。

几位同事在外出巡查的过程中，发现一位大叔带着行李坐在路边默默地抹眼泪。原来，大叔来到这边后因疫情影响，企业招工少，没找到工作，没地方住，没钱生活。几位同事二话不说，把自己口袋里的现金给了大叔，让他买吃的、找住的，还积极和社区工作人员进行沟通，联系社区内工业园，开具多个证明，帮助大叔找到了工作。

三月的宝安有暖阳，有和风，有这些温暖的人。疫情、口罩、消毒水不仅不会让这片沃土的温度降低，还会让心与心之间挨得更近。

2020年3月9日：小事儿

两个90后、一个80后，一个手提袋、三人小团队继续出发了，今日“必修课”—— 新村巡查。

“叔，你有四栋出租屋要管理，我在四本台账封面上写上你的楼栋编号，这样就好找了。这里的居住信息你看一下，你只需要写房间号就可以，这样省力一点。”

“台账封面没有啦，再给你一张，我帮你订起来，以后这台账就放在你进门的桌子上就可以，不然容易找不见。”

“这张疫情告知书要掉了，用胶水把它粘一下！”

“现在特殊时期，出门要戴口罩啊，做好防护！给你一个，下次出门别忘记了！”

事情只要做了，就有意义！

装着新台账、胶水、订书机、口罩、酒精、笔的手提袋成了我们三人小组的必需品。这样的小事儿也许很稀松平常，但正是因为这样，我们巡查时楼栋长都特别地配合，会热情地请我们坐下来休息。做这些事就像做教育，种下什么样的种子，就会收获什么样的果实。只要把工作做好做细，大家都会感受到。

2020 年 3 月 20 日：解封

今天是一个值得记住的日子，湖北返深人员隔离禁令解除，我要和网格员一起去给湖北籍隔离人员进行解封。

“咱们虽然解封了，可以去工作，但还是要考虑安全性，出门做好防护，如无必要，尽量减少外出。大家都做好了，疫情才会快点结束，我们的工作、生活才会更加的便利！”

每解封一户，我们都会跟住户讲解相关的注意事项。他们也会回以真诚的微笑。解封结束，大家摘下口罩和手套的时候，互相看着笑了起来。彼此的头发是湿的，手上起了褶皱。“看看你，像洗了桑拿。流流汗，排毒了。”嬉笑间是对解封工作完成的放松，也是看到了疫情好转的开心。

2020年3月31日：背后的人

今天坐在 210 办公室，时间略有空余，环顾四周，入目所及，皆为“你”。

在这里有带领大家奔走在一线的党委书记，有怀孕六个月的准妈妈来回奔走着为大家做民生零星工程批复，有 23 岁的小妹妹一天没吃饭帮助精神病患者做检查；有每天驱车一个多小时才能到岗的下沉社区党员；有凌晨 2 点还在雨中进行巡查的消防小组……有多少人在疫情发生后紧急返岗到现在没有休息过了。他们舍小我为大家，在背后默默奉献着。疫情让本该没有交集的人“跨界”凝聚在一起，大家各司其职，相互协作，为了全面抗疫胜利的共同目标努力奋斗着。

2020年4月6日：静思

办公桌前，静思……

回忆自己一个多月的“跨界”工作，虽无波澜壮阔，却有微风拂面。从一位幼儿园的教师“跨界”来到社区抗疫一线，和下沉的党员、干部一起开展疫情防控的相关工作。在这里我看到了党员、干部事事敢为人先的干劲儿，也感受到了万众一心，众志成城的自信。作为一名教师，在这里我看到了美好的瞬间，参与了感人的故事。能够以一个观察者和参与者的身份来到这里是幸运的。就像临行前家人说的，这会成为我人生中的美好回忆。

“东风洒雨露，会入天地春。”我愿为一滴雨水，为春天蓄力！用教师该有的责任、担当，以教师应有的素质、温度，伴着教师具有的爱心、耐心、信心，继续做好社区抗疫一线的工作。

“跨界”—尾声

等到疫情结束和孩子们见面时，我会把这段不同寻常的“跨界”故事分享给他们听。我会告诉他们：“宝贝，病痛、细菌并不可怕，因为有医生叔叔、护士阿姨以及许许多多的‘超人’和它们作斗争，有很多人在保护着我们，所以，要学会勇敢！”

“宝贝，知道吗？你们的真真老师，不仅仅是一位老师哦！”

根植宝安沃土　孕育成材之木

◎ 李婉婷

作者简介

李婉婷

任教于宝安中学（集团）塘头学校，为团委副书记。2018 年毕业于华南师范大学汉语言文学（师范）专业。曾获宝安区“优秀团干部”“初中教学先进个人”称号。曾指导学生参加宝安区作文竞赛荣获特等奖，获“优秀指导老师”称号。作品《浅析空中课堂模式下的写作课教学—以八年级下册单元写作〈学写故事〉为例》发表于《成功密码》。

“教育兴则国家兴，教育强则国家强。”这是习近平总书记在全国教育大会上对教育的定位。古往今来，教育都是国家发展不可忽视的一部分，它包括家庭教育、学校教育、社会教育，它对人类的心灵是一种启迪、一种陶冶，能鼓励人不断成长进步。

陶行知先生有言：“真正的教育是心心相印的活动，唯独从心里发出来的，才能达到内心深处。”蔡元培先生也道：“教育的艺术不在传授，而在鼓舞和唤醒。”宝安区的全体教育工作者通过行动践行了这两句话，将教育当作实现自身生命价值的过程。

若说成功是树，那么教育就是土；而若说学生是莲，那么宝安教育工作者们就是清水和泥土，孕育呵护着学生们，静待满池花开。我们选择了远方，便只顾风雨兼程。一心扎根于教育，不管前路荆棘坎坷，始终用积极热情的态度对待学生，用满腔的热忱投入工作，推动宝安教育事业腾飞发展。

一、情系宝安　落地生根

我是宝安这片土地上成长起来的一棵树。对于从小在宝安区接受教育的我来说，宝安教育犹如母亲般灌溉我知识、教育我成才、见证我成长。而我之于宝安教育而言，是孩子，是果实，更是宝安教育不断发展壮大的见证人。在漫漫教育之路的发展过程中，宝安教育用新的气象为学生创造宁静致远、优雅先进的学习环境；用新的光辉来兑现务本维新、厚积薄发的承诺。

犹记得小学六年级时，西湾小学（原西乡中心小学）的英语老师郑老师在我因为骄傲而退步时，语重心长地给我分析骄傲带来的不良后果，同时教导我任何时候都要学会“谦虚做人，踏实做事”。年幼的我那时似懂非懂地点头，但她的一席话着实改变了我的学习态度。时至今日，郑老师的谆谆教诲犹在耳旁，时刻给我敲醒警钟，指引我方向。

教育家蔡元培先生曾这样说过：“要有良好的社会，必先有良好的个人，必先有良好的教育。”宝安教育让我的生命里充满了理想和信念，充满了爱和温暖，给予我做人的启迪和方向，孕育着我对明天的希望。一直以来，我渴望回到母亲的怀抱，所以，我选择回到宝安教育，立志做一名为宝安的孩子们输送知识养分的教师，希望我能把“谦虚做人，踏实做事”这八字箴言也传递给我的学生，传递宝安教育的精神，回报宝安教育的哺育之情，为宝安教育奉献终生。

二、初为师者　言传身教

十年树木，百年树人，踏上了三尺讲台，也就意味着踏上了艰巨而漫长的育人之路。初为人师的我，角色的转变，让我激动紧张。看着孩子们稚气的脸庞，仿佛看见了自己求学时的缩影，激起我对教育事业深深的爱，然而面对学生顽皮、家长不配合、个人工作繁忙等等层出不穷的情况时，失落沮丧的情绪也随之而来。苏霍姆林斯基所说的“教师的工作太辛苦，连一分钟空闲的时间都没有”令我真正领悟到了其中的深意，使我明白教师这个职业的沉重分量。

子曰："其身正，不令而行；其身不正，虽令不从。"初为人师的第一学期，我曾经在班里对一位同学进行了严厉的批评，事后发现是我错怪了她，虽然有过犹豫，但我还是选择当着全班同学的面向她道歉，因为我知道自己的一言一行、一举一动、一思一想都将清晰准确地印刻在孩子们的心里，对他们起到潜移默化的指引作用，因此，教育的责任要求我在教师这项育人的工程中，不断学习、不断探索、敢于承认自身错误，做好孩子们的榜样。为了让孩子更好地进步成长，我为班级的孩子们建立了专属微信公众号、采用了"班级流浪本"、创建班刊以及创建学生的成长电子档案等等，倾注心血对他们悉心浇灌培育，让他们绽放属于自己的光彩。教育的路程无疑是漫长艰辛的，但我都将保持一往无前的动力和热情，坚持自己的选择，我想，这是十二年的宝安教育对我的最大影响，如今，我也该以同样的坚定态度回馈宝安教育。

三、以身作则　积极抗疫

2020年新年伊始，一场灾难悄悄来袭，新冠病毒迅速席卷武汉并蔓延至全国。起初没有人在意这场疫情，直到它与我们每个人息息相关。而在这场没有硝烟的战役中，也没有人能够置身事外。从停工停产，到封村封路、停课停学，每个人都是抵御病毒侵袭的战士。正值国家危难之际，每个中华儿女都积极跟随党的号召，时刻警醒、严阵以待。

我的班里也有三名同学假期回到湖北老家。特殊时期下，我和他们的家长建了一个群，及时发布有关防疫的消息链接，关心疫情之下他们的起居生活。同时，我也给三名孩子建了一个群，每日关心他们的生活、学习，给他们分享有趣的书，倾听他们内心的想法，给他们以力量。此外，我还组织班上同学为身在湖北的这三名同学加油鼓劲，让孩子们觉得他们并没有被放弃或者孤立。其实作为一名普通的班主任，我能发挥的作用是微乎其微的，但我相信，只要我们关注到每一个孩子，那么就不会有一名孩子掉队，我们就能够打赢这场战役。正如团结一心的中国人，众志成城，最终也能挺过难关。

“苟利国家生死以，岂因祸福避趋之！”我身在宝安，更心系宝安。抗疫期间，我积极进行疫情防控宣传，并时刻关注宝安抗疫进程。如今中国已至抗疫胜利的最后关头，我们全体教育工作者将与孩子们共同努力，期待早日回归校园，享笑声殷殷、书声琅琅。

四、肩负使命　宝安未来

“择一事、悟一道、终一生”，既然选择了教育这个行业，走上了三尺讲台，我便对自己的选择无怨无悔。我热爱这份职业，热爱讲台，热爱我的学生。家长的肯定与孩子的笑脸是我人生价值的实现，虽然我也有过焦虑与迷惘，来自各方的压力也使我无数次地想要停下脚步歇息，可是一旦进入校园看到孩子一张张稚嫩的脸庞，我的内心就充满了斗志与责任感。

新时代教育的根本任务，就是要培养肩负民族复兴大任的时代新人。宝安作为深圳市教育领头羊，也将紧跟时代步伐，为培养大批新时代接班人奋斗，而我也将倾注一生于教育，给予学生尊重与呵护。宝安过去的教育历程我有幸参与，如今站在新起点、肩负新使命，我必将更加努力。坚持是燃烧的火炬，我要将它在宝安教育中不断传递，不负明天、不负自己，静待孩子们沐浴阳光风雨后的花开。

不论是教书、育人抑或是抗疫，都应克难求进、全力以赴。成长是一种破茧成蝶的蜕变，教育工作者应从青涩不断走向成熟，收获累累的硕果。前行的脚步总是匆匆，今天的努力都是为明天的成功做准备，我将与孩子们同行，从宝安走来，向更美好的未来走去。

幸福家事

◎ 廖丽葵

作者简介

廖丽葵
任教于深圳市宝安区西乡街道黄田小学，一级教师，宝安区“教坛新秀”。毕业于广东技术师范学院。发表有《想起童年开学的日子》《一年级新生指南》等文章，《草本物语》等短篇故事收录于作品集《精怪物语》，参与编写《故事语文教学》一书。

首章：托付

“骑着我心爱的小摩托……”

窗帘紧闭，昏暗静谧的房间里，手机铃声不依不饶地闹了开来，像生物炸弹一般，生生把钟慧从香甜的梦里炸了起来。钟慧眼睛没睁开，皱着眉头去摸手机，屏幕一亮，才早上 7 点，是个陌生号码，她生气了：“谁这么没有公德心啊，放假期间，早晨轰炸，等于谋财害命好吧！”

昨晚儿子他爹给孩子买了新玩具，孩子玩得太兴奋，折腾到十二点才睡，她好不容易把他安顿好，才开始收拾家务，又给自己放了部电影才心满意足地入睡。那时已是凌晨两点，她的丈夫已经在梦里溜达好几个来回了：他是街道办的，几天前已经开始正式上班了，早已恢复了早睡早起的优良作风。

丈夫也被惊醒了，见她迟迟不搭理电话，知道她起床气犯了，劝她：“接吧，万一有急事呢？”

钟慧才刚进入深睡没多久，就被电话炸醒，心里的怒火如一百辆火车鸣着汽笛呼啸而过，但多年作为人民教师的职业涵养让她把口中的粗话吞进肚子，不甘不愿仍旧按下了接听键：“喂，您好？”

“钟慧，是我！蒋丽！我换新号了。喂，你醒着吗？”对面熟悉又陌生的声音，是蒋丽没错，她高中同学，是一名护士，一家三口去年才搬过来，住在她的隔壁小区，平时偶尔来往，两个小孩很投缘，后面周末便常常碰面。

“醒着呢，怎么了？”钟慧敏感的神经跳动起来，让她睡意全无。最近新冠肺炎疫情愈发严重，一开始所有人以为只有湖北严重，现在连遥远的南方城市也开始紧张了。早在一周前，蒋丽就打电话给她，提醒她购买口罩、酒精等消毒物品，做好家庭卫生消毒。蒋丽这个点找自己，一定有事！

“我申请了志愿者，要去定点医院支援，可能很长一段时间不能回家。白天阿健也要上班，你知道他的工作性质，根本没办法照顾小孩。我这一走，媛媛一个人在家，想说能不能麻烦你……”蒋丽的丈夫是警务系统的，常常接到任务说走就走，确实没办法照顾一个六岁小朋友。

“可以，没问题，你什么时候走？我现在起床过去接她！”钟慧一咕噜从床上跳起来，把电话放了免提，打开衣橱开始换衣服。

“我现在已经在去医院的路上了，时间太赶了。我也实在是没办法，才想着麻烦你。”蒋丽的声音充满歉疚。

“别说这样的话。你老公保卫人民财产安全，现在你又要去保卫我们的生命安全，我们这些老百姓做不了什么，帮你看好大后方是应该的。正好团团最近嫌在家无聊呢，媛媛过来俩小孩作伴，还省了我不少工夫！”钟慧不知道自己哪来这么多机灵劲，只知道此时最好还是让气氛欢快些，不让老同学带着牵挂上前线。

“常用的东西我都帮她收好了，我让她爸爸送她过来，待会就到。谢谢你了！”蒋丽听钟慧的声音确实没有半点勉强，心里的石头放下，声音也松快很多。

“别说客气话，你自己好好保重。我可跟你说，到时候你得亲自来接孩子我才放人啊，其他人我都不给，谁来都不给哈！”钟慧一边说着俏皮话，一边争分夺秒地挤牙膏，这时儿子也起床了，从隔壁房间迷迷糊糊地出来找厕所。

“团团，待会媛媛过来我们家，你快点收拾下！小丽，你放一万个心！我保证照顾好小公主，每天给你发视频汇报工作。”

蒋丽又细细交代了一些注意事项，才依依不舍地挂了电话。钟慧匆忙洗漱好，就忙碌开了，催着儿子赶快洗漱换衣服，然后打开炉灶，把前一天晚上刚做好的包子蒸上做早餐，粥是昨晚就放米煲好的，正滚烫着，她又把泡好的黄豆丢进豆浆机，摁下开关，搞定！

“亲爱的，你听到我跟蒋丽说话了，媛媛要接过来住几天，你没意见吧？”一边忙活，一边跟房间里的老公隔空喊话。

他已经收拾好，从房间里出来：“没意见，现在什么时候，大家都一个锅里的，互相帮忙是应该的。就是要辛苦你咯，一个人在家忙活。”

“我还好啦，还有段时间才开学。到时候还不知道是什么情况呢。反正现在是有空的，一个孩子也是带，两个也是带，没差。快来吃早餐啦！”

包子，白粥，榨菜，豆浆，加一盘刚烫好的菜心，刚端上桌，就听到门铃响。

“来了！”一家三口热热闹闹地挤着去开门欢迎。

蒋丽丈夫穿着警服，戴着口罩，一手抱着娃，一手拎着包，见到钟慧他们，点头打了个招呼。

“媛媛，过几天爸爸妈妈再来接你，我们约好的，有事给我们打电话，好吗？”铁汉柔情，他把孩子放到地上，抱着她轻声交代。

孩子特别懂事，点了点头，自己从爸爸手里拿过包：“我知道了。爸爸再见！”

父女俩依依惜别，最后他才站起身：“我就不进去了。孩子拜托你们了！”

双方交接完毕，关上大门，钟慧照顾着一家吃完早餐，送丈夫上班，陪儿子和媛媛玩，培养感情。

还好媛媛也不认生，两个小孩很快就难分难舍，把大人忘到脑后了。

钟慧乐得清闲，抽了个空把媛媛的东西放好，然后躺在床上刷手机，关注疫情现状。疑似和确诊又新增了，这形势，看起来不大妙啊！她默默叹了口气。

这样平静的日子又过了几天，媛媛已经适应了家里的生活，每天和团团同进同出，只有晚上睡觉前想爸爸妈妈会哭鼻子，钟慧就搂着哄着给俩娃娃讲故事，直到孩子擦干眼泪安静睡去。媛媛爸爸妈妈有空时就视频一下，如果没空就发录好的视频过来，钟慧也每天不间断地把小朋友好玩的事情发给他们。

深圳已经是除湖北以外确诊最多的地方大城市了！蒋丽夫妇忙得不见人影，能发视频、打电话的时间也越来越少，有时候只能匆忙留个语音。好在媛媛懂事，并没有因此吵闹。

钟慧无数次跟老公感慨：“生女儿真好啊！”

中篇：忙碌

疫情越来越紧张，而开学的日子马上要到了，家长孩子们都开始着急，纷纷来问怎么安排。

教育系统迅速行动起来，这天钟慧接到了放假以来第一条工作信息：“请各位教师收集各班学生目前居留状况，做好表格登记。”

钟慧在班群里发通知，收资料，打电话联系家长……马不停蹄地忙活开来。

这是一场前所未有的隐形战争，所有的应对措施都是临时想出来的，依靠基层迅速实践、反馈、再调整，因此很有可能早上的通知到了中午又改了，晚上又是另外一套。但所有人都知道，这些麻烦是不可避免的，于是又不辞辛劳按照新要求去做。

“请班主任收集在深学生名单和家长信息。”

“请班主任了解班级学生是否有湖北籍，目前居住地在哪。”

“请班主任了解学生或学生家长有没有湖北接触史。”

“请班主任了解学生和家长是否返深，何时返深，做好登记。”

“请班主任到班群发送防疫知识普及视频，要求学生和家长观看后接龙。”

……

有的家长没有看见班群信息，钟慧就必须耐着性子一遍一遍地拨打他们的电话，委婉地询问目前家庭状况，叮嘱他们做好防护。一个电话下来至少10分钟，有时候半个小时。钟慧吃完早餐就开始趴在茶几上打电话，等挂完最后一个电话，已是午饭时间，团团媛媛委屈地摸着肚子在旁边眼巴巴等了半天了。

“对不起对不起，宝贝们！妈妈马上给你们弄吃的！”钟慧尴尬地笑了笑，艰难地伸展着僵硬的老腰，爬起来给俩孩子一人塞了一瓶奶和一包饼干救急，然后火急火燎冲到厨房忙活开来。

这天一大早，钟慧摸开手机，微博热搜第一条：“全国中小学延长假期，推迟开学！”

“呼！”钟慧松了口气，作为孩子家长，她对国家这个决策拍手叫好，此时此刻谁敢让孩子冒着被感染的风险去上学呢？作为教师，她无条件服从政府工作安排，也庆幸自己能够有时间在家照顾两个孩子。

“宝贝们，今天有个好消息，你们要延迟开学了，开不开心？”早餐时，钟慧照例跟他们聊起了最新情报。因为她认为，生活就是最好的课堂，如今正好没有学业压力，应当让孩子们多了解外面的时事，知道如今大家生活在怎样的环境下，父母们又是为了什么事情在忙碌。

“一半开心，一半不开心吧！”团团毕竟大了几岁，已经二年级，说起话来头头是道。媛媛还在读大班，性格比较温和，一般秉持着“哥哥说的都对”的原则，点头就是了。

“为什么这么说？”钟慧惯常地循循善诱。

“一半开心是因为不用每天那么早起来去上学，也不用写作业；一半不开心是因为见不到我的小伙伴们，除了媛媛没人陪我玩。唉，而且这说明病毒太厉害了，大人都没有想到办法对付它。对不对，媛媛？”团团说完习惯性地征求媛媛的意见。

媛媛嘴里含着包子，呜呜地点头。“不打败病毒，爸爸妈妈就不能来接我回家。”好不容易把包子咽下去，媛媛细声细气地补充着不开心的理由。

钟慧摸了摸她的头：“是啊。不过多亏了有你的爸爸妈妈这样的英雄保护大家，我相信所有人都团结起来，一定可以战胜病毒的！今天我们来画画，画消灭病毒大作战，好不好？”

“好呀！”俩小孩欢呼起来，飞快地吞完早餐，就冲到小房间里去找纸笔了。

钟慧一边收拾餐桌，一边想事情：如果推迟上学，那么学生本学期的学习进度怎么办呢？按如今的科技，应该可以远程教学，就是不知道最后上头会怎么决定。

好在，没让她纠结太久，新的通知就下达了：“3 月 2 日起，全国开展线上教学，请各级教育部门做好准备。”

钟慧迅速投入到新的奋斗领域：她得学习如何成为一名合格的主播了。

没有教材，上什么课？

学校很快地做出了具体的指示：不上新课，教师根据本年级学生需求，制定专题学习计划。

作为备课组组长，钟慧必须召集小伙伴商讨本年级应该上什么内容。

“啊，真是头疼。”当钟慧发现学校指定的直播软件并没有美颜功能时，感觉到天崩地裂的痛苦：“岂不是所有人都能看到我这张饱受摧残的老脸？”她已经可以想象到自己能够新鲜出炉多少表情包，供学生娱乐了。

下午，年级组小伙伴们战战兢兢进入直播会议，猝不及防地见到了彼此最真实的一面：有的裹着棉睡衣，圆得跟个球似的；有的头发油光发亮，贴着头皮垂下来，宣示着主人几天没有洗头的丰功伟绩；有的后面频频出现家属们好奇的身影……大家面面相觑，都疯狂大笑起来。

“我们这可算是过命的交情了，最可怕的把柄都在对方手里了。”钟慧调侃道。

当然，闹归闹，正事还是要办，于是等直播会议结束，接下来的工作任务也已经安排妥当，上什么课，怎么上，怎么备，谁负责哪些资料……都井井有条，一清二楚。

“提醒下，正式直播上课之前，我们要试播的，到时候请大家务必收拾下自己，该洗头的洗个头，该化妆的化个妆，正常着装，别穿睡衣啊！”说完最后一条要求，钟慧愉快地跟小伙伴告别，开始准备上课资料。

“宝贝们，今天你们来当学生，听钟慧老师上课好不好？”这天晚上，钟慧备好一节《成语派对》专题课，在正式直播前，想试一下课，于是就把主意打到两个孩子身上。

团团早就习惯了妈妈的作风，媛媛感觉到非常新鲜，兴高采烈地跟哥哥搬着小板凳坐在厅里等上课。钟慧把电脑跟电视连接上，开始给他们上成语课。

在两位好学生的配合下，钟慧非常顺利、愉快地完成了首次试课，顿时内心充满豪情壮志：看，时代跑得再快，也休想抛下爱学习的我啊！新任大主播来也！

试课顺利，钟慧心情大好，哼着歌儿带着两个小朋友开始做蛋糕，加入了浩浩荡荡的全民厨艺大赛参赛队伍中，还给俩孩子拍了一堆小视频，发给媛媛父母，发到家族群、朋友圈，收获一堆赞美，然后大声地念给孩子们听，他们俩被拍了马屁更加干劲十足，恨不得一晚上做十锅蛋糕出来，向世界炫耀。

嘿，病毒虽然可怕，但是生活依然可以充满乐趣啊！睡觉前，钟慧一手搂着一个娃，非常公平地一边给了一个晚安吻，带着甜甜的微笑入睡。

尾音：团圆

就这样，钟慧充分发挥了作为人民教师的工作态度和育儿经验，带着俩娃开启了为时一个多月的居家生活。每天除了备课、上课、改作业，最艰难的问题就是如何变着法儿地安排两个小朋友的居家生活，让他俩能够在家边玩边学，不虚度光阴，这样也好对得起蒋丽夫妇的托付。

除了花样美食大赛，还有各种各样的居家运动，当然，陪两个小孩演过家家小剧本也是必须的。往往钟慧需要一人分饰多角，一会变身大怪兽把美丽的公主抓走，跟勇敢的王子搏斗；一会变身通情达理的王后，欢迎公主回家，还要为王子和公主操办盛大的婚礼。如果晚上或周末爸爸在家，那就更加热闹了，从房间闹到客厅，从客厅战斗到厨房……

白天，团团作为学生，也要乖乖地坐在电脑前上网课，上完课还要写作业，而钟慧也要给学生上课，不过幸好上完自己的课就可以短暂休息，照顾年幼的媛媛；媛媛有时候乖乖地陪团团一起上课，有时候自己在一边安静地玩，等钟慧阿姨上完课再跟钟慧阿姨玩。钟慧慢慢地开始教她认字、写字、画画。

忙碌而充实的日子，冲淡了不能出门的苦闷。孩子们一开始还会闹着要出去玩，但是每天在新闻的耳濡目染下，渐渐地接受了不出门才能保安全的事实。

就这样，时间如流水般过去，转眼到了 4 月初，各省解除应急响应，湖北解封，武汉解封在望。全国疫情逐渐稳定，越来越多的人开始复工、出门、上街。

但钟慧和两个孩子仍旧居家不出门，原因很简单：学校虽还未开学，但随时有可能开学。作为教师也好，学生也好，有义务继续居家隔离，保证身体健康不受感染，为开学返校做准备。

媛媛的妈妈两周前已经回来了，但需要在家隔离 14 天确保无事才能来接媛媛回去。

4月8日，武汉解封，媛媛的妈妈结束隔离，今天要来接媛媛了！

一大早，钟慧便帮媛媛把她的东西收拾好，还有很多新添的玩具、小礼物，以及他们一起动手做的一大包包子馒头。

“叮咚！”门铃一响，媛媛如离巢的乳燕般奔过去开门。

“妈妈！”母女俩抱头痛哭。

钟慧红着眼眶，笑话她们：“喂，蒋丽同学，你们再这样哭下去，隔壁要报警了，以为我虐待儿童呢！”

蒋丽不好意思地笑着。

“谢谢班长帮忙照顾媛媛，真的……”

“喂，我可是跟媛媛拜了把子的姐妹了，对不对啊，我们相处很愉快，不用你谢来谢去。你们怎么样，还好吗？”

“现在情况基本稳定了，我们人手还算充足，大家轮班，没有太受罪。现在基本上都是境外输入，控制得比较好。暂时不用回去上班，可以专心照顾她一段时间。”蒋丽三言两语把事情说清楚，钟慧点头表示明白。

“但是我还是不进去了，失礼了……”蒋丽有些局促地开口。

“没事，我懂，我俩都是纪律在身。孩子东西在这，还有一包包子馒头，是昨天晚上我们和媛媛一起亲手做的，专门给你们的，一起带着。等疫情彻底结束，我们两家一起约，到莲花山放风筝去！”钟慧把东西递过去，爽朗地说道。

“好！到时候一起放风筝！”两家人就这样站在门口笑着，许下了未来的美好约定。

也许生活难免会欺骗你，会考验你，会挑战你的承受力，但是只要怀抱着希望，过好当下的每一天，谁说苦日子不能有甜滋味呢？

蒋丽回家了，媛媛回家了，越来越多的患者们回家了，越来越多的一线工作人员们都回家了。而钟慧，斗志满满地准备迎接可以昂首挺胸出门的那一天。她已经迫不及待要回到心爱的校园去，跟那帮古灵精怪的学生们碰面了。届时，她一定要告诉他们：这几个月来的居家生活课堂，也是我们这一辈子取之不尽的宝藏和珍贵回忆啊！请一定不要轻易忘却！

深圳的模样，我们的模样

◎ 邱星

作者简介

邱星

任教于深圳市宝安区翻身实验学校。本科毕业于湖北师范大学，在职攻读湖南大学教育学硕士学位。曾被评为“宝安区初中教学工作先进个人”，获宝安区初中语文青年教师能力大赛三等奖、第十九届深圳市读书月征文比赛指导一等奖。曾被崛起教育集团评为“崛起新秀”，获“崛起教育巾帼风采奖”等奖项，多次在翻身实验学校教学大赛、班主任能力大赛等比赛中获奖。作品《秋天的怀念》《特殊的日历》《翻阅时光》等散文发表于《崛起通讯》《翻身实验学校》等刊物。

踏出宝安机场，出租车飞驰在跨海的大桥上。道路宽阔，斑马线黑白分明，宽广的大海在蓝天的映衬下更显浩瀚湛蓝。沿途风格迥异的高楼大厦，让人目不暇接，叹为观止。

跟随打工的父母来过广东很多次，我竟然没有去过深圳，想想也有些不可思议。这一次，只身一人前来，既开心又期待。深圳，其实，我很早很早之前就想来了。

2009 年的 12 月，寒风呼啸。那时我上高三，老师给我们下发的《高考填报志愿手册》，在它的扉页，就有一所美丽的大学映作封面——深圳大学。图画中的校园里有大面积的白墙，搭配着不规则的四方格，在蓝天白云的衬托下，显然就是拍照圣地；还有翠绿丛荫的荔枝林。那里，有着偶像剧里的罗曼蒂克式建筑和青春期的学业憧憬，神圣庄重又可爱。而我最终还是和它失之交臂了，却在心底埋下了邂逅的种子。

2010 年的 9 月，天高云淡，秋高气爽。我读大一，见到了阿灿。他高高瘦瘦的，眼睛深邃有神，戴着一副黑框眼镜，不说话的时候有些冷峻。刚开始，他的广式普通话不甚流畅。但他却不以为意，在课堂上不仅喜欢回答教授的提问，也喜欢提出自己的疑问。无论大课小课，他永远坐在前排，认真学习。在我还不知论文为何物时，他的现代文学史的作业就已经观点鲜明、旁征博引、行文严谨、思考深入了。他让我认识到了一个勤奋自律、刻苦求学的深圳人。

2013 年的夏天，蝉鸣嘹亮，唱响毕业的骊歌。一拨接一拨的同学聚会，吃吃喝喝，大把大把地挥霍着所剩无几的相聚时光。晚上，在 KTV 的包厢里，毕业的欢乐和惆怅浇灌出歇斯底里的歌声。阿灿推门进来："不好意思，来晚啦！刚把那些书打包好给快递。"一边说，一边擦着额上的汗。中文系的男生，最大的爱好就是看书买书了。曾看过他们宿舍的照片，几乎每个人的床上都是一堵书墙。把那堵墙打包，工程量相当大啊！我们起哄，一定要听他唱粤语歌，心想，他的嗓音低沉，说不定很好听呢。他也不谦让，立马拿起麦克风，唱起粤语歌。哎呀，真的很难听啊，超乎想象。但他豪爽不羁的性格让我们都十分愿意和他来往，经常开他玩笑，原来，南方人也是有豪迈的。那些肆意的笑声和打闹声，时至今日，似乎还萦绕耳旁。年少的心情飞扬，离别也美好！

2016 年 1 月的深圳，温暖明丽。记得阿灿说，毕业后要回深圳教书。他说他热爱这个城市，希望和它一样正在茁壮成长，他要跟随它的脚步。我想，深圳的学子能遇到文质彬彬、睿智风趣的阿灿老师，一定很幸福。

只是没想到的是，阿灿曾说的深圳，后来也变成我热爱的深圳。在宝安某一社区的巷子里，有一所夹在住宅楼里的学校。它没有独立的校园，没有气派的大门，只有校门口古朴的校训彰显出学校的底蕴，这是我后来工作了很久的地方。这个面积不大的学校培养出了 20 多届的莘莘学子，也滋养了很多像我一样的后深圳人。

暑假带着家人来深圳玩，家人都说，深圳就是一个巨大的商业中心、大都市，包罗万象，吸引人才，商品应有尽有，生活便利。晚上一家人出门散步，夜风轻拂，整座城市灯火辉煌，流光溢彩，比你曾经讲述过的深圳更璀璨炫目。

现在的深圳，红树林灰绿的海面上几只海鸥展翅飞翔。雄伟的港珠澳大桥，从天边蜿蜒而来，又向海的尽头蜿蜒而去。客轮轻捷地劈开水面，从桥洞平稳穿过，身后划开白色的浪花。驾车行驶在滨海大道上，抬头望向窗外，路边的黄花风铃木竟然开花了，满树鹅黄，娇嫩美艳。深圳恰似我们的青春模样——真诚、热烈、向上。

逐梦，筑梦

◎ 杨继兰

作者简介

杨继兰
任教于深圳市宝安区沙溪小学。毕业于中山大学汉语言文学专业。曾获南山区教师技能大赛一等奖，宝安区教师教学技能大赛二等奖。作品《我的母亲》博文获得深圳市三等奖，《不忘初心使命，始终砥砺前行》论文获宝安区二等奖，《穷人》（微课）获宝安区三等奖。指导学生的吟诵视频获得深圳市二等奖，指导的学生作文多次在《天天爱学习》《多彩校园》《蛇口消息报》发表。

5239、7711、9692……

每天一起床，麦子的第一件事就是打开手机的浏览器，查看当天的新冠确诊人数，并把它记到手机记事本上。看着日渐攀升的数字，麦子的内心越来越恐慌：开学的日子就要到了，到时开不了学，这可咋办？听说要上网课，网课怎么上呢？那么多的孩子，他们怎么能乖乖地守在电脑或手机前听课？况且病情已经蔓延到了全国，要是班上有孩子被感染了怎么办？

40235、42369、44040……

确诊新冠的病人数据越来越大，街上的防控也越来越严，出门必须戴口罩，无论老少都不得例外。可以这样说，这个春节，人们对口罩的需求，已远远超过了对红包的渴望。除此之外，村与村之间的通道也被封锁，一人一张的通行证只能在本村行走，想到别的村去办个事什么的根本就不可能。其实不到万不得已，人们也不愿意上街——街上的店铺几乎都关着门，偶尔一家开着的也是门可罗雀。店老板要么戴着口罩玩游戏，要么靠在门口望着空荡荡的大街发呆——连个聊天的人都没有，这日子得有多无聊啊！其实这种情况根本算不了什么，听说处于“风暴之眼”而被封城的武汉，那才真正像一辆飞速行进的高铁被按下了暂停键，哪怕是平时最喧闹的朝九晚五时段，也安静得像凌晨的两三点钟。武汉，这座古老又繁华的城市，陷入了前所未有的寂静中，只有火神山和雷神山医院的建设在如火如荼地开展着。从央视的直播中每天都可以看到现场忙碌又紧张的身影，那不舍昼夜的机械轰鸣声，此时此刻是那么亲切，那么动人，因为这是救急的声音，更是救命的声音啊！

学校终于决定要上网课了。先是邮寄书本，各行政人员全部戴口罩回校分书，其他老师也纷纷报名参加，连之前报名参加社区义工的春老师也加入了进来。看着视频里老师们一步一弯腰分书的场面，麦子的眼睛湿润了，她忽然就想到了那些逆行而上的医务人员，这些平时在医院工作的普通的医务工作者，在祖国最需要他们的时刻，做出了让全世界叹为观止的伟大举动，他们把爱心插上翅膀长出脚，一拨一拨向英雄的武汉汇聚。紧跟在这些美丽的白衣天使身后的，还有各行各业的志愿者们：最质朴的农民将一袋袋大葱、白菜等装上一辆辆大卡车驰向武汉，飞驰的车身上，那“同舟共济扬帆起，乘风破浪万里航”的红色横幅是那么火热、耀眼，像一簇簇火红的木棉在车上绽放；所有能生产口罩的厂家都把生产量提高到了极致，全国口罩平均每秒产出约 1343 只；危难关头，英勇的解放军将士在武汉医疗人员不堪重负的情况下率先出征，乘风破浪，从各地启航，将一批批军队医疗人员和医疗物资投送到武汉。“苟利国家生死以，岂因祸福避趋之”，英雄的武汉，此时此刻牵动着多少人的心啊！身为光荣的人民教师，又怎么能在这一刻甘居人后呢？在这场疫情防控的阻击战中，每个平凡的人都是抗疫的主要力量。在这场与时间对决的接力赛中，每一个人都在做力所能及的奔跑。这是一场没有硝烟的战争，但每一个人都是战士，每一个人都在自己的岗位上发出他独有的声音，都在尽自己的可能做出自己的贡献。而眼前这些忙碌分书的身影，不就是抗疫战线上一道靓丽的风景线吗？

网课最终决定要通过钉钉平台实施了，由精通电脑操作的万老师在钉钉教师群通过直播向老师们讲解操作的程序。培训结束后，麦子所在年级的姐妹们又自行在钉钉建了一个小群进行试练，大家在群里嘻嘻哈哈地交流着，这个问怎么听直播看 PPT，那个说不行不行，还得再去把刚才万老师的直播回放一下才行；这个说我怎么听到你那边还有劈柴声呢？那个回应说我现在还困在乡下，根本就出不去，网线还是东拼西凑从邻居家扯过来的呢！这个又说家里没有电脑，只有手机怎么放 PPT，于是又讨论要不要几个班一起联播……一会儿又有人说自己电脑的麦克风不行，一会儿又有人说不知道在哪里点连麦……大伙一个个轮流上台调音，试讲，终于摸清了一些门道，这时候已经是深夜两点多了。麦子有早睡早起的习惯，所以没有和她们一起熬夜。更主要的原因是，早在培训之前，麦子已经在家里把所有能动用的工具都下载好了钉钉的 APP，包括两部手机、一个老旧的台式电脑和一本许久不用的笔记本电脑。她先是一人分饰两角，一边作老师上课，一边在另一个 APP 上扮演学生连麦，试了几次之后，麦子感觉找不到上课的感觉，又和家人建了一个钉钉小群，每天在家里和家人们要么开视频会议，要么开电话语音会议，甚至通过屏幕分享的方式给他们“上课”，连七十多岁的老阿妈都成了她的学生，麦子不断问这些年龄各异的“学生们”：“声音流畅不？”“PPT 能看得到不？”“给我连个麦试试？”……几天下来，麦子已经可以很熟练地操作钉钉啦！

第二天一大早，麦子习惯性打开手机微信，群里推送了好多如何使用网课的干货，有叶校长推送的《张泉灵教你 30 分钟掌握网课技巧》，有周主任推送的《网课怎么教，北师大教授教你“随时教，随时学”》……还有一大批教育公众号的链接。麦子如获至宝，连忙一一收藏，有这么多的宝贝在，麦子上好网课的信心就更足了，她甚至有点期盼上网课的时间早点来临了。

备好课是上好课的关键，为了在第一节课牢牢地抓住学生的注意力，麦子可谓开足了马力，在电脑前一坐就是几个小时，光是 PPT 就修修改改做了好几次。好在疫情期间，网络上的资源简直是铺天盖地，麦子这里挑挑，那里拣拣，最后还是决定把清华附小的设计理念和自己的特色相结合：每节课由预学、共学、延学组成。为了体现学生的主人翁地位，麦子准备把孩子们优秀的预学成果都展示在 PPT 里，一来可以节约讲课的时间，二来也能激发学生的自我效能感，促进更多同学养成预学的习惯。想到同学们看到自己辛苦的成果展示在全班同学面前时的高兴劲，麦子感觉自己的心也在瞬间沸腾了起来。

网课终于正式上线，“老师好！”“老师好久不见了！”看着屏幕上一连串的问好声，麦子的心暖洋洋的，多么久违而又熟悉的感觉啊！“同学们好，能听到我的声音吗？如果能听到的话，请大家为我 call 个 1。”麦子有模有样地说出了开场白，并随着屏幕上的一连串 1 顺利地讲解了起来。30 分钟的网课进行得相当顺利，网络非常顺畅，同学们发言也非常积极，连成绩倒数的同学都通过连麦露了一次脸。虽然还是有个别连麦的学生出现了卡顿，但对整堂课的进行并没有多大影响，麦子感觉效果跟平时的线下教学几乎没什么差别。网课结束的时候，麦子进行了一个小小的调查，问同学们喜欢前几天推送的名师录播课还是自己的直播课，同学们纷纷选择要听麦子的直播课。虽然这样的直播课很累，制作一篇文章的 PPT 要花费好几节课的时间，但能得到同学们的肯定，麦子觉得一切的付出都是值得的。

麦子住院了。

附近新开了一个公园，听说很大很美，而且特别适合散步，麦子便兴奋地拉着丈夫去看个究竟。路过儿童乐园的地方，麦子看到玩跷跷板的地方人很少，一时兴起，也坐了上去。谁知一旁的不知谁家的小宝宝不知什么原因，突然从跷跷板上摔了下来，麦子下意识地伸出双手一把拉住，却和那孩子一起摔了下去。为了防止孩子受伤，麦子尽力地托住孩子，任由自己的胸部重重着地，“啪”的摔在下面已不是很松软的沙子上。躺在医院的病床上，麦子满脑子想的都是如何把网课正常地进行下去。新课早已提前备好，愁的只是在哪里上课的问题。麦子将医院的地形观察了一遍，决定在走廊尽头的一个角落进行上课。麦子穿着病号服，强忍着腰部的疼痛，提着电脑，像小偷一样悄悄缩在角落里，打开电脑，尽量压低声音上起课来。偶尔一两个病号走过来，好奇地瞄了一眼麦子，麦子尴尬地笑笑，权当自己在和朋友聊天，很快就把精力全部投入到了课程当中。

2082、2076、2098……

麦子已好久没有关注现存的确诊病例了。一方面是把心思都用在了网课上，一方面是疫情的拐点早已到来，连武汉都已经解封了。麦子特意观看了解封时的画面，“所有执勤警力，解除城市封控，撤岗！”随着张家湾公安检查站站长梁依峰郑重又铿锵有力的声音，一辆辆大大小小的车辆瞬间汇成了一条源源不断的流水。武汉天河机场，第一架复航的客机和等待了整整两个月的武汉机组人员，这一天也终于复工了。英雄的武汉终于活过来了！英雄的武汉终于摇摆起来了！英雄的武汉终于运转起来了！你好，武汉，好久不见。你知道大家都很想念你吗?看那街头绽放的簇簇樱花，她们也是在用这火热的方式迎接你的归来吧！那些好久不见的生活，都要随着你的复活而归来了吧!

2093、2036、1891………

麦子的心情越来越轻松了，一方面是全国疫情的数字越来越小，一方面是网课进行得越来越顺利。通过这段时间的网课，麦子感觉有了更多意外的收获——如何更好地将科技和教育教学进行有机地结合，如何更好地激发学生的学习兴趣和主人翁地位，麦子都有了更多更好更深刻的体会。麦子深刻地体会到了：没有一个冬天不可逾越，没有一个春天不会到来。虽然 2020 年的这个春季充满了艰难与曲折，它仍然靠坚定的信念和顽强的斗争，逐渐摆脱冰雪的桎梏，曲曲折折地接近温暖，苦熬了出来。春天，在一点一点化开的过程中，一天天地，羽翼丰满起来了。

若有梦想藏于心，岁月从不败美人

—— 一名普通民办教师15年蜕变历程

◎ 汪正梅

作者简介

汪正梅

任教于深圳市宝安区富源学校小学部，为小学一级教师。毕业于华南师范大学汉语言文学专业。从教17年，有多年年级组长、班主任工作经历，2013年带领团队，践行民办学校“转型升级，差异化发展，小班化教学”。多次被评为“优秀教师”和“先进个人”。参与两项宝安区教育科学“十二五”课题研究。承担过语文整体改革全国性展示课。

我，深圳市宝安区富源学校小学部四年级一名很普通的语文老师，一个已经在深圳的民办教育中耕耘了15载的小语人。在深圳经济特区建立40周年之际，在“逐浪大湾区 共筑教育梦”主题感召下，驻足回首我在深圳民办学校一路走来的个人经历和心路历程。

最深的感悟是：若有梦想藏于心，在深圳，岁月从不败美人。

我是名中师生，读书时成绩不错，儿时的梦想就是当一名好老师。可是当时国家政策，中师生不包分配，只能在家乡做个代课老师，微薄的收入根本支撑不了梦想的实现，只好离开家乡，来深圳寻梦。当初只是想找一份工作，体面地圆自己的教师梦，没想到我会在深圳的基础教育上扎根，并且一扎就是15年！

依稀记得第一次踏上这片土地，对深圳的第一印象并不好，从飞机上俯览深圳，房子就像一堆集装箱火柴盒似的。傍晚，从各个工业区涌出来的人都穿着一样的工衣，聚集到超市、夜市、菜市场，黑压压的一片，一点都不好看，我一点都不喜欢。

既然来了，首先就得住下。那时候房子不好找，刚开始租了一个顶楼的单间，一个月 220 元。里面就一张床，其余什么都没有。简单地置办了一点家私，花了 2000 元左右，当时觉得一个月 200 多块的房租，好贵啊！那时，我工作后一个月工资才 1500 元。

住的地方有了，就要找工作，让自己生存下去。回想自己找工作的经历，还是很感恩深圳这座城市，它没有太多的门槛设限，公平公正。我就是跟随姐姐去附近学校给外甥送了一次饭，问了一句，你们学校招老师吗？招！就手写了一份简历，怀揣几份证书在规定时间去面试。面试的流程也很简单，填资料，备课，试讲，面谈，一份工作就妥了。不需要熟人引荐，只需出示一系列必须证件，通过试讲，就能上岗。第一次凭自己的能力，这么容易地找到一份一个月 1500 元的工作，当时好开心，好激动！出了校门就给妈妈打电话，让她放心，我找到工作了！

工作有了，假期就安心地在出租屋里看书、练字，认真地准备学历提升考试，有时还去附近超市卖书的地方看半天书。到了 8 月中旬就开始上班了。上班以后才知道，在深圳做一个民办学校的老师不容易，需要你付出很多的努力。

民办学校招生是第一位，我们早晚都要到菜市场、大超市、小区门口，摆摊设点，挨家挨户地发学校的宣传单。那时候发传单是重要的招生途径，有时也会去大型超市门口搭台带学生表演节目，扩大学校的影响力。就这样早晚外出招生，空闲就在学校打扫卫生，整理学生课桌椅，备课。从 8 月中旬一直到开学是没有休息的。就连开学前的收费都是老师和财务一起，在一楼大厅围起桌子收现金。开学前的工作虽紧张忙碌，但是还不是最累人的。

9 月 1 号学生报道后，一直到国庆节，这一个月对于刚接手一年级的新老师来说，那真是脱层皮，熬过来的。很多年轻老师的嗓子那段时间也一直处于沙哑状态。开学第一天，记得当时校长说，很多家长要赶着上班，他们会早早把孩子送来。我们早上 6 点 20 分就开始签到，在教室迎接第一个孩子的到来。当年的这个要求，延续久了就成习惯，后来的每个学期开学第一天，我都会早起，早早地做好一切准备，迎接我的第一个早到的学生。

清楚地记得当时我带一年级两个班的语文，一个班的班主任，每个班 60 个学生。那时候，很多孩子读一年级时还没满6周岁，上课完全坐不住。虽然开学之前，开了很多会，学校进行了很多培训。我也把能想到的，能做到的都用心地准备了。但是真的开学了，60个一年级新生交到我手上，虽然没有手忙脚乱，但是一天下来，送走最后一个坐校车的学生，教室桌椅乱七八糟，地面也是狼藉一片，如战场一般。开完总结会议，九点多回到出租房那个家，衣服领子上都是白白的盐。也不知道那天我喝水了没有？上厕所了没有？只知道那天早上6点20分所有班主任就要到校的。晚上接近九点多才到的家。开学不久我的嗓子就哑了，慢慢地好了，又哑了。现在想想，真心不容易！

但是深圳最神奇的地方就在于，付出就有收获，你只要肯学，你身边就有很多资源，很多的老师，他们会帮你，帮你迅速适应这里的节奏，适应你的这份工作，这是深圳特有的魔力。我的理想就是做一名好老师，当我有这个机会的时候，面对再多的困难，我都咬牙坚持，都在努力做好。

功夫不负有心人，就这样披星戴月地日复一日，年复一年，在实践中摸爬滚打，慢慢地我也摸索出属于自己的管理班级的方法，形成自己的教学风格，从容站稳讲台的同时，各种荣誉也纷至沓来。

梦想像个前进的灯塔，总在指引照耀着你前行。人往高处走，水往低处流。当年的民办学校，师资的流动性是很大的，眼见身边一个个优秀的老师，离开走向更高更好的平台，我也跃跃欲试了。

机会总是留给有准备的人的。在一次暑假发传单招生中，我遇到了一个以前的同事，他也在摆摊招生。他在另外一所当时各方面条件都比较好的学校工作。他连我的名字都叫不出来，但是他对我印象很深刻，知道我是一个很负责任的老师。原因很简单，我当时的教室是紧挨着厕所，来来回回大家都能看到我在工作。得知他们学校也在招老师，于是我就告别工作了四年的第一所学校，来到了这个校园更漂亮，各方面条件待遇更好的学校。

面试的时候，除了做老师必要的证件，前几年提升的学历，以及很多荣誉证书帮了我大忙。同样是试讲过后，就尘埃落定，很快就融入新的工作环境。特别感恩于这所学校给我提供了一个大单间，结束了我在外租房的生活。那时候孩子小，在外租房是一笔开销，也不安全，偷窃、抢劫还是经常被报道的。住到学校，不用交房租，也更安全。没有后顾之忧，又有经济基础，促使我更能全心地投入到工作中去。那时候学校没有规定晚上老师加班，但是每个人都自觉留在办公室。那时候学校抓教学质量非常严格，领导随时会推门听课，一个语文老师带两个不同年级的班，大小考试平均分相差 5 分就是教学事故。也就是在近乎苛刻的体制下，磨炼了我的课堂教学基本功，使我意识到自身的不足，不敢松懈，一边继续提升学历，一边继续打磨课堂，研究教学的技能。同样，边教边学边研究，在这方面我笔耕不辍，经常写反思，写教学案例，时间久了，发现越写越顺了，也偶有“豆腐块”见诸报端，那种喜悦足以驱散很多的疲惫。

至今感恩这所有愿景有情怀的学校，这里的领导站得很高，看得很远，对老师培训的力度很大，经常让老师们走出去学习，也请进来很多名师讲学。在这所学校我一待就是九年，经历了无数场培训，上过很多大型的公开课。最难忘的是，主题阅读的年度研讨会在该校承办时，陆恕校长亲自指导我上《日记教学》公开课。面对来自全国各地的同行，内心的紧张自不必言说，一次次推翻设计，一次次研磨，一个细节一个细节地扣，准备的过程是异常艰辛的，但是上完课以后，成功的喜悦足以让我知道我离做一名好老师的梦想更近了。

2013 年学校转型升级，向国际化高端民办学校转型。我有幸搭上了“第一班列车”，从招生、一场场说明会、课程的设置，到师资的培训，逐项的落实，一路走来，遇到过很多困难。但是困难没有阻挡我们前进的脚步，2019 年秋季，学校已经成功完成所有年段的转型升级，大步迈进一个新的时期。

正因为这段国际化、小班化教学的探索经历，促使我又一次把握了机会，进入一个更高更大的平台——深圳市富源学校。这是一所近万人的大校，这里有教职员工数千人，这里号称“深圳的伊顿公学”，军事化管理，各个学部均在教育教学上力争鳌头、先锋。这里的老师，个个身怀绝技。教师生活大讲堂上，群英荟萃。而立之年，能在这里，向各位教育精英近距离地学习，切磋教学的技艺，实乃人生大幸！

回首 15 年来做一个好老师的追梦寻梦历程，我深深明白，一个人的发展与时代的发展是血脉相连的。我有幸来到深圳这片神奇的土地，扎根宝安民办教育的沃土，一次次跨越，一次次与梦想越走越近，是因为我身在一个伟大的祖国，搭上深圳发展的快车。

在此我想吐露一个普通民办学校小学教师的心声。在深圳，在民办学校，有危机意识的同时，你不能一味埋怨体制的不公。你既要脚踏实地埋头苦干，也要时不时仰望星空，拾起你的初心，怀揣梦想，勇敢地去探索，去学习，去实践。若有梦想藏于心，付诸行动，在深圳，岁月从不败美人。你会与你的梦想，越走越近！

我的一片天地

◎ 王文娟

作者简介

王文娟

任教于深圳市宝安区金碧实验学校，中教一级教师，从教25年。曾被评为宝安区优秀教师、西乡优秀教师、校级优秀教师。多次指导学生在国家级作文大赛获奖。热爱文学，教学中培养学生文学特长，与学生共同成长。

夫天地者，万物之逆旅也；光阴者，百代之过客也。

——李白

一

四月的深圳湾畔，阳光点燃叶子的亮，海水推拥漫过礁石，花树列队在风中等待。

天地不会改变。

时序又到了春天。

这个清亮的早晨，遥想北方，白昼来得早了，农民将在风沙里播种，也将趟着露水开始晨耕。那时，泉水边拉水车奔突，向村庄上空向旷野深处，放响清脆的马达。

南国的街头，我爬上老桥，桥头一棵凤凰树俯瞰我，它在尘埃里葳蕤。走过桥，身下横跨着滔滔车流，滚滚车声。人们又开始在这自由的南国圣地，驰骋他们的梦想。

二

初到深圳，我走在花园式的校园，像游

走在梦中。

一团团肥大的掌形芭蕉，与一排排直入云霄的棕榈树，高低错落。它们喝饱了南国的雨，健硕而水润。我新奇地凝望我经过的每一株花每一株草，我要确认这真实的生活。

我和家人曾如一辆没有安全感的老爷车，在南国的行旅途中，一路颠簸。

贫穷是那时的状态。

母亲常去地摊，买五毛钱一斤从串上掉下来的香蕉。小老板不收一元以下的零钱，母亲经常跟人商量，才买回一堆根部黑掉的香蕉。最爱吃的是母亲做的红烧鸡腿，小市场买来，油煎过，加点酱油放点糖，端上桌来，再添一盆炖菜。一张大桌子，常常围着东北一大家人，以床当座椅，东挪西凑坐下，吃得热火朝天。住的是学校照顾的合租宿舍，我的父母弟弟们都跟我们居住过。挤在几平方米的小屋里看电视，一家人有说有笑。

就这样，在宝安，十八年，我们像金黄的野菊花，在争议的目光中，平静地栉风沐雨，自由开落。

三

举家搬迁。从北方的集装箱，到南方的大货车，装载着我和父母兄弟几家的杂物，浩浩荡荡，五年都在搬家。

动荡最多的是工作。

我不喜欢的和不喜欢我的，七年都在折腾。

有一次，我在倾心的学校拼搏一整年，繁重的工作我都努力坚持又精益求精去做好，但竞争实在太激烈了。我伤心地默念：“不得不离开。”

在深圳，竞争就是优胜劣汰，压力山大。

我没有顾影自怜的时间，像高效的机器运转着，我选择了西乡金碧，西乡金碧也选择了我。十二年的时间，我在成长和创造，金碧是我倾尽青春和热望的圣地。

回望不平凡的时光，我想起我们的日子，如细水长流：今年添个电视，明年添个 DVD，后来冰箱、洗衣机，再后来买了自己的房子，最后又在惠州海边买了两套房。弟弟们的创业也一路风生水起。这日子，也挺满足的！

我爱上深圳这座城，我不再是座上客，它是我梦中走出的家园。

四

深圳以超速发展的面貌日新月异。

初来时，我和弟弟徒步穿过深南大道，奔向海边。深南大道宽阔的车道，川流不息，两旁茂盛的行道树和各色花树，形成大屏障守护着这庄严美丽的街。海边没有我们渴望的烟波浩渺，这里刚刚填海，泥浆遍地，泥腥味弥散在空气里。面对百废待兴的土地，我们心潮澎湃。那是现在前海的位置，沧海桑田，现在的前海高楼林立，是商务中心，是未来整个珠三角的“曼哈顿”。

公明，我曾经居住的地方，原来是村子里寂静的民居，我去年故地重游，那里建起一幢幢崭新的高楼，楼下尽是商业店铺，人声鼎沸。

在宝安这些年，我在这鼎沸的日日夜夜里奔忙，亲历我身边的宝安。

臭名远扬的西乡河，现在绿植繁茂，河水清澈，游鱼引来白鹭翩跹觅食，夜晚，两岸灯火阑珊笼罩繁华的都市。我居住的街道路面拓宽了，两边都可以泊车。街边的商铺换了一家又一家，换来的有的是手机店，有的是小饭店，但音响没了，城管管制噪音。街边新加了一排小树，轻轻绽放的小花落了一地。

我爱花，想象着门前有一棵花树，勒杜鹃、木棉花都行，黄花风铃木最好，但有点奢侈。如今，这红色的包裹花籽的花树，我也喜欢，只要开花就好。

每天上班，出门有花的日子真好！

桥头的凤凰花，椭圆的对称叶子一串串伸展半空中，红色的花瓣张开翅膀栖落枝头，漫天的红色像燃烧的火焰，点燃岁月。我深深凝望，眼里摄下它的盛世繁华。

单位路边，也种植了一片一片紫色的兰花草，割掉一茬又开一茬。街道上几棵黄花风铃木，绢似的小黄花零星坠落，碧绿的草坪留下它的倩影。

十几年的行走，我安定于一个家。

五

前几天，北方的老校长关心地问：“你的领导对你的工作都支持吗？”我也没有干着多大的事情，但领导确实给我提供了很好的平台，让我这个小教师实现我这一生的教育梦想。

最近的事记得最清楚。

过去的一年，借助辉煌文学社这个小舞台，我举办了“百家大讲堂”，举办了文学沙龙活动课。

人总要在过去的失败中寻找教训，做更好的自己。以前我不重视师生关系，只抓成绩。现在我相信，从人出发爱学生，启发和实践他们这个年龄的文学梦想，才是我这个语文教师的教育根本。

在陈校长的支持下，我的活动开始筹备。为了做好我的演讲，我在上下班路上背诵，声情并茂地朗诵。苦练方得始终，那天早上的校园，师生表演，全校学生积极参与，活动效果非常好。它必定是对学生一生有影响的梦想启蒙课。

“我欲穿花寻路，直入白云深处，浩气展虹霓。”穿透时间的禁锢，诗歌的虹霓横亘在我的一片天地，它也是我热衷的文学梦想。

诗人人邻有诗，“似乎谁醒着，草原就是谁的”。结局也许都与梦想无关，但我清醒，路上的那些攀登，会带我们来到梦想面前，看清我们的路。

正像我与我的学生，不带奢望，用我所做的能帮到他们就好。

登上神圣的高山，双手举过头顶，我们高于蓝天；匍匐在地，我们低于野草。感恩博大的天地，感恩易逝的时光，它让我们珍惜生活的美好！

让你，诗意绽放

◎ 熊伟华

作者简介

熊伟华

任教于深圳市明德外语实验学校，为党支部书记、常务副校长、工会主席，中共党员，一级教师。从教二十多年来，不忘初心，忠于党的教育事业，潜心研究学校办学规律，积极投身教育教学改革。曾获宝安区优秀校长、宝安区十佳工会主席、宝安区先进教育工作者、宝安区优秀教师等称号，连续六年获评优秀共产党员荣誉称号，在《教学参考》《读与写》等核心期刊发表科研论文多篇。

有一门学科，源远流长
有一门学科，低吟浅唱
有一门学科，慷慨激昂
有一门学科，激情奔放
那就是你呀，我心爱的语文！

你是醇厚的美酒，余韵悠长
你是汪汪的山泉，甘冽清凉
你是香浓的咖啡，唇齿留芳
你是新鲜的水果，汁液流淌
你是清淡的绿茶，神清气爽
你是天空的流云，悠然飘荡
你是汤汤的小河，微波荡漾
啊，心爱的语文
你是我　一位普通老师心中的梦想！

追寻语文的真谛
在逐梦的路上曲折前行

曾经　我将“语文”解读成枯涩的语言
走不进“渔舟唱晚”的恬静
看不见“杨柳岸，晓风残月”的凄凉
体悟不出“衣带渐宽终不悔”的执着
语文你呀　失去了应有的活力

曾经　我将教学变成了文本的解析
“飞流直下三千尺”的豪迈别我而去
“不为五斗米折腰”的正气渐渐淡薄
“我以我血荐轩辕”的热血不再流淌
你，没有了饱满的情感
曾经　我就这样地与你背道而驰
让课堂枯燥无味！

追寻语文的真谛
在逐梦的路上执着前行

名家指引，改革春风
让偏离航向的我蓦然警醒
不，我心爱的语文
我要让你回归你的本真
让你，诗意绽放！
课改的召唤，
如和煦的春风，给你注入了勃勃生机
生活的滋补，
如生命的琼浆，让你母语的地位凸显
课堂的回归，
如普照的阳光，让你诗意的芬芳绽放
啊，我心爱的语文
如今　我就这样地与你相知相融
让课堂活力张扬！

追寻语文的真谛
在逐梦的路上幸福前行
那含香的书页　如方舟
载着虔诚的心灵　畅游

每一个文本，都是一片海
蕴藏无穷的宝藏——
有鱼虾　也有太阳
有珍珠　也有碧浪
有美丽　有鸟语花香
有灵动　有奇思妙想
有激情　有热血满腔
有智慧　有梦想飞翔
不断发掘你丰富的底蕴
且行　且思　且成长
幸福　静静在心底流淌

追寻语文的真谛
在逐梦的路上快乐前行

啊，心爱的语文
如今的你呀　总是那么诗意芬芳
公开课　演绎《珍珠鸟》人性的光辉
照亮心底隐藏的黑暗
研讨课　诠释《胖乎乎的小手》温馨的情感
回归生活本原的现状
观摩课　解析《落花生》智慧的精华
升华平凡人生的价值
活动课　更是丰盛的大餐
让孩子们思维碰撞 各展所长……
感悟　你的美和生活万象
精彩和感动层出不穷
快乐　在心底翻腾

追寻语文的真谛

追寻心中的梦想
向着　诗和远方飞翔
让课堂成为孩子们自由驰骋的天地
舒心的笑容在他们脸上荡漾
让学习成为一种温馨的对话
满足的情绪在他们心底回荡
让讨论成为乐此不疲的游戏
浓烈的兴趣激发他们的奇思妙想
让发言成为展示的平台
成功的喜悦充塞他们的胸膛
让阅读成为一种习惯
书香的浸润促进他们的成长
让习作成为一种享受
生活的韵味在他们笔底流淌
让潜能充分地发挥
让心灵无拘地碰撞
让思维自由地发散
让个性尽情地张扬
让国粹在这里传承
让经典在这里弘扬
让人格在这里成长
让情思在这里荡漾
让美好在这里宣扬……

我　以语文老师的名义宣誓
让满天星辰　见证我的誓言——
追寻你　语文的真谛
追寻我　教育的梦想
一生厮守　不离不弃
——让你　诗意绽放！

坚守教育，逐梦前行，播撒希望

◎ 曹聪

作者简介

曹聪

任教于深圳市宝安区红树林外国语学校，为小学语文老师。毕业于华中师范大学文学院，硕士研究生学历。曾获宝安区第三届少先队活动课案例展示大赛一等奖。

我成为一名老师这件事，没有什么意外。

小学的时候就开始用家里的小黑板给爸爸妈妈上课，让他们做我的学生，我很享受当小老师的这个感觉。到初中，印象很深的一节语文课，被老师问到之后想做什么职业时，第一反应脱口而出的也是老师。到高考填报志愿，没有纠结地就报了师范学校的师范专业，再到后来读研也是在师范院校。成为一名老师在我的人生轨迹中似乎是一件顺其自然的事情。但是小时候的我可能没想到的是，我将会在深圳这座城市开启我的教育生涯。

一、得宝而安，开启新征程

深圳是一座年轻的城市，浑身散发着朝气和活力，2020 年刚好是深圳经济特区成立的 40 周年。而我，则是一位“年轻”的深圳人，或者更准确地说，“年轻”的宝安人。很多人来深圳发展都是冲着那一句“来了就是深圳人”，喜欢它的包容、开放和多元，我也不例外。

第一次来深圳是在2016年，当时是想要去香港玩，就在深圳短暂停留了一天，但我对深圳的印象非常好。鳞次栉比的高楼，干净整齐的街道，温和谦让的人们，一个高速发展的城市，却十分井然有序。当时去了福田的图书城，发现里面有很多人在看书，包括一些老人和小朋友，我一下就喜欢上了这种阅读的氛围。记得当时还吃到了广东的肠粉，一个嗜辣的湖北人第一次发现，原来清清淡淡的食物竟然也可以这么好吃。短短一天的游历，让我有点意犹未尽，一直很想有机会可以再来深入了解和感受。到了2018年毕业季，当时在学校正好看到有深圳宝安区的教育局来招聘，我毫不犹豫地就去参加了，于是就开启了我和深圳、和宝安的缘分。

虽然不是第一次离开家乡去外地，但是真正说去一个新城市定居，却还是第一次。之前还会有些忐忑和怀疑，自己会不会不适应？这么大的决定自己真的有考虑清楚吗？经过了一年半的生活，我发现我现在已经完全适应在这边的生活，甚至说放假回家时间久了还会很想念。我是在长江边长大的，对于海其实并没有什么执念。但自从读研期间去台湾交换了半年，便开始爱上了大海，爱上了海涛拍岸此起彼伏的汹涌声，以及空气中温润咸湿的海风，微微吹拂在脸上，令人陶醉。来到宝安后，发现从住处高层的窗户往外看去，可以远远地看到前海湾的海面，在阳光下，呈现着渐变的蓝，我开心极了。有时周末，还会去西湾红树林公园散步，听听海风，看着远处一架架的飞机从天边划过，一切的烦恼和压力似乎都变得渺小。在这边，每天都在贪婪地享受着一个身为海边人的“特权”，这感觉真是美妙。我知道我喜欢这里，我的选择没有错。

现在国家正在大力推进粤港澳大湾区的发展，处于大湾区里的核心位置，宝安迎来了前所未有的发展机遇，平凡的我，一个新宝安人，何尝不是在与它共同发展和成长呢？之前无意中知道了宝安名字的来历，宝安，“得宝而安”。在我心中，宝安拥有着丰厚的底蕴、市井的温情和未来无穷的潜力。现在我得到了它，接着就要在这片沃土安心、安定、安居了。

二、不忘初心，身负新使命

当老师，比我想象的要难一些。尤其是第一年就直接做一年级的班主任兼语文老师，身为一个新手，这一年的我几乎是崩溃的。课堂里学的和实际操作的，完全是两回事，我只能慢慢摸索，缓慢前行。情况到了第二年开始慢慢好转，我逐渐找到了当老师的感觉，享受孩子们在我的教导下学习越来越多的汉字，明白越来越多的道理。真正让我深切明白和感受到自己肩上的担子，还是在今年。

因为疫情的原因，学校不能开学，身为湖北籍的老师，我在回老家后一直隔离在家。“停课不停学”开始后，学校组织了疫情期间相关课程的备课和制作，我负责了其中一课的录制，内容是“致敬逆行者”。在备这课的时候，正处于疫情的攀升阶段，电视里每天都是不断增长的冰冷的数字，身在疫情重灾区的我，内心有许多的惶恐和不安。那个时候，完全不敢出门，第一次觉得灾难和危险离自己如此之近。想到 2003 年非典的时候，我在读小学，当时还小，不明白这意味着什么。印象中只有每天上学老师在教室里量体温，板蓝根很难买到，电视报纸里都是戴白口罩的医护人员。直到多年以后看当年的报道和纪录片，才了解到当年中国经受了多大的浩劫。因此找资料的时候有很多次，看到那些逆行者们的事迹时，在电脑前感动得留下了泪水，并且在当时那样特殊的环境中，这种感动和温暖被放大了无数倍。

我当时就在想，如果我小的时候，能够有老师告诉我，我们的国家正在经受着些什么，是哪些伟大的人在保护着我们，该有多好。于是我的脑海里一直有着一股强烈的责任感和使命感，想要把现在所发生的一切告诉这些孩子们，让他们明白和知道，我们现在的快乐和幸福来之不易，是因为有一群伟大的人在为我们保驾护航。身为一个老师，尤其是一名班主任，这次疫情真真切切地让我明白自己身上的担子有多么重。我们不仅要教书，更要育人。我想让班上的孩子们知道，什么是责任，什么是担当。我希望通过我的课，能够在这些孩子心中种下一颗种子，让他们长大了，也成为像逆行者一样英勇、有担当的人。

我明白了教师这个身份赋予我的使命和责任，感受到了身上担子沉甸甸的重量，也更加体会到了教师职业的价值。

三、砥砺前行，播种新希望

课程发出去后效果不错，很多家长反馈说，孩子看视频的时候都感动地哭了。其中有个孩子写了一篇观后感，最后一句话写的是“我要努力学习，将来也要成为一个帮助他人、对社会有用的人”。我知道，我的种子已经播撒成功了。那种满足感和成就感，让我开始重新审视自己在教师这个岗位的作用。教书，教授知识；育人，培育品德。我们现在培育的这些孩子，将来长大了，就是建设深圳和祖国的主力军。他们的成长与深圳的发展和祖国的富强相辅相成，密不可分。我作为他们启蒙阶段的老师，无意中的某一节课或者某一句话，可能都会对他们产生深远的影响，从而影响到他们未来的人生道路。

而我要做的，就是在他们的心中不断播撒种子。

我记得在一年 9 月 18 日开的班会课上，我给他们讲了王二小的故事，也给他们讲了当时日军是如何侵略我们中国的。二年级的小孩子，一个个听得眉头紧皱。讲到最后，我告诉他们我们最终取得了战争的胜利，他们一个个高兴地鼓掌。我还给他们展示了中国几十年发展前后的对比图，他们一个个都惊呆了。我告诉他们，中国花了几十年的时间完成了了不起的蜕变，但之前的辉煌已属于过去，未来的建设和发展，靠的是在座的每一位同学！他们似懂非懂地点了点头，一颗种子已经种下。

我记得周末组织班级阅读活动，我们来到了清华大学的深圳校区，带领孩子们参观了校园。有老师给他们讲解清华的校史，带他们参观实验室，还有清华的研究生哥哥们跟他们互动交流，让他们感受到中国顶尖学府的魅力。他们在清华的校训“自强不息，厚德载物”石碑前合影，他们一个个开怀大笑，开心地比着“耶”。那一天他们很开心，都说以后我也要来清华读书。我真心地希望，未来这群孩子中，能有种子发芽开花。

我记得在项目化学习“我是哪里人”课程中，老师帮助他们了解了自己的故乡，或者说，是爸爸妈妈的故乡，目的，是为了让他们不忘本。但同时也告诉他们，他们是在宝安出生，在宝安成长，在宝安学习，他们是深圳宝安人。宝安的未来和深圳的发展，靠的是他们的努力和奋斗。这颗种子，是宝安也是深圳未来的种子，我也将它种下。

这是我，一个新宝安人的教育故事。在宝安的这片土地上，我开启了我的教育生涯，明确了自己身为教育者的价值和责任，同时，也播撒下了属于未来的希望的种子。得宝而安，我希望能够通过自己的努力与坚守，让种子们不断生长，为将来宝安和深圳的发展贡献力量。而我自己，也在这个过程中，与宝安共同成长。

知足，常乐否？

◎ 蒋美华

作者简介

蒋美华
任教于宝安区沙井街道壆岗小学。毕业于湖南师范大学心理学系，硕士研究生学历。持有国家二级心理咨询师证和广东省中小学心理健康教育 A 证证书。曾荣获“宝安区优秀教师”“沙井街道优秀班主任”“沙井街道教坛新秀”等称号；主持宝安区区级 A 类课题，获宝安区六好工程“好课题”一等奖；发表有《厚积薄发式习作启蒙》《小学生攻击性行为特点的探究》《为何孩子爱给自己找借口》《会听才会说》等文章。

“知足常乐”这一成语对大家而言，不仅耳熟能详，而且其中的道理也颇受一些人的追捧。曾经，我也一直拿它当自己的座右铭，认为自己的生活在一步步地不断向好，日子一天天能过得下去，该知足了。因此处处以做好自己的本职工作为标准，时时以知足常乐来自我安慰。一晃十年光阴悄然而逝，而我仍然坚信着自己的“知足常乐”，继续保持着“知足常乐”的工作和生活态度，浑浑噩噩，全然不自知。

直到前年暑假前夕，在遭遇一次当头棒喝之后，我的这一“执念”才开始慢慢动摇。

那是在学校的学年期末工作总结会上，教学处在总结工作时，给大家播放了一段视频，视频展示的是身边同事们日常工作的一个个剪影：有为了参加各级各类教师比赛，连续好几天加班到凌晨两三点的；有为了上好一节课，早两三个月就开始准备；甚至还有早半年就买好相关资料发给学生，以便学生做好做足相关知识储备的；还有为了帮助某个老师上好一节教研课，整个科组老师集体加班到晚上九十点的。视频中展示的不仅有普通老师，更有以身作则、甘当“人梯”的学校行政领导班子。他们从一开始的帮助老师解读上级文件精神；到过程中帮着老师查找各种书籍资料，号召全校老师集思广益，还主动扮演培训师、裁判员的角色，经常陪着老师们加班到深夜；到最后比赛过程中的全程陪同和加油打气，真是让我惊叹不已。更让我惊讶的是，视频中展示的每一件事都有学校行政领导跟着加班加点的身影，由此可见，那就是他们的工作常态。

说实话，当时看完那个视频，我颇受触动。没想到，身边的领导和同事们都是那么勤奋那么努力地在工作；没想到，每个人成功的背后都是付出了超乎常人的努力和艰辛。尽管付出并不一定有回报，但不付出就肯定不会有回报。从那以后，我的座右铭——“知足常乐”开始慢慢动荡、摇晃起来。

凑巧的是，接下来的一学年，我跟我们学校的一位领导搭班，他带我们班的科学。记得在一次校级例会上，这位领导特别说到这一学年他要经常外出参加岗位培训，因此我做好了随时代课的心理准备。可出乎意料的是，每次外出培训前，这位校领导都会提前调好课，整一学年，他从没落下一节自己的课，并且每一节课都精心准备，都会制作精美的课件。一位多么难得的好领导！当然，我的身边还有许许多多像这位校领导一样认真负责的领导和同事们，他们无时无刻不在感染着我，影响着我。从他们的身上，我学到了一种兢兢业业、一丝不苟的敬业精神；从他们的身上，我看到了一种永不懈怠、努力向上的进取精神。相比之下，我的“知足常乐”是多么卑微，多么可笑！“知足常乐”——这个我一直以来所坚信的座右铭，此刻彻底分崩瓦解。

知足，常乐否？！毋庸置疑，答案是否定的。它不过是像我这样的懒人庸人给自己找的一个托词、一种借口，是我们这些人用来麻痹自己的一种内心“虚假繁荣”。

最近经常想起《钢铁是怎样炼成的》中的一句话：“一个人的生命应当这样度过：当他回首往事的时候，他不因虚度年华而悔恨，也不因碌碌无为而羞愧……”每次一想到这句话，我的脸就会不由自主地发热泛红。回想工作以来的十余年，头脑中似乎只剩下一个字“忙”，但到底忙了些啥，自己也说不上来，这让我有一种无地自容的羞愧感。现在尚且如此，如果继续这样“知足常乐”下去，真不敢想象若干年后的自己该如何自处?

那么，究竟该怎么办呢? 怎样才能让若干年后的自己再想起这句话时不再像现在这样脸红发热、无地自容呢? 我想, 恐怕唯有改变, 改变目前这种“知足常乐”的生活和工作状态，才可能减轻一点若干年后自己的悔恨和羞愧。但，这些只是口头说说、心里想想就可以实现的吗？当然不是！它需要行动，需要脚踏实地的、一步一个脚印的实际行动。所谓“心动不如行动”！对，就从现在开始行动吧!

于是乎，尽管现在的我每天承担着班主任、语文老师、母亲、“保姆”等多重身份的责任和义务，但我仍然想方设法抽出时间给自己补充养分。而我之所以这么做，目的只是为了不让未来的自己在回忆往事时因虚度年华而悔恨、因碌碌无为而羞愧，仅仅如此而已。

希望这些文字不仅仅是我开始行动的一个证明，希望它们也能成为我人生中不悔恨不羞愧的一部分，正所谓越努力越幸运，机会总是留给有准备的人！今后的我定会时刻以“不让自己悔恨羞愧”的标准来严格要求自己，热情生活，努力工作，以实际行动向专业型、科研型教师靠拢!

逐浪大湾区 共筑教育梦

◎ 朱叙霖

作者简介

朱叙霖
任教于深圳市宝安区天骄小学。毕业于香港中文大学。教育理念为“教育是一棵树摇动一棵树，一朵云推动一朵云，一个灵魂唤醒一个灵魂。学高为师，身正为范，以身作则，严于律己，以诚待人”。

忆往昔：我所知道的深圳

初次踏上深圳这块土地是在2001年。

我总记得在深圳出租车上，出租车正行驶在一座立交桥里，外祖父看着两旁的行道树，叹道：“这就是深圳啊，那个小渔村！”十多年后，亲戚来访，他们看着窗外飞速向后退去的郁郁苍苍的绿色线条，瞪大了眼睛：“深圳这么多树啊！”

那时，仙湖植物园脚下是一片片绿油油的菜地，每回经过，外祖父外祖母总要高高举起拉着我的手，免得我踩进泥巴坑里。饶是如此，我也经常落得两脚泥，在大人数落声中哭哭啼啼。2010年，泥泞菜地早已不见，菜地变平地，平地起楼房，楼房变高楼，高楼刷粉墙。每逢初一和十五，几乎所有通往仙湖植物园的道路都会被车辆游客堵得水泄不通。过去老旧颓唐的工厂，摇身一变，成了互联网产业园。夜幕降临，鹏基工业区灯火通明，工厂的蓝字招牌霓虹闪烁。

2003年，海上世界的“女娲补天”雕像周围全是白色鹅卵石，不远处就是海水。远处还有渔民浮潜作业。海上世界四处都是工地警戒线，禁止通行。后来，海上世界修缮了一些，明华轮停泊在海上。2013 年陪亲戚去，明华轮已不在水上，船底周围用塑料布模拟了一圈水景。去年，我再一次去海上世界，“女娲补天”雕像下建成了一座小型公园，摩天高楼“双玺”矗立其后。明华轮旁修建了一座喷泉表演池，沿池皆是一家家米其林式餐厅，鳞次栉比，座无虚席。

如果要问我十几年前的深圳和现在有什么不一样，我会觉得，好像没什么不同，好像我某天一觉醒来已经是今天这样。但又好像有很多不同——各区大厦林立，不只是像春笋一般纷纷冒出，而且设计愈来愈新奇，“子弹头”、流线型、非线性……最高纪录不断被打破，大有“欲与天公试比高”之势。罗湖的城中村看着矮了，龙岗的行道树看着绿了，深南大道的紫荆、勒杜鹃看着开了……我很难一一叙述深圳的“变”与“不变”，也无法一一指明深圳变了哪些。在我开口闭口间，打字删改时，或许光明的学校又盖好了一座。深圳的“变”像是一种基因，已经深刻融进了深圳每一个人的血液里。它的“变”正是它的“不变”。我们所习惯的深圳，正是习惯它的变。我们所骄傲的深圳，也正是骄傲着它的兼容并蓄，吐纳万息，吸收一切变化因子，将之化为营养，蓬勃生长。

看今朝：拥抱多元，拥抱创新

“山和海拥抱在这里，诞生了一个混血的婴孩，他长得太快，还来不及被确认身份，就已经潇洒漂亮地站在了我们面前……”这是纪录片《山和海的拥抱》的开篇语，真切地说出了深圳——这座日新月异的城市，给我们带来的巨大的震撼和意外的欣喜。

纪录片里，背景播音员几乎每分钟都会蹦出“第一”二字。第一家与港资合作开办的酒店——竹园宾馆，第一家商品房小区——东湖丽苑，首创土地有偿使用的国贸大厦及怡景花园，中国第一家超高层钢结构的建筑——发展大厦，中国第一家经济罪案举报中心，中国第一家外汇调剂中心，深圳人均购书量全国第一……这种种项项的第一，似乎在向我们宣告：这就叫“敢为天下先”，这就是深圳！

纪录片里，“山”和“海”是指深圳海陆兼备，一半是陆地，一半是海洋。也因此，有人说深圳是一个陆地文明与海洋文明杂糅的文化包容体。我深以为然。这座城市最吸引我的地方，既不在“山”，也不在“海”，恰恰就是“拥抱”二字。

深圳拥抱多元文化。

在我所去过的城市中，没有一个地方的标语会如“来了就是深圳人”这样让我记忆犹新，经年不忘。在深圳，不存在真正意义上的“异乡人”，因为我们每一个人几乎都是“异乡人”。在深圳，也不存在真正意义上的“本地人”，因为我们每一个都不是“本地人”。

深圳是一座年轻的城市，是一座随着机遇崛起的新城。它是一座文化多元的城市，是一个虽然不能在脚底下挖出秦都汉郡，却可以在头顶上造出天空之城的地方。它没有长沙、武汉、苏州、洛阳等任何一个我去过的城市历史悠久，没有那么多的古迹。但它努力保护着大鹏所城、炮台、天后宫等历史的足迹。也许是因为大家都看过它年幼的时候，所以它很坦然，把争抢屈原、孔孟、子冉、老聃的时间用以创造新人。在这里，我能在一天之内领略祖国四方和世界风情——我所遇到的每一个人几乎都带着不同的口音和语言，但我们只是相视一笑，并不脸红或尴尬。各方水土的人在这里都能收放自如，坦然自若。

深圳拥抱变革创新。

深圳并没有许多古老的西式建筑，却有许多崭新的西式美学建筑。如果身处夜晚的大剧院门口，各式各样的霓虹刻画出深圳独特的建筑剪影。螺线式，阶梯式，“子弹头”，双天线……虽然没有苏州的小桥流水，十里稻香，但你可以去洪湖公园走曲折的连廊，赏接天莲叶。虽然没有国外大片大片的绿草坪和整齐的园景，但你可以去各个公园躺一躺绿茵茵的小草坪、去莲花山感受感受缩小版的西方园林。

2008 年，深圳成为全国首个创建国家创新型城市试点。同年被联合国教科文组织授予世界第六个、中国第一个“设计之都”称号。2009 年，深圳在我国率先实现了“全民医保”。2012 年，深圳专利密度为每万人 50 件，高居全国榜首，超出国家“十二五”规划目标的 10 倍，已达到发达国家水平。其中专利合作条约国际专利申请量也连续九年居全国首位，占全国申请总量 19926 件的 40.3%。中国驰名商标累计达 103 件，成为全国首个驰名商标突破百件的副省级城市。在全国发明专利授权量排名前十强企业中，有五家深圳企业。2013 年，深圳国际专利申请突破 1 万件，同比增长 25.24%，占全国的 48.1%，连续 10 年高居全国各大中城市之首。不仅如此，深圳还获得了 4 项“国家专利金奖”，20 项“国家专利优秀奖”，创下历年之最。在由中国社会科学院财经战略研究院、中国社会科学院城市与竞争力研究中心等机构联合发布的《2013 年城市竞争力蓝皮书》中，香港、深圳、上海在 2012 年中国城市综合经济竞争力排名中位列前三。而在《2015 年城市竞争力蓝皮书》中，深圳超越香港，成为全国第一。

深圳是全国最早开展创客教育的城市。自 2010 年起，深圳致力于创建科技教育特色学校，联合高校、企业培养创新型人才，让学生们可以在名师能士的指导下进行科研活动。2015 年，深圳财政投入超过 2000 万，用以变革教学环境，在各中小学推进创新实验室、未来教室、智能教室、创客空间和未来学校的建设。在这种鼓励创新的氛围下，2018 年，在广东省中小学（含中职学校）创客大赛上，深圳学子的 30 个参赛作品全部获奖，特等奖数及总分均居全省第一。

深圳积极推进教育创新。深圳宝安区坚持“五育并举”，广泛推行“2+1”体艺项目，积极发展体育教育与戏剧教育。截至 2019 年，已创建全国足球学校 11 所、全国校园篮球学校 3 所、全国中国象棋基地学校 2 所、全国国际象棋特色学校 6 所、全国校园网球学校 3 所、中国少儿戏曲小梅花培训基地学校 46 所。2019 年，宝安区体育学科共揽国家级比赛第一名或一等奖 27 个。15 名宝安学子入选全国青少年校园足球夏令营，创历史新高。3 名学子入选全国总营，居全省首位。

观未来：我的教育梦

1963 年的 8 月 28 日，著名的黑人领袖马丁·路德·金在华盛顿的林肯纪念堂发表了一场重要演说，题目是：我有一个梦想。也许你会觉得好笑，人微言轻的我其实也想开展一场演讲，也想向世界宣告：我有一个梦想。这个梦，是我的梦，是我的中国梦，也是我的教育梦。我梦想，未来中国的每个公民都能平等地享受教育权。每一位国民既能享受到教育权利的平等，又能享受到教育机会的均等。每一位国民既可以拥有走进学校接受教育的权利，又享受到高质量的教育，拥有均等的学业成功机会。我梦想，每个学生都能自主地选择适合自己的教育模式，能自由和谐地发展。我梦想，教育将成为人们生活中不可或缺的一部分，我们可以随时随地拥有接受教育的机会，终身与教育相伴。

千年之前，孔子在奴隶社会呼告着“因材施教”“有教无类”。然而千年之后，仍有如重庆“瓷娃娃”唐一博因疾病求学被拒、超龄男孩杨可之父遍访八所小学无一接受、退役运动员张尚武申请大学竟未被同意的事件接连发生。这让从媒体上得知消息的我们也不禁在心中呐喊：救救他们，是谁剥夺了他们的受教育权？近年来，学前教育费用高、高中学校入学难、高等学校数量少，堪称深圳教育的三大“心病”。如何接受教育，如何接受高质量的教育，成了讨论不止的社会议题。

梁启超先生曾言：少年智则国智，少年强则国强。其实不然，国家之兴衰强弱如何只局限于少年？不论少年人、青年人、中年人，甚至白发苍苍的老年人，只要是国民一员，无不牵动着国之智强。因为国之组成，远不止少年人；国之未来，也远不止由少年人决定！因此，与其论说少年之智强则国之智强，不如言明国民之智强则国智强！那么国民如何智？如何强？鲁迅弃医从文的经历告诉我们：药不管用。马云用亲身经历告诉我们：钱不管用。最管用的是什么？教育！

只有教育，才能培育国家的栋梁之材，构筑国家的未来；只有教育，才能重塑个人的人生，从根本提升国家的整体素质；只有教育，才能传承千年中华文化，重振中华雄风，实现民族复兴。

然而，如果一个国家连最基本的公民受教育权都无法保障，谈何因材施教，谈何民富国强？如果一国之民众都不重视教育，忍心撕碎女儿的大学录取通知书，口出狂言，认为“读书没用”，谈何“知识改变命运”“书籍令人进步”“国家因学问而兴旺”？如果一个国家的民众没有机会接触到高质量的教育，无法与国际前沿接轨，又谈何科教创新和超越？

庆幸的是，深圳已经在行动，宝安也正在行动。早在 2005 年，深圳就制定了全国门槛最低的外来人员子女就读义务教育入学政策。深圳也是内地最早实施积分入学政策的城市。深圳市教育局数据显示，深圳义务教育阶段学位的 72%、公办学位的 55%提供给了非深户籍学生，比例为全国最高。至今，深圳已实现非户籍学生符合条件则百分百可在本市入学。2018 年，几乎每十天就会有一所学校在深圳破土而出。2018 年 9 月，36 所深圳公办新学校开门迎新，其中宝安在其中占了 4 所，另有 5 所改建。至 2019 年年末，宝安近三年新建学校将达 21 所，改扩建学校将达 17 所，另外，宝安还将新建一所特殊教育学校和一所国际学校。

我有一个梦想。我梦想有朝一日举国上下书声琅琅，湾区内外书香阵阵。学塾鳞次栉比，为师者受人尊敬，教学毫无保留；为学者谦卑处事，潜心钻研己爱。各行各业人才辈出，人尽其能！

园丁的幸福

◎ 叶惠惠

作者简介

叶惠惠

任教于深圳市明德外语实验学校，为小学部英语教师，二级教师。从事教育行业三年，曾获校级优秀教师、优秀班主任称号。

那个暑热未退的初秋
那个怀揣梦想　不再年少的少年
背负一身的行囊
来到　这片写满传奇的热土
开始了他“耕耘”的事业

他是一个农民的孩子
曾在田地里默默耕耘
春种　秋收
每一滴汗水　都变成了沉甸甸的谷穗
清凉的秋风掠过田野
每一株谷穗
都冲着他点头哈腰　哗啦啦浅笑
因此　他的梦是从田地里发芽的

梦的种子播下了
后来　茁壮成长了起来
于是　他从田地里来到了讲坛
曾经默默耕耘的田野
变成了一座小小的花园
花园里有许多娇嫩的花骨朵
他从辛勤的农夫变成了园丁

和照料他的庄稼一样
他把每一滴汗水洒向花园
不分白昼和黑夜
耐心地浇灌这些娇嫩花骨朵
他非常期待　有一天
花骨朵绽放的模样

可是啊
花骨朵不是地里的庄稼
它们比庄稼要娇弱得多
于是　他更细心地了解每一朵花
记住它们的名字
了解它们的习性
研究它们成长的规律
他深深地知道
它们不是田地里的庄稼
而是有有血有肉的“花朵”

他会在清晨为它们松土
会在晚霞漫天时给它们施肥
会时刻呵护在它们的身边
静静地　渐渐地
他非常耐心地
等候着每一朵花的花开

秋去冬来　寒来暑往
他的花骨朵儿　渐渐地长出了

更茁壮的枝条
伸出了更多的绿叶
他听到了花儿开放的声音
那是世界上最美妙的乐曲
他看到了花儿鲜活的颜色
那是任何画家都描绘不来的风景

他感到满足
他觉得很开心
他感受到了快乐
这就是他——
一个辛勤园丁的幸福

逐浪大湾区　共筑教育梦

◎ 胡凡

作者简介

胡凡

任教于深圳市宝安区黄麻布学校。曾获"重庆市百佳大学生文艺先进个人"、重庆市"校园之春"辩论赛亚军、重庆市大学生艺术展征文比赛一等奖等。近两年获投控公司"青春五四 追梦有我"征文比赛第一名、深圳市"时代新人说——我和祖国共成长"大国重器演讲比赛第一名、广东省"时代新人说——我和祖国共成长"青春力量演讲比赛三等奖、第三届全国微课大赛一等奖、论文大赛特等奖等。论文、文章曾发表于《深圳教育研究》《深圳投控》《合川文艺》《课堂内外》等刊物。

庚子年初，凤凰山下。笔者于西海之滨登高远眺，西瞭伶仃汪洋之势，南瞰深圳湾人文之蕴。恰逢鹏城特区成立四十载，逐浪湾区肩负新使命。素日传道授业甘为人师，今朝笃学思贤启迪教育之梦。

改革春风吹遍地，宝安县辖话未来

四十余年前的深圳，是宝安县的一隅。四十年前的改革开放，深圳吸引了一批又一批来自五湖四海有着雄心壮志的年轻人，这些"深一代"披荆斩棘引领科技革命；四十年后的"两范"新城，深圳作为大湾区核心引擎之一，以新兴经济体的发展速度，把高新技术产业作为时代引领，学校教育作为未来发展的持续动力，在东方雄狮觉醒复兴之际，悄然壮大。

无论是曾经的宝安县抑或如今的深圳，教育都是这方沃土的重心所在。本地客家人尚读重教，新安邑地向来人文蔚起，书院、书塾、祠宇遍布县辖各个角落；迎着改革开放的春风，寰宇精英共聚于此，淘金商战乐此不疲。

经历了短暂的“文化荒漠”的深圳，在全国率先出台、落地校长职级制改革，以跨越式发展冲向世界；随着先行示范区建设的一声呐喊，创新型城市教育体系、集团化办学模式、国际化合作办学等新兴教育板块勇立潮头，掀起了教育改革的新高潮，势如破竹，逐浪湾区。

大师拓学勤探路，繁星烁烁耀生行

如今深圳的沧桑巨变，是在以邓小平为主要倡议者的中共中央的决策下，无数的“深一代”背井离乡燃烧青春释放热血，用双手开天辟地，用智慧扭转乾坤，一步一步探索出来的。深圳的教育改革，自然也少不了筚路蓝缕的文化先驱，以素质教育为己任，播种梦想，守望成长。

1984 年秋，已近不惑之年的金式如辞去了上海名校副校长职务，来到深圳开启了“创业式”教育征程。他的深圳第一站，就是不足 6 平方米的深圳实验学校筹备办公室，紧锣密鼓的工作让他忘却了创校环境的艰辛，也顾不得办公室外日新月异的繁华市井。这时的金式如脑海里只有一件事情：办好深圳经济特区成立后的第一所公办学校。

既然是改革，首先就得是思想上的改革。改革开放初期的深圳各方面发展都是空前的，时间就是金钱，效率就是生命，“教书匠”不太被重视，好像“下海”才是来这座城市的主要目的。面对伸手即可触摸的诱惑，金式如从来不为所动。越是在这种环境下，他越有着强烈的“家长意识”和“教师的老师意识”，一路引导老师们坚守教育初心。他要求教师要不断提高自己的专业水平，组织开展教师公开课、教学开放日，让每一位老师参与其中、乐在其中、进步在其中；同时他反复提醒着新老师：“你不要简单地把自己当成一个教书的，你应该把自己看成是学生的启蒙者。”金式如还号召大家开展联欢活动，不断对这些老师进行精神上的洗礼，老师们也在他的影响下体会到了自己的职业尊严。金式如强调着“教育仪式感”，并把这种仪式感放在改革中。他会花上一天多的时间来准备每周的升旗仪式讲话，让学生和老师都接受以爱国主义教育为基础的健全人格教育。每节课前，老师们都侧身站在教室门口，像火车站检票的列车员一样，督促学生准备“进站”，走向知识的殿堂。

在学生课程设置上，金式如也进行了改革实验探索。要培养学生的健全人格，一方面要培养学生的道德品质，另一方面要提高学生手脑并用的能力。品德课他往往“就地取材”：在检查校园环境的过程中，发现不知是谁吐的一口痰，正不偏不倚地躺在垃圾桶旁，这口痰没被“就地正法”，反而受到了全校师生的观摩和反思，后来校园里再也没有出现痰的身影。20 世纪 90 年代的深圳，人文素质还跟不上物质的飞速发展，学生之间难免会有攀比。金式如这个现实生活中的“达康书记”，一声令下统一了全校学生的书包衣服甚至鞋子，让攀比之风也消失殆尽。他讲品德，都是从身边切实的可以引起大众反思的事情出发，他开课，开的都是学生真正受益的前瞻性的课。这些课程不局限于在教室内活动，有陶艺制作、天文研究、徒步行军、环保教育、牙齿健康……哪怕在现在看来，它们也是足够新颖和具有吸引力的。

从弹丸般大小的学校筹备办公室到现在的全国知名教育品牌，这一路，金式如走了 32 年。他始终保持着崇高的理想主义，不以升学率和打造学校名气为主要目标，敢于探索实践，把素质教育落到实处，走进了老师、学生、家长的心坎。

深圳这 40 年来能高水平快速发展，如今以典范姿态进军湾区，正是因为在各行各业都有着像金式如这样的敢想敢拼敢闯的大家，他们顺着改革激流勇进，历经坎坷仍然一路高歌，直到开辟出新的天地。

湾区智创踏征程，我以教育守初心

宝安县虽已成为过去，宝安区正执着于将来。西邻珠江北邻东莞的深圳市宝安区，现处在“湾区核心、智创高地、共享家园”的发展定位，如此重要的使命需要所有宝安人的共同努力。在“先行示范、教育先行”的号召下，宝安教育顺着改革大势蒸蒸日上，在 2019 年加快学校建设、引进名校资源、打造教师研修学院，培养了 1000 余名骨干教师，开展了各种创新型课程并屡获佳绩……宝安教育人用实际行动担起了重大历史机遇赐予的新使命，给自己的青春韶华留下了独特的时代印记。

我们是新时代的见证者，也是新时代的参与建设者。新冠肺炎疫情爆发期间，医护、警察、志愿者、社区工作人员等纷纷穿上战袍奔赴一线，不仅控制住了疫情，还开始有条不紊地进行复课复工，并对他国防控进行帮助。这是祖国新时代的力量，是千万人舍家为国的力量。作为一名人民教师，我能为这个时代做些什么呢?

我回顾着深圳从“小渔村”到大都市的发展史，铭记着无数的像金式如这样有着崇高理想的城市开拓者，钦佩着在非常时期坚守岗位不怕牺牲的时代英雄。原来这新时代的力量落实到我们个人，就是不忘初心、牢记使命的坚定信仰!

德高为师，身正为范。新时代人民教师的初心中应有对待学生的爱心，这也是教师素质的核心。金式如一直在努力地把教师打造成为教育者，我们作为“教师本师”，应该把“师”和“爸爸妈妈”这类词联系起来。师者之所以为师者，是因为受人尊敬，而要受人尊敬，就得以德立教、以身示教，像学生的爸爸妈妈一样传播爱付出爱，这样学生才能感受到老师的爱并发自内心地尊重老师；老师在这种使命的带动下会做出更多有利于学生身心发展的事情，让他们更好地成为新时代的接班人。

严于律己，宽以待生。新时代人民教师的初心中应有保证教学品质的诚心。教师要扪心自问：自己的学问有多少，学生能吸收多少？教师的“诚”在于对学生教导的“识诚”——知识的诚意。用知识武装大脑，用扎实的基本功开展教学工作，是教师必备的个人素质。苏格拉底说：“教育不是灌输知识，而是点燃火种。”在知识储备丰富的前提下，教师要把自己的所学所得转化为学生创造发展的动力，用发展的眼光看待学生。

学无止境，持之以恒。新时代人民教师的初心中应有开展教学工作的用心。新时代赋予了宝安教育新使命，也对宝安教育者提出了新要求。“问渠那得清如许？为有源头活水来。”如今的教师不仅应该只有一桶水，更要学会借助互联网的力量成为一汪源源不断的活水。只有与时俱进的教师才能不断激发自身的创造力与活力，从而“示教”给学生。

作为一名人民教师，我们要坚定教育初心，在前人栽的大树旁种下属于新时代的小树苗，让树根在时代发展的潮来潮往中磨砺成长。若干年后我们再回首，会看见一苗苗新叶已经乘上理想之舟，在新时代的涛声荡漾中乘风破浪，直挂云帆。那时，我们将无愧于心。

敢为人先创造奇迹，是鹏城弄潮的标志；挥斥方遒走向世界，是未来湾区的主题。执掌教育，先驱改革探索四十载；传承理想，你我不忘初心逐浪来。新时代，请装点好行囊，勇踏征程！

携手童心　致敬英雄

—— 我和 48 个孩子一起致敬“最美逆行者”的故事

◎ 孔庆龙

作者简介

孔庆龙

任教于宝安区黄田小学。暨南大学中国古代文学专业，硕士研究生学历。毕业后从事公务员工作，共撰写各类稿件 500 余篇，作品被人民网等转载。在机关工作 3 年后，秉承“为天地立心，为生民立命，为往圣继绝学”理念，辞职南下深圳从事教师工作。先后被评为广州亚运会志愿者先进个人、山东省优秀宣传个人、宝安区优秀党员、宝安区优秀教师等，所带班级被评为宝安区优秀少先中队。

2020 年初，一场始料未及的新冠肺炎疫情，牵动着无数国人的心。在疫情防控的关键时刻，一群群披铠甲、着战衣，冲锋在前无所惧，奔赴战场斗疫疾的最美“逆行者”的光辉举动，让国人感动不已。而作为一名老师，看到自己所教的 48 个小学生们用自己的方式向一线工作者们表达自己敬意的行动，我尤为感动。一篇篇文字，一幅幅画作，一次次采访，一个个舞蹈……纸短情长，情真意切，承载着孩子们最诚挚的祝福。

心系疫情，孩子有话说

“我们都在盼望着春暖花开，而他们却被永远留在了冬天。我们不知道还有多少人死在了战场上，我们唯一知道的，他们是为我们而死。”

“黎明的曙光，终将成为战胜一切艰难险阻的力量。该是春暖花开的时候了，期待早日见到你们温暖的笑脸。武汉加油！中国加油！”

——黄田小学六（2）班宋嘉仁作文《点亮你我人生 共祈春暖花开——致敬“逆行”医务工作者》

“千千万万个ta，在危难关头，忘记了自己的一切，奉献着自己的一切。ta们救死扶伤，见义勇为，不负韶华，用心中为国为党为人民的使命凝聚成一股强大的、不可被疾病战胜的力量！为打赢这场战‘疫’提供了坚实的保障！”

“躺在舒适的床上，朦胧中，我变成了ta。我也像ta一样，背上行囊，带好物资，整装待发，跟着大部队前往疫情防控一线……”

——黄田小学六（2）班马誉林作文《ta与它》

以上是班上的孩子们，通过电视新闻、学校主题班会、父母老师的讲述等，了解到疫情爆发期间无数坚守战“疫”岗位的“逆行先锋”榜样，内心深处受到了极大的震撼之后，写下的最真实的感受。他们用动情的笔触，书写出一段段充满温情的话语，用一篇篇文章传递着对“逆行者”深深的祝福。

看着“逆行者”们远去的背影，孩子们懂得了责任和担当，懂得了他们心中的无疆大爱，他们在战“疫”中的每一句话，每一次出发，都触动着孩子们的心灵，使孩子们的内心也变得越来越强大！

抗“疫”父母，是孩子立德树人最好的榜样

新冠肺炎疫情发生后，在这个异常寒冷的季节，班上很多孩子的父母，无意中也成为了最美“逆行者”。他们在各自的工作岗位上，选择了冲锋在前，为身边的群众送去了温暖，送去了心安，用实际行动诠释着为人父母应该给予孩子的责任担当。

黄煜钧同学的爸爸妈妈均在航城街道草围社区工作站工作，疫情期间，父母俩一个为安防员，为隔离人员送物资；一个为财务报账员，负责采购社区所有应急的疫情物资，并上门为隔离人员送外卖、快递等。父母奔赴抗“疫”一线，每天早出晚归、甚至多天未归的工作，让黄煜钧无法和许多同学一样享受亲情时光。但这同样也让他学会了独立自强，平日里，他也学着爸爸妈妈的样子，照顾好自己，照顾好家庭。

类似的情况在这个班级还有许多，梁昊谦同学的爸爸也在草围社区工作，每天在草围桥站岗，指导着居民安全进入社区。蔡扬奕同学的爸爸妈妈同为医生，一个在深圳出入境边防检查总站医院，一个在南山妇幼保健院，各自承担着繁重的医务工作。

不能陪伴孩子，但他们却用自己的一言一行，一举一动，成为孩子最好的榜样。

而他们十一二岁的孩子，也渐渐从这场疫情中懂得了父母的选择。学习之余，他们煮饭、扫地、拖地、洗碗，尽量让父母回来多休息。因为他们深知，减少爸妈的负担，才能让他们安心地为抗击疫情恪尽职守。

寻找身边默默无闻的无私奉献者

有这样一群人，面对疫情，他们逆向而行，穿梭在辖区的街头巷尾。一只口罩、一双手套，简单的防护措施，就是他们为自己武装的勇气。作为抗击疫情战场上不可或缺的组成部分，社区工作者、爱心志愿者们用爱筑起了疫情防控的第一道防线。

为了向身边这些默默无闻的无私奉献者致敬，我积极动员孩子们，使其在家长的陪同下，开始了寻找这些默默为这次疫情做出贡献的平民英雄的行动。孩子们通过与他们的深入交流，了解发生在他们边的“雷锋”事迹。

于是，就有了孩子们“八仙过海，各显神通”的故事。孩子们自编采访稿，在“摄影师”爸爸妈妈的帮助下，有的采访了自己楼上身为医务工作者的邻居，有的采访了自己所居住小区为进出人员测量体温的保安叔叔，有的走进社区工作站采访了辛勤工作的社区工作者，有的以微信聊天的形式对社区疫情防控的阿姨进行了“云采访”，有的还亲手为疫情防控的社区工作者绘制了手抄报，并郑重其事地送给了对方，借此表达他们内心深处对“逆行者”们最崇高的敬意。

我手写我口，我笔绘我心

新冠肺炎疫情牵动了无数国人的心，也同样牵动了“宅”在家中、足不出户的孩子们。虽然更多的孩子无法走出家门，但他们用自己手中的笔，绘制出了一幅幅生动的手抄报，用自己的方式抗击疫情，为武汉加油，为中国加油，同时也表达了对“逆行者”们崇高的敬意。

这其中，爱好绘画的王星月同学，一人自发绘制了 5 份手抄报作品，并为每幅作品命名了名字：《守护中华》《夺命》《正与邪》《春暖花开》《守护春天》。名字的背后，寄托着孩子对疫情防控动态的密切关注，以及对国家终将战胜疫情的强烈信念。

以艺抗“疫”，用演讲、舞蹈致敬最美“逆行者”

疫情当前，对于宅在家中有特殊才艺的孩子们，我则引导他们充分发挥文艺特长，以不同形式向奋战在疫情一线的工作人员表达敬意，为打赢疫情防控阻击战加油鼓劲。这其中，宋嘉仁同学的倾情演讲、冉欣怡同学的两支舞蹈——《逆风而行》《有你 · 有爱》十分引人注目。她们用自己平日积累的文艺特长，表达着对“逆行者”们最真挚的慰问与祝福。

疫情终将过去，但为疫情奋斗过的英雄却不能被忘记，他们都心怀大爱，都在尽己之力来助我们的家园渡过难关。在向最美“逆行者”致敬的道路上，我和我的 48 个孩子，将会一直在路上……

愿岁月静好！愿国泰民安！

写在后面的话

一个班级的孩子，往往因为个人性格、家庭环境、学习习惯等的不同，呈现出各种差异。这其中，总会有孩子不擅长文字表达、不擅长舞台表演、不擅长人际沟通。如何让这48个孩子都能够有展示的平台，都能够获得自我效能感，是我做老师多年以来一直在思考的问题。因此，面对此次来势汹汹的新冠肺炎疫情，我把疫情当教材，把灾难当课堂，积极化“疫情危机”为“教育契机”。

于是，几乎是量身定做般，我给班级的48个孩子每人都安排了一个“工作”。平日里文笔、绘画较好的，推荐他们提交观后感文章、手抄报等作品；有文艺特长的，推荐他们以各自擅长的演讲、舞蹈等大胆创作；有先天嗓音优势的，告诉他们可以录制文明礼仪歌等作品；有交际天赋的，推荐他们走出家门，以小记者的身份对无名英雄进行采访；有生活技能的，提醒他们提交的作业可以与日常生活密切相关；有高超电脑技术的，鼓励他们帮助同学们剪辑视频、配字幕、选背景……

当根据孩子们的个性，进行了上述安排以后，孩子们如有神助，纷纷八仙过海，各显神通，有的甚至全家总动员、小伙伴齐上阵，他们充分展现了自己的个人所长与巨大潜力，并且在活动的开展中，掌握了语言表达、人际沟通、构思布局、开阔视野、关心国事等方法。

比如马誉林同学耳闻目睹了疫情期间许许多多的最美“逆行者”，写下了非老师命题、自己切身有感而发、独立创作的感想文章；陈妤菡同学自己绘制手抄报，并亲自将其送给作品中赞美的医务工作者；郑君怡同学勇敢地敲了楼上邻居阿姨的门，只因对方是一名疫情期间持续不断工作的医生，她打算以小记者采访的形式，表达对邻居的关心、崇敬；王星月同学克服内向、不善言谈的性格，面对镜头勇敢开口说话，并将不到一分钟的镜头录制了一遍又一遍，只为不辜负我的一句“你一定会给我一个惊喜，加油！”；一向顽皮多少有些排斥学习的黄煜钧同学，在父母均在草围社区防疫站一线工作、无暇兼顾他的学业之际，作业质量不仅没有下降，反而比在校园更加认真细致了；罗桂楠同学热心为同学们录制的视频配音乐、字幕，对有需求的同学毫无拒意，乐此不疲；性格开朗乐观的袁富娟同学，大大方方地录制教大家剥蒜小妙招的视频……

当孩子们纷纷通过企业微信、QQ、微信等提交作业的时候，带给我的，除了难以言表的震撼，更多的，是作为一名老师的幸福与感动。

听到孩子、家长们那一声声轻轻的试探性的询问：“孔老师，您看这样可以吗？”你不觉间便体会出自己身上的担子之重——有时可能只是你的只言片语，孩子和家长可能要辛苦一整天才能制作出成品；有时只是你的理想的、甚至只在脑海当中存在的想法，他们有可能要各处奔波、四处搜集材料……在孩子和家长的心目中，你真的可算是一言九鼎，一呼百应。

孔子曰：“其身正，不令而行；其身不正，虽令不从。”这诠释了一个教师在学生、家长心目中占有的非常重要的位置。走上三尺讲台，教书育人；走下三尺讲台，为人师表。

当我们望着孩子、家长百双渴求的眼睛，就像置身于灿烂的星空之中，在这片闪烁的星光里，我们将自始至终高擎清澈如山泉的真、善、美。因为只有这样，才能保证教书育人的实效，才会对得起孩子和家长们的信任，才会真正让孩子们“亲其师，信其道”，进而“乐其道”。

走近您 变成您

◎ 袁思芳

作者简介

袁思芳

任教于深圳市宝安区化雨中英文小学。毕业于陕西省商洛学院中文系。2019 年被深圳市民办教育协会评为小教语文一级教师。在松岗教研动态上发表了《那渴盼的眼神》；在学习周报上发表了《浅谈教师主导与学生主体》；在读者文刊上发表了《两个世界》等文章。

怀揣青涩的希望，
手捧最初的梦想，
一步步向您走来。

走近您，
天空永远一片湛蓝，
白云悠悠，
几乎觉察不到四季变幻。

走近您，
大地总是生机盎然，
芳草萋萋，
繁花似锦却又争奇斗艳。

爱上您，
万籁俱寂还珠光璀璨，
长夜漫漫，
抚平多少相思与孤单。

爱上您，
熏风醉染着金海岸，
人才济济，

争相而上又海纳百川。

追随您，
南头古城灯火阑珊，
炊烟袅袅，见证自强不息拼搏无限。

追随您，
香槟广场彻夜不眠，
诗意浓浓，
谱写与时俱进河清海晏。

坚守内心的希望，
坚守最初的梦想，
一点点向您靠近。

走近您，
变成您，
变成埋头苦干的人；
走近您，
变成您，
变成孜孜不倦的人；
走近您，
变成您，
变成大亚湾的主人。

疫情之下，宝安教育人的十二时辰

◎ 姚欣敏

姚欣敏

任教于宝安区西湾小学。曾获宝安区班主任风采大赛一等奖、宝安区第二届微课大赛二等奖、读书分享演讲比赛一等奖、“至善课堂”赛课二等奖等。主张民主开放、学生为中心的教育教学风格。认为教授语文的过程实际上就是“接触美 - 挖掘美 - 领会美 - 创造美”的过程。在教学上不断探索灵活、高效的教学方法，联系生活，深入浅出，让学生自觉自发地去体会语文之美，深受学生喜爱。

春天我不喜欢，
我多么想告诉你
第一缕春光
拐过街道的墙角，
像利刃一样伤害我。

——萨巴（意大利）《春天》

2020 年初春，一场疫情的来袭，给中国 14 亿人的生活按下了暂停键，即使平时脚步再匆忙的人们，在新冠肺炎面前，在生命受到威胁时，也不得不停下脚步，居家隔离防护。教育也随之面临巨大的挑战。无论是小学、初中，还是高考在即的学子们，也只能把教室搬到家里，由传统的课堂教学转为线上教学。尽管学习的方式变了，但学习的内容和质量不能降低。为了更好地践行教育部提出的“停课不停学”理念，宝安区教育系统各部门分工协作，尽职尽责，精益求精，只为了给莘莘学子提供更好的课堂，更优质的教育。

疫情当前，更需要凝聚起每一位教育人的热情和奉献，每一位教育人都应承担起自身责任与角色。关于青年教师的责任与角色，在新时代，作为青年人佼佼者的青年教师，要树立崇高理想，尤其要发挥学术引领优势，做好社会主义核心价值观的践行者、传播者、推动者。教育文化应发展民族精神、自治精神、国民道德、健全体格、科学及生活智能。

那么，作为一名普通的一线教师，如何在疫情期间不忘使命，更好地尽好教师的职责，扮演好教师的角色呢？

一、准时上报，担当疫情之下的“表哥”“表姐”

7：30　发表格到家校群

8：00　查看表格填写情况

8：30　电话通知未填写家长

8：50　汇报表格上交

11：00　电话联系湖北籍学生

11：30　日常科普——转发预防感染知识

为了更好地打赢这场疫情战，学校开始对每位学生的居住信息、健康信息，特别是湖北籍、返回湖北老家的学生进行登记上报。班主任老师们也承担起信息传递、上报这项工作，成为最美“表哥”“表姐”。

一方面，班主任要及时进行信息发布、信息通知、个别催报、信息上报等；另一方面，班主任要电话访问返湖北老家的学生，送上慰问与关心，适当做好心理辅导以及学习上的帮助。疫情期间，班主任成为班级中最“唠叨”“啰嗦”的角色，但正是这些事无巨细的工作，保障了家校的信息畅通，为学生的生命健康保驾护航，为抗击疫情贡献出一份力量。

二、夯实课堂，打造疫情之下的优质教育

9：00　班会课主题教育

10：00　线上语文课堂

10：30　发布课后学习资料

14：00-17：00　批改作业、线上答疑、评价学生

19：00-22：00　沟通家长、反馈学习情况

22：00-24：00　备课

对于教师们来说，最大的挑战莫过于如何让线上教学更好地开展，激发学生学习积极性，让学生停课不停学。作为一名一年级的语文教师，我有以下教学思考。

1. 借助团体智慧，细致备课

一个人可能走得更快，但是一群人会走得更远。疫情之下的课堂，更不能单打独斗，要借助线上备课、团体智慧的力量，锦上添花。在开展每一堂的教学前，我除了自身的精心备课，还要借助同科组的力量，参与备课研讨，汲取团体的智慧；学习同事们分享的线上资源，查漏补缺，为上课做足准备。

2. 利用信息技术，多形式开展课堂

在线上教学，我主要采用了直播的授课形式。在课堂上，我积极和学生互动，及时解答学生的疑问，鼓励学生大胆发言，真正做到让教师与学生相聚云端，共同学习。而对于网课中出现的问题，我也会利用信息技术，积极探索更好的教学手段。如面对一年级学生的朗读困难，我会录制朗读视频，激发学生的朗读兴趣，让学生的朗读有教师的指导、家长的指引。同时，定时开展“朗读线上 PK 赛”，让学生都参与进来，在朗读中爱上语文。除了朗读，对于每个教学知识点，我都会针对性地开展“小小签到”“词语接龙”“闯关汉字游戏”等有趣的教学游戏。

3. 站在“儿童视角”，丰富评价方式

多一把评价的尺子，就多一位在网课中认真、努力的孩子。为了更好地激发学生的学习积极性，我时常站在“儿童化”的角度，布置了充满童趣化的作业。如“绘制课文插图”“与爸爸妈妈口语交际”“和伙伴视频背诵”等形式，让学生感受到网课的乐趣。

在评价上，我采用激励性的评价，在每周的学习中，及时总结评价学生的进

步。我根据每一位学生的表现，挖掘闪光点，颁发线上奖状，如“多彩精灵奖”“新绿发芽奖”“阳光活力奖”“红蕊热心奖”等，多角度、多层次、多方面评价学生，发现和发展学生潜能。

三、广泛学习，收集疫情之下的鲜活教育素材

一场疫情，让我们明白生命的渺小，我们要敬畏自然、敬畏生命。我经常思索：开学了，我将给学生们上的第一堂课是什么主题？是生命教育、感恩教育……作为一名一线教师兼班主任，我不断关注疫情，利用网络资源，广泛学习，积累知识，提升自我，及时写下反思，积累返校后的教育素材。

待到春暖花开日，我想教育学生成为一个更好的、更独立的个体。让他们懂得生命的可贵，懂得感恩疫情的逆行者及他们的父母、长辈；也要教给他们面对困难时的应变能力；让他们拥有认真、感恩、自信与爱这些美好品质。让疫情成为最好的、鲜活的教育素材。

没有一个冬天不可逾越，没有一个春天不会来临。在新冠肺炎疫情这场没有硝烟的战争中，宝安区教育人发挥特区敢想、敢拼、敢干精神，以高度的责任心、细心、耐心和创新，紧抓教育质量，坚守教育使命，顺势而为，不断探索，在奋斗中释放教育激情、追逐教育理想，以坚定的步伐，为线上教学铺路架桥，为抗击疫情添砖加瓦，贡献力量！

做一个幸福的老师

◎ 陈丽妃

作者简介

陈丽妃
任教于松岗实验学校。2017年获深圳市优秀教师称号，多次获得宝安区“初中教学工作先进个人”称号。曾被评为宝安区优秀指导老师，深圳市优秀指导老师，2020年获评宝安区骨干教师。辅导学生参加宝安区演讲比赛、朗诵比赛、现场作文大赛，小论文比赛等屡获佳绩。

从明天起，做一个幸福的人，喂马，劈柴，周游世界。这是海子的梦想，而我的梦想，是做个幸福的老师。

毕业后顺利到学校报到。校园绿草如茵，校道上的三角梅一簇挨着一簇，一串连着一串，一朵接着一朵，彼此推着挤着，开得活泼热闹。

对于即将开始的新生活，我心中充满了期待。面对着朝气蓬勃的学生，我信心满满。只要我把课上好，家长和学生就一定会喜欢我。幸福的生活马上就要开始了，我陶醉在美好的设想中。

于是，我每天起早贪黑，备课、修改课件、上课……像个陀螺围绕着我的学生转。可是，现实往往是残酷的，那一次，我正在课堂上讲得口干舌燥，有两个学生却在讲台下面分食零食。想起自己前天晚上十一点半还在一遍遍地熟悉课件、教案，我的火气蹭的就上来了，真想把他们立刻赶出教室。

课后，那两个吃零食的孩子主动到办公室向我道歉。他们低着头，我看不清楚他们脸上的表情，但从他们的语气中感受到了他们的歉意。眼前的景象突然让我想起教育家赫尔巴特的话："孩子需要爱，特别是当孩子不值得爱的时候。"我冷静下来，决定好好地跟他们谈一谈。原来他们因为没有吃早餐，实在饿得慌，才想趁老师不注意，填一点肚子。我哭笑不得，一边把自己包里带的牛奶分给他们，一边暗暗庆幸，没有一开始就劈头盖脸地把他们批评一顿。

第二天早上，办公室桌上多了一张字条：老师，我们知道错了，感谢您的宽容，感谢您的爱。我恍然大悟，原来当一名好老师，远远不是备课上课那么简单，它更多地需要理解和爱！

那是我第一年当老师发生的事，后来，我的学生越来越多，我也越来越有经验，渐渐地明白，只要让理解和爱在自己的心里扎根，我也会获得很多学生的爱。

一个普普通通的下午，阳光散尽最后一片余晖，我拖着疲惫的身子走到教室门口。教室里出奇的安静，大家都坐得端端正正，眼睛齐刷刷地盯着门口。这个时候是放学时间，平常时候教室应该是吵闹不已，今天突然这么安静，我感到有些惊讶。我走上讲台，所有同学整整齐齐地站起来，异口同声地说："老师，生日快乐，您辛苦了！"然后，同学们拿着好几个蛋糕，摆在我面前。课代表捧着很大一束鲜花走上讲台，她表情有些紧张，甚至不敢看我的眼睛，说了好多感谢的话。那一刻，我的眼睛湿润了，我不知道，原来他们偷偷地准备了这么大的惊喜。看着眼前的一张张笑脸，我感觉心里被一种东西填满，那就是幸福。

从那一刻开始，我突然理解，原来自己的所有付出和努力，孩子们都看在眼里记在心里。有生如此，还有什么遗憾？也是从那时，我就下定决心，不仅要成为一个有学识、有温度、有幸福感的老师，还要让我的学生成为有幸福感的人。

今年因为新冠肺炎疫情影响，全深圳都在上网课，宝安区也不例外。我快速地熟悉了空中课堂的各种操作，期待着我们在线上课堂的相遇。可是，不到一周我就发现了孩子们的异常。当我辛辛苦苦在电脑前给孩子们上课，回应我的人，却寥寥无几。我万分沮丧，其他老师劝我，线上教学这种情况很普遍，不要那么较真。是这样吗？是不是线上教学就放任自流？

我陷入了沉思。

阳台上西南风猛烈地刮着，还是二月，天气很冷，疫情之下，街上行人屈指可数，到处都是一片死气沉沉。忽然，眼睛被一片嫩黄吸引。我远远望去，原来是校道上的三角梅！原本被剪得整整齐齐的三角梅，迎着寒风抽出了嫩嫩的新芽，仿佛一只只小手，在随风舞动。

不，我不要这样，谁说网课就一定没有效率？我要打破这个观念，我听到自己心里坚定的回答。

疫情残酷，我就要让我的线上课堂充满温情。于是，我重新拿起课本再次备课，询问孩子们对我线上课堂的意见和建议。中考越来越近，感觉到他们备考的焦虑，我坚持对每个孩子说一句暖心的话。“当你累了，你需要休息，休息是为了更好地出发”“优秀，就是今天比昨天更努力一点”“希望再重逢时，我们都在更高处”……疫情虽然阻止了我们见面，但不能阻止我对孩子们的关心。

念念不忘，必有回响。没多久，孩子们的积极性又回来了，家长们也纷纷给我留言：老师，感谢您，做您的学生，我的孩子觉得很幸福！

久违的幸福感再次把我包围。他们在线上课堂积极的回应，作业上工整的字迹，改完作业后他们回馈我的一句句暖心留言，都让我更加坚定教育这条漫漫之路。正是这些孩子们，让我觉得扎根教育是一件多么让人幸福的事啊！

海子说，从明天起，和每一个亲人通信，告诉他们我的幸福，那幸福的闪电告诉我的，我要告诉每一个人。我想说，马上要开学了，从明天起，让我们用微笑面对每一个孩子，用积极的态度拥抱生活，用认真的态度对待教育这份事业。

人间四月芳菲尽，只有校园的三角梅依旧像一团火焰，挤挤挨挨爬满了整个校道，一如当年。

逐梦·筑梦

◎ 肖玉聪

作者简介

肖玉聪

任教于宝安区松岗第三小学。毕业于华南师范大学中国古代文学专业，硕士研究生学历。曾发表三篇学术论文，未来将继续躬耕在教育这片热土上，不忘初心，砥砺前行！

小时候，
我眼中的教师是带着光的。
是那冬日的熠熠阳光，
时刻温暖着我的心房；
是那黑夜里的点点星光，
为迷途的我指明方向；
是那草原的燎原火光，
点燃我内心的希望。
从此，我的心中，
便悄悄种下了一个梦。
在梦里，
我站上了三尺讲台，
左手拿书，右手拿笔，有模有样。
在梦里，
我哺育桃李，
之乎者也，温故知新，曲水流觞。

长大后，
我眼中的教师是热烈的。
热烈于乘梦而飞，
我踏上理想的征途，
肩负起国家使命和社会责任，

拥抱星辰大海。
热烈于树立人格,
是非善恶,义利得失,
引导学生扣好人生中第一颗扣子。
热烈于积累学识,
古今中外,数理哲学,
集聚一潭水为每一碗水分去清甜。
热烈于用爱感化,
尊重个性,理解差异,
包容不足,发现长处,
让学生以最适合的方式翱翔蓝天。

如今,
我们的祖国正蓬勃发展,
我们的教育正灿烂辉煌。
中国在腾飞,
我的家——魅力宝安,
也已扬帆起航:
持续供给优质学位,学校建设标准增速显著;
学前教育普惠,义务教育均衡;
德育队伍强有力,素质教育庆丰收;
外引内培强支撑,助力宝安教育新篇章。
一切的利好,都在向我们证明:
教育,是人民的教育!
而我,一名普通的人民教师,
将怀揣着自己的教育梦,
筑梦宝安,筑梦中华!

苔花如米小，亦学牡丹开
—— 逐浪大湾区 共筑教育梦

◎ 肖玉竹

作者简介

肖玉竹

任教于深圳市宝安区海城小学。2017 年获宝安区青年教师录像课大赛二等奖，2018 年获宝安区班主任技能大赛第二学区一等奖，同年，获宝安区优秀教师荣誉称号。2019 年，其所带的班级获深圳市少先队优秀中队、宝安区少先队优秀红旗中队称号，所辅导的学生在宝安区“我为宝安代言”演讲比赛中获宝安区一等奖，第二学区特等奖，在宝安区少先队案例展示活动中获得第二学区二等奖，其在两次活动中获优秀指导教师称号。

小时候住在奶奶家，每年夏天和过年的时候都有好多个哥哥姐姐到家里来找奶奶聊天，一桌人边吃着冰镇西瓜边聊天，嘻嘻哈哈；等我再长大一点，看着奶奶白了头发，哥哥姐姐变成了叔叔阿姨，不变的还是夏天的冰镇西瓜与笑声和新年的冒着白哈气的那一声：“由老师，新年快乐！”起初不懂为什么会有这么多不认识的人来走亲戚，后来慢慢长大了，知道了老师、知道了敬业、知道了爱戴……

也许是小时候受家里影响，奶奶是中学老师、姑姑是小学老师，我也阴错阳差地踏入了教师行列。为什么说是阴错阳差呢？因为父亲是做运输生意的，想着我将来会帮衬他的车队，所以大学时念的专业跟教师相差十万八千里。就在即将毕业的时候，姑姑说，等你毕业了要不要考虑来深圳当教师？当时我一愣，望向窗外明晃晃的太阳突然回想到小时候熙熙攘攘的夏天，鬼使神差地点了头。也许命运就是这样调皮，在不经意间就把我带向了本应该属于我的道路。就这样，我用剩下的时间报名了师范学校的专升本并报考了教师资格证，带着我的行李来到了传说中的一线城市——深圳。

这是我第一次来到深圳。当时我工作的学校是一所村小学，校门口的正前方是一条长长的臭水沟，旁边因为要修路所以到处搭建了木板，不过乱中有序，村外的道路很干净，绿化也做得很好。虽然这里还没有很繁华，但一切都让人感觉到，深圳那股蓬勃向上发展的力量。

还记得我上高中时，老师们用粉笔写了满满一个黑板；上大学时老师上课用黑板加电脑。来到了深圳，第一次接触了黑板加电脑加展台的神奇组合，让我一个乡下佬见识到了这就是深圳，这就是大城市的教育啊！就这样，我开始了我的教书生涯，用电脑播放 PPT，用黑板记录板书，用展台给学生做示范，这些高科技让我享受到了教书的快乐，原来教书不一定是死板的咿咿呀呀，还可以给学生们放绘本、放学习故事。那时我就在想，工作上我享受到了快乐，薪酬也丰厚，在当时我已经做了班主任，所以每个月到手有 5000 块呢！这对我来说真的十分满足！真希望一直就这样下去……

某一天上班，大家突然在办公室讨论起来一个词：同工同酬。当时还不是很理解，后来从大家的议论中明白深圳正在进行改革，要取缔“同工不同酬”现象。这对临聘老师来说是好消息，意味着同样的工作得到了同样的报酬；对深圳来说却是一次人事制度的改革。就拿教师行业来说，为了简化管理程序，降低成本费用，自主灵活用工，所以采用劳务派遣用工模式。但在现实中，临聘教师的工资还是跟有正式编制教师差了一大截，所以这次深圳下定决心保证教师的“同工同酬”待遇，这不正是深圳敢为天下先的体现吗！

日头东升西落，我也成为了有五年教龄的班主任了。在讲台上与孩子们讲着甲骨文的演变史，在活动中与家长们沟通孩子的成长史，在闲暇中与家人诉说着我周围生活的变化史，从村里的祠堂讲到校门口门前已经不臭的“臭”水沟，讲到学校由最开始的村小学变为了九年一贯制学校，讲到现在可以用微课、创客的形式给孩子们上课，讲到我们学校第一届初三中考考得了优异的成绩，讲到那年夏天哥哥姐姐来家里跟奶奶聊天时奶奶发亮的眼眸……

一年后的暑假，深圳出台了一项新政策，大意是要全面解决临聘教师的问题，所以那个夏天我开始了考编生涯。我经历了三次考试，这一次我终于考上了，它是一所新创办的学校，新的学校，新的起点，新的教师之路。而深圳也开始了它的新的征程——先行示范区的先行先试之路。

新的学校地处宝安新中心区与前海自贸区的双重辐射区域，也是粤港澳湾区经济发展的核心区域，是当今国际经济版图的突出亮点，深圳作为先行示范区面对的是对优质教育的强烈需求，在这里建立一所学校，其寓意不言而喻。所以这所学校寄托着优质教育的先行示范，这也让我面临着巨大挑战，城市进步，教育进步，我也要进步！

现在回想起来，刚来到这所学校，刚认识了我们的校长，刚认识了周围的同事，一切都是刚刚开始，但是冲锋的号角已然吹响，学区举办青年教师录像课比赛，我被选为代表参加。当时听到这个消息，我一脸茫然，因为我从来没有参加过任何比赛，没有任何的比赛经验，就像一个呱呱坠地的婴儿一样无助。就在这时，校长就像知心姐姐一样，带着她的智慧来到了我的身边，帮我梳理教学设计，帮我改逐字稿，模拟学生帮我试讲，精炼我的评价语言。我记得那一个月，每天晚上回家时一抬头就能看见月亮挂在漆黑如幕的夜空，当时我心里就在想，深圳的月亮比家里的月亮要大啊！

这次录像课比赛让我的收获很大，让我从零基础变为获得了二等奖的入门选手；让我明白了，想要做好一件事背后一定要付出努力；这也让我明白了心态的重要性，也许付出与收获不一定成正比，但是有付出就是一种生长。记得印象最深的是有一次开全体教职工大会，校长讲了两个字：格局。作为一名教师，你的格局有多大，思想就有多高，思想决定着我们的发展。与此同时，深圳作为先试先行示范区也在发展新格局——建设中国特色社会主义先行示范区，在更高起点、更高层次、更高目标上推进改革开放，形成全面深化改革、全面扩大开放的新格局。小小的我，大大的深圳都在为提升自己的格局努力着！

来到这所学校的第二年，我们多了一位副校长，从这一天开始，校长负责“战略定位”，副校长负责落实，每个人有条不紊地为新校发展贡献着自己的力量。就在这时，时隔两年的班主任技能大赛开始了，我很荣幸作为学校的代表参加，与此同时熟悉的迷茫又来到了我的身边，与录像课一样，我没有一点基础，知识储备也没有那么足，所以那时候我很失落，但是，当我一说到但是的时候，大家一定想到又有一位救我于水火的姐姐来到了我身边，那就是我的副校长，她有好几届大赛评委经验，所以经验丰富，辅导我这个小菜鸟绰绰有余。这一个月我的生活是这样的：晚上下班在学校由副校长和主任训练我到七点钟，八点钟吃完饭后到九点半练习成长故事，九点半到十点半练习情景答辩，十点半到十一点半练习案例分析，之后开始录制自己满意的视频上传到群里。如果今天改了成长故事的稿子，那么第二天还要脱稿演讲，所以有时改了稿子便只能凌晨四点起床背。当时我就在想，科比见过凌晨四点的洛杉矶，我见过凌晨四点的深圳，这是一个喧嚣了一天刚刚静下来的城市，路上车少、人少、但是灯光依然绚烂的城市，听着头顶传来的飞机引擎声，我又开始了新一轮的背诵……

一个月之后，我拿到了学区一等奖的奖状，我很开心。不仅仅是因为我拿到了奖状，我也明白了一个词，一个副校长手把手教我的词——精致。她告诉我，要做一位精致的教师，无论是对待自己的教学，还是对待自己的专业，都要把它做精致。所以我从她身上学到了抗压能力、耐磨能力，更学习到了生长！就在这一年的 5 月，我们学校也被选为教育科研基地，也是宝安区唯一一所与阿里云合作的学校，我们开发了一款记录学生生长轨迹的 APP，这是教育界首款记录学生生活、阅读、课外拓展等一系列活动的“可见”评价的 APP，在校长的引领下也被立项为国家课题。就在这一年的 9 月，深圳从先行先试到先行示范，深圳成为了先行示范区！

在新时代，深圳如何把握机遇不负众望地肩负起先行示范区的责任？一所新校如何把开创性的宏伟蓝图逐渐变为美好现实？一名默默无闻教师如何在优质教育下变得越来越优秀？对于我来说，就是不断努力，不断生长！

我从工作第一天起就在深圳，每次假期回来，下飞机时也总觉得深圳的空气特别清新，有股难以言表的味道，也许这就是对这个城市的爱，就像我开头说的，如果现在问我，再来一次我还会不会选择深圳，选择教师，我的答案还是肯定的，一定会的。苔花如米小，亦学牡丹开，就像我们学校的校训一样：教育可见，人人精彩生长！

十年，且行且思的幼教路

◎ 肖培

作者简介

肖培
任教于深圳市宝安区机关二幼，为教研干事。毕业于长沙师范学院学前教育系。曾荣获“宝安区教坛新秀”的称号。热爱生活、热爱工作，热爱写作，是一名有志的年轻人，愿意在教育领域奉献一切，“海阔凭鱼跃，天高任鸟飞”，踏实稳健求进步，不断进取创新高！

燕子去了，有再来的时候；杨柳枯了，有再青的时候；桃花谢了，有再开的时候。但是，聪明的，你告诉我，我们的日子为什么一去不复返呢？是有人偷了他们罢：那是谁？又藏在何处呢？是他们自己逃走了罢：现在又到了哪里呢？时光如白驹过隙，在过去的十年里，有青春，有梦想，有成长，有迷茫，有遗憾，有坎坷，有收获，有泪水……

十年，我心依然

2010 年的我，大学刚毕业，通过校园招聘成为了一名幼儿教师。爱闯爱拼搏的我轻装上阵，只身来到了逐梦城市——深圳。当我拖着行李箱到达深圳火车站时，就被一块巨型广告牌所吸引：来了深圳，你就是深圳人。我的职业故事就从这里开始了！

很多人都曾这样赞美过，教师是太阳底下最光辉的职业。而我也踏上了这光荣的职业之旅。我依然记得第一次给孩子们上课的情景，当我第一次听到孩子们喊“肖老师”时，内心除了有初为人师的喜悦，更多的是意识到了自己的职责。

一双双求知若渴的眼睛，一张张笑靥如花的脸庞，都在那一刻深深地打动着我。画面如此美好，让我感觉这是一场美丽的遇见。从此，我开始了精彩多姿忙碌的生活：有时和孩子一起探索种子发芽的秘密，有时和孩子一起打水战，有时和孩子一起捡树叶，有时和孩子一起放风筝，有时和孩子一起打篮球，有时和孩子一起跳绳踢毽子，有时和孩子一起玩陀螺，有时和孩子一起去大树下写生，有时和孩子一起载歌载舞庆祝节日……孩子们的童真、质朴、善良、欢乐让我感受到了人世间的真、善、美，这或许是我们教育本来就该有的样子。

十年后的我，已经是新人眼中的“老教师”，那溜走的时间，毫不吝啬地在我们身上留下了岁月的印记。昨日重现，或许是时光留恋最好的慰藉。十年时光飞逝，当自己闭上眼睛放空时，仿佛伸手就能触碰那张稚嫩的脸盘。一张张荣誉证书，记录了自己的成长。本以为往日还在眼前，可是 3000 多个日子，就这样在手中溜去，没有声音，也没有影子。一切都在随着时间的变化而变化，唯一不变的是我们教育者的初心。

回首过去的十年，它更像是一场温暖的修行。孩子们内心的真实、善良与我对教育的热爱、痴狂碰撞，注定会有不一样的火花，不一样的温暖。这十年里，我虽然经历过很多次毕业典礼，送走了一届又一届的孩子，然而每当耳畔响起毕业的弦歌，我心里仍充满感慨和感动。十年，不会因为走得太远，而忘记我为什么出发。十年，我心依然!

十年，一路成长

十年的教学生涯，说长不长，说短不短。在这十年的成长过程中，我有过成功的经验，也有过失败的教训。我不断地学习与反思，就像著名的教育家于漪老师所说：“一辈子做老师，一辈子学做老师。”

十年前的我还是个朝气蓬勃的小姑娘，那时孩子们的活动还是以集体课为主。于是我们老师就经常研讨怎样上好一节体育课、语言课、音乐课、美术课、数学课。过后的 2 年我由于个人原因辞去了工作，当自己的孩子上幼儿园时，我又以一个新人的身份加入了宝安区机关二幼，这时发现孩子们的活动是以区域活动为主。于是我们老师研讨“怎样创设区域环境”“怎样制作区域材料让孩子从玩中学”，真正地把游戏融入到了一日活动中。到了2016年宝安幼教集团成立，我们打破了界限，成为了一个大家庭，所有的资源共享一家亲，相互观摩学习。一名真正热爱教育的人，不仅是把教师当作谋生的职业，而且是当作毕生的事业。这是初入教育行业，一位良师的忠告，我至今不敢忘记。与优秀的人一路同行，我们才能遇见更好的自己。每一次聆听名师名家的讲座，他们或许没有用华丽的语言，没有讲高深的道理，只是谈了一些发生在他们身边的生活、工作以及成长的小事情，却最能打动我们一线教师的心。每次培训，我感触最深的一个字就是“爱”，虽然每次都会有不一样的收获，但是这个字却是我们教育者永恒的主题，包括我们对孩子的爱，对教育的爱，对生活的爱。在成长的道路上，我们需要认真对待行走的每一步，正如季羡林先生曾说过的：“认真是一种可怕的力量。”十年，一路成长，一路收获！

十年，继续前行

法国文学家雨果曾说过：“花的事业是尊贵的，果实的事业是甜美的，让我们做叶吧，因为叶的事业是平凡而谦逊的。”在这过去的十年里，我很骄傲很自豪，能从事叶的事业，用自己的青春与生命来书写有限的人生。

十年来，我也曾因为要上一节公开课而内心忐忑不安，也曾为了孩子的调皮捣蛋而大动肝火，也曾面对家长的不解而委屈心酸。但是，当我们听到孩子们一句亲切的问候“老师好”，当我们收到孩子们用心制作的贺卡上面写着“老师，我爱你”，当我们……这些对我们来说是一种享受，是一种无名的感动，更是对我们的认可和鞭策。老师最大的幸福不在于任何的回报，而在于看到孩子们的成长，我们由衷地感到喜悦和满足。

从十年前的学生转身变成老师的那一刻起，我就告诉自己要和孩子们在一起，将心比心，以心换心，这样我们之间才是最完美的师幼关系。

路漫漫其修远兮，吾将上下而求索。未来还有很长的路，未来还有很多个十年，我将一如既往。

我的十年，只是一个平凡的故事，一个关于梦想和成长的故事。我把人生最美好的时间献给了自己最爱的事业，内心是满足和幸福的。

下一个十年，又是一个怎样的故事？

战疫 大榕树下的接力

◎ 钟鑫

作者简介

钟鑫

任教于宝安区宝民小学，为小学一级教师。多次参加宝安区教师技能大赛获得二、三等奖，曾获宝安区优秀教师、优秀班主任、先进工作者、注册安全主任、优秀团干、中考先进个人等称号。曾在《中国教育报》《中国德育》《小学德育》等报刊上发表过文章。

新冠肺炎疫情来袭，一场人的抗疫接力，也从大榕树下开始。

与时间赛跑，同疫情较量

在冬天最寒冷的时节里，大榕树在苦苦地等待着，刺骨的寒风和漫天乌云都想知道，大榕树究竟在等着谁，是什么让大榕树的等待变得如此执着而顽强，有谁会理解？

根据全国新冠肺炎疫情防控形势，按照广东省、深圳市新冠肺炎疫情防控工作要求，1月24日学校通过微信发布致家长的一封信，宣传疫情防控知识。

1月26日学校发布了《宝民小学疫情防控工作指挥部公告》，公布严禁一切无关人员进入校区活动等措施。

1月27日，大年初三，回到家乡的杨君辉校长只身返回深圳指挥战“疫”。

1月28日，行政班子组织召开了新冠肺炎疫情防控工作部署会议，全面部署相关工作。学校陆续制定10份工作方案预案。

疫情就是命令，防控就是责任

空旷的校园，只剩下绿意融融三棵树陪着春节后返校的一行人。他们发现大榕树比之前多出了几处繁茂，因博大的胸怀而愈发粗壮，树的上方是蔚蓝的天空。

1月29日起，学校要向上级上报非常重要的三类人员“每日一报”数据资料及其他信息统计，此项工作任务复杂、数据信息量大、时间特别紧迫，而此时很多的党员干部不在深圳，人手短缺。办公室刘佼主任从1月27日（初三）起就连续工作，他既要统筹落实防疫工作，又核实、统计、上交“每日一报”等数据资料。天天在科创室加班的已退休老教师孙吉友看此情景，主动请缨，他对党支部书记说：“疫情防控工作就是践行初心使命的主战场。虽然关系没有调到宝民小学，但我依旧是一名共产党员，我的党性还在，作为一名共产党员，此时必须到一线和同志们在一起。”佩戴好党徽，他即刻就上班了。他在工作中任劳任怨、尽心尽责、甘于奉献、及时准确上报，得到各级肯定。

后续，何红、廖振才、吴彤彤也加入防疫数据统计工作中，他们通过企业微信的健康报表、问卷星来统计信息，大大提高了工作效率。

病毒无情，人间有爱

谁都能够被这样的等待深深地打动，看不见悦耳的鸟鸣，划过一道美丽的弧线；也看不见树的脚下，深又深的根须；却看得见那棵树，坚定的翘首，以及听得见被寒风一次次放大的呼唤。

为严密防控疫情的输入传播，引导广大师生家长积极参与防控工作。校疫情防控指挥部发布通告2次，宝民小学微信公众号推送文章5篇，企业微信群、班级家长微信群做到上级要求转发的通知、信息，行政、班主任无一遗漏地转发。吴杰毅老师看到孩子们不喜欢看文字的宣传，就带着孩子们制作了活泼生动的《新型冠状病毒感染的肺炎疫情防控》彩绘小视频，在深圳各大新媒体上传播，点击量上百万 。杨君辉校长的“校长开学第一讲”在宝安广播台播放，并发布在宝安区教育资源公共服务平台作为优质资源进行全区分享。在疫情防控关键时刻，赖教杨、赖忠卫主动请缨，被组织派往社区驰援一线疫情防控工作。

德育处在全校师生中开展用手抄报、视频等方式为武汉加油，宣传防控措施的活动。一(1)班袁杨同学的爸爸是警察，妈妈是医护人员，两人都奋战在一线，袁杨小小年纪牵挂父母，支持父母，通过视频给父母加油鼓劲的视频上了“学习强国”。一方有难，八方支援！随着新冠肺炎疫情的持续扩散，防疫用品也一度出现了短缺。我校家长们自发奉献爱心，为湖北捐款捐物，给学校送来消毒液等防疫物资。三（3）班邓亚凡的家长向湖北省慈善总会捐赠 50 万元现金。三（4）班蒋诚信家长向学校捐赠 11 桶 84 消毒液。

德育处还抓住疫情期间的教育契机，设计了具有校本特色的系列主题教育课程。疫情课程开发有四项：疫情故事我知道、疫情防控我能行、疫情人物我评价、疫情抗击我成长。他们不仅要在小学生心中埋下一颗希望的种子，而且要让它长成茂盛的榕树。

空中课堂，五育并举

在春暖花开的季节里，大榕树，仍然在苦苦地等待着，校园筑起巢的燕子和睡醒的花儿想知道，大榕树究竟在等待着谁，是什么让大榕树的等待变得焦急而迫切。有谁能理解，它探出的绿意融融的枝头。

疫情之下，为了让同学们都能学有所获，学有所乐，我校在坚决阻止新冠病毒侵入校园的同时，充分利用深圳市智慧校园示范校的建设成果和“互联网+教育”资源开设“空中课堂”，确保每个孩子在线下开学前都能做到停课不停学、离校不离教。

多样化选择，让教师们各显神通。学校不拘泥于统一平台，以“师训宝”“腾讯课堂”“企业微信”“钉钉”多元化途径为框架，建立虚拟课堂。充分利用不同网络平台的优势和特色。教师可根据课程内容和教学习惯自主选取最适宜的平台进行教学。赖明焕老师向全校老师作了“师训宝”“腾讯课堂”网络平台授课方法的分享，廖振才老师将“企业微信”授课方法的视频分享给老师们。他们说：“我们是‘智慧校园示范校的老师’，老师们的基础很好，很快就上手了。”

五育并举，让学生全面发展。学校增设健康、素养等相关课程内容，将其融入班会课之中。增加了疫情防控卫生教育、身体健康、心理健康等健康教学和音体美劳素养提升等方面的内容。体育组老师发布早操、武术操、眼操视频和疫情防控期间家庭锻炼指导，每天早上带领学生运动，保证学生们每天活动一小时。

集体备课，凝聚团队精神。开学前每周每个科组、备课组的教研活动照常进行，只是形式从线下改成了线上，采用视频会议的形式开展。语文科组老师结合绘本《妖怪山》阅读教学，将心理课程渗透到语文教学中，希望孩子们勇敢地战胜内心的恐惧。美术科组依托吴杰毅老师的科普绘本视频，宣传疫情防控知识。音乐科组进行了抗疫歌曲的学习，振奋学生的精神。心理老师用专业知识诠释并尝试解决疫情期间普遍的心理问题，消除大家的焦虑困惑。

克服困难，提升教学质量。学校很多教师身处异地，有的甚至还在山村，他们面临着没有教材、网络不佳等各种问题。春节前回到老家湖北黄冈这个重疫区的张玲老师说：“离我们家不到五百米处有一户，全家人都被感染了，昨夜救护车来了。自己早已高度紧张的神经更紧绷了！”可接到校领导开展空中课堂的电话，她一猛子扎进校空中课堂的培训中，现在这个自嘲为“十八线女主播”的老师的课程成功在腾讯课堂上线了。赖明焕老师考虑到数学的板书多，特地准备了手机、平板与电脑等多媒体设备进行互联，将网下公式的推导过程一步步呈现。刘慧老师借用传统的黑板直接将数学解题过程还原。

李娟、刘慧、陈文婷的微课成为宝安教育资源库的资源，刘慧的微课登上新世纪小学数学资源网，英语科组的网课教学经验在宝安区推广。

春天已至，回家可期

久久遥望的大榕树，它等待着一个美轮美奂的季节，一个精彩纷呈、春色满园的宝民小学。

4 月 19 日，学校精心策划的“安全开学疫情防控模拟场景应急演练”正式拉开序幕。宝民小学校长杨君辉、副校长潘晓明、校工会主席刘明生等学校行政班子成员参加了演练。

整场演练分别对疫情过后学校复学所面临的“学生上学队列编排”“学生体温检测”“学生体温异常现场处置”“ 学校食堂防控”等环节逐一进行模拟与操作，力图为学生、教师以及广大学生家长提供现实可行的示范。

本次演练活动是对学校疫情防控应急预案的一次检验，通过本次演练，进一步明确了防疫流程，极大提高了宝民小学师生防疫意识和应急处置水平，落实了复课防疫的要求，为学校疫情防控和顺利开学奠定了基础。

经此一“疫”，大榕树绿意融融，甚至多出了几处繁茂。

把宝民的春天奉献给抗疫的英雄们。

危难之中的家国情怀

—— 湾区教育筑梦人当厚植与坚守

◎ 李昭萱

作者简介

李昭萱

任教于深圳市宝安区清平实验学校。毕业于香港中文大学。热爱阅读和写作，征文《有爱有梦才有未来》获宝安区教育系统2019年师德主题征文小学组二等奖，获宝安区第四学区首届校园“最美朗读者”大赛二等奖。语文教学工作中，逐步形成了“情知互动，寓教于乐”的教学风格，擅长创设轻松愉快的学习氛围，慎思而明辨，行求做世范，知重任在肩，孜孜兮不倦。

杜甫的《后游》中有这样一句：“寺忆曾游处，桥怜再渡时。江山如有待，花柳自无私。”北宋教育家张载在《西铭》中言“民吾同胞，物吾与也”。

后来于右任先生在一幅书法作品中，将杜甫的这句诗改为“江山如有待，天地更无私”，书法大气磅礴，文字更加荡气回肠。千年历史，朝代更迭，不变的是，我们皆爱祖国如画的江山，但，当祖国身陷危难，江山何以如画？

天灾人祸的历史节点面前，谁是这个民族的脊梁，谁撑起了这个国家的兴旺发达？

一、百年前奋起的“笔尖救国者”

一个世纪前，正逢北洋军阀统治时期，整个社会都被蒙上一层阴霾，国家在风雨中飘摇，人民生活在水深火热之中，统治者的黑暗和帝国主义的侵略让很多知识分子不知该何去何从。在这个背景下，一场轰轰烈烈的思想革命开始酝酿，一批文人学者在乱世中选择了坚持自己独立的精神品行，坚守宝贵的家国情怀，成为了此次革命——新文化运动的主角，带给了人们莫大的希望与期冀。

1924 年，徐志摩在北京师范大学做过一次演讲，演讲稿《落叶》中有三篇散文诗《毒药》《白旗》和《婴儿》。与其耳熟能详的爱情诗截然不同，用心去品味会意识到，其实徐志摩极其看重一个国家的人民是否能为了自己的祖国浴血奋战，是否具备一种可以为国家牺牲自我的精神，“我恨的是这时代的病象，什么都是病象：猜忌、诡诈、小巧、倾轧、挑拨、残杀、互杀、自杀、忧愁、作伪、肮脏。我不是医生，不会治病；我就有一双手，趁它们活灵的时候，我想，或许可以替这时代打开几扇窗，多少让空气流通些，浊的毒性出去，清醒的洁净的进来。”[1] 他渴望的是更深层次的自由，家国情怀在他心目中是儿女情长的一种升华。

和徐志摩相比，胡适更是注重“笔尖”的力量，对国家的忧患意识，有很大一部分贯彻在他对于文学创作的创新思想中。1916 年，他在从美国寄回来的《文学改良刍议》中所提出的八项主张 [2] 很快就打响了新文化运动中白话文改革的第一炮。他强调：“当时有这一班远见的人，眼见国家危亡，必须唤起那最大多数的民众来共同担负这救国的责任。他们知道民众不能不教育，而中国的古文古字是难以做教育民众的利器的。”[3]

国家危难面前，徐志摩与胡适不断地对当时的社会作出冷静的观察和思考，试图唤醒麻木的国民，担当起救国的责任。除了他们二人外，还有很多为救国不遗余力的知识分子，鲁迅、李大钊、陈独秀、郁达夫……他们将所有的矛盾和困惑都转化为一种家国情怀和社会责任心。

---

1. 《毒药》《婴儿》均写于 1924 年 9 月底。初载于同年 10 月 5 日《晨报·文学旬刊》，均署名徐志摩。《毒药》又载于 1926 年《现代译论》一周年增刊。
2. 须言之有物，不摹仿古人，须讲求文法，不作无病之呻吟，务去滥调套语，不用典，不讲对仗和不避俗字俗语。
3. 胡适：《中国新文学大系·建设理论集·导言》（影印本）[M]. 上海：上海文艺出版社，2003，第 18 页。

二、百年后奋斗的“教育筑梦人”

一个世纪过后，我们国家同样陷入了危难之中。2020年开年至今，我们在“新型冠状病毒”的疫霾中经历着风霜雪雨，此时的家国情怀正藏在每一位医护人员的口罩勒痕里，藏在每一位武汉火神山、雷神山医院建造者的汗水里，更藏在每一位为国家默默贡献一己之力的普通人的心里！

然而，一位中学生这样发朋友圈：“昨天上海多了19个治愈的新冠病例，眼看疫情有好转，不能在家自学多久了。在学校学还要面对很多没必要上的课和活动，疫情就不能再严重些吗？”更有某名校大学生无聊到虐待学校里的流浪猫，两个月致80只流浪猫死亡，手段残忍至极！灾难并不足以让人惧怕，让人心生畏惧的是，有些孩子是孩子，有些却是魔鬼。蔡元培曾道：“决定孩子一生的不是学习成绩，而是健全的人格修养。”我们强调知识和本领是力量，后面真应该添上一句：良知和人格才是方向。

艰难的“战魔”过程中，我们真的不能忘记百年前的新文化运动中胡适“民众不能不教育”的警示，教育事关民族未来，事关国家发展。现今，身处在粤港澳大湾区建设中发挥着核心引擎作用的深圳，我区的教育认准新形势，近几年人才高地蔚然成型。作为湾区教育筑梦人的我们肩负着崇高使命，那疫情之下我们到底能做些什么？历史背景不同，但百年前文人墨客们家国一体、匹夫有责的使命感却是我们应当厚植与坚守的，因为这才是我们培养“祖国花朵”的初衷啊！

无数的医生、战士在前线为这场看不见硝烟的战役奋斗，我们教育筑梦人也同样能和他们一起，做国家的脊梁，为国家分忧解难，让孩子真正地明白我们国家现在正经历着什么。历史面前，个人是渺小的，作为一名青年语文教师，我虽然毕业不到两年，执教的是小学一年级，但我始终坚持一个信念——成为孩子们心灵的守护者。不能因为孩子们年龄小就让他们置身事外，他们需要在超长的“假期”中用心去感受父母的付出，对社会冷暖的感知虽朦胧，但也要将感恩植入内心，为这个生病的世界做些力所能及的贡献。

班级里的孩子们会和我视频，告诉我他们正在非常认真地学习网课，又很伤心地问我:“到底什么时候才可以回到学校?”我以视频聊天的方式为他们做着心理辅导,我对他们说:“我们国家乃至整个世界正在经历一场大病,但我们不能害怕,白衣天使们正日夜劳作保护着我们,我们是不是也应该做些什么呢?”懂事的孩子会在空中课堂中积极打卡,并且主动地为爸爸妈妈分担家务;而有些孩子学习兴致不高,“老师,还没开学呢,我为什么要学习?”而我正好借此机会回答他们这一问题,“你们知道钟南山爷爷吗?在灾难面前,是他给了我们面对病魔的力量和勇气,这份力量和勇气正是来源于勤奋学习。钟爷爷 20 多岁名校毕业,40 多岁赴英国进修,60 多岁带领医护工作者抗击非典,如今他 80 多岁了,依然挂帅亲征,赶到武汉,与新型冠状病毒战斗,并以一口流利的英语将治病的经验分享给全世界。所以,你们看,只有知识才能改变我们的生活,分享知识更能救他人于水火。”

孩子们若有所思的样子很可爱,我深信他们终会明白:只知学习、两耳不闻窗外事的人是自私自利的。思想家吕坤曾说:“自私自利之心,是立人达人之障。”这样的人缺乏同理心,缺乏家国情怀,我们用心培养教育的不应该是一群“精致的利己主义者”,因为他们越成功,对这个社会的伤害就越大。

不同的时代,家国情怀有着不同的内涵,但无论什么时代,教育筑梦人同救国者一样,都要有心系民族苍生的担当!千百年来,中华民族得以在一次又一次的危难中逆袭,正是因为一代又一代心怀国家的有志之士,怀揣着拳拳赤子心,投身至波涛汹涌的历史浪潮之中。今时,疫霾面前,家国情怀应是我们每个人在突如其来的考验中坚守良知,不要让战疫英雄们流血又流泪!

愿我们湾区教育筑梦人对这种家国情怀的厚植与坚守,能让我们的学生都能拥有宝贵的良知和健全的人格。走笔至此,真想对孩子们说:你们是爱、是暖、是希望,那些可歌可泣的美好与温暖,我想与你们一同经历,那第一缕拂开疫霾的阳光,我愿同你们一起守望……

父亲

◎ 阮文秀

作者简介

阮文秀

任教于深圳市西乡中学初中部。毕业于华南师范大学。2019 年被评为校级优秀班主任。

"今年这天儿，唉，好像就没晴过……"彼时父亲正倚着阳台的窗边，一个人喃喃细语。阳光打在他半黑的头发上，格外光亮，松弛的眼皮搭在两眼之上，似是眯着，不知是看向何方……

当、当、当……时钟敲满了十二下，是正午 12 点了。他似是被触了的含羞草，惊得一下抖落了烟灰，掐灭了烟头，咚咚咚地来到客厅，我知道这便是要开电视看的前奏。

"目前已证实新型冠状病毒存在以人传人的可能""新型冠状病毒极具传染性""武汉疫情防控指挥部发布 1 号通告，机场火车站离汉通道暂时关闭""武汉出现新冠死亡病例"……我耸耳听着，看来目前的疫情状况仍不乐观，并有愈演愈烈的趋势。刚想到这，就听到一声沉沉地叹息："唉，就说今年这天怎么能好呢？"父亲的愁眉苦脸突然让我想起，也就是年前回家，父亲来机场接我时才露出了一丝笑容吧。今年，笑容俨然就是个稀罕物。

我起身冲了一杯茶递给他，杯子却愣是没被接过。我抬头，只看到他盯着电视机，入神地看着采访。被采访者是一位来自中南大学湘雅三医院发热门诊的医护人员，口罩和防护服的加持，让人辨不清她的面容，只能从她的声音中认出她是一位女医护。“穿这个防护服从头包到脚，上班时谁也分不清是谁，所以我们在防护服的背后写下名字……”但记者很快发现，在所有的医护人员中有一位没有写名字，便问起了缘由。“我们作为儿女，家里也有老人，所以我不能跟他们讲，怕他们担心……”女医护的声音抖着，似是在强力抑制着什么。我默默地放下茶杯，坐在离父亲不远的板凳上。

“这要是我家孩子，怎么也不能让她去啊！”母亲穿着毛线针理所当然地说道，说着瞟了一眼我俩。但这句话就像是暂停键，平时就爱抬杠的父亲也不知怎么没出声，若非是电视还在播放，真当是已经定格在那一瞬间了。

“唉，怎么能好啊……”父亲悠长的叹息声低沉又微弱，随着茶气氤氲而上，很快消弭殆尽……

后来，疫情越来越严重，这座小城感染者的病例数每天都在上升。渐渐地，商场超市停业了，路上的人和车也越来越少，随后，连路也封了。我们一家接到了街道的通知：每周限制出行次数，且需凭证出行。于是，一家人只能每周依靠父亲外出购买日常所需。

“这天还能好么？”他似乎问我，或问他自己吧。我看着窗外阴郁的天，不知道该怎样回答他。这似乎是个无解的问题，没有人回答他，也没有人能回答他。于是父亲开始自己寻找答案。

那天出去屯粮的他比寻常时要晚一些回来，他两手拎着沉甸甸的袋子，双脚灵活地蹭刮着将鞋脱下，迫不及待地宣告这消息——他申请复工了！父亲在一所高校当保安，因疫情原因，现下正是缺人的时候。

“你是怎么想的？那么多人呢，别人都不去，怎么就你那么大的能耐！”只听母亲忿忿地跟父亲吵着。

“现在还说什么别人，这个事一定要有人来做，我去做和别人去做有什么区别？不都是要做的吗……”这件事就这么僵持了两天，最后谁都没能拗过父亲，两天后，父亲就骑着小电驴准时准点地上工去了。

复工后的父亲，非常地忙碌，每天都要拿着体温枪守在校门口检查来往的师生或其他人员。几次回来在饭桌上扬着筷子笑着说道：“凡是来往人员都要被我‘打一枪’，嘿，一个都不能放过！学校这种地方，必须把住咯！”

之后的那段时间里，我便时常能见到父亲嘴角无意地勾起，我也再没听到父亲的那句话了。

后来，弟弟要去参加抗疫志愿者活动。母亲说什么都不同意，吵闹了一整天。晚上，爷俩倚靠在阳台的窗边，闷声不吭，父亲吞吐着烟圈，沉默良久后闷闷地说：“走的那天要下雨，我送你。”只听一声欢呼，再定神去看时，黑暗中两个身影已然融成了一团。我向窗外看去，彼时，正在落雪，路上早早地就没了人气，孤独的路灯投下昏暗的灯光映在完美无瑕的积雪上，竟是给道路铺上一层金光！这条路通向哪里我竟是不知，却隐约觉得那一定是让人摘下警惕、笑容满面的地方！

这天还能好不？答案已经不言而喻。感谢父亲，让我明白这样一个道理。

教天地人事，育生命自觉
—— 疫情中的班主任工作札记

◎ 靳琛

作者简介

靳琛

任教于深圳市宝安区塘尾万里学校，毕业于北京师范大学珠海分校。曾获“宝安区第三学区优秀教师”称号，获 2019 年宝安区好作业设计三等奖。论文《浅谈学生才是课堂的主人》刊登于《时代教育》杂志。教学理念：师也者，教之以事而喻诸德也。

“风声雨声读书声声声入耳，家事国事天下事事事关心”，国家在危难时刻，作为一名普通的人民教师，我没法冲到前线，作为全天下最小的“官”——班主任，心中却牵挂着每个学生。

一、化身“表姐”

从大年初一开始，我就一天 24 小时待命，每天睁眼后第一件事情就是查看家长反馈的信息，逐一记录成册：每个班级每个学生都要联系到，有的家长没有及时看到信息，我立刻一一联系。每天都定时播报：“同学们， 赶紧如实回复自己的体温并接龙， 不能瞒报谎报……”统计学生目前所在地、在家的身体情况、有无发热咳嗽等情况，是否往返湖北武汉等地，等等。这时候的我仿若数据库——任何数据的变化都逃不过我的法眼。

我们班有 5 个曾经去过湖北的孩子，而这又是需要重点联系的对象——每天都需要及时联系，询问孩子和家长的健康情况，还要登记行程等详细信息，协助社区指导隔离，记录 14 天隔离期监测信息。

以上仅统计数据类型就不下 25 种。我严格依照要求，结合不同类别表格要求，认真登记信息、核实数据、汇总情况，准确及时上报，尽职尽责。由于不停地填表，我已经被家人戏称为——“表姐”。

二、化身“心理辅导员”

疫情发生时，班上有两名学生在湖北，湖北疫情很严重，我实在不放心孩子的情况，就拉两位孩子组建了群，每日跟他们进行电话或者微信联系，及时记录。通过不断地沟通，不仅孩子积极抗击疫情，而且家长也经常分享在湖北的感受以及心情，用自身的正能量，感染了班上其他的孩子和家长。

在“春暖花开线上家长会”时，我特意邀请该家长分享了在湖北抗击疫情的趣事，当听到他们一家都因为“国家圈养”而长胖的时候，大家都情不自禁地笑了。其实只要心在一起，在哪都一样。

三、化身“宣传干事”

一是识疫情、辨疫情。我通过微信、QQ 等方式及时发布预防新型冠状病毒方法， 推送疫情防控相关知识。二是识英雄、重英雄。我把抗争在疫情一线的英雄一一找出来，并通过 PPT、视频等方式介绍给孩子们，培育孩子们的责任意识。这一幕幕的画面、这一幕幕的情节，让学生产生了触动。这时我抓紧机会让学生绘制英雄图谱，抒发对抗疫英雄的感情。他们或拿起画笔，绘制思维导图、手抄报，以画绘情；或拿起笔写诗。正所谓：言为心传。爱写作的孩子，用稚嫩的语言记录着疫情的所见所闻，用自己微薄的力量助力宣传；会跳舞的女生还活学活用，跳起抖音上的舞蹈来，为武汉加油，为中国加油，为疫情防控贡献自己的力量。三是培育生命自觉。我及时转发新闻、视频、绘本等有关于生命的“教材”：朴素的农民骑了 40 公里，用电动三轮车把 24 箱新鲜的蔬菜送到武汉的酒店；

一个不为人知的小店，每天做将近 1000 份盒饭专门提供给附近医院的医护人员；等等。同班同学刘婉莹深受感动，立刻给远在湖北的同班同学左旻灵打电话了解情况，并鼓励他要安心学习，安心生活，听从政府的安排，希望他能早日回来。

四、化身“女主播”

一是为了“停课不停教”。让学生与我始终“连线”，硬生生变成“女主播”。由于家附近正在修地铁线，时不时断水断电断网络，网上直播有诸多不便，但是为了不落下学生的课程，我购买了流量套餐。网课总是容易出现各种事故，要么学生不小心发错表情包，要么学生网络不好听不见。好在，随着熟练程度的提升，我总算应对自如了，也称得上“网红主播”。二是自费邮寄书籍和练习册。为了能更好地上课，我自费从学校把语文书和练习册寄回家中。三是做好每日一研。假期里我就开始抓紧时间备课、找资料、找视频，精心制定了导学案、上课流程、课后练习，保证每节课都有的放矢。四是及时反馈作业情况。关注班级学生的作业上传情况，对于个别未交作业的同学，每天和家长微信、电话联系，了解孩子作业未交原因，力争使每位同学及时学习并上传作业。

当天边的晚霞红透了半边天，我抬起头来才发现，原来已经快天黑了，但是我依然得在答疑群里为学生答疑辅导，点评作业。看得眼睛都“花”了，脖子都“断了”，有时还会被学生作业“气得吐血”，但是当学生和家长的一句句“老师您辛苦了！”，让我心头一暖，一切都值得了。纵然我们隔山隔水，但我们的心却在一起。我不禁有感而发：

一场疫情，
打乱我们的春节，
疾病肆虐，
街道空无一人；
但是孩子们，
你们勿须害怕，

因为我们有定海神针——钟南山爷爷，
因为我们有病毒克星——李兰娟奶奶，
因我们有一群自我奉献的抗疫战士，
更因为我们有一个强大而自信的国家。
请你们相信，
病毒会被消灭。
我们会再次呼吸新鲜的空气，
我们会再次回到可爱的校园。
十里春风，
我在校园里等着你们。

——《十里春风，等着你们归来》

诗虽短，但是情真意切，千言万语都汇成了我和孩子们对祖国的爱。回顾这段时间的工作成果，我也始终践行母校的校训：学为人师，行为世范。

一位民办教师眼中的大湾区教育寻梦之旅

◎ 兰伟

作者简介

兰伟

任教于深圳市富源学校。为《演讲与口才》杂志特约撰稿人，深圳市福田作家协会员。发表两百余篇作品，散见《青年文摘》《当代教育家》《演讲与口才》等杂志。

我，一个普通的打工者，在深圳一所民办学校，当一位平凡的民办教师。

大学毕业后，曾在农村基层支教两年。为“在本命年里，赌自己的宿命，不想输掉自己的青春才华”而辞职南下深圳，开始了一段漂泊在南粤大地上的旅程。

最初，由于人生地不熟，且与那些在这边务工的亲友相隔得较远，一切并不顺利，辗转流离过很多地方，现任职于一所民办学校。面对这繁华的都市，霓虹闪烁的世界，曾经的那种理想与信念，似乎与这座城市，有着那么多格格不入。而这，也让我感到一丝丝迷茫与困惑——我所追寻的教育之梦，到底在哪里？

在这期间，发生了几个暖人心的故事，让我真正懂得了，为何，这里盛开着教育之梦。

一个深秋的夜晚
—— 第一个骑摩托车的师傅的故事

那是在一个深秋的夜晚，在外访友归来，下了地铁，离学校宿舍还有些距离。夜已经深了，还带着丝丝凉风，看到守候在地铁边一排排摩托车师傅，我选了搭乘一辆摩托车。

师傅年龄不大，一口纯正的普通话，看上去挺精神的，与我刻板印象中那些摩的师傅迥然不同。听我说了目的地后，师傅立刻来了精神，谈好价格，带好头盔，坐稳后，立刻就出发了。一路上，师傅问了我一个问题：你在这所学校当老师？我说是。

“感谢你们，我的孩子来深圳，有地方读书了。”

我有些受宠若惊。

师傅接着说，他们两口子来深圳打工，一年到头，难得回去一次，孩子留在家里，跟着爷爷奶奶，成为了一名标准的留守儿童。可爷爷奶奶们，基本管不住，这么放任了几年，孩子的教育面临着极大的问题，令人颇为头痛。他们在外面打工，心都是悬着的。现在好了，在这边一家人团聚，共同创业，孩子在身边读书，而且，国家开放了异地高考政策，更为难得的是，在校就读，政府还给予补贴，真是太好了。

白天，他在工厂工作，晚上就出来踩一踩摩托车，多赚钱。在农村老家，房子早就盖好了，等他老了，就回老家，现在存钱，希望儿子好好读书，将来能更上一层楼。

许多年过去了，这个故事，依然时常在我的脑海中萦绕，不仅仅是那份尊重，而且是我在深圳奋斗的意义之所在，教育的意义之所在。为何在深圳、在中国，我们能不断创造奇迹？每一个普通平凡的人，都在努力，都在传递着希望，都在改变着自己，创造着美好的未来。

一个大雨滂沱的早上——第二个骑摩托车的师傅的故事

过了几年，我也更换了工作单位，来到了另一所民办学校。

这所学校，学习、工作抓得很紧。我住在校外。一次，早晨起来，遭遇了一场大雨。这天上午，我上的是第一节课。为避免迟到，我选择在楼下搭乘一辆摩托车。

师傅是一位中年男子，披着一层透明的雨衣，戴着头盔，站在大雨滂沱的街头。他的车上面安装了一个长形的遮阳伞，这天气遮雨也是绰绰有余的。讲好价格，一踩油门，沿着小路，师傅很快就出发了。路上，师傅依然问了我这个问题：你在这所学校当老师？我回答说：“今年刚过来！”师傅显得异常兴奋：“我小儿子，也在这所学校就读。”

我感到一丝惊讶，小心翼翼问了一句：“这学校，学费似乎不低啊！”师傅似乎听懂了我的弦外之音，接过我的话匣子，直截了当地说：“我这小儿子，其实是挺爱学习的，那时我也不是太懂这些，也没这边户口。初中时候，就随便给他选了个学校，结果中考成绩不是太理想，只能上一所很偏远的公办，但那所学校我打听过，不是太好。现在，无论如何，我都不会再犯当初的那个错误了。听说这所学校低进高出的加工能力强，管理严格，学习风气也比较好，孩子在这里，比较满意，他开心我也开心，工作也有动力了。”师傅笑得很开心。

“现在深圳，一所学校，如果你办不出质量，出不了成绩，哪怕你不收费，都没人愿意去。如果你办的好，管理严格，成绩优异，就算你收费高些，大家都愿意买单。”对我的话，师傅连连点头。

后来，我一直在思考。为何在那么早的早上，下着那么大的雨，这位摩托车师傅，依然穿梭在街头巷尾，拉客赚钱？还那么有精神？儿子努力、勤奋、成绩好，他苦一些、累一些、都心甘情愿，在他的儿子身上，他看到了希望。

咱们深圳，咱们中国，不也一样吗？中国以制造大国起家，慢慢地不也在走强国之路吗？以前，物资短缺时代，能生产出来就能卖钱，但现在呢？产品哪里都不缺，不做精、不做尖、不做好，就没有出路。学校要用心，努力做好，才会在市场竞争中，不断成长壮大。那么，我们每一个来深的人呢？不也如此吗？深圳的教育，为何能如此创造奇迹，不也是每一个用心努力的人们，怀着一颗教育情怀，以工匠精神，做出来的吗？

一分耕耘，一分收获 —— 我的未来不是梦

一个小小的渔村，如何成长为一座现代化的大都市？

一个个心怀梦想、勤奋努力、百折不挠的人，在努力创造着属于自己的奇迹。当所有的奇迹，像一滴滴水一样汇聚，成为一条条小河，小河渐成大河流，当一条条大河，不断奔流，于是，我们就看到了“日月之行，若出其中，星汉灿烂，若出其里”的大海。

同样，作为普通的老师，我们就是那一滴滴水，折射着太阳的光辉。

在深圳，在宝安，在民办学校，在与学生相处的这段日子里，我用文字，不断记录着自己的成长、发展，学生的迷茫、伤逝、青春与梦想，记录着一个个与家庭、与学校、与教育有关的故事。记得我将班级学生的“名言”“心愿”印制在试卷的页眉之处，孩子们看到后的那份兴奋与激动；到后来，我将这件事转化成文字，发表在一本教育杂志上，分享我们的喜悦与感动。原来，在教育里，我们不断记录青春的同时，也是在不断感动自己。

我很欣赏深圳一位教育人的一句话：“如果奇迹还没有出现，那就努力去创造一个吧！”他做的教育类公众号，记录着校园生活的点点滴滴，点醒那些沉睡的灵魂，指引着他们奋进的方向，粉丝达到了八万多。在深圳，在教育领域，他创造了奇迹。

我更欣赏，远在异域，深中的那位学子，面对那些对祖国的侮辱与抹黑，挺身而出，全程用英文，以大义凛然的姿态，有理有利有节地反驳对方。有了深圳这样的教育沃土，也就有了这样的美丽风景。

教育，在深圳，在中国，我们的民族自信心，已经越来越强！